怀疑 批判 探索

陈宗俊，安徽怀宁人。文学博士，北京大学中文系高级访问学者。现为安庆师范大学人文学院教授、硕士研究生导师。主要从事中国现当代文学研究与批评。主持教育部人文社科研究一般项目在内的各级课题6项，参与国家社科基金重大项目多项。在《中国现代文学研究丛刊》《中国当代作家评论》《光明日报》等报刊发表学术论文80余篇，出版《飞翔与行走》《潘军论》《中国新时期小说发展史论》（合著）等著作。主要社会兼职有：国家社科基金项目通讯评审与成果鉴定专家、安徽省哲学社会科学规划项目评审专家、安徽省张恨水研究会副会长、安徽省作家协会特约批评家、南京财经大学当代中国散文诗创作与研究中心特聘研究员、安庆市文艺评论家协会副主席等。曾获安徽省教学成果奖、安徽省文艺评论奖等多项奖项。

潘军论

PAN JUN LUN

陈宗俊——著

安徽文艺出版社

图书在版编目（CIP）数据

潘军论 / 陈宗俊著. -- 合肥 : 安徽文艺出版社，2025.3
ISBN 978-7-5396-7399-8

Ⅰ．①潘… Ⅱ．①陈… Ⅲ．①中国文学－当代文学－文学评论－文集 Ⅳ．①I206.7-53

中国国家版本馆 CIP 数据核字(2024)第 094699 号

本书出版获安庆师范大学人文学院高峰培育学科建设经费专项资助

出 版 人：姚 巍
责任编辑：张妍妍　柯　谐　　　　　装帧设计：马德龙
....
出版发行：安徽文艺出版社　　www.awpub.com
地　　址：合肥市翡翠路 1118 号　　邮政编码：230071
营 销 部：(0551)63533889
印　　制：安徽新华印刷股份有限公司 (0551)65859551
....
开本：710×1010　1/16　印张：20.25　字数：230 千字
版次：2025 年 3 月第 1 版
印次：2025 年 3 月第 1 次印刷
定价：78.00 元(精装)
....

（如发现印装质量问题，影响阅读，请与出版社联系调换）
版权所有，侵权必究

作家论中的人与文化

——序陈宗俊《潘军论》

陈晓明

我与陈宗俊有缘。多年前,我有一件小事麻烦宗俊,虽不复杂却颇费时间。我那时与宗俊并不相识,经他的导师介绍,宗俊帮了我这个忙。费心费力的事情,宗俊做得非常认真尽力,让我相当感动。当时我便觉得宗俊是一个可交的青年。后来宗俊有机缘到北大中文系做高访学者,我们的关系就更深了一层。所以,宗俊写完《潘军论》,在出版之际,想请我为他写点东西,我觉得这是义不容辞的,既有一份感情,也是一种责任。宗俊托我为他写序,可能是源于两个原因,一个当然是对我们二人情谊的看重;另一个是我和潘军的关系。早年我对潘军略有研究,有一段时间和潘军还过从甚密,对潘军有一定的了解,也能体会到潘军作为一个作家对中国文坛的意义。所以我将宗俊的委托视作我的分内之事,几乎毫不犹豫地答应了。

做作家论研究是一件吃力不讨好的工作,除非研究的对象是创作潜力方兴未艾的作家,或是初露头角的作家,否则难以先声夺人,因为大量的前期研究成果对创新构成了挑战。像潘军这样有四十余年创作历史的作家,作为作家论的研究对象尤难处理。他在文坛究竟处于什么样的位置?他的写作是一种什么样的状况？这些问题有待直面。作为作家，潘军有创作声望，也有相当广泛的读者，但是始终不温不火。研究潘军，无疑需要勇气，需要眼光，需要功力，因为这对研究者的掌控力提出要求，研究者要能"托"得住一个作家，尤其是像潘军这样奇特的作家，他是某种另类。当然，读了《潘军论》之后，想必我们将会更加全面深入地了解这位作家。

话说在前面，不妨从潘军的名字入手。潘军的父亲姓雷，母亲姓潘，而潘军后来之所以取名为潘军，其中的缘由我还没有细细考究。潘军可能是他的笔名，假定他起名为雷军，那么便更恰如其分了。何以潘军不起名为雷军？这是不可思议的。潘军是一个能够"雷"倒人的作家，当你把他所有的作品读完之后，便不得不相信他是"雷军"，而不是"潘军"。但潘军以这个更加温和的名字行世，还是有渊源可溯的。"潘"字有三点水，这三点水恰恰与他故乡的风土有渊源。他的故乡是位于皖西南的一个小镇，他家的房子坐落在一条有活水的河边，他的乳名叫小河。据潘军说，至今老街坊邻居还叫他河伢子。由名字中的"水"联系到故乡的水，再联想到潘军小说中经常出现的"水"意象，这一脉相承的文化记忆恰恰解释了名字的某种起源。潘军本来应该叫雷军，与小米的当家人雷军同名。历史何其富有戏剧性，潘军早于雷军多年弃文下海创业，铩羽而归，在文坛时隐时现。而雷军在商界叱咤风云，早已成为当代英雄。潘军还是潘军，他本来可能会是小说界的雷军，他是以潘军的面目出现的雷军。这意味着潘军在文学界的分量。宗俊的书对此进行了更加透彻的揭示。

潘军的创作体量非常之大，他的创作经验相当丰富，他写长篇小说、中篇小说、短篇小说，还写话剧，写电影剧本。他自编自导，执导电影与话剧，甚至演话剧。潘军对自己的演艺才能非常自信,他的才能乃是家传。他出身艺人世家,父母都是黄梅戏艺人,外公也是黄梅戏艺人。大家切莫小看艺人,艺人乃艺高胆大之人,在舞台上的胆量非常人可比。艺人胆大包天,他敢当众去演帝王将相、才子佳人。设想大庭广众之下,他们或手持大刀杀人越货,或置身歌舞楼台打情骂俏。我非常欣赏杰姆逊对本雅明的致敬,当被问及他研究马克思主义理论的路数时,杰姆逊说他师法本雅明,而本雅明在某种意义上则从波西米亚人身上获得灵感。波西米亚人偷来别人的孩子,让他去走钢丝。每当读到这句话时,我都深感这背后的极度残忍。偷别人的孩子,这本身是极为残酷的,却还要让孩子们去走钢丝,这个事件和这种命运何其残酷!

现在我们将艺人称作表演艺术家,我认为这种称呼太过温和了,这个职业本身包含着某种残酷性。传统的艺人归属于三教九流,对他们职业的认定虽有争议,但在古代乃至近代,均属艰辛困苦的职业。古有贼盗不盗戏子之说,民间以为做贼不成再以卖艺为业。贼人在乱世或许能成枭雄,但戏子难有这番作为,回顾生平,自然有一种心比天高,命比纸薄的意味。这背后的壮志难酬之感,与王勃所说的"屈贾谊于长沙,非无圣主;窜梁鸿于海曲,岂乏明时?所赖君子见机,达人知命"正相呼应。在这个意义上,潘军的心境亦与他的先辈不谋而合,接近于心比天高了,但他并非命比纸薄,他命很硬。虽然六十岁以后潘军行事风格大变,但他对艺术的执着追求是不变的。六十岁前他以文为生,六十岁后他以墨为宝。潘军的绘画极为精彩。我想说,潘军正是一个徽派文人,他身上承载着老式徽派文人的遗风。我觉得这一点构成了宗俊研究潘军的全部缘由。光是这一点,便足以说明研究潘军的意义。但宗俊对潘军创作意义的开掘,更是越出了潘军在文品乃至人格意义上的历史承续,而展开了多重面向。他的研究目的是相当充分且深刻的,我对此深表赞赏。

写作作家论最重要的一点,就是对一个在某种意义上尚未被文坛充分认识的作家作品,做出全面充分的阐述,给予其应有的文学史定位,且这种定位是准确的、令人信服的。这构成作家论的核心,也是作家论的意义所在。相较于一部规模宏大的文学史,我认为作家论的意义并不为低。宗俊的学术训练非常好:一方面他的文论展示出精细、认真与执着的特点;另一方面他的写作展现出他在南师大所受的学术训练,有着大气的格调与开阔的眼界。所以我读毕这本《潘军论》之后,深感欣喜,这本书几乎可称为作家论的样板。我之所以如此赞美,不是因为我与宗俊有什么特殊关系,而是因为这么多年我读了不少的作家论,但宗俊的作家论给了我惊喜,他的论述有眼界,有自信,做得扎实深入,有要点、重点与突破口,相当可贵。虽说宗俊始终没有非常明确地说潘军是一位被文坛低估的作家——诚然,这绝非潘军所愿,但宗俊颇有此意,在这个问题上宗俊无疑卖了个关子——事实上,潘军确实是一位被文坛有所忽略的作家。这并非有意臧否,而是一个客观的事实。虽然为潘军喝彩的人很多,但其实潘军这二十年的创作境遇,还是比较寂寞的。文坛那么多的大奖,都与他无缘(当然,他本人也从不申报任何奖项)。相比较于其他作家获得的评论数,有关潘军的评论也就百十来篇而已。宗俊论及过这一点,这与潘军自己和文坛的分分合合有关,用他本人的话来说,他不是一个专心致志的作家,倒像一个三心二意的作家,往往是想写就写,写写停停,停停写写。他在六十六岁生日当天填过一首七律自况,其中颔联是"六十六年路中路,三十三载坛外坛",他不加入任何协会,放弃了包括职称在内的一切待遇,他宁愿一意孤行。

潘军总有自己的志向与追求,但他不是那种认定目标,工于心计的人,而是率性而行的,冲动而不安分。潘军早年其实有一份很好的在大机关的工作,若他不以创作为业,他今天或许已经是一位位居要津的官人了,当然也有可能会遭遇另一种命运。但他抽身离开了。他热爱写作。多年以前,应该是十几年前吧,我读到他的女儿潘萌写的一篇文章《与父书》,这是她长篇处女作《时光转角处的二十六瞥》中的一章。我当时跟几个朋友说,潘萌笔下父亲的背影可以与朱自清的《背影》中的相称,朱自清的《背影》写"我"的父亲,潘萌写的也是"我"的父亲。我对潘军的经历很了解,这篇文章应该是潘萌读本科的时候写的,我当时大为惊异,这篇文章写得太棒了,潘军有这样的女儿,写出这样好的文章,潘军也足矣(为这本书作序的史铁生也有类似的感慨)。潘军是一个奇人,我当时读了那篇文章,毫不夸张地说,我唏嘘不已,几近泪目。身为父亲,潘军也是特立独行的,这么说不是因为潘军当父亲当得多么好或多么不好,也不能说是不是称职,而是他做父亲的方式是一种非常奇怪的方式,以至于女儿像看一个陌生人一样看他。他不知道他作为父亲可能在无意中伤害到自己和家人,而这一切难以言喻。或许我这样理解潘萌的文章有些偏颇。潘军是一个不安分的人,一说起家庭,他总是有一种故作轻松的沉重。所以他女儿写的父亲背影的文章,我读来感到她写出了很多的真实,其实女儿知道的或许并没有那么多,或者正相反也亦有可能。诸多的隐秘当然不便写出,或许在那么年轻的时候,她也无法理解到那一层。我略知道一些潘军的家事,潘军也会跟我谈一些他不太为外人道的事情。他总是离家在外"拼搏",马不停蹄。他对家又总有一种很深的感情和歉疚,其实这是个很顾念家庭的男人。有一次我们谈到人生、家庭之类,那时我们年轻,潘军对我说过一句话,他说"夫妻的情分是守出来的"。三十多年了,我依然觉得那时他就对生活理解得很透。但年轻时的他总是违背自己认识到的生活真理。后来我们交往少了,我不知道他之后的生活状况,但我大体知道他有很长时间一直漂泊不定。

潘军作为一个作家,作为一个普通人,都非常独特。他甚至生活在自己的小说中,成为自己小说中的一个人物,他也会成为别人小说中的一个人物。正是由于这种独特的另类性格,我非常珍惜这位朋友。虽然潘军有着将生活小说化的倾向,但具体到他的小说创作,他是非常认真与讲究的。很多评论家在争论他的小说属于先锋派还是现实主义,但二者实际上殊途同归,并不矛盾。先锋派也要以现实主义为底色,之所以在二十世纪八十年代要将二者区分开,这跟一种矫枉必须过正的诉求有关。现代主义与现实主义背离有多远,乃至后现代主义背离现实主义有多远,这种争论体现了当时的针对性。当我们重新审视先锋派时,会发现不管是现代主义还是后现代主义,实际上都以现实主义为底。像乔伊斯那样具有开拓意义的作家,也是要以现实主义为底,否则他无法把爱尔兰的历史写得那么深刻。所以威尔逊在《阿克瑟尔的城堡》里谈乔伊斯的《尤利西斯》时,讲到乔伊斯对事物的刻画相当真切,有着原型,紧扣生活的本相,以至于能够将神话与爱尔兰的历史紧密关联起来。比如其中的街道、人物,甚至街道拐弯处的建筑,诸如教堂等,若将其放回乔伊斯生活的当年,都有据可考,可见其刻画之真切、准确。潘军也是如此,他追求另类反常的故事走向与人物的塑造刻画,但这种方式从整体上看是现实主义的,他追求准确的刻画,遵循现实主义的逻辑与经验。宗俊下了大气力来论述潘军作为先锋派背后的现实主义底色。可见,宗俊的作家作品论正是紧扣住作家创作的关键点,来展开知人论世的深化。

宗俊知人论世的功夫,跟他与潘军的渊源有关。他们同为安徽怀宁人,后又在安庆工作或定居。宗俊应该跟潘军有很多的来往,他应该是深知潘军的生活习性的。作为安徽人,宗俊对怀宁乃至安庆的文化,进一步说,对皖文化,对徽派文化,无疑都有深刻体会。所以他分析潘军作品中文化的韵致,生活习性,人物的性格、心理,包括作品里的那些村镇、山川、河流、田野、桥、树木花草这一类自然或人文环境,都能够形成一种贴切的体认,都能找到一种共鸣。宗俊的知人论世让我欣赏的另一点,在于他的分寸感。他知潘军的文化背景,知其家世与身世,当然他也不能在行文中把潘军的底说穿,因为他要写的不是潘军传,而是潘军论。其实若能有一部潘军传成书,那将是相当有意思的。不是为名声大的作家作传才有价值,潘军不是莫言、贾平凹这类闻名遐迩的作家,但他经历的丰富性与创作的独特性,足以支撑起一部传记。然则,若是将潘军方方面面的经历都写出来,传记就会变成畅销书了。好的作家论乃至人物论,不一定要深挖传主的经历,从传主的特色入手,反而更具备新意与深度。我颇喜欢的一些传记就具备这样的特征,我尤为赞赏伊格纳季耶夫的《伯林传》、瑞·蒙克的《罗素传》,尤其是后者,写得非常之好,还有同为瑞·蒙克所写的《维特根斯坦传》、奥利维耶·托德的《加缪传》、杰弗里·迈耶斯的《冷峻的良心:奥威尔传》、林语堂的《苏东坡传》等,也都非常好。还有一类传记比较特殊,它们并没有直接被称为"传",这是因为传记作者对人物的家世和文化把握得不够充分,因此他着重于学术或政治,这类"传记"被称为学术评传或政治评传。特里林的《马修·阿诺德》或许可作如是观,这部书甚至无法被称作严格意义上的传记，它具有学术专著的性质，但由于作者对传主的学术历程做了深入的阐发，它可以被认定为学术传记。

　　回到潘军的特色，潘军的文化背景和渊源，无论是放在作家论还是传记中，都将构成其中的独特之处。在这个意义上，宗俊对潘军的把握是独具慧眼的。我想进一步指出，宗俊这部《潘军论》的意义在于他对皖文化、徽文化的深刻论述，皖文化或徽文化本身难解难分，宗俊通过对潘军作品的分析折射出了文化本身的韵致。黛瓦白墙，这本身即象征着徽派文化的韵致："野渡无人舟自横"，更是徽派文化的意境所在。宗俊对文化的透视相当深入。安庆乃人杰地灵之地，我有幸到过安庆。作为一个地级市，安庆在明清时期出过百余名进士，其中包括八个状元。在中国传统文化中，安庆可谓非凡之地。怀宁、安庆史上行政归属原本密不可分，如今怀宁为安庆市下属县，史上文人不可胜数，近世名人则有陈独秀、刘文典、邓稼先，还有诗人海子。安庆属下桐城市，以"桐城派"众所周知。桐城派自视为中国传统文脉的继承人，在近世转变中也曾是中流砥柱。皖文化中宋明理学的积淀也很深，朱子之学在这里也多有传承，亦塑造了安徽人顽强执着的文化性格。可以说，安庆这个地方，坐拥二千年文脉，静观长三角风云，若是有怀旧之情的话，那也是理所当然的。宗俊不单是写潘军，更透过潘军写出了皖文化和徽文化的底蕴，这也是这部作家论的意义所在。

　　再者，我想谈一下这部作家论的文本分析。宗俊对潘军所有作品的分析，既有一种纲领性的、观点式的总体眼光，进而展开要点式的论述，又能进行深入作品内部的分析，在理论与细读之间实现平衡。宗俊的文本细读建立在这样一个思路的基础上，他从作品的内容与美学表达中，读出作家的心理投射,进而透示出皖人的文化性格,并结合这一文化背景,开掘出作品所具有的文学史意义。宗俊的作品分析尤其显示出他的学术力道,尤其是他颇有深度的文化积淀。

这部作家论可圈可点的地方非常之多,比如作为一本专论的体例结构安排,论述的层层深入等等。我想我也不必面面俱到,我还是想回到宗俊的文本细读中,做出进一步的评价。宗俊对潘军的重要作品的分析阐释,很是中肯精辟,见解独到。宗俊在分析潘军创作中的第一人称叙事时,针对以《南方的情绪》为代表的先锋文学创作,展开了多方面的分析,围绕多重身份、越界视野与美学空间的扩展,揭示出第一人称叙事的突出特质。此外,宗俊通过文本分析,颇费心力地阐述了潘军作为先锋小说家的历史观的特质,即对历史的怀疑精神。他将分析的目光聚焦于潘军的两类实验性文本,一类是以现实为起点找寻历史真相的文本,如长篇小说《风》与中篇小说《蓝堡》;另一类则是重写古代历史的文本,如中篇小说《重瞳——霸王自叙》(后改编为九幕话剧)。他通过分析这些实验性文本所包含的形式感、对矛盾冲突的设置、对空白的填补乃至对史实的发挥,展现这些文本所呈现的不同历史况味,并揭示潘军对历史的总体态度。

我尤其重视宗俊为潘军作品打开的历史文化面向,这揭示出潘军的另一面,即写实的态度。比如宗俊读潘军的《独白与手势》三部曲,他能读出其中时空体的关联性:人物成长中的一些事件与时代发展中的某些事件,在某一特定空间上相遇,于是成长史的时间和历史时间能够对应起来。宗俊下了很深的功夫,读得非常仔细。这种深度与力道,是大多数对潘军作品的评论难以企及的。他分析,三部曲都以空间加时间的模式,作为章节的小标题。如

《白》卷中的《石镇:1967年10月》《水市:1975年10月》《梅岭:1976年10月》,《蓝》卷中的《海口:1992年4月》《广州:1992年4月》等等,宗俊从中看出潘军小说所包含的很强的纪实性,也就是说,潘军把他实际经验中的历史内容与自我感受写出来了,这是无法虚构的。这也是因为潘军的小说其实有相当一部分是现实题材,他为历史作证,他亲历了历史。在中国改革开放四十年波澜壮阔的历史中,其实最关键的一个段落就是小平同志南方谈话之后海南的开发以及珠江三角洲的大发展,潘军亲历了这段时代高潮,他是真正下过海的中国作家,成功过也失败过。所以他所记录下来的经历,具有历史的清晰性,这是别的作家所不具备的,别的作家都隔了一层。饶有意味的是,潘军以他的历史经验,为文学的时代想象赋予了真实的形体,而他自己作为一个在市场经济中浮沉过的人物,本身就是文学想象时代的一个对象,或者说是其中的一部分。在这个意义上,他更要浓墨重彩地书写某种传奇般的生活。这一段生活在中国历史上是非常独特的,从未有过或许也难以再有。我想,宗俊对潘军的作品进行了如此具有历史感的阅读,他的隐衷或许在此?

宗俊通过文本细读,证明了潘军小说的某种纪实性。但小说总体上还是一种虚构的文类,内容的真真假假最终都要聚合在小说的艺术层面。诚然,那些溢出虚构的部分,熟悉潘军的人仍是能够读出。但宗俊守住了作为一个文学研究者的本分,他从文学本身的问题出发,来处理包含在文学之中的虚实真伪。就像我在上文所强调的,宗俊深知他写的是作家论,而非人物传。

总而言之,对于这部作家论,我深表赞赏。但或许是由于篇幅所限,宗俊对一些学术要点未进行更深入的阐述,以宗俊的学术功力,这些要点是可以深入展开的。比如宗俊谈到潘军的第一人称叙述问题,谈到潘军与鲁迅之间的可比较性,均展现出宗俊颇为独特的视角与立意,但我认为就某些要点,还是应该更广泛地展开,让我们看到作家本人的创造性。潘军的双重叙事、心理刻画、将时间作为小说构件的处理方式、纪实与虚构的混淆,体现了他对现代主义文学传统的致敬,因此可以将潘军的创作放置在一个更大的文学谱系中来讨论。博尔赫斯、卡尔维诺、卡夫卡,这都是深刻地影响过潘军的作家。潘军也曾跟我谈及,法国新浪潮的作家尤其是罗伯-格里耶,对他影响至为深远。这些作家往往隐身在潘军创造性的文学表达之后,未必诉诸直接的显现。在这个意义上,这种影响关系更有必要得到深入的开掘。这种深入的比较将使这部作家论的学术含量更加深厚。这是我的一点建议,或许有些吹毛求疵了,但也表达了我对宗俊这样一位有才学的学者的更高期待。总之,更应该恭贺宗俊,写出了一部高水平的作家论。

  是以为序。

2024 年 4 月 27 日

目　录

序　陈晓明／001

导论　潘军研究四十年／001

上　篇

第一章　潘军的早期小说创作／033
　　第一节　以现实主义为基础的写作／033
　　第二节　早期创作在艺术上的探索／039

第二章　潘军小说的先锋特质／046
　　第一节　怀疑与批判精神／046
　　第二节　第一人称叙事／056

第三章　潘军小说的皖江地域文化特色／068
　　第一节　皖江地域文化在小说内容上的表现／068

第二节　皖江地域文化在小说语言上的反映 / 073

第三节　文本背后的文化意识 / 076

第四章　潘军小说中的意象——以"水"为例 / 080

第一节　"水"意象在小说中的体现 / 081

第二节　"水"意象的文化内涵 / 084

第五章　潘军的话剧创作 / 095

第一节　都市人性的拷问 / 097

第二节　人的尊严的维护 / 102

第三节　写实+写意的艺术 / 106

第六章　潘军的散文创作 / 114

第一节　潘军散文的类型 / 114

第二节　潘军对散文艺术的探索 / 121

第七章　潘军回乡后的小说创作 / 131

第一节　回乡后小说的主要思想内涵 / 132

第二节　回乡后小说的主要艺术特色 / 144

下　篇

第八章　《日晕》：在故土与他乡之间 / 155

第一节　对乡土历史与现实的发问 / 155

第二节　对人与土地关系的反思 / 159

第三节　对乡土小说"怎么写"的探求 / 163

第九章 《风》:心灵的历史 / 169

　　第一节 "暧昧"的历史 / 170

　　第二节 如何讲述历史 / 174

　　第三节 一种历史小说写作的参与者与见证者 / 181

第十章 《独白与手势》:一代人的成长史 / 185

　　第一节 成长时空的个人化与历史化 / 185

　　第二节 成长的"身体维度" / 190

　　第三节 成长的"教育维度" / 195

　　第四节 成长的"成长维度" / 200

第十一章 《死刑报告》:法与情的纠缠 / 207

　　第一节 法治建设的现实关注 / 207

　　第二节 死刑文化的深层思考 / 212

　　第三节 人的处境的审美追问 / 217

第十二章 《重瞳》文本系列:一次跨文体写作的成功尝试 / 223

　　第一节 《重瞳》文本系列的版本 / 223

　　第二节 故事:重新解读与借题发挥 / 226

　　第三节 技法:"第一人称"与"诗骚"手法 / 232

结语　飞翔与行走的写作 / 242

附　录

附录一　写作是未知不断显现的过程——潘军先锋小说访谈录 / 257

附录二　谜一样的书写——潘军长篇小说《风》访谈录 / 277

附录三　潘军研究资料索引 / 293

后记 / 302

导论　潘军研究四十年

潘军,1957年11月28日出生于安徽省怀宁县石牌镇。当代著名作家。1982年毕业于安徽大学中文系,迄今创作了近千万字作品。在小说、散文、话剧、影视、书画等方面均有所建树。代表作品有:长篇小说《日晕》《风》《独白与手势》《死刑报告》,中短篇小说《白色沙龙》《流动的沙滩》《南方的情绪》《重瞳——霸王自叙》《合同婚姻》《海口日记》《与程婴书》《刺秦考》,话剧《地下》《合同婚姻》《霸王歌行》《断桥》,影视作品《五号特工组》《海狼行动》《惊天阴谋》《粉墨》《虎口拔牙》《分界线》,书画集《泊心堂记——潘军文墨自选集》《泊心堂墨意——潘军画集》等。另出版有文集《潘军文本系列》《潘军实验作品集》《潘军文集》《潘军作品典藏》《一意孤行——潘军创作随想录》,散文集《潘军散文》《水磬》《山水美人》等。

若以1982年在《青年文学》创刊号发表小说处女作《拉大提琴的人》(发表时更名为《啊!大提琴》)算起,那么他的创作活动至今(2024年)已逾40年。纵观这40年来,潘军不断给文坛(不仅仅是文坛)带来许多"惊喜"与"意外"。到目前为止,他在创作上经历了四次转型:第一次在1987年,发表具有转折意义的中篇小说《白色沙龙》,其后创作了《悬念》《南方的情绪》

《流动的沙滩》《蓝堡》等中短篇小说,以变幻莫测的叙事技巧和抒情风格引起文坛瞩目,与余华、苏童、格非等人一起被视为继马原之后的先锋小说的代表作家。1992年发表长篇小说《风》,牢牢奠定了他在先锋小说中的地位。在风头正劲的时候他却停笔"下海",暂别文坛。第二次转型在1996年,在经历了商海沉浮和人生漂泊之后,以一部中篇小说《结束的地方》重新操觚,在随后五六年时间里发表长篇小说4部,中短篇小说40余部,多篇作品被《新华文摘》《小说月报》《小说选刊》等转载。这一次转型,潘军从"圈内"开始走向"民间"。许多作品反响强烈,如长篇小说《独白与手势》("白、蓝、红"三部曲)、《死刑报告》,中短篇小说如《对门·对面》《海口日记》《关系》《重瞳——霸王自叙》《合同婚姻》等。正当小说创作达到一个高峰之际,潘军又"抽身而退",将主要精力投身于话剧与影视创作,这便有了第三次转型,时间在2004年前后。在这两个领域内潘军也左右逢源,成绩斐然。话剧《合同婚姻》在北京人民艺术剧院、哈尔滨话剧院以及美国华盛顿演出;《重瞳——霸王自叙》(后更名为《霸王歌行》)在中国国家话剧院屡次上演,并在上海、深圳、南京、济南等地巡演,同时赴韩国、埃及、俄罗斯、日本等地演出,代表国家参加不同世界性戏剧节并获得奖项。与此同时,他又再次"触电"(潘军最早"触电"可追溯到1981年根据自己话剧《前哨》改编的同名电视剧,后在中央电视台第一套节目黄金时段播出),尤其是集编、导、演于一身的"谍战三部曲"(《五号特工组》《海狼行动》《惊天阴谋》)更让他过足了"电"瘾,之后又执导了《康百万》(后更名为《河洛康家》)、《粉墨》(后更名为《永远的母亲》)、《虎口拔牙》等剧作。第四次转型在2017年,作家从北京回到故乡安庆定居,购买长江边一处三层别墅,斋号"泊心堂",以翰墨生涯为主,创作了大量书法绘画作品,结集出版有《泊心堂记——潘军文墨自选集》、《泊心堂墨意——潘军画集》(三卷),并在合肥、安庆等地举办个人巡回画展。不过,这一时期,作家除了书画创作之外,也进行文学创作,到目前为止,共发表5部短篇小说、4部中篇小说、1部话剧,其中部分作品获得不同级别奖项。

另外,潘军还打破了当代文学期刊的出版惯例,创造了几个"第一":1999年《作家》杂志破例发表长篇小说《独白与手势》第一部《白》;2000年《北京文学》复刊后破例发表话剧《地下》(上一次为1961年吴晗的《海瑞罢官》剧本);2005年《江南》杂志破例发表话剧《重瞳——霸王自叙》,同年《芙蓉》杂志也破例发表其京剧剧本《江山美人》,等等。

学界对潘军的研究紧跟其创作。纵览这40年来的潘军研究,大致可分为三个阶段。第一阶段从1988到1994年。主要是对潘军长篇小说的研究。最早评论文章是1988年陈辽、唐先田两位先生对潘军长篇小说《日晕》的评论。此外,陈晓明、鲁枢元、吴义勤等批评家都有专文评述,尤其是1994年第2期《当代作家评论》"潘军评论小辑",陈晓明、鲁枢元对潘军长篇小说《风》的评论影响甚大。此阶段虽然是早期研究,但一些文章观点成熟,见解精辟,直接影响了后来的很多研究。第二阶段在2000年至2005年。此阶段,出现了一次研究高潮,评论家数量多,论文质量也达到了一个很高的水平。《当代作家评论》《南方文坛》《小说评论》《安徽大学学报》《江淮论坛》《北京文学》《作家》《时代文学》《安徽文学》等期刊都开辟有潘军作品评论专辑。此时期有专题硕士论文出现。第三阶段从2006年至今。此阶段为纵深期,每年都有相关评论出现,但就论文总体质量而言,不及前两个阶段。

与潘军创作实绩相比,也与其他先锋作家研究的火热相较,潘军研究似乎还未受到评论界应有的重视,其原因也是多方面的:一是与作家因诸多因素多次搁笔有关,尤其是他两次从中国当代文坛中心(20世纪80年代先锋时期和2000年前后)抽身而退,让一些读者感到极不适应,发出"作家潘军何时重新浮出水面"的感叹;二是与现实环境变化以及作家60岁之前"弄文"、60岁之后"舞墨"的人生规划等因素有一定联系,在当下浮躁的文坛,这让其关注度自然就少;三是与学界研究力度不够有关。这40余年里,单篇研究论文数量不足百篇,硕士研究论文仅10篇,另外还有部分硕士、博士中有专章(节)论及和一些报刊的零散论述。因此对潘军40余年来的创作及其研究做一系统的梳理,不仅对于作家创作很有必要,对总结中国当代先锋作家创作和重估"文学皖军"地位等方面也都有着积极的意义。

一、关于小说内容和主题的研究

对潘军小说主题与内容的分析大致分为对城市与乡村、历史与现实、漂泊与宿命等几个方面。

(一)城市与乡村

对潘军城市小说的评论大致又围绕三个方面展开。一是对潘军城市小说地位的评析。如李洁非通过潘军与先锋作家和新生代作家的比较认为:"潘军的城市小说在哲学、文化和感觉方式上迥异于所有的同类创作。所有这一切,构成了现在的写城市的潘军的特殊性,没有第二个人可以重复他。"[①]杨匡汉也认为"社会转型期带有普世性和中性化的此一心理特征,被

[①] 李洁非:《现在的写城市的潘军》,《潘军小说文本系列·D卷》,北京:中国工人出版社,2000年版,第176页。

潘军抓住了,并且被优雅地叙述出来","他比其他'流寓'南方的作家讲得更多、更精彩、更流利"[1];台湾省学者南方朔也认为与西方成熟的城市文学相较,"潘军在相比之下毫不逊色"[2];孙仁歌则以《合同婚姻》为例,指出潘军城市小说"探索出了一种从城市到城市、从内心到内心的'潘氏叙事',颇具一种填补了小说叙事上的某种空白的魅力"[3]。这些评说都站在一个宏观的角度充分肯定了潘军城市小说的意义与价值。二是对潘军城市小说所涵盖的主题的探讨。牛志强认为潘军的城市小说"写出了当下中国城市的生态与心态"[4];许春樵则认为潘军城市小说,"是现实荒谬下的人的无根状态或者悬空状态,这是现代城市里人们灵魂'无家可归'的整体象征"[5];另一些论者认为"潘军笔下的城市生活状态表现为漂泊、孤独"[6],"通过看似偶然的事情揭示都市人荒谬的存在"[7];台湾省吕正惠也认为这一漂泊感"所表现出来的哀婉,让人印象深刻"[8];丁增武则认为潘军的都市小说"侧重于表现现代都市伦理的一种虚幻体验","是一种纯真生命的呢喃与想象"[9]。三是对潘军城市小说艺术技巧的分析。黄晓东认为"反讽""欧·亨利式结尾""某些先

---

[1] 杨匡汉:《现代男性的焦灼》,《潘军小说文本系列·A 卷》,北京:中国工人出版社,2000 年版,第 178—179 页。
[2] 南方朔:《潘军的"新表现时代"与〈重瞳〉这本选集》,《安徽文学》2005 年第 7 期。
[3] 孙仁歌:《现代城市人的婚姻绝唱——评潘军中篇小说〈合同婚姻〉》,《江淮论坛》2003 年第 6 期。
[4] 牛志强、潘军:《关于潘军小说叙事艺术的对话》,《小说评论》2000 年第 6 期。
[5] 许春樵:《潘军小说解读的其它几种可能性》,《江淮论坛》2001 年第 1 期。
[6] 解松、邵水一:《忧郁而浪漫的叙事——潘军小说论》,见唐先田主编:《潘军小说论》,合肥:安徽大学出版社,2003 年版,第 211 页。
[7] 蔡爽:《潘军近年小说解读》,武汉:武汉大学 2004 届硕士学位论文,第 5 页。
[8] 吕正惠:《潘军的小说和他这个人》,《安徽文学》2005 年第 7 期。
[9] 丁增武:《论潘军小说的叙事风格》,《合肥联合大学学报》2001 年第 3 期。

锋叙事技巧的沿用"等,使得潘军"城市叙事手法独具个性"①;杨匡汉认为潘军的"叙述似乎常为恐惧所追逐,急迫、简约"②;吕正惠认为"幽默"的喜剧特色是潘军城市小说的一个特点,等等。这些评述都较准确地把握住了潘军都市小说的某些艺术风貌,但只是只鳞片甲,目前还缺少专论的文章。

相较于对城市小说的评论,对潘军乡村小说的评论较少,主要集中在《日晕》《风》《秋声赋》等单篇作品上,宏观的评论不多。在单篇评论中,唐先田、陈辽二人都认为《日晕》是一部"文化小说"。如唐先田认为"《日晕》里的文化风情写得是好的,具有强烈的地方特色而不媚俗,寓雅于俗","是真正的小说与文化的合流"③;陈辽认为"《日晕》表现了当代多种文化心理,更显示了时代的亮色"④;本人对这篇小说做了一次重读,将它放置于20世纪30—80年代中国乡土小说中加以考察,发现了其内容与艺术上的探索意义⑤。对于《风》,评论界喜欢将它归为历史小说行列,但同时它也是一部乡村题材的小说。如陈晓明就认为这部小说,"在通常意义上,可以看成是对皖南民风或者某种地域文化的描写","弥合了'寻根'和'先锋派'二股潮流"⑥。林舟认为《秋声赋》不仅仅写的是伦理、农民,"它实际上表达了对困难的一种承受"⑦;唐先田也认为《秋声赋》"是中国农村的一个缩影",它将

---

① 黄晓东:《城市状态的个性书写——潘军城市叙事解读》,《当代文坛》2004年第1期。
② 杨匡汉:《现代男性的焦灼》,《潘军小说文本系列·A卷》,北京:中国工人出版社,2000年版,第179页。
③ 唐先田:《长篇创作的新尝试——评潘军的〈日晕〉》,《清明》1988年第3期。
④ 陈辽:《给读者留下广阔的思维空间——读〈日晕〉》,《清明》1988年第6期。
⑤ 陈宗俊:《乡土的反观与守望——重读潘军长篇小说〈日晕〉》,《安庆师范大学学报》(社会科学版)2022年第3期。
⑥ 陈晓明:《对文学说话:潘军的〈风〉及其他》,《当代作家评论》1994年第2期。
⑦ 林舟、潘军:《建构心灵的形式——潘军访谈录》,《花城》2001年第1期。

"现代文化与传统道德交织在一起、苦难与和谐交织在一起、风情与风俗交织在一起",充满了"道德含量和艺术含量"①。在宏观论述中,本人曾探讨了地域文化对潘军小说创作的影响②,但我也只是从地域文化角度评论潘军小说,并未对作家乡村题材作品做一宏观的归纳与分析,值得继续研究。

(二)历史与现实

潘军创作了一批历史题材的小说。如《风》《蓝堡》《重瞳——霸王自叙》《与程婴书》《刺秦考》等。这种与后现代主义相契合的历史观被众多研究者所关注。这方面以鲁枢元、吴义勤等人的研究值得重视。鲁枢元以《风》为例,认为该小说流露一种"别样的历史观",并表现在"历史的内涵"与"探求历史方法"两个方面,作家"在努力探求历史中心理、心态、心灵的真实"③;吴义勤认为,"历史"与"现实"在潘军这些小说里,代表的是"对存在的解构"和"对真实的怀疑",但二者又是不可分割的两个层面,"'历史'是过去的'现实','现实'是未来的'历史',它们有着共同的本质,即都是虚幻的、虚假的和不真实的","作家让叙述者穿行于'历史'与'现实'之间,以'现实'切割'历史',以'历史'切割'现实',从而使'历史'与'现实'处于某种'解构'关系之中"④。鲁、吴两位学者都从"心灵的历史"方面肯定了潘军历史小说的意义。蔡爽、李云峰两位在其硕士论文中对鲁、吴二人的观点有所发挥。蔡

---

① 唐先田:《〈秋声赋〉的道德含量与艺术含量》,《江淮论坛》2001年第1期。
② 陈宗俊:《论潘军小说创作的故乡情结》,《安庆师范学院学报》(社会科学版)2005年第6期。
③ 鲁枢元:《捕〈风〉捉影——兼记潘军与他的伙伴及我的朋友们》,《当代作家评论》1994年第2期。
④ 吴义勤:《让真实飘在风中》,《潘军小说文本系列·F卷》,北京:中国工人出版社,2000年,第171页。

爽结合具体文本,认为潘军的历史观为"历史不在现实而在内心,即使是客观的历史,那么这客观也是一种主观的可能性"[①];李云峰则认为,潘军"把独特的个人经验融合到历史"中去,创造了一种"个人化的历史","将关注的重心由传统历史小说的政治立场、社会学特征转向新历史小说的'人本'特征,作者关注的是'人',关注个人在历史中的命运。人物成了叙述的重心、核心,历史事件的描写倒退居其次"[②]。

另外,还有几篇访谈值得我们重视。一是潘军在与牛志强《关于潘军小说叙事艺术的对话》一文中,就"历史的意味"进行了专题探讨。牛志强认为潘军的历史小说颇似苏童的《妻妾成群》,并从当代文学史中"历史"进入文学的角度、文体意识等方面对潘军的心理小说进行了肯定[③];二是潘军在接受林舟博士的专访《建构心灵的形式》一文中,林舟就"历史"做了有关访谈,认为"寻找""怀疑""宿命"等主题与氛围都建立在巧妙的"心灵的形式"之中[④];三是近年来潘军接受本人的部分访谈中,也延续了他的历史是"心灵的历史"的观点[⑤]。

(三)漂泊与宿命

在潘军的小说中,漂泊、流浪、恐惧与宿命等词语隐含其间,这也是作家所追求的一种氛围。研究者对此也有充分的论述,以肯定的、积极的评价居

---

① 蔡爽:《潘军近年小说解读》,武汉:武汉大学2004届硕士学位论文,第8页。
② 李云峰:《论潘军小说的个人化叙事》,芜湖:安徽师范大学2007届硕士学位论文,第28页。
③ 牛志强、潘军:《关于潘军小说叙事艺术的对话》,《小说评论》2000年第6期。
④ 林舟、潘军:《建构心灵的形式——潘军访谈录》,《花城》2001年第1期。
⑤ 陈宗俊、潘军:《谜一般的书写——潘军长篇小说〈风〉访谈录》,《作家》2020年第5期。

多。对于漂泊与流浪,研究者大都从潘军小说人物形象的角度进行挖掘与阐释。台湾省学者蔡诗萍用"漂流"一词来代替"漂泊",认为这些"漂流者""漂流于婚姻之外,漂流于大都市之外,漂流于主流价值之外,漂流于自己其实也有能力适应的社会进化之外",并认为这是潘军小说"最迷人者","抓住了'人'的某种'偏偏如此'的固执性"[1];吕正惠也认为这个漂泊者是"'现代城市'的漂泊者",从而赋予漂泊者一种"现代性"意义[2];王海燕则从"叛逆"的角度来理解这些漂泊者,并认为"潘军的都市漂泊者的形象在新时期文学乃至先锋派小说家的笔下都是很独特的"[3];李云峰认为"漂泊"与"逃亡"是联系在一起的,因为生活本身是无意义的,其意义就在寻找过程中得以实现,于是"漂泊/逃亡也就成了一种救赎","逃亡的目的是为了寻找意义,是对心中理想的再一次追寻,是为了保持个体在权力社会、世俗社会中的自尊,为了寻找生命中的伊甸园","漂泊/逃亡因此具备了诗性的、智性的色彩"[4];本人则通过对"水"的意象与"漂泊"关系的考察,认为这种漂泊"体现着作为'个体'生命的体悟与精神思索,体现着生命'个体'对于'世界'的存在的'对抗'意义",寄寓着"对生命状态与人生境界的思考与洞察"[5]。

与"漂泊"同样被关注的是对"宿命"的理解。论者大都根据潘军本人在其中篇小说《爱情岛》中宣称"人类永远孤独"这一言论出发,指出这种孤独

---

[1] 蔡诗萍:《潘军写活了与一般男人不一样的男人》,《安徽文学》2005年第7期。
[2] 吕正惠:《潘军的小说和他这个人》,《安徽文学》2005年第7期。
[3] 王海燕:《潘军论》,《文学评论丛刊》2009年第2期。
[4] 李云峰:《论潘军小说的个人化叙事》,芜湖:安徽师范大学2007届硕士学位论文,第21页。
[5] 陈宗俊:《水磬声声:潘军小说中的"水"叙事》,《安庆师范学院学报》(社会科学版)2009年第10期。

是人类的终极意义上的孤独,是人类的宿命,同时也充满不屈的抗争。如陈晓明认为,"这也许是潘军理解生活本质的一个出发点,但潘军的小说并不充满悲观的情绪,'孤独感'却成为他的人物努力理解他人、理解自我的动力"[①];丁增武也认为"这是潘军理解生活的出发点,也是他写作与叙事的出发点"[②];同时,一些学者认为这种孤独必然体现为一种忧郁,"这在当代文学中可以说是难能可贵的",体现了"一个人文知识分子的时代情绪"[③];许春樵则认为这种忧郁体现了作家小说叙事背后无法摆脱的"无奈或绝望的忧伤","忧伤是一种打击,忧伤表明固守和期待仍然是一种意义",并指出作家无法用小说"粉碎自己","某种固有的东西已经深入骨髓成了作家的一种特质"[④];谭墨墨则从题材角度认为,"潘军的恐惧、宿命主题主要体现在'兵匪'题材系列和'蓝堡'系列作品之中"[⑤],等等。这些评说都从一个角度丰富了小说中有关"宿命"的内涵。

二、关于先锋小说的研究

对潘军先锋小说写作的研究主要集中在先锋小说写作地位与价值、先锋小说叙事特征、先锋小说艺术风格等几个方面,这是涉及潘军在文学史定位方面的研究,值得重视。

---

① 陈晓明:《解谜的叙述》,《潘军小说文本系列·C 卷》,北京:中国工人出版社,2000 年版,第 187 页。
② 丁增武:《论潘军小说的叙事风格》,《合肥联合大学学报》2001 年第 3 期。
③ 牛志强、潘军:《在大陆和岛屿之间》,《潘军小说文本系列·A 卷》,北京:中国工人出版社,2000 年版,第 185 页。
④ 许春樵:《潘军小说解读的其它几种可能性》,《江淮论坛》2001 年第 1 期。
⑤ 谭墨墨:《论潘军中短篇小说的荒诞意识》,长春:东北师范大学 2009 届硕士论文,第 17 页。

（一）先锋小说写作意义与价值研究

对于此的研究,批评界从潘军创作一开始就持一种肯定的批评态度。

这里大致分为两种情况:一种是通过单篇作品的评价来肯定作家在文学史上的地位,我们下文单篇作品的讨论与争鸣将谈及,此处从略;另一种是在整体上对潘军写作在文学史上的意义与价值加以肯定。如杨匡汉认为,"潘军的创作实践打破了'小说死亡'的神话"[1],将潘军的小说创作与小说的消亡画上等号;方维保也认为"对于潘军可以这么说,他算不得先锋小说的最优秀的代表,但是他确实是先锋小说告别仪式上最引人注目的一位,正因为潘军的创作,才使先锋小说没有显得那么草草收场,而有了一个辉煌的结局"[2];许春樵则将潘军的小说放到重评先锋小说的价值角度来衡量潘军小说的意义,指出潘军小说重新解读的可能性[3]——许春樵的这种以作家评说作家的方式,值得重视;宗仁发从一位编辑角度对潘军的小说创作进行了肯定:"潘军的小说越写越好,他的每一篇新作差不多都要提供一种新的东西,或形式,或蕴含,或节奏,或语言"[4];南方朔则将潘军的创作看成大陆作家的某种写作范式来加以认识,认为潘军的作品"对台湾读者及文学研究者的意义,乃是我们可以由这些作品里,看到大陆作家由'向外学习'转为'向内沉

---

[1] 杨匡汉:《现代男性的焦灼》,《潘军小说文本系列·A 卷》,北京:中国工人出版社,2000 年版,第 180 页。

[2] 方维保:《恣情的诗意——论潘军的小说创作》,《安徽大学学报》(哲学社会科学版) 2001 年第 1 期。

[3] 许春樵:《潘军小说解读的其它几种可能性》,《江淮论坛》2001 年第 1 期。

[4] 宗仁发:《永远的创造力——读潘军作品札记》,《潘军小说文本系列·B 卷》,北京:中国工人出版社,2000 年版,第 177 页。

淀'的某些面目和成绩"①。

另外,对于潘军小说的"先锋"定位,批评者们有不同看法。有认为潘军小说创作根基是现实主义,如认为"《白色沙龙》为具有现实主义倾向的作品"②,"中国现实主义精神仍是他的底蕴"③;有认为"潘军的小说文本可以说是'先锋叙事'范本中的范本"④;有人认为"从《白色沙龙》开始,潘军便一直在现实主义和后现代主义的原则之间徘徊"⑤,等等。这些评论本身就说明了潘军创作的丰富性与多元性。

但有意味的是,相对于其他先锋作家在文学史上的书写而言,也与上述评价形成对照的是,文学史家们似乎对潘军的评价不高。在主流的有影响的几部当代文学史教材中,在谈到先锋小说时,有的根本不提潘军,有的提到也仅仅是一带而过,对其创作特点则不置可否。如朱栋霖等主编的《中国现代文学史(1919—1999)》(下),初版(1999)和修订版(2007)在论及20世纪90年代小说时,初版还提到潘军及其小说《风》,但修订版中干脆将作家"除名"。这里需要提及我们的文学史家们对潘军的创作进行重新评定的必要,"一部叙述中国当代文学尤其是新时期文学史不写潘军,无疑是不完整的"⑥。

---

① 南方朔:《潘军的"新表现时代"与〈重瞳——霸王自叙〉这本选集》,《安徽文学》2005年第7期。
② 李美云:《论潘军小说中的人物塑造》,《安庆师范学院学报》(社会科学版)1991年第4期。
③ 方维保:《恣情的诗意——论潘军的小说创作》,《安徽大学学报》(社会科学版)2001年第1期。
④ 丁增武:《论潘军小说的叙事风格》,《合肥联合大学学报》2001年第3期。
⑤ 青峰:《云霄上的浪漫主义——潘军访谈录》,《长城》2003年第2期。
⑥ 疏延祥:《潘军及其小说印象记》,见陈宗俊编选:《潘军小说论》(第二辑),合肥:安徽大学出版社,2009年版,第347—348页。

(二)先锋叙事研究

潘军之所以被归为先锋小说家行列,除了与文学的时代风向有关外,更与当年像马原、余华、苏童、格非、北村、孙甘露等这样一批对文本形式实践热衷的小说家的孜孜追求有关,先锋小说家们每个人都使出浑身解数,也形成了各自先锋时期小说的特点,如马原的"叙事圈套"、格非的"叙事空缺"、余华的"零度情感叙述"、苏童的唯美与绮丽、孙甘露的语言游戏、北村的宗教情怀等等。那么,潘军小说的独特之处在哪?对此,批评者们众说纷纭。

一是独特的叙述人。其中,陈晓明的《对文学说话:潘军的〈风〉及其他》《解谜的叙事》等文章影响甚大,他对潘军先锋叙事特点的概括几乎形成定论,后来的研究者大都在其观点的基础上进行发挥。陈晓明指出,"潘军的特点则表现在他的那个叙述人""一种真实的关于'我'的叙述,关于'我的叙述'的叙述"[①]。之后,牛志强也认为"第一人称"是潘军小说的独特之处,并与潘军关于"第一人称"做过一次访谈[②];方维保同样认为"潘军叙述的特点,'我',隐含的作者尽量参与故事,并成为其中的角色,而不喜欢以纯粹旁观者的姿态叙述"[③];丁增武则认为这个叙述人是潘军先锋叙事的"最主要的着力点"、是"潘军式"的[④]。但同时也有学者提出不同的看法,如李云峰认为"'个人化'是潘军小说的关键词"[⑤]。其实,第一人称的叙事也是"个人化"

[①] 陈晓明:《对文学说话:潘军的〈风〉及其他》,《当代作家评论》1994年第2期。
[②] 牛志强、潘军:《关于潘军小说叙事艺术的对话》,《小说评论》2000年第6期。
[③] 方维保:《恋情的诗意——论潘军的小说创作》,《安徽大学学报》(哲学社会科学版)2001年第1期。
[④] 丁增武:《先锋叙事:漫游与回归——潘军中篇小说论》,《安徽大学学报》(哲学社会科学版)2001年第1期。
[⑤] 李云峰:《论潘军小说的个人化叙事》,芜湖:安徽师范大学2007届硕士学位论文,第1页。

的一个方面。熊爱华的《论潘军小说中的先锋特质》[1],则是一篇专门研究潘军先锋小说特质的硕士论文,该文从内容和形式两方面对此进行了论述,值得我们重视。

二是形式的探索。陈晓明认为"对形式结构的迷恋,引诱潘军走到探索的前列"[2];吴义勤、施战军、林舟等众多研究者均持此观点,"'技术'其实已经完全融进了潘军的文学思维和文学智慧"[3];"潘军在技术方面毫不逊色……因而只有到今天才能充分评估他的'先锋精神'的长效性"[4];林舟的一篇访谈就叫"建构心灵的形式"[5]。因此,对形式的"激情和痴迷",使得潘军小说形式是一种"有意味的形式"。

三是极端个人化的体验与虚构。如牛志强认为在先锋作家群中,潘军叙事风格"颇得塞林格的真传",并将此风格命名为"冷叙事"[6]。黄晓东认为"追求心理真实""对性描写的节制"等方面是潘军有别于其他先锋作家的地方[7]。陈晓明认为"强烈的虚构与真切的个人体验相结合,构成潘军小说叙事最动人之处"[8];丁增武就此发挥,认为潘军小说的叙事策略就是"体验与

---

[1] 熊爱华:《论潘军小说中的先锋特质》,安庆:安庆师范大学2016硕士学位论文,2016年。
[2] 陈晓明:《对文学说话:潘军的〈风〉及其他》,《当代作家评论》1994年第2期。
[3] 吴义勤:《让真实飘在风中》,《潘军小说文本系列·F卷》,北京:中国工人出版社,2000年版,第175页。
[4] 施战军:《先锋写作:方位调整与精神新生》,《文艺研究》2000年第6期。
[5] 林舟、潘军:《建构心灵的形式——潘军访谈录》,《花城》2001年第1期。
[6] 牛志强、潘军:《关于潘军小说叙事艺术的对话》,《小说评论》2000年第6期。
[7] 黄晓东:《潘军小说创作论》,南京:南京大学2004届硕士学位论文,第18—20页。
[8] 陈晓明:《解谜的叙述》,《潘军小说文本系列·C卷》,北京:中国工人出版社,2000年版,第186页。

虚构",同时这一策略"在潘军笔下还具有指导写作观念意义"①。其他一些学者在这方面的评论也都大同小异。

(三)先锋小说艺术风格的研究

虽然潘军说自己小说的"风格就是没有风格"②,但评论界对潘军小说的风格还是进行了诸多探讨。除了上述先锋叙事特点外,对潘军先锋小说艺术风格的研究,可以用"诗意"一词来概括。如陈福民认为"潘军是这个时代的唯美主义者"③,"唯美"中就体现着"诗意";牛汉称潘军"骨子里是个诗人",方维保称潘军为"行吟诗人"等等。这种"诗意"又主要表现在三个方面:一是在小说整体故事风格上。如吴义勤认为潘军的历史小说充满了"历史诗情"④;唐先田认为潘军一些小说是"抒情的现实主义",表现在人物、语境与意蕴三个方面⑤;王达敏以小说《三月一日》为例,指出潘军小说满贮着"古典式浪漫"⑥;方维保的一篇论述潘军的论文就叫《恣情的诗意》,文章指出潘军小说风格是"诗意化"的,"最突出地体现在他对小说诗意氛围的营构上",因而故事"如清风流水般顺畅"⑦;李正西则认为潘军小说里流动着一股"诗情画意",使得其小说"具有写意的绘画美、流动的音乐美和散点透视的美",并

---

① 丁增武:《论潘军小说的叙事风格》,《合肥联合大学学报》2001年第3期。
② 潘军:《潘军中篇小说自选集·上卷》,北京:大众文艺出版社,2000年版,第2页。
③ 转引自贝佳:《潘军的使命就是文学》,《文艺报》2000年8月15日。
④ 吴义勤:《让真实飘在风中》,《潘军小说文本系列·F卷》,北京:中国工人出版社,2000年版,第173页。
⑤ 唐先田:《抒情的现实主义》,《潘军小说文本系列·E卷》,北京:中国工人出版社,2000年版,第180页。
⑥ 王达敏:《〈狂人日记〉与当前小说的超现实写作》,《安徽大学学报》(哲学社会科学版)2002年第6期。
⑦ 方维保:《恣情的诗意——论潘军的小说创作》,《安徽大学学报》(哲学社会科学版)2001年第1期。

认为这与作家善于调动绘画、音乐、影视等艺术手法相关[1]。一些论者则以"激情"或者"浪漫"等词语代替"诗意",如青锋的一篇访谈就叫《云霄上的浪漫主义——潘军访谈录》[2];解松、邵水一也认为"浪漫是潘军处理现实与理想矛盾,填补其间裂痕的一种方法"[3]等。

二是表现在首尾与细节的营造上。研究者大都认为潘军小说的开头和结尾绝妙无比,深得国外小说大师的精髓,如塞林格、博尔赫斯、海明威等。陈晓明所言潘军"每篇小说都是一个陷阱,诱你深入,却一无所获,最后还回味无穷"[4],这里的"陷阱",在我看来主要指故事经营的氛围,包括语言的魅力,尤其是小说的开篇与结尾,既"诱你深入"又"回味无穷";王海燕认为"能成功阻止读者只关心开始和结尾的小说家是了不起的,潘军做到了"[5];黄晓东认为潘军城市小说大都具有欧·亨利式的结尾,而且"结语颇具诗意韵味和一种独特的意象"[6]。一些论者结合一些具体作品来评价,如对《重瞳——霸王自叙》的结尾,有认为是"经典性的"[7],"美得令人心颤"[8];《三月一日》

---

[1] 李正西:《主观真实和心理真实的文本——论潘军的小说艺术》,《江淮论坛》2001年第1期。
[2] 青锋:《云霄上的浪漫主义——潘军访谈录》,《长城》2003年第2期。
[3] 解松、邵水一:《忧郁而浪漫的叙事——潘军小说论》,见唐先田主编:《潘军小说论》,合肥:安徽大学出版社,2003年版,第214页。
[4] 陈晓明:《对文学说话:潘军的写作及其他》,见唐先田主编:《潘军小说论》,合肥:安徽大学出版社,2003年版,第11页。
[5] 王海燕:《潘军论》,《文学评论丛刊》2009年第2期。
[6] 黄晓东:《城市状态的个性书写——潘军城市叙事解读》,《当代文坛》2004年第1期。
[7] 王达敏:《〈狂人日记〉与当前小说的超现实写作》,《安徽大学学报》(哲学社会科学版)2002年第6期。
[8] 青锋:《云霄上的浪漫主义——潘军访谈录》,《长城》2003年第2期。

结尾"简直太浪漫了,古典式的浪漫"①,等等。这些评论大都关注潘军小说的结尾的艺术,对于开篇的诗意的评析显得有些不平衡。同时,论者对潘军小说中的细节描写也津津乐道。唐先田认为潘军小说中的细节"对读者是个诱惑,诱惑读者去将这些细节连缀成各式各样的故事"②;蔡爽的硕士论文有一节就叫"细节的魅力",认为潘军小说中的细节设计"不同凡响",达到"简洁而深刻的艺术境界"③。

　　三是表现在语言上。韩少功曾说潘军小说的笔下"半天才半疯癫的造句运动"④,其中充满诗意就是"半天才半疯癫"的一种;陈友冰则从一个古典文学研究者的角度出发,充分肯定潘军先锋小说语言的"实验与创新",并由此反观当代文学创作中如何对白话文进行改造与创新,从而为新文学语言提供某种典范⑤;李正西把潘军小说的语言放到新时期小说艺术的背景下来考察,认为潘军小说语言是一种"情绪语言",这种语言能更好地"表现人物的情绪意象、情绪流动和情绪节奏,扩大了人物的'心理时间'与'心理空间'的表现领域,更适宜于人物的潜意识和感觉移借,以及情境的转移"⑥;王海燕则认为潘军的小说语言不仅仅是诗性的,它还包含着哲学的睿智与打破语言

---

　　① 方维保:《恣情的诗意——论潘军的小说创作》,《安徽大学学报》(哲学社会科学版)2001年第1期。
　　② 唐先田:《有限之中蕴含着无限——潘军短篇小说的纯文学价值》,见唐先田主编:《潘军小说论》,合肥:安徽大学出版社,2003年版,第24页。
　　③ 蔡爽:《潘军近年小说解读》,武汉:武汉大学2004届硕士学位论文,第26页。
　　④ 韩少功:《行动者的归来(代序)》,《潘军实验作品集(上)》,广州:花城出版社,2000年版,第1页。
　　⑤ 陈友冰:《关于当代文学语言表达方式的思考——从潘军的作品说开去》,见唐先田主编:《潘军小说论》,合肥:安徽大学出版社,2003年版,第38—48页。
　　⑥ 李正西:《论情绪流小说兼论潘军创作——新时期小说艺术论之三》,见唐先田主编:《潘军小说论》,合肥:安徽大学出版社,2003年版,第128页。

常规的创造,是"沉甸甸的深奥哲学化作了生活化的诗"①;黄晶晶的硕士论文则专门探讨了潘军小说的语言艺术,也认为其小说语言充满了"古典的诗意"②。以上这些论述对于我们研究潘军小说艺术风格有着积极的参考价值。

三、关于单篇作品的讨论与争鸣

潘军的作品几乎每一部都得到评论界的关注,尤其是其长篇小说。这里,我们仅以《风》《独白与手势》《重瞳——霸王自叙》《死刑报告》四部作品为例,来说明潘军作品的讨论与争鸣情况。

(一)关于《风》

《风》是潘军的第二部长篇小说,《钟山》1992年第3期开始连载。1993年河南人民出版社出版单行本。《风》的问世,引起批评界高度关注,批评家陈晓明、鲁枢元、吴义勤等都有专文评述。《当代作家评论》1994年第2期发表"潘军评论小辑"。这些批评大体包括形式与内容两个方面,也基本奠定了后来批评者对于这部小说评论的基调。陈晓明认为,"在更深意义上,这部小说可以看成是对历史进行一次捕风捉影的追怀",而"对形式结构的迷恋,引诱潘军走到探索者的前列","会在文学史上占据一席之地"③;鲁枢元认为《风》表现了"别样的历史观",具体体现"在历史的内涵上"与"探求历史的方法上"这两方面,小说"既是'结构主义'的,又是'心理主义'的",是

---

① 王海燕:《潘军论》,《文学评论丛刊》2009年第2期。
② 黄晶晶:《潘军小说语言特色研究》,合肥:安徽大学2009届硕士学位论文,第13页。
③ 陈晓明:《对文学说话:潘军的〈风〉及其他》,《当代作家评论》1994年第2期。

"长篇小说中'中国式现代主义文学'的一次成功尝试"[1];吴义勤认为,"潘军在中国新潮小说的发展中起到了继往开来的作用,而长篇小说《风》更以独特的文体方式和成功艺术探索在崛起中的新潮长篇小说中占有一席之地"[2]。康志刚认为,《风》是一种将"历史形态"与"小说形态"结合起来的作品,是作家"借助历史来阐释自己小说伦理的最重要的作品"[3];新近一些学者对这部作品进行了重读,显示出这部作品在潘军小说创作中的地位[4]。

朱栋霖等主编的《中国现代文学史(1919—1999)》(下)在论述20世纪90年代新潮小说时,也以潘军《风》等作品为例,指出"对历史的偏嗜,也成了新潮长篇小说的一大特色和一种文学策略","设定一种现实和历史的对比结构",从而实现"对人生存状态和生态图景的描绘以及对人终极命运的关怀"[5]。这些评述,都从较高角度肯定了《风》的意义,对于作品的不足则论述不多。

(二)关于《独白与手势》

《独白与手势》是一部长篇三部曲,包括《白》《蓝》《红》三部既相对独立又有一定连贯性的长篇小说。《白》连载于《作家》杂志1999年第7期至第

---

[1] 鲁枢元:《捕〈风〉捉影——兼记潘军与他的伙伴及我的朋友们》,《当代作家评论》1994年第2期。

[2] 吴义勤:《穿行于历史与虚构之间》,《当代文坛》1994年第1期。

[3] 康志刚:《流动的生活与流动的小说》,见唐先田主编:《潘军小说论》,合肥:安徽大学出版社,2003年版,第149页。

[4] 如张陵的《历史像风一样吹过田野大地——重读潘军长篇小说〈风〉札记》,《作家》2020年第5期;本人的《心灵的历史——重读潘军长篇小说〈风〉》,《中国当代文学研究》2019年第5期。

[5] 朱栋霖、丁帆、朱晓进主编:《中国现代文学史(1919—1999)》(下),北京:高等教育出版社,1999年版,第191页。

12期,《蓝》首发于《小说家》2000第1期,《红》首发于《作家》2000年第12期。人民文学出版社2000年与2001年先后出版了三部小说的单行本。2008年,文化艺术出版社出版了修订后一卷本的《独白与手势》。

对于《独白与手势》这部作品的讨论与争鸣文章,大致可分为三类:一类是对小说主题与内容的评述。白烨认为该小说"实现了真正的个人化叙事""端是不同凡响"[1];吴义勤认为此小说是作家"具有总结性意义的大作品",是"作家对个体生命的审视,对自我灵魂的解剖,对命运和宿命的思索与感悟",是一部"人生含量、历史含量、精神含量和艺术含量均相当丰富的小说"[2];王光东认为该小说"从民间的立场","在复活自己的历史经验的过程中也就创造了具有不同个人特点的小说文本"[3];吴格非将小说中的"存在主义"思想与想象同萨特进行了比较,指出潘军实际上借"爱欲"和"物欲"实现了个人的真正"自由和自尊"[4];周立民则从文学史的角度,高度肯定了小说中的"男人"形象,挽救了"'男人'在当代文学史的声名与形象",并探讨了现代知识分子的道路问题[5];冯敏认为与以往的知青题材小说相比,该小说"别开生面",其批判意识与卢梭的《忏悔录》、帕斯捷尔纳克的《日瓦戈医生》相媲美,"在期待了多年之后,我们终于可以在中国文坛看到类似的文本了"[6]。

---

[1] 白烨:《个人化叙述的杰作——读潘军的〈独白与手势〉》,见陈宗俊编选:《潘军小说论》(第二辑),合肥:安徽大学出版社,2009年版,第191页。
[2] 吴义勤:《艺术可能性的寻求与展示》,《作家》2000年第5期。
[3] 王光东:《复活自己的历史》,《作家》2000年第5期。
[4] 吴格非:《潘军:在欲望中成为你自己》,见其《萨特与中国》,徐州:中国矿业大学出版社,2004年版,第193页。
[5] 周立民:《潘军:男人主宰世界》,见其《精神探索与文学叙述:新世纪文学论稿》,桂林:广西师范大学出版社,2008年版,第248页。
[6] 冯敏:《个体生命的喃喃叙事——〈独白与手势〉阅读札记》,《小说选刊(长篇小说增刊)》1999年第2期。

二是对作品叙事尤其是绘画等引入小说的争鸣。汪政认为,该三部曲"体现的是潘军对叙事这一动宾词及其现实动作的哲学上的理解",同时认为作家将图画等手段的引入,其策略的刺激源于"我们当下的传媒时代"①;林舟则认为小说中人称"我""他"交错使用的变化及特点,"形成了节奏的转换",这种交错变换,使得"叙事的空间也显得非常饱满"②;王晓岚认为这些"画面最重要的是每一细部都表现作者的意识或者潜在的意识"③;王素霞从图画功能、意象叙述、时空安排等几个方面探讨了《白》中的叙事策略,认为这些叙事方式"既体现了文本的叙事智慧,又诱惑着读者步入新的叙述期待"④。另外,谢萍、王晔夏则对小说的图画进行了功能分类。谢萍以《白》中图画为例,将它们分为造境、抒情、象征与反讽等几类,并认为潘军将传统的文画结合的文"主"画"从"的地位打破,"将画面提升到文字并肩的地位"⑤;王晔夏则对三部曲中的238幅图画进一步归类,并做出一定的评析,认为"如此数量之众、比例之高、形式之多、范围之广地插入图画,在国内小说堪称第一"⑥。但也有论者认为"文画结合"形式,"对作家自身的写作和绘画的综合素质及读者的欣赏水平都提出了不低的要求"⑦,同时,"图片成为感觉的延

---

① 汪政:《独白与手势·红》,《当代作家评论》2001年第2期。
② 林舟:《视觉叙事的魅力——关于〈独白与手势〉的对话》,见《坦白——潘军访谈录》,合肥:安徽大学出版社,2000年版,第157页。
③ 王晓岚:《自由展示生活画面——〈独白与手势·白〉阅读体验》,《吕梁高等专科学校学报》2001年第4期。
④ 王素霞:《无望的言说——论〈独白与手势〉的叙事策略》,见唐先田主编:《潘军小说论》,合肥:安徽大学出版社,2003年版,第284页。
⑤ 谢萍:《不著一字,尽得风流——论潘军长篇小说〈独白与手势〉中的画面表达》,《当代文坛》2000年第6期。
⑥ 王晔夏:《视觉化时代的图像叙事》,上海:上海师范大学2003届硕士学位论文,第2页。
⑦ 同④。

伸,也可能成为一种限制"①。有论者甚至认为,这种"视觉叙事"对小说艺术上的贡献,可谓微乎其微(尽管它不失为一次有益的形式上的尝试和实验),因为小说毕竟是语言的艺术,包括先锋文学在内的形式实验,都是语言的实验,而"视觉叙事"这种离开语言本身的实验对小说影响并不大②。

三是对三部作品写作水平不平衡的探讨。这以黄晓东等人为代表。黄晓东认为,《蓝》《红》由于写作、积淀等的不足,使得后两部作品由于"重复过多,从而显得苍白、空洞甚至有些絮叨",使读者产生"一种腻烦心理"③;陶存堂将周立民的观点加以引申,认为"《白》中那个有正义感的男子汉在《蓝》《红》中变了","不够真诚,也不够宽容",这是作家的"生活底蕴不足""生活的积累不够"和"过于浮躁的心理"所致④。这些观点可以说是中肯的,作家也认识到这一点,于是在修订版中做了些修订。但对于该作品哪些地方做了修改,以及这一修改是否成功,目前尚无评论。

(三)关于《重瞳——霸王自叙》

《重瞳——霸王自叙》首发于《花城》2000年第1期,随后被《小说选刊》《北京文学》等期刊转载或重新发表,美国《世界日报》也予以连载,同时名列当年"当代中国文学排行榜"榜首,引起广泛影响。

对于《重瞳——霸王自叙》的研究,大致分为两个方面:一是对其地位的

---

① 冯敏:《个体生命的喃喃叙事——〈独白与手势〉阅读札记》,《小说选刊(长篇小说增刊)》1999年第2期。
② 黄晓东:《潘军小说创作论》,南京:南京大学2004届硕士学位论文,第32页。
③ 黄晓东:《心灵苦难的独特表达——潘军回忆性小说研究》,《铜陵学院学报》2008年第5期。
④ 陶存堂:《男性个体生命的存在方式——解读潘军的小说〈独白与手势〉》,乌鲁木齐:新疆大学2010届硕士学位论文,第8页。

肯定,被认为是"当代文学史上难得的佳作"①、"绝妙好词"与"最佳篇章"②、"近十年来最好的先锋小说之一"③;另一些学者将它与"新历史小说"挂钩,认为该作品"以史家的眼光和文艺家的笔法,对史料加以重新审视和剖析",是"潘军对历史小说创作所做的一个新的探索,是一个新的收获,也是整个历史小说创作的一个新突破"④,它"为当代历史题材小说创作增添了一抹亮色,其意义和价值已远远超出了'历史'本身"⑤。

二是对该小说艺术手法的争鸣。有认为是"超现实写作的另一种写法"⑥,有认为是"虽然略带迷蒙魔幻的浪漫,也基本是现实主义的"⑦。一些学者则将该小说与《史记·项羽本纪》⑧、鲁迅《铸剑》⑨、《故事新编》结合起来比较阅读,认为《重瞳——霸王自叙》"无疑是承接了鲁迅所开创的20世纪文学史上的故事新编精神","也努力以当下性新编历史,形成自己的风

---

① 牛志强、潘军:《关于潘军小说叙事艺术的对话》,《小说评论》2000年第6期。
② 钟扬:《戏曲情结与先锋姿态——潘军小说艺术解读》,见唐先田主编:《潘军小说论》,合肥:安徽大学出版社,2003年版,第198页。
③ 王达敏:《〈狂人日记〉与当前小说的超现实写作》,《安徽大学学报》(哲学社会科学版)2002年第6期。
④ 唐先田:《抒情的现实主义》,《潘军小说文本系列·霸王自叙》,北京:中国工人出版社,2000年版,第177页、第180页。
⑤ 吴春平、张俊:《穿行于历史与现实之间——〈重瞳——霸王自叙〉思想意蕴漫谈》,《安庆师范学院学报》(社会科学版)2002年第2期。
⑥ 王达敏:《〈狂人日记〉与当前小说的超现实写作》,《安徽大学学报》(哲学社会科学版)2002年第6期。
⑦ 唐先田:《抒情的现实主义》,《潘军小说文本系列·E卷》,北京:中国工人出版社,2000年版,第174页。
⑧ 党艺峰:《先锋叙事中的项羽及其他——〈史记·项羽本纪〉和〈重瞳——霸王自叙〉的互文性阅读》,《渭南师范学院学报》2007年第3期。
⑨ 张晓玥:《生前和死后——解读潘军中篇历史小说〈重瞳——霸王自叙〉》,《安徽文学》2002年第6期。

格",同时也指出了一些情节设计的不足①。这些对比性批评都大大拓展了此部小说的审美艺术空间。

(四)关于《死刑报告》

《死刑报告》首发于《花城》2003年第6期。该作一经发表,遂引起广泛关注,包括《检察日报》在内的全国各地四十多家报纸相继连载,被称为"当代中国首部近距离探讨死刑问题的小说"。2004年由人民文学出版社出版单行本。同年,被台湾正中书局出版,称其为"中国最富探索性的文字"和"全球首部近距离探讨死刑问题的华文小说"。

与潘军其他作品相比较,对《死刑报告》的批评,主要集中于其社会意义上,而对于小说艺术本身却很少涉及,这是潘军批评的一次"意外"(这与中篇小说《合同婚姻》批评相类似)。吕正惠认为,《死刑报告》一改潘军创作总体倾向于人生"轻"的一面,开始"由'轻'转向'重'的尝试"②;同样,丁增武则将该小说放到潘军整个创作态势上来考察,认为此部作品与作家写作中一贯保持的"距离感"在消退,由原来的执着于"对文学说话"转向"对现实说话",但同时作家特有的"个人化"写作特点仍在该小说中得以延续③;赵蓉认为,该小说"以文学的方式第一次向社会发出了'废除死刑'的呼声,这在中国文学史上还是绝无仅有的",并指出这种创作"使作家承担了当代更尖锐、更深刻的终极关怀者的使命,义无反顾地登上了人道主义的祭坛",且与"另

---

① 朱崇科:《自我叙事话语与意义再生产——以潘军的〈重瞳——霸王自叙〉为中心》,《海南师范大学学报》(社会科学版)2007年第6期。
② 吕正惠:《潘军的小说和他这个人》,《安徽文学》2005年第7期。
③ 丁增武:《现实与想象的边界——潘军长篇小说〈死刑报告〉解读》,《合肥学院学报》(社会科学版)2006年第3期。

一条人类永恒的救赎道路殊途同归了"①;宁克华则通过与政权暴力、当代作家对暴力批判的乏力的角度评析《死刑报告》,指出小说将爱、同情和悲悯灌输到我们现实的生活中来,"努力唤醒人类身上残存的良知",因此,该作品的价值,"不仅仅在于它是当代中国第一部讨论死刑的小说,还在于它是当代文学史上少有的尊重人权、敬畏生命、呼唤人们身上那尚未褪尽的良知的一本书"②。

除了文学界对该小说高度评价之外,法学界也对此小说进行了热烈的讨论。北京大学法学院曾邀请潘军就死刑问题和刑法专家陈兴良教授进行了一次对话。这次对话从"为什么关注死刑""一个死刑悖论的解读""如何对待民意""如何看待政治领导人在死刑命运中的历史作用"和"在死刑问题上法学与文学如何互动"等五个方面进行了探讨③;法学博士付立庆则对该小说创作提出了"三得"与"三失"④。

总之,无论对《死刑报告》的圈内还是圈外批评,我们可借用许自宝律师的一句话来概括,即该小说"对我们最大的益处,并不在于其小说情节及文章内容本身,而在于它促使我们从人性的角度审视法律问题本身,以无限终极关怀的精神反思今天死刑制度和刑罚理念。正是这种独特的视角,赋予了

---

① 赵蓉:《终极意义下的人道慰藉——评潘军长篇小说〈死刑报告〉》,见陈宗俊编选:《潘军小说论》(第二辑),合肥:安徽大学出版社,2009年版,第239页、第234页。
② 宁克华:《尊重生命 呼唤良知——有感于潘军的〈死刑报告〉》,《当代文坛》2005年第1期。
③ 陈兴良:《死刑备忘录》,武汉:武汉大学出版社,2006年版,第277—310页。
④ 付立庆:《实践中的法制文学——潘军小说〈死刑报告〉的得与失》,参见其《法制的声音》,北京:中国人民公安大学出版社,2006年版,第137—142页。

全书独特的魅力"①。

四、几个值得思考的问题

在潘军研究中,还有下面几个问题值得我们重视与思考。

(一)中短篇小说的研究

潘军是个文体意识非常强的作家,认为每一种文体都有它的本性和属性。尤其是对短篇小说,更是精心营构,他曾说短篇小说因受篇幅的限制,最能见识一个作家的能力,"短篇小说是专有名词"②。因此,对潘军中短篇的研究也是批评者关注的一个重点。这方面研究可谓刚刚起步。在短篇小说研究方面,唐先田的《有限之中蕴含无限——潘军短篇小说的纯文学价值》一文以《溪上桥》《纸翼》《和陌生人喝酒》《小姨在天上放羊》《白底黑斑蝴蝶》《半岛四日》《寻找子谦先生》等作品为例,指出潘军的短篇小说"如同国画中的精彩小品""有限之中包容着无限";在分析了潘军短篇小说耐读的五点原因后认为,他的短篇创作和中长篇创作对中国当代纯文学具有"不可低估的价值和不可埋没的贡献"③;方萍则借助存在主义、人道主义等理论,对潘军短篇小说主题中的"存在与虚无""必然与偶然""游离与确定""人性与社会性""旁观与当局"等五个对立面的"对抗和消融"进行了解读④。在中

---

① 许自宝:《对死刑制度的反思——读潘军的〈死刑报告〉》,见陈宗俊编选:《潘军小说论》(第二辑),合肥:安徽大学出版社,2009年版,第259页。
② 潘军:《短篇小说是专有名词》,《作家》1999年第1期。
③ 唐先田:《有限之中蕴含着无限——潘军短篇小说的纯文学价值》,见唐先田主编:《潘军小说论》,合肥:安徽大学出版社,2003年版,第17—29页。此文后重新进行了改写,发表于《安庆师范大学学报》(社会科学版)2022年第3期,可参。
④ 方萍:《两极的对抗与消融——论潘军短篇小说》,《铜陵职业技术学院学报》2011年第1期。

篇小说研究方面,丁增武从后现代叙事意义层面对潘军的部分中篇小说进行了解读,认为在先锋小说日薄西山时,潘军能够从纯粹的形式叙事中解脱出来,"其后现代叙事于观念的漫游中开始回归",并为自己创作找到一条通途[1];黄书泉则对潘军20世纪80年代的几部中篇小说进行了评析[2],但文中像"成熟""蜕变"等提法若放到潘军整个小说中来考察,似乎为时过早;蔡爽和谭墨墨二人则将潘军中短篇小说作为一个整体来进行论述。蔡文从三个方面论述了潘军成熟期中短篇小说对"急剧变化的社会现实中的人的生存意义的关注"[3];谭文则通过对潘军中短篇小说荒诞意识文本的分析,"以探索人生存状态的诸多困境与悖论,由此揭示出潘军小说独特的叙事价值与意义"[4]。另外,还有一些研究者对单篇中短篇小说的评论,如屺立对《九十年代获奖作品》[5]、孙仁歌[6]、周毅与王蓉[7]对《合同婚姻》、江飞对《枪,或者中国

---

[1] 丁增武:《先锋叙事:漫游与回归——潘军中篇小说论》,《安徽大学学报》(哲学社会科学版)2001年第1期。
[2] 黄书泉:《起步·成熟·蜕变——论潘军20世纪80年代的中篇小说》,见陈宗俊编选:《潘军小说论》(第二辑),合肥:安徽大学出版社,2009年版,第18—30页。
[3] 蔡爽:《潘军近年小说解读》,武汉:武汉大学2004届硕士学位论文,"摘要"。
[4] 谭墨墨:《论潘军中短篇小说的荒诞意识》,长春:东北师范大学2009届硕士学位论文,"摘要"。
[5] 屺立:《用真实的故事包装小说——谈小说〈九十年代获奖作品〉的艺术创新》,见唐先田主编:《潘军小说论》,合肥:安徽大学出版社,2003年版,第335—339页。
[6] 孙仁歌:《现代城市人的婚姻绝唱——评潘军中篇小说〈合同婚姻〉》,《江淮论坛》2003年第6期。
[7] 周毅、王蓉:《婚恋尴尬与人性困境——〈合同婚姻〉的文本细读》,《海南大学学报》(人文社会科学版)2007年第5期。

盒子》①、唐东霞对《流动的沙滩》②、黄晓东对《知白者说》③等的批评。这些都为潘军中短篇小说的进一步研究开了个好头。

(二)本土与外来影响的研究

潘军受过正规的学院教育,且对西方文学感兴趣,阅读过大量西方文学作品,尤其是西方现代派的大师,如卡夫卡、加缪、克罗多·西蒙、海明威、博尔赫斯、塞林格等等。从其创作中我们也不难看众多西方文学大师对他的影响。同时,潘军的创作也深受中国本土文化的影响,比如绘画、戏曲、书法等艺术。对中国现当代作家,如鲁迅、周作人、郁达夫、林语堂、胡适等的作品他也十分喜爱,作家曾说过《鲁迅全集》他至少看过四遍。因此,他的小说中蕴含着中国传统文化的因子。虽有论者指出潘军小说走的是"中西结合、兼容并包的第三条路"④,但在中西文化的交融与碰撞如何影响了潘军这一点,目前还缺乏系统、深入的研究。但也有几篇文章值得关注。季进以潘军《流动的沙滩》为例,指出它"是一篇非常典型的博尔赫斯式的作品""来自博尔赫斯,又在一定程度上超越了博尔赫斯,它标志着博尔赫斯对中国当代作家的影响开始由表层走向了深入,也预示了博尔赫斯在 20 世纪 90 年代中国当代文学中影响的'淡化',或者也可以说是借鉴的'深化'"⑤。钟扬从中国传统

---

① 江飞:《平淡背后的焦灼——解读潘军短篇小说〈枪,或者中国盒子〉》,见陈宗俊编选:《潘军小说论》(第二辑),合肥:安徽大学出版社,2009 年版,第 301—306 页。
② 唐东霞:《流动的沙滩 流动的感受——对潘军小说〈流动的沙滩〉的解读》,《作家》2011 年第 10 期。
③ 黄晓东:《论潘军小说近作〈知白者说〉的叙事特色》,《安庆师范大学学报》(社会科学版)2022 年第 2 期。
④ 王海燕:《潘军论》,《文学评论丛刊》2009 年第 2 期。
⑤ 季进:《作家们的作家——博尔赫斯及其在中国的影响》,《当代作家评论》2000 年第 3 期。

戏曲角度解读潘军小说创作的"先锋姿态",并认为潘军的先锋小说"更多一分'中国含量'"①;方维保也探究了潘军小说中蕴含的戏曲原型之于潘军小说的意义②;黄晶晶的硕士论文专章论述了"潘军小说语言的西化与中国化",并从"西方语言艺术对潘军小说语言的影响""中国语言文学对潘军小说语言的影响"和"中西融会的个性语言"三个方面加以论述,值得重视③;谭墨墨也认为,潘军中短篇小说中的荒诞表达手法"呈现出本土化的特征"④,可惜并未就此问题深入探讨。

(三)话剧与影视等的研究

正如吴俊所言:"潘军的小说中最值得重视也未被重视的就是艺术因素。"⑤作为一位写作多面手,潘军在话剧、影视、绘画等方面也成绩斐然。在大学里创作的话剧《前哨》,集导演、演员、美术设计于一身。该剧分别获全国大学生首届文艺会演一等奖和演员一等奖。该剧后发表于1981年《戏剧界》第5期。之后,作家又创作有话剧《地下》《合同婚姻》《重瞳》《断桥》等。在这方面,目前仅有本人的一篇论文⑥。好在十卷本的《潘军文集》收有一卷话剧戏曲卷,为研究者提供了某些方便。

在影视研究方面,只有极少数论文从影视角度来谈论潘军的小说,如

---

① 钟扬:《戏曲情结与先锋姿态——潘军小说艺术解读》,见唐先田主编:《潘军小说论》,合肥:安徽大学出版社,2003年版,第198页。
② 方维保:《论潘军近期小说中的戏剧原型意象及其审美功能——以〈断桥〉〈知白者说〉〈十一点零八分的火车〉为例》,《安庆师范大学学报》(社会科学版)2022年第2期。
③ 黄晶晶:《潘军小说语言特色研究》,合肥:安徽大学2009届硕士学位论文,第9—17页。
④ 谭墨墨:《论潘军中短篇小说的荒诞意识》,长春:东北师范大学2009届硕士学位论文,第24页。
⑤ 转引自贝佳:《潘军的使命就是文学》,《文艺报》2000年8月15日,第1版。
⑥ 陈宗俊:《"人"的话剧——论潘军的话剧创作》,《百家评论》2024年第3期。

《试论〈独白与手势〉的电影化叙事形式》①、《试论〈秋声赋〉电影蒙太奇手法》②等,而对于潘军影视作品本身的专文论述目前还没有出现。这也是我们重新认识评价潘军创作的一个有力生长点。

(四)散文与书画的研究

潘军还创作有大量的散文,已出版有《潘军散文》《水磬》《山水美人》《潘军文集·散文随笔卷》等散文随笔集,另外作家还有大量的书画作品发表于各报章,近年出版有书画集《泊心堂记——潘军文墨自选集》与《泊心堂墨意——潘军画集》(三卷)等。但目前还没有系统论述这两方面的专业论文,这同样为潘军研究开创新路提供了某些可能。

---

① 高姿英:《试论〈独白与手势〉的电影化叙事形式》,《安徽广播电视大学学报》2004年第1期。

② 陈宗俊:《试论〈秋声赋〉电影蒙太奇手法》,《电影评介》2008年第22期。

上　篇

第一章　潘军的早期小说创作

潘军早期小说创作,主要指作家从1982年在《青年文学》创刊号上发表的第一部短篇小说《拉大提琴的人》(原名《啊!大提琴》)到1987年在《北京文学》第10期上发表中篇先锋小说《白色沙龙》之前这段时间内的小说创作。此一时期可以说是潘军小说创作的草创期,也是作家的小说观念、语言、写作技巧等由传统走向现代的一个过渡期。潘军的早期主要作品后大都收入他的第一部小说集《小镇皇后》(中国文联出版社1987年版)中。一些作家对其早期或早年的创作,大都抱有一种"悔其少作"或者讳莫如深的心态,认为这些作品与其代表作相比,显得"稚嫩"与"不成熟"。其实大可不必。参天大树也是从一棵幼苗长成。本章我们将以潘军第一部小说集《小镇皇后》中的作品为例,探究这些作品在思想性及艺术性方面的特点,这对于研究潘军如何成长为一名先锋代表作家的创作历程有着十分重要的意义。

第一节　以现实主义为基础的写作

小说集《小镇皇后》属于"未名丛书"之一,首印22800册,共收入三个中篇(《秋天的画外音》《小镇皇后》《篱笆镇》)和七个短篇(《没有人行道的大街》《啊！大提琴》《别梦依稀》《那米兰花已经开花》《黎明,他将启程》《教授和他的儿子》《"如意"》)。这些作品从故事内容上看,大都属于现实主义题材的作品。

  小说集的首部作品是中篇小说《秋天的画外音》。这是一部吁请人的尊严、人权和自由的作品。"我"童年的伙伴黎小鸽由于偶然的机会被"伯乐"导演凌然发掘调到电影制片厂成为一名演员。她因为出演电影《绿潮》而一举成名获得了"银鹰奖",随之而来的自然是鲜花和荣誉。但是在当时特定的社会和历史条件下,演员没有个人的选择权,黎小鸽又被迫担任电影《归帆》的主演,结果由于剧本的"蹩脚"一败涂地,这时她个人的情感生活又遇到了挫折,在这双重打击之下黎小鸽失踪了,生死未卜。小说对不尊重人的权利与自由以及官僚主义作风等问题都给予了严厉的批评。潘军的处女作短篇小说《啊！大提琴》同样反映了这一主题。小提琴手、"怪人"凌石由于在伟人逝世的日子里拒绝演奏《苗岭的早晨》而被调离"前途无量"的小提琴手席位,改去拉"大蛤蟆"似的大提琴,他的女友也因此离开了他。对于这一切他一笑置之:"现在是黑夜,我拉不出'早晨'。"[1]这两篇小说很容易让人想起同时期刘心武的小说《我爱每一片绿叶》中对尊重人的个性和自由的呼唤:"只要是绿叶,不管大的、小的,形状标准的、形状不规范的,包括被蛀出了斑眼的,它们都在完成着光合作用,滋养着树""从同一棵树上,很难找出两片绝对相同的绿叶"[2]。同样,人也像这树叶一样,应该尊重每一个人的自由个性的健康发展。黎小鸽、凌石就像刘心武笔下的魏锦星,潘军通过这两个

---

[1] 潘军:《啊！大提琴》,《小镇皇后》,北京:中国文联出版公司,1987年版,第56页。
[2] 刘心武:《我爱每一片绿叶》,《人民文学》1979年第6期。

人物的塑造表达了对人的尊严与自由的真切呼唤。

潘军早期小说的另一个主题是呼唤人与人之间的相互理解和尊重。在短篇小说《别梦依稀》中，作为组织部部长的儿子要到任乡长的父亲的乡上去考察，然而由于母亲的原因父子已经多年不相认了。小说就是在这样富有戏剧性的情境下展开，尽管到最后"你"和父亲还是没有相认，但父子之间还是有了出于亲情的相互理解和原谅。在短篇小说《教授和他的儿子》中，桀骜不驯的儿子和身为大学教授的父亲之间也缺少理解和沟通，他拒绝父亲的诸多生活与工作的帮助，按照自己意志去行事。如，他敢于和学术权威挑战，尽管这个权威是自己的系主任、父亲曾经的学生。小说最后以父子相互之间取得了谅解结束。这两篇小说表现了两代人之间价值观的较量，但"这较量中包含着作者所期望的弥合，这弥合就是呼唤理解和尊重。如果有了理解和尊重就会沟通心灵，在新的思想层次上获得真情和至诚"[①]。短篇小说《黎明，他将启程》中主人公"你"兼具高才生和诗人双重身份，但是颇具背景的"你"竟然要去支援边疆建设，对此很多人都不能理解。但最后诗人还是冲破了重重阻力我行我素，小说较早地发出了"理解万岁"的呼声。

如果说以上几篇小说是在揭露社会和历史对人造成的伤害，提出了人与人之间不能相互理解和沟通等问题，是一种"暴露"的话，那么在中篇小说《小镇皇后》和短篇小说《"如意"》中作者所表现出的则是一种"歌颂"——歌颂人的美好心灵。在小说《小镇皇后》中凌江小镇的话务员是那里最美丽的姑娘，她因为美丽而招人妒忌，因为她的行为与当地保守的社会风气相比显得开放而招来了一些"闲言碎语"。然而就是这样的"坏"姑娘，因为忠于

[①] 苏中：《活跃的艺术感觉》，《小镇皇后》，北京：中国文联出版公司，1987年版，第4页。

职守最后葬身于洪水之中。作者采用先抑后扬的手法歌颂了殉职于滔滔洪水中的"皇后"。在《"如意"》中,旅社服务员如意姑娘为了照顾一个患病的老人一再和旅社老板发生冲突,反对把老人住的最好的房间腾给市里的干部"我",结果她最终被调离。小说通过"我"的愧疚和反省间接赞扬了如意姑娘的美好心灵。

潘军早期小说里还表现了"我"的愤世嫉俗。短篇小说《没有人行道的大街》就是其中代表。这种"愤世"在小说中主要表现为"我"对当时社会现实的种种不满,具体表现为"我"作为市委的秘书,自己写的稿子经常被办公室主任自以为是地写上"螃蟹爬过似的字"[1],这对自视颇高的"我"来说无法接受。其次,当时改革开放已经悄然起步,世风在不知不觉发生着变化,"二郎神"们(小贩)在街上挂满了入时的服装。这是市场经济起步的标志,但这一点对骨子里坚持传统的"我"来说也无法接受。再次,在书店里"我"看到了狄更斯的小说《远大前程》开始降价。"我"正在感到惊讶的时候,碰到了曾经嗜书如命的老同学,她居然要将自己珍藏的这本书慷慨地送给"我",然后去买一些印有女人像的挂历去装饰房间,以代替"古板"的书柜。对文学的降价和被抛弃,"我"自然不能接受。这种种不满导致"我"以"谩骂式"的口吻喊出了"把人和物严格的区分开来,让人去走人的道路"[2]的呼声。这种激奋之情在后来作家的创作中得以延续,显示出一名现代知识分子所特有的宝贵的批判精神。从这个角度来看,短篇小说《没有人行道的大街》的思想

---

[1] 潘军:《没有人行道的大街》,《小镇皇后》,北京:中国文联出版公司,1987年版,第43页。

[2] 潘军:《没有人行道的大街》,《小镇皇后》,北京:中国文联出版公司,1987年版,第53页。

意义可能超过了上述的《小镇皇后》《"如意"》和《黎明,他将启程》等三篇作品。

潘军早期小说之所以呈现以上主题形态,或许基于以下几方面原因:

第一,对当时思想界所提出的"人道主义"观的认同。1976年"文革"结束后,中国社会进入了一个新的转折,中国当代社会与文化也有了一个新的开端。20世纪70年代末80年代初,思想界开始了对人性和人道主义的讨论,讨论的焦点集中在如何理解人道主义方面。何谓人道主义?当时普遍的观点认为它指的是"维护人的尊严、权利和自由,重视人的价值,要求人能够得到充分的自由和发展"[①]。潘军是认同这种人道主义观的。小说《秋天的画外音》和《黎明,他将启程》就表达了这种人道主义观——小说中主人公的人权都没有得到尊重。《秋天的画外音》中的黎小鸽为制度所逼不得不像个"提线木偶"一样出演自己所讨厌的角色。《黎明,他将启程》中"你"支援边疆建设的个人意愿也得不到老师和家长的理解和尊重。

第二,受当时"伤痕"与"反思"文学思潮的某种影响。1977年刘心武在《人民文学》第11期上发表了短篇小说《班主任》,1978年8月11日卢新华在《文汇报》上发表了短篇小说《伤痕》。当时以这两篇小说为代表出现了伤痕文学和反思文学的创作潮流。"伤痕"和"反思"文学的主要内容分别是揭露"文革"给人们造成的历史创伤,表现人们对"文革"进行的反思。尽管"作为整体性的文学潮流,'伤痕'和'反思'文学在1979年至1981年达到高潮,此后势头减弱"[②],但潘军开始于1982年的小说创作仍不可避免地受到这两

---

① 汝信:《人道主义就是修正主义吗?》,《人性、人道主义问题讨论集》,北京:人民出版社,1983年版,第21页。

② 洪子诚:《中国当代文学史》,北京:北京大学出版社,1999年版,第258页。

种文学思潮的影响,在作品中揭露"伤痕",做出"反思"。《啊!大提琴》就表现了主人公凌石在"文革"期间所遭受的伤害。有一点不可忽视的是,潘军对文坛的热点时刻保持着高度的关注,或者说以自己的作品参与了这些文学热点。在"寻根文学"兴起之时,他"便在这股热浪撞击下炮制了中篇小说《篱笆镇》与《墨子巷》"①(这两篇小说分别发表在1986年《花城》和《中国》的第3期上)。在"先锋文学"创作潮流兴起之时,从中篇《白色沙龙》开始到长篇《风》为止,潘军一共创作了15个中短篇和1个长篇,投入先锋创作潮流之中。再加上当时的知识分子常常自觉或不自觉地试图担当起思想启蒙的任务,潘军也是如此,他要用小说来表达他对人道主义的思考,并力图通过小说创作来呼吁解放和张扬人的个性,使人能够真正成为大写的"人"。

第三,对社会、文学及自我处境的深刻反思的结果。这典型地体现在短篇小说《没有人行道的大街》中。首先,这篇小说创作于1985年,此时中国的改革开放已经开始,随着市场经济的出现,文学已经不如此前被重视而开始显现出被边缘化的苗头。潘军在这篇小说中表现出了自己的某种矛盾、犹疑与孤独,像一个旅人行走在"没有人行道的大街"上,并思考如何进行下一步文学创作。其次,潘军在小说中表达了自己对机关(权力)和体制一贯的排斥感,他认为"一个人得不到权力的时候,最好的方法就是远离权力,在权力社会唯一的制衡方法是金钱,二者可以换算"②;他还认为"文联、作协不再是社团组织而是衙门,艺术家一旦主事,就成了老爷。这么一种病态的体制,必然要阻碍中国文学艺术的发展"③。从这篇小说可以看出潘军对文学和社会

---

① 潘军:《作者自述》,《小镇皇后》,北京:中国文联公司,1987年版,第257页。
② 潘军:《独白与手势·白》,北京:人民文学出版社,2000年版,217页。
③ 潘军:《坦白——潘军访谈录》,合肥:安徽大学出版社,2000年版,131页。

的一种态度,也不难看出他最终要脱离权力和体制成为一个"社会自由人"和"文学自由人"的苗头,后来的长篇小说《独白与手势》(三部曲)、中篇小说《重瞳——霸王自叙》等作品将这种思想表现得淋漓尽致。从这一点上说,作家后来创作中的某些思想特质在他的早期小说创作中就已显现出来。

第二节 早期创作在艺术上的探索

批评家苏中在《小镇皇后》的序中认为,尽管潘军在创作这些小说时很年轻,但有着非常好的艺术感觉,"活跃和细腻""看不出什么绳墨刀斧痕迹"①。潘军早期小说创作在艺术上的探索,有许多可圈可点之处。

第一,戏剧冲突的设置。一般认为,戏剧冲突大多产生于人与外部环境、人与人之间。但这些涉及社会观念、立场观点等的矛盾交锋最终都是通过人与人之间的冲突来体现,这些矛盾最终也是通过冲突的消除来解决。在小说《别梦依稀》中,父亲和儿子之间就存在着矛盾和冲突。冲突的原因是中国几千年伦理观念中"父权"和"夫权"在当今社会仍然存在。父权即儿子要遵从父亲,夫权即妻子要遵从丈夫。小说中的"父亲"以前经常打骂儿子和妻子,儿子因为自己和母亲这双重原因和父亲产生了矛盾和激烈的冲突,最后离开家去当兵。但当兵的儿子如今已经是地委组织部部长,父亲是地委所辖县的乡党委书记,儿子要到父亲的乡上考察,父亲要向儿子汇报工作。作者将父子间的矛盾和冲突放置在这样富有戏剧性的情境之下。小说中为"儿子"设置的"父权"可能要被颠覆了,因为在小说中儿子所代表的"政权"显然要大于"父权"。父子两代人之间的冲突最终表现为"父权"和"政权"之间的

---

① 苏中:《序》,《小镇皇后》,北京:中国文联公司,1987年版,第1—2页。

冲突。但是随着情节的发展,父亲表达了自己的忏悔("你"发现父亲已将母亲的墓重新修整),见面后父亲表现出对儿子的体贴(让儿子少喝酒),再加上"你"对幼年时偶有的父爱的回忆使亲情最终化解了矛盾。小说中戏剧冲突的设置使作品的情节具有较大的悬念,随着悬念的最终解开,这个短篇也变得可堪回味。这种故事的戏剧冲突也成为后来潘军创作的一个显著特点,不仅仅是小说,也包括他的话剧、影视剧本等的创作。

第二,意识流技巧的运用。同样以《别梦依稀》为例,小说的故事时间只有一天,但是人物的心理时间却跨越了15年。作品通过第二人称"你"的视角来叙事(这也是潘军在叙事视角上的一次大胆尝试)。故事看上去很简单,一开头交代"你"的生活背景以及父子产生矛盾的大致过程。然后是父子相见——父亲向儿子汇报工作——吃饭、睡觉——父子告别,这是故事的一条主线。父子见面后小说的另一条主线即"你"的意识流在小说中开始大量出现:"(父亲)那双像受惊的鹿似的眼睛不时从浓重的扫帚眉下看'你'……那目光柔和到接近呆滞的程度,以前的威严不知分解到哪里去了。"[①]作者还不时将"你"的意识转向过去用来交代往事,表现"你"15年的心路历程,使"过去"和"现在"交织在一起:"(儿子听父亲汇报工作)这声音又涩又弱。这是那个声音吗?'你'怎么也听不进去。而另一个声音撇又撇不开,那声音又粗又亮。'打酒去!''把拖鞋拿来!''考不到90分老子就揍扁你!'……"[②]小说中这些意识流手法的运用使故事的容量增大,同时也给处理素材和叙事带来了方便。大量运用人物的意识流在潘军的早期作品中

[①] 潘军:《别梦依稀》,《小镇皇后》,北京:中国文联公司,1987年版,第74页。
[②] 潘军:《别梦依稀》,《小镇皇后》,北京:中国文联公司,1987年版,第75页。

并不多见,这篇小说在很大程度上正是因为这一点而比其他小说显得较为成功。我们在潘军后来先锋时期的实验作品(如《白色沙龙》《南方的情绪》),以及部分长篇小说(如《日晕》《风》)中均能找到这种意识流手法的成熟运用。

第三,其他现代小说技巧的使用。如黑色幽默、反讽等技巧在潘军的早期小说中开始显露端倪。比如《啊!大提琴》中这样的句子:"这件事就这样结束了。以后,再也没有听到他的罗曼史,至今他还是一个最小的奇数。"[1]这里就以一种风趣调侃的手法,显示出人物的性格,也增强了小说的艺术魅力。另外,这一时期,也显示了潘军对现代小说"虚构"之于文本的意义的理解。在《秋天的画外音》结尾,作家有这样一段"作者附记":"作小说不是轻松事——没有一个零件是现成的,故不存在有什么'有所指'。至于巧合的可能性,自然不能排除。而之所以会出现这类巧合,是因为小说炮制者使用了无比骄傲的权利——虚构。"[2]这里,潘军对现代小说的虚构与传统小说的写实间的区别,有了自己较清晰的判断。另外,在《别梦依稀》《黎明,他将启程》等小说中,作家对第二人称"你"的使用,在当时文坛都属于一种大胆尝试,显示出作家在叙事上的初步努力。以上现代小说的技法在随后的先锋实验期中运用得更加圆熟老到。

当然,潘军早期小说在艺术上的探索也有一些值得探讨之处。这主要表现为两方面。第一,形式实验值得推敲。这种形式实验在《秋天的画外音》中比较明显。小说中作者在处理情节时采取了书信、日记和新闻报道等文体

---

[1] 潘军:《啊!大提琴》,《小镇皇后》,北京:中国文联公司,1987年版,第56页。
[2] 潘军:《秋天的画外音》,《小镇皇后》,北京:中国文联公司,1987年版,第40页。

来结构全篇,将"日记""书信"等拼贴在一起,用它们来交代故事的背景,推动情节发展,并且频繁地运用这些文体来进行插叙。这篇小说的情节很简单,小说中"内参上的一则消息""项克菲致陈颖的信""陈颖致项克菲的信""黎小鸽日记"以及最后的"附记"等的运用使小说本来很简单的情节看起来似乎变得复杂了。这种"剪报"式的形式实验给读者带来审美上的愉悦并不多。其实,如果将这篇小说改为短篇并且用平易的叙述来代替这种形式上的"实验",或者像小说《别梦依稀》那样采用意识流来处理过多的材料,那么效果可能会好得多。但问题的另一方面,我们也应看到,作家后来成为先锋代表作家,其令人称道之处就在于这种形式上的成功实验,如长篇小说《风》的三种字体、《独白与手势》三部曲中大量绘画与图片的运用等,正是缘于早年的创作训练,即便有某种牵强,但正是这种可能的不足,让作家思考现代小说不仅"写什么",更应该"怎么写",在不断实践中逐渐形成自己关于现代小说观念的理解,"现代小说的创作从某种意义上而言是形式的发现与确定"[①],"我的小说写作,一般都是源于一种叙述形式的冲动,尤其表现在长篇上。我需要动笔之前找到相应的形式,面对的应该是形式的挑逗"[②]"我相信恰当的叙述方式会使故事身轻如燕"[③],等等。从这个意义上说,潘军早期小说中的某种欠缺倒成为成就作家后来的辉煌的一块砥砺石。

第二,一些小说结尾的处理也值得思考。对文章结尾的重要性古人早有认识,如元人杨载在《诗法家数》中提到:"诗结尤难,无好结句,可见其人终

[①] 潘军:《想象与形式——关于〈风〉的一些话》,《当代作家评论》1993年第2期。
[②] 潘军:《形式的挑逗》,《潘军散文》,杭州:浙江文艺出版社,2000年版,第193页。
[③] 潘军:《形式的挑逗》,《潘军散文》,杭州:浙江文艺出版社,2000年版,第195页。

无成也。"①明代谢榛在《四溟诗话》中也曾指出:"律诗无好结句,谓之虎头鼠尾。即当摆脱常格,复出不测之语。若天马行空,浑然无迹。"②这些虽是针对诗歌而言的,但是成功的结尾对小说同样重要。小说的结尾是作家第一创造性工作的完成,又是读者凭借形象材料进行再创造的开始。小说的结尾要耐人寻味、余韵悠然,既包含过去——它是作品的有机连续,又要暗示未来——提供给读者驰骋想象的契机。鲁迅的小说《故乡》的结尾"其实地上本没有路,走的人多了,也便成了路"③就因为富有哲理和独特的意蕴历来为人称赞。所以小说的结尾能收得住、收得好也是一门艺术。我们来看潘军早期小说中的几个结尾:

①明天当东方露出第一道曙光的时候,我将以北京为起点,向祖国版图的西南方移动。我会抵达目的地,我会的。我一定要到喜马拉雅山之巅去采一朵雪莲——那才是诗。(《黎明,他将启程》)

②我徘徊着,最后,我似乎是下意识地揿动了收录机的按键。渐渐的,传出了清脆的声音:"嘀嘀哒、嘀嘀哒、嘀嘀哒……"(《小镇皇后》)

③林海,巨树,伐木工人的狂舞……我急步走回家去。一首长诗的构思已经酝酿成熟……啊!大提琴……(《啊!大提琴》)

④蓦然,一个念头在脑海中浮起:应该立即给市长递个报告,把这条街彻底地改造一下!应该把人和物严格地区分开来,让人去走人的道

---

① 何文焕:《历代诗话(下册)》(第二版),北京:中华书局,2004年版,第736页。
② 谢榛:《四溟诗话》,北京:人民文学出版社,2010年版,第55页。
③ 鲁迅:《故乡》,《鲁迅全集·呐喊》(第一卷),北京:人民文学出版社,2005年版,第510页。

路……(《没有人行道的大街》)

⑤我转过身去看窗外——什么时候下的雪?(《秋天的画外音》)

⑥……教授重新戴上墨镜,目送着儿子,但儿子的背影又突然模糊了。莫非,这副眼镜该到了摘去的时候?教授轻轻地叹了口气。(《教授和他的儿子》)

⑦你父亲替你把车门打开,然后向后挪了一步。你向他伸出一只手。他两只手接住你的手。你又压上了一只。(《别梦依稀》)

从①到③,可以看出这些结尾存在某种同质化倾向,属于一种直接表达个人情感的手法。①是外在化地表达了诗人志愿建设边疆的一种豪情壮志;②在表达"我"对小镇"皇后"的一种缅怀的时候采用了"蒙太奇"的手法试图使结尾具有一种象征性,但效果并不佳;③试图用一种象征手法表达"我"对"文革"即将结束的兴奋之情。作者力图给这三篇小说作一个"诗意"的结尾,但这些带有时代特征的情感表达方式往往显得过于直白。同样,④虽然没有追求一种诗化却更为直露地表现"我"的牢骚与不满。再看⑤—⑦,⑤用下雪的冬季表达了"我们"的生存处境依然严峻;⑥用"墨镜"暗含"带有成见"之义,表达"父亲"对自己一直用带有成见的眼光看待儿子产生了自我怀疑,委婉而又符合常理;⑦则通过父子握手的描写告诉读者,父子之间的一些"积怨"已经化解。小说的结尾⑤—⑦与①—④相比较显得较为含蓄和耐人寻味,这说明潘军在处理小说的结尾方面慢慢地走向成熟,这也反映着作家在早期创作时主要还停留在传统文学手法阶段。但是正是有了这些早期写作的准备,让作家在后来的创作中不断突破自己,并形成自己的风格做了很好的锻炼。从这个意义上说,一个作家的早期作品是其走向成熟的必经阶段,也是一个作家成长的文学见证。

另外我们从潘军后来的小说创作中,能找到与早期某些小说的内在关联性。比如中篇小说《小镇皇后》与长篇小说《日晕》在内容上都是写抗洪故事;短篇小说《别梦依稀》与近作中篇小说《与程婴书》中"第二人称"的使用;小说集《小镇皇后》中的一些作品(如《啊!大提琴》《教授和他的儿子》)与先锋实验期的《白色沙龙》《悬念》、成熟期的《关系》《重瞳——霸王自叙》等在技巧运用上(如意识流、反讽、戏剧手法)也存在诸多的相似之处。我们在后面相关章节中还会涉及。

第二章　潘军小说的先锋特质

20世纪80年代的中国先锋文学,是小说形式与文本精神的双重革命,为中国当代小说注入了新的血液,也是中国现代小说继五四小说之后走向世界文学的又一次勃兴期。作为中国先锋小说的代表作家,潘军的文学创作始终保持着一种先锋探索精神。无论是在先锋实验期文本形式的多重实验探索,还是成熟期的精神探索,都显示出作家独特的写作姿态与特质。具体而言,潘军小说的先锋特质主要表现在小说精神上的怀疑与批判,以及小说叙事中的第一人称的多维尝试上。他是先锋阵营中始终坚持这种连续性探索的少数作家之一。正是这种写作坚守,构成潘军作为先锋小说家独特的"这一个"。

第一节　怀疑与批判精神

怀疑是人的认知活动中的一种心理机制,而我们所说的怀疑精神则属于更高层次的哲学思维范畴,"怀疑的目的,就在于不把一切确定的东西和有限的东西认作真理"①。因此,怀疑与反叛精神是现代知识分子所特有的一种精神特质,它促使人们抛弃一种自欺欺人的虚假幻象,用怀疑的眼光来看待已知与未知的一切,并做出自己的独立思考与判断。虽然"反叛性、对传统和现实的不相容性以及解构的姿态,是先锋文学的重要特征"②,但与其他先锋作家相比较,潘军小说的这种"反叛性、对传统和现实的不相容性以及解构的姿态"更广泛、更持久,甚至成为他生命的一种内在气质,"潘军"就是"叛军",或许就是作家的一种宿命。这种怀疑精神在小说中表现在多方面,对历史的怀疑和对现实的批判就是其中两个突出表现。

一、对历史的怀疑

在中国现当代文学史上,历史题材小说占有重要的位置。尤其是在当代,历史题材小说不仅数量庞大,而且影响深远,如"十七年"时期的"三红一创、青山保林"等小说大都是历史题材小说,"在这当中,信奉存在于主体经验之外的历史真实和泛逻辑主义的历史决定论,构成了当代文学现实主义传统中根深蒂固的'历史崇拜'情结"③。与传统历史小说家大多关注"历史真实论"与"历史决定论"的"历史"不同,先锋作家们则将眼光投向了正史之外的历史裂隙之中,试图发现隐含其中的多种历史景观。如苏童的"枫杨树故乡"系列文本、格非的《迷舟》、叶兆言的《追月楼》等。潘军也不例外。但相较于其他先锋小说家,潘军笔下的历史更有一种神秘性,或者说历史如风般

---

① 黑格尔:《哲学史讲演录》(第三卷),贺麟、王太庆译,北京:商务印书馆,1959年版,第118页。
② 洪治纲:《守望先锋——兼论中国当代先锋小说的发展》,桂林:广西师范大学出版社,2005年版,第15页。
③ 叶立文:《启蒙视野中的先锋小说》,武汉:湖北人民出版社,2007年版,第118页。

飘忽不定:"我们对任何事情都没有十分的把握,因为我们始终在流动的沙滩上行走。"①潘军小说中的历史,不只已经发生史实的记载,更多时候是人心的历史、心灵的历史,充满着巨大的怀疑精神。

长篇小说《风》是一部典型的怀疑历史的实验文本。小说中,他把每一段"历史"(如传说中的郑海、叶氏家族的恩怨情仇等)都推到可疑的境地,所有"历史"中的"真实"都被弄得似是而非。正如鲁枢元所指出的:"《风》中流露出的是一种别样的历史观。"②故事中,"我"本是到故乡罐子窑寻访郑海的英雄事迹,但结果事与愿违,牵扯出与郑海有着神秘关系的叶家大院的历史以及叶氏家庭内部的恩恩怨怨,故事最后叙述者"我"发现"也许这是个永久的谜,谜底只能在各人的心中"③。作家一方面采用了三种字体(宋体、仿宋体、楷体)分别表示"现在""过去"("作者想象")和"作家手记";另一方面将"历史回忆"(陈士林、田藕等人的回忆)穿插其间,进行交叉叙事,将历史的暧昧表现得淋漓尽致,即"现在"不仅参与了"过去",而且成为"过去"的重要组成部分。"过去"不仅被解构了,而且被重新建构。而有关"过去"与"现在"的谜底,如郑海的真实身份、唐月霜与叶家兄弟的真实关系、陈士林是谁的私生子、那个孩子究竟是谁等等,所有的人与事都回到最初的未知状态。借助这些历史的蛛丝马迹,小说将现实与历史、写实与虚构紧紧地结合在一起。究竟什么是真实、什么是真相都像风般虚无缥缈,读者也只能跟随叙述者"我"走入一个个迷宫。潘军将小说取名为《风》,就是对所谓的一些历史

---

① 潘军:《潘军小说文本系列·C卷》,北京:中国工人出版社,2000年版,第1页。
② 鲁枢元:《捕〈风〉捉影——兼记潘军及他的伙伴及我的朋友们》,《当代作家评论》1994年第2期。
③ 潘军:《风》,郑州:河南人民出版社,1993年版,第360页。

"史实"的巨大怀疑与反讽。小说试图追求一种主观的真实和心理的真实的"历史"。后面第九章我们还会进一步展开论述,此处从略。

同样,中篇小说《蓝堡》中,历史呈现出另一番况味。"我"因一部四十多年前的已故女词人的作品集中的一位作者余怡琴,开始了寻找历史真相之路。但是随着"我"的寻找,故事的真实性越来越令人迷惑,随之而来的历史面貌也变得模糊不清。小说中,作家一方面通过设置多重叙述视角(如"我"、沈先生等人)共同重构一段历史,但另一方面,在建构这一历史过程中作家又不断设置各种矛盾与冲突造成故事的不可靠性。不仅"我"寻找的主人公余怡琴显得可疑,而且历史本来的面目也越发不清。本雅明曾说:"以历史的方式宣告过去,并不意味着承认'过去的实况'……而是意味着当记忆(或存在)闪现于危险时刻之际掌握它。"[①]作家借此表达出对于历史真实性的某种怀疑与思索,在这种怀疑与思考中历史呈现出别样的情怀。这部中篇小说与作家的长篇小说《风》可以说是一个故事母题的两种版本,背后都体现了作家对历史的某种怀疑精神。

相比于《风》与《蓝堡》,中篇小说《重瞳——霸王自叙》中的历史呈现为另一种面貌。小说开篇以第一人称视角对项羽的历史的重新解读就令人惊叹不已:"我要讲的自然是我的故事。我叫项羽,这名字怎么看都像是个诗人,其实我自己早就觉得是个诗人了,但没有人相信。""这大概就成了你们所说的历史吧……但你们至少忽略了一个问题——写历史的人又是如何知道'从前'的?"[②]在这,作家把项羽塑造成一个"诗人",无疑是对旧有的历史

---

① 本雅明:《启迪:本雅明文选》,张旭东、王斑译,北京:三联书店,2008年版,第267页。
② 潘军:《潘军小说文本系列·E卷》,北京:中国工人出版社,2000年版,第1页。

文本中"力能扛鼎"的武夫项羽形象的挑战,也是对既有历史典籍有关叙述的某种"违格"。而正是这种挑战与"违格",让作家在尊重既有史实的情况下对历史的某些空白进行了合理与大胆的想象,以达到对历史的某种重新解读的可能。另外如鸿门宴、焚烧阿房宫、垓下之围、霸王别姬等史实中,作家都对它们做了合情合理的发挥。与《重瞳——霸王自叙》构成"春秋战国秦汉三部曲"的近作《与程婴书》《刺秦考》这两部小说中,作家延续了对历史的怀疑,在历史的褶皱中寻求一种新的解读的可能。如"赵孤"竟然是程婴与赵庄姬的私生子,荆轲刺秦却"图穷匕不见",等等。于是历史也在这种阐释中产生了无限的可能性与丰富性,"历史叙事不仅是关于过去事件和过程的模式,历史叙事也是形而上学的陈述(Statements)"①。因此,潘军通过这些历史小说,体现出一种强烈的怀疑精神,"真正的怀疑是一种必要性;这不仅因为它使我摆脱掉妨碍我认识事物的那些成见或偏见,从而成为获得这种认识的主观手段,而且因为它符合于通过它所认识的事物,处于事物本身之中,因而是用以认识事物的唯一手段,是事物本身所给予和规定的"②。作家通过怀疑与探寻,引导读者去思考历史可能具有的多面性,这也是先锋小说家不同于传统历史小说家的一个重要方面。

二、对现实的批判

潘军小说中的这种怀疑精神,不仅指向历史,同时指向当下的现实。

---

① 海登·怀特:《作为文学虚构的历史文本》,张京媛主编:《新历史主义与文学批评》,北京:北京大学出版社,1993年版,第167页。
② 路德维希·费尔巴哈:《费尔巴哈哲学史著作选》(第一卷),涂纪亮译,北京:商务印书馆,1978年版,第163—164页。

"先锋派的出现本身就是在现实中,就是在文学变革的现实中"①。作为一种来自现实变革中的文学力量,先锋作家们常常用一种批判的眼光打量着现实,以表达他们对现实生活的诸多思索。如莫言的《蛙》、余华的《现实一种》、洪峰的《奔丧》等等。同样,潘军对现实的关注也是多方面的,从题材来看涉及多方面,农村题材如《秋声赋》《草桥的杏》、官场题材如《日晕》《独白与手势》、法律题材如《死刑报告》《犯罪嫌疑人》、都市题材如《对门·对面》《和陌生人喝酒》等。其中,都市题材的作品值得我们重视。在这些都市题材作品中,作家对所谓的现代文明(都市文明)始终带着一种警惕,尤其是作家潜入都市男女的内心世界,并由此出发敏锐捕捉到了中国社会在转型期都市人在婚恋、就业等问题上的无奈与荒谬,写出了都市男女的某种焦灼与空心状态。这种对都市现实的批判精神贯穿于潘军的整个小说创作中。

早期的短篇《抛弃》就是对虚伪人性的一种批判。主人公柏达是位性情古典的大学副教授,长时间为离婚苦恼。对妻子王茹华,柏达有一种怪诞心理,即"心里想抛弃却还想要让她说我抛弃得对"②。因此,即使他在婚内出轨了一位共赴黄山开会的女教师,也始终等待着妻子主动提出离婚,"不能因为一个而离开另一个女人","这是赤裸裸的抛弃"③。原本我们以为这是一则简单的关于男人抛弃女人的老套的婚姻故事,但直到小说最后我们才恍然大悟——原来妻子王茹华比她丈夫更早打算离婚,而处心积虑的柏达则成为真正的被抛弃者。至此,我们才对作家在故事前面的各种看似轻描淡写的

---

① 陈晓明:《2015年版自序》,《无边的挑战——中国先锋文学的现代性》(修订本),北京:中国人民大学出版社,2015年版,第6页。
② 潘军:《潘军小说文本系列·D卷》,北京:中国工人出版社,2000年版,第86页。
③ 潘军:《潘军小说文本系列·D卷》,北京:中国工人出版社,2000年版,第83页。

描写其实是一笔浓墨重彩的铺垫,所以当我们看到小说最后,柏达与儿子用英语对话"我也是一头猪"这一神来之笔的意味深长。在这里,婚姻中的两性不再是相濡以沫与坦诚相待的关系,而是相互间充满算计的游戏,而都市家庭也便沦为婚姻中的男女钩心斗角的场所。不仅如此,《抛弃》这部小说传达出作家对人性黑暗的某种深刻隐忧:夫妻关系尚且如此,社会中的人与人的关系呢?人与社会的关系呢?潘军正是借助"抛弃"这把利剑,不仅刺向婚姻,也刺向人心与人性,让小说走向一种厚重。

同样,短篇小说《和陌生人喝酒》表现的依然是对都市婚姻的某种反思。小说题"和陌生人喝酒",它本身就充满着一种荒诞。为什么要和一个陌生人喝酒?陌生人他愿意吗?等等。陌生男子 A 与妻子因一片纸屑相识,并走进婚姻的殿堂,却也因另一片纸屑——音乐票,两人的十年婚姻走到尽头。从后文中 A 对"我"的倾诉来看,我们都以为是他单位的一女孩不经意的一个玩笑拆散了 A 原本美满的婚姻。但在结尾处,作家笔锋一转,写道:"上个月的一天傍晚……我意外发现了 A 的身影……当时他正同一个女人低声交谈着什么,看上去很甜蜜。而那个女人现在不需要再背大提琴了。我远远地看着他们,吃惊一瞬间便过去了。我突然想到一年前的那场交响乐音乐会,又想到十年前某个电梯里的一片纸屑,觉得一切都在情理之中。"[1]原来送音乐票的人是文章开头"我"用几句话一带而过,从未被人注意到的背大提琴的女人!在这里,人生的荒诞意味被凸显出来:真实与荒诞之间的距离或许只是一片纸屑的距离。压倒都市男女婚姻的最后一根稻草,是这张音乐票还是纸屑?或者与之相关的婚姻制度也值得玩味。这种故事设计就突破了传

---

[1] 潘军:《潘军小说文本系列·D 卷》,北京:中国工人出版社,2000 年版,第 112 页。

统婚恋题材中对男女关系的考察,体现着作家对现代婚姻制度的某种批判。也正是带着这种质疑的目光,潘军将现代都市男女在婚姻中的某种状态逼真地表现了出来。这部小说与他的《合同婚姻》《对话》《关系》等一起构成潘军现实婚恋题材的重要组成部分。

2017年作家回乡后创作的短篇小说《电梯里的风景》(《安徽文学》2018年第1期)延续着潘军对都市男女的关注。小说围绕乡村姑娘王小翠进城看电梯而展开故事。同样是写打工故事,在20世纪90年代以来的一些作家那里常常表现为一种简单的对打工生活的再现,作品中或多或少流露出某种怨气。但在潘军这部小说中却没有这种味道,轻松的故事背后呈现出另一种况味。小翠无疑是这部小说中的核心人物,她牵动着整个故事的发展。因此通过对小翠性格和与之相关的种种言行的分析,我们就有可能探究这部作品背后的深层内涵。在我看来,小说试图通过三个层面的"看"来表现小翠性格,并折射出都市人性的"风景",寄寓着作家对现代都市文明的某种思考。

第一层面是世人"看"小翠。在众人眼中,这个来自农村的年轻姑娘,不仅人长得漂亮,皮肤"虽然黝黑,但细腻""光润而健康",同时保持着乡村人特有的淳朴自然与乐于助人,如"帮着业主拿些从超市带回的大包小包,上上下下推推轮椅,把小狗拉在电梯里的粪便及时清理掉",等等。小翠的到来,无疑让刚刚遭受过几起盗窃案的都市人感到一丝安慰,也让冷漠的都市人际关系充满了一丝温情。她很快得到众人的好感,甚至让人感到这样一个"好看热情又勤快"的姑娘,看电梯"委实有点可惜"了。而对于这样一个漂亮的乡村姑娘,一些男人则打起了歪主意,认为这是一个好欺负的姑娘(实际不尽然)。小说通过世人之眼写出了小翠的质朴、单纯甚至懦弱,也展示了都市人的冷漠与贪婪。第二层面是小翠"看"社会。在小翠看来，都市生活与乡村生活属于两个世界，乡村的贫穷（"连把像样的牙刷都买不到"）让她要逃离故土，渴望在都市中并扎下根来，这也是她的梦想："自己必须在这座城市活下来"，而且"过得好好的，不比这个城市任何女人差"。但是，令她想好好"活下来"的都市有着许多让她不能理解的地方。不仅仅是车多、人多、工作难找等外在的东西，更多的是都市人的难以接近和莫名其妙，如明星们绯闻炒作、男男女女的情爱游戏（"女人花钱买这个买那个打扮自己，为的就是吸引男人。可是男人一心想要的却是女人一丝不挂"）、一些男人接近她并非出于爱情而是垂涎她的美貌……小说通过小翠之眼写出了她在都市面前的矛盾与困惑，也写出了都市人的躁动、不安与漂浮。第三层面是小翠"看"自己。一方面小翠是理性的，她深知自己文化程度不高，也知道自己的身份与地位，若想在城市立足很难，包括获得爱情。所以她对都市与都市人有一种本能的恐惧和"紧张害怕"。但另一方面，小翠毕竟还年轻，禁不住都市繁华生活尤其是物质的巨大诱惑，知道自己"回不去了"。在如何处理理想与现实之间的矛盾时，小翠"发现了"自己身体的"价值"，"男人想占她便宜，想吃她豆腐，说明她有几分姿色"，甚至她以此自傲。于是，她抓住了都市男女虚伪而又胆小怕事的弱点，用自己身体有限度地去赚取物质甚至是留在都市的"资本"。小说也多次暗示了她这一做法在物质上获得的"成功"。在这一层面，作家写出了小翠性格深处的狡黠或者危险性的一面，更写出了都市对人的腐蚀与异化。

　　这里，潘军既写出了小翠的真实，也写出了小翠的复杂。这三个层面的"看"互为因果，相互纠缠，多侧面展示着小翠的性格特征，也勾画着都市与都市人的多副面孔。除了小翠，我们看到，这部小说中的都市男女，其实都活在一种莫名的焦灼与紧张之中。四海广告公司总经理李一山如此，离婚的设计总监张鹏如此，有些名气的单身老作家如此，身价数亿的贸易公司老板、市政协委员于大头也是如此……潘军塑造着他们，也打量着他们。一部小电梯就是一个大社会，电梯里的风景就是城市的风景，更是人性深处的风景。通过这些人物，潘军试图揭示出当下中国都市人的某种生存状态与精神状态，并由此进一步发问：在物质极大丰富的今天，在不断显现的诱惑面前，人的本能与道德是否受得住考验？又能经得住多久的考验？于是在这个貌似打工故事背后，潘军便写出了对都市文明与都市人性的某种深刻反思与批判。所以李洁非先生认为，中国当下的一些都市小说与潘军此类小说相较"不能不显出外在与空洞来"，"没有第二个人可以重复他"[1]。这也是潘军都市题材小说的文学意义与价值所在。

  总之，无论是写历史还是写现实，潘军始终以一种怀疑与批判的眼光审视着他笔下的生命个体，并试图从中探寻某种人性的真相。这种探寻，既指向历史深处，也抵达现实人生。这种怀疑与批判精神，已深深地渗透在他的生命血液中："质疑不仅是我写作的态度，也是生活的态度。庄子有言，'举世誉之而不加劝，举世非之而不加沮'，这话很对我的胃口。"[2]因此，怀疑和批判精神是潘军整个小说创作的一个显著特征。也正是这种精神的存在，让

---

[1] 李洁非：《现在的写城市的潘军》，《潘军小说文本系列·D卷》，北京：中国工人出版社，2000年版，第176页。
[2] 蒋楠楠、潘军：《二十四年 忽如一梦——与潘军谈春秋战国秦汉三部曲》，《新安晚报》2024年1月26日。

潘军与同代一些作家拉开了距离,具有了某种大师的气象①。

第二节 第一人称叙事

对于潘军来说,小说的形式与内容是紧密联系的,"我不承认二十世纪我的某些作品,如《南方的情绪》《流动的沙滩》等,是纯粹形式上的文本。我认为我的小说不是这样的,虽然形式上有些极端,但形式里面还是有内容的,不是文字游戏"②,是一种"有意味的形式","形式主义策略不仅是作家美学价值实现的手段,也是目的"③,蕴含了作者对传统小说叙事的某种不满。但是潘军小说在艺术上的创新是多元的,其中第一人称叙事手法的娴熟运用,是他区别于其他先锋作家的一个显著标志,"潘军的特点则表现在他的那个叙述人。潘军小说中的叙述人'我',同时又是'被叙述人'……因此,潘军的叙述总是导向叙述人的内在分析,一种真实的关于'我'的叙述,关于'我的叙述'的叙述"④。因此,第一人称叙事是潘军小说先锋性在艺术上的最突出的特质。

一、第一人称"我"的多重身份

对于第一人称叙事方式,法国学者热奈特将叙事者与故事之间的关系分

---

① 如文化艺术出版社2001年曾出一套"走向诺贝尔·当代中国小说名家珍藏版",收录了莫言、余华、格非、苏童、叶兆言、刘恒、张炜、潘军等作家的代表小说各一卷,潘军名列其中。在策划者看来,这些作家有着"走向诺贝尔"的潜质。2012年莫言获得了诺贝尔文学奖。
② 潘军:《关于〈戊戌年纪事〉的几句话》,《山花》2006年第4期。
③ 陈晓明:《无边的挑战——中国先锋文学的后现代性》(修订本),北京:中国人民大学出版社,2015年版,第261页。
④ 陈晓明:《对文学说话:潘军的〈风〉及其他》,《当代作家评论》1994年第2期。

为两种:"异故事"——叙述者"不在他讲的故事中出现"和"同故事"——叙述者"作为人物在他讲述的故事中出现"①。他认为,只有在"同故事"中才产生真正意义上的第一人称叙事。在这种叙事中,一类叙事者兼叙事主人公的角色,另一类叙事者只起次要作用,始终扮演着观察者和见证者的角色。国内学者徐岱也有类似观点,认为第一人称叙事中的叙述者"可以是主人公也可以是旁观者"②。而这两种第一人称叙事情形在潘军的很多作品中都有体现,并发挥着重要作用。

首先,是作为主人公的叙述者"我"的情形。"我"作为故事的叙述者,也是故事的主要人物,"我"将自己作为叙述对象,并对自我进行观察和剖析,从中体现叙述者个体生命体验。这种叙述方式,一方面通过叙述者"我"讲述自身的经历,赋予故事神秘化的色彩;另一方面,叙述者"我"深入内心,进行"感觉化"叙事,使得真实被解构,意义被消解。如中篇小说《南方的情绪》主要讲述作家"我"到一个叫蓝堡的地方去作客的故事。"我"接到一陌生女子电话,被一个称作"老板"的人邀请去蓝堡作客;"我"乘坐火车时,遇到青草味女子;"我"下榻白色山庄……整个故事以"我"的所见所闻、所思所想为中心。在这种叙事下,"我"的内心活动被一览无余地呈现出来。这种内心式独白常以遐思与疑惑为表现形式。"我"思绪起伏,终于在青草味女子不告而别的某一瞬间恍然大悟,并展开了对蓝堡之行的种种揣测:

我有足够的理由来证明这是一个阴谋。有人设了圈套……于是两

---

① 热奈特:《叙事话语 新叙事话语》,王文融译,北京:中国社会科学出版社,1990年版,第172页。
② 徐岱:《小说叙事学》,北京:商务印书馆,2010年版,第322页。

天前的深夜一个女人给我打电话,说有个叫老板的家伙邀请我去蓝堡作客……第二天我去买票,在我失望时竟有人向我退票……在这旅游旺季软席居然还空着本身就颇可疑……她原来与他们是一伙的!……①

小说叙述到了这里,"我"呈现给读者的蓝堡和邀请"我"的"老板"开始显现出阴谋和伪善。而白色山庄的女服务员、经理、光头老汉老 pan、小男孩,更充满了可疑色彩:

可是我越发惶恐了……面前这个中年男子几分钟前说他的父亲死于乾隆十七年的一场霍乱,这就是说他的年龄不是几十岁而是几百岁!可从他的长相以及精神状态上看,他差不多算是童男子。②

老 pan?是老潘还是老盘?或者老庞……我打量着这个看上去很快活的老人,心里陡地一惊:老板!③

在这里,第一人称叙事者对于人物心理进行了细致入微的叙述。主人公"我"像一个侦探者,借助细致入微的心理描述,侦查着"老板"和蓝堡的真实面目。凭借"我"的所思所想,故事谜团一个个被解开,被印证的事实一次次被推翻,故事有序地发展,营造出一种诡秘而紧张的氛围。而对于蓝堡,真相只有两种:要么故事是真实的,要么这一切是神经质而疑神疑鬼的"我"揣测的。而真实性也在"我"神经质的叨唠中受到怀疑。这种怀疑既来自叙述者

---

① 潘军:《潘军小说文本系列·C 卷》,北京:中国工人出版社,2000 年版,第 48 页。
② 潘军:《潘军小说文本系列·C 卷》,北京:中国工人出版社,2000 年版,第 54 页。
③ 潘军:《潘军小说文本系列·C 卷》,北京:中国工人出版社,2000 年版,第 62 页。

对自我与身处其中的环境的双重怀疑,也来自其对"主体与历史的某种怀疑"。作者正是通过主人公"我"将"生存的玄想变成幻觉与推理、阴谋与冒险、自虐与欺诈等混为一体的行为乐趣"①,对现实或他人怀疑,同时彻底怀疑、嘲弄自己。此外,在《小镇皇后》《我的偶像崇拜时代》《海口日记》等众多小说中,潘军均以第一人称"我"为故事的中心进行讲述,"我"的感觉和想象得到淋漓尽致的表达,读者会不自觉地被带入故事情境,随着主人公的思绪起伏一同悲喜、反思、困惑与不安,达到作家所要达到的目的。

第二,作为旁观者的叙述者"我"的情形。叙事者以"我"的口吻讲述故事,但"我"在故事中的参与成分却极少,甚至在某种条件下"我"几乎不参与故事。"我"位于故事的边缘位置,是他人故事的见证人和旁观者,对"我"以外的其他人物故事进行讲述。"我"作为故事中的一个人物,只是象征性地参与了作品虚构的世界,不对故事中的其他人物和故事发展产生决定性影响。

中篇小说《秋声赋》主要是"我"讲述的一个名叫旺的普通农民一生的故事。小说成功地塑造了一个新时期中国农民旺的形象:一个虽然文化程度不高,但极具传统人格魅力与道德魅力的卫道者。面对凤与外乡货郎的私奔,他选择宽容,必要时还施以援助之手;面对儿媳霞冲破伦理的表白,他不惜用自残这种"毁掉生命的辉煌"的方式来维护道德的尊严,恪守道德与伦理的界限。直到旺去世,我们从藤箱里一堆印有血迹和脓斑的草纸中发现其隐忍的秘密。小说中,"我"只是讲述者,偶尔参与到故事中也是为了突出旺的形

---

① 陈晓明:《无边的挑战——中国先锋文学的后现代性》(修订本),北京:中国人民大学出版社,2015年版,第152页。

象,增强故事的真实感,如写到"我"住菱塘的一晚、霞的坦白、火的死因等。

同样,中篇小说《从前的院子》《上官先生的恋爱生活》等中也采用这一手法。在《从前的院子》中,"我"只是象征性的存在,必要时以亲历的身份证明嘉琳与有夫之妇碧霞的关系、两人外逃后引发的悲剧以及院子物是人非的事实。透过"我"的视角,世事的无常、命运的荒诞跃然纸上。《上官先生的恋爱生活》中,上官先生与小陶的恋爱故事是小说的重点,"我"既参与到他们的故事中,也对他们的故事进行转述。如关于上官对小陶的最初印象与评价、关于小陶结婚后的现状与上官如今的现状,"我"是直接获取信息得知的;而关于上官与小陶分手的原因,"我"是通过他人议论和父亲的转述才得知的。在这些小说作品中,"我"的身份都不是故事主角,而是他人故事的见证者和叙述者。旁观者的第一人称叙事方式,仿佛人物就在叙事者"我"的面前上演各种悲欢离合与人世辛酸。

潘军小说中的第一人称"我"除了上面两种情况外,还有一种特殊情况,即"我"既是故事主人公,又是旁观者、见证人或参与者。如长篇小说《风》中,"我"本是以主人公的身份去罐子窑探寻郑海故事的,却同时被卷入"过去"(叶家的恩怨情仇)和"现在"(陈士林、田藕等人)的故事中,不自觉地充当起见证历史和参与现在的多重角色。同时,小说既以作家"我"的身份讲述故事,又在不同章节依次安排与此相关的人物,如陈士林、田藕、糙坯子、秦乡长等人,以第一人称"我"的身份去讲述他们记忆中的郑海、叶家,造成不可靠的叙事效果,使得历史的真相在第一人称"我"的多重叙述中变得愈加神秘。近作中篇小说《教书记》(《安徽文学》2024年第3期)中的"我"的功能同样如此。小说主体讲述的是"我"当知青时期一段教书代课的经历,故事通过"我"之眼,对当年乡村知识分子、村民、基层管理者等做了全景式的扫描,反映了特定年代下中国社会乡村的一个缩影。这部小说与作家长篇小说《独白与手势·白》中"我"的经历形成一种互补,是"我"成长过程中精神炼狱的一个重要环节。其中"我"不仅是故事参与者,同时也是故事中不同人物不同命运的见证者,尤其见证了一个青年学生程颢成长的历程。与此前的小说人物命运大都留下诸多悬念不同,此小说结尾部分对故事中的每一个人物的命运都一一交代,这种"圆满式"的写作方式,在潘军创作中是很少的;同时此小说后半部分叙事节奏明显加快,有某种急就章色彩。

二、第一人称"我"的视野越界

当然,第一人称叙事也有其自身的局限,即"我"只能讲述"我"的所见所闻,读者只能看到"我"的视野范围之内的事物。它无法与第三人称叙事中的"零聚焦"那样"具备观察自己不在场的事件的特权"[①]。但仔细考究潘军作品会发现,为了表达效果的需要,他的部分小说在运用第一人称叙事视角进行讲述时存在全知叙述的眼光,即视角越界的行为。对于"视角越界"现象,热奈特认为可以将其分为两大类:省叙和赘叙。前者指"提供的信息量比原则上需要的要少",后者指"提供的信息量比支配总体的聚焦规范原则上许可的要多"[②]。申丹在《叙述学与小说文体学研究》中指出,可以依据"是否违规"来区分视角越界现象,并认为热奈特对"省叙"的讨论不乏理论上的

---

① 申丹:《叙述学与小说文体研究》(第二版),北京:北京大学出版社,2001年版,第202页。
② 热拉尔·热奈特:《叙事话语 新叙事话语》,王文融译,北京:中国社会科学出版社,1990年版,第133页。

混淆①。相对而言,"赘叙"是名副其实的视角越界,它包括从外视角和内视角中都能透视其他人物的内心活动。潘军的第一人称叙述的小说中,视角越界最主要的表现为从内视角侵入全知的模式。

中篇小说《夏季传说》采用的是第一人称回顾性叙事,主要由"我"(必要时借助蛾子的回忆)讲述四爷的故事。小说中,"我"在讲述四爷、爷爷与蛾子之间的情感纠葛时出现了明显的视角越界现象。作者写道:"我不愿意接着写屋里的事了。可是我必须交代一个至关重要的细节……"②按理说,故事发生时,"我"的父亲都很"幼小","我"没出生;长大后四爷又"从不对我说他的故事";蛾子曾回忆他们复杂的关系,但不可能事无巨细到把相亲相爱的细节都诉诸大众。因此,理论上"我"不可能洞悉一切细节。而事实是,不在场的"我"仿佛故事的目击者,站在全知的视角讲述这些细节。这里,第一人称"我"的眼光被全知叙述的眼光代替。不仅如此,叙述者"我"有时还像全知叙述者一样透视其他人物(如爷爷和四爷)的内心:

1. ……这是第二次了,爷爷想。第一次是在清晨边……③

2. 我爷爷惊恐不安地随日本兵进一座暗红色的小洋楼……爷爷迟疑地看着松崎的左臂,白手套空荡的小指使他想起几年前在京都大学公寓的一场围棋厮杀。④

---

① 申丹:《叙述学与小说文体学研究》(第二版),北京:北京大学出版社,2001年版,第265—269页。
② 潘军:《潘军小说文本系列·F卷》,北京:中国工人出版社,2000年版,第103页。
③ 潘军:《潘军小说文本系列·F卷》,北京:中国工人出版社,2000年版,第92页。
④ 潘军:《潘军小说文本系列·F卷》,北京:中国工人出版社,2000年版,第93页。

3. 四爷的唢呐却让我爷爷感到隐约的惶恐与凄凉。在我爷爷惺忪的视野里,灰暗的天空呈现出一片虚无。①

从上述几段引文来看,"我"在对人物内心的观察方面的"侵权"是一目了然的。例1中,我们从上下文可以推出它是叙述者"我"表达的爷爷看见蛾子时的内心想法,即短暂地出现了内视角向全知视角的越界。例2和例3表达的是爷爷两种不同的惶恐心境,但这些内心活动都是从"我"的视角透视进去的,联系上下语境看,爷爷就此被松崎扣下了,半年后被人杀了,旁人不可能知晓诸如此类细微的内心活动。还有爷爷的所看所想,无论是"惺忪的视野"还是"灰暗的天空",无疑都属于全知叙述的眼光。

此外,在潘军采用的第一人称叙事的作品中,叙述者"我"还倾向于以想象的形式来拓宽视野,实现全知叙述。同样是《夏季传说》中,有这样一段话:

四爷一定是站在西窗下鸟瞰我家的天井。他看见我爷爷后来也拿过小竹椅坐到那水上女人面前,同她攀谈。他看见女人说着说着就抽泣起来,我爷爷递给她一块大手绢……②

这段话中"一定"之后的内容都属于"我"的猜测与想象,目的是增强四爷与爷爷、蛾子之间情感复杂的表达效果。而事实上,四爷在那一夜是否入

---

① 潘军:《潘军小说文本系列·F卷》,北京:中国工人出版社,2000年版,第95页。
② 潘军:《潘军小说文本系列·F卷》,北京:中国工人出版社,2000年版,第94页。

睡,是否如"我"想象般看见这一切不得而知。

长篇小说《风》更为典型。作品中,作者采用"历史回忆""作家想象""作家手记"三个部分共同叙述。而"作家想象"正是作者从第一人称有限叙事视角跳出来,借助想象的形式,站在全知视角来探寻历史真相的重要部分,从而大大拓宽读者的视野。

三、第一人称叙事的艺术效果

陈晓明认为潘军的中篇小说《南方的情绪》中的第一人称叙事,"为当代小说的写作开启了一条类似罗伯·格里耶的《橡皮》的那种路子"[1]。这是对潘军第一人称叙事的小说艺术效果的极大肯定。潘军曾说:"一个作家采取什么样的写作方式或叙述方式是根据题材而定的"[2],且第一人称"很灵活""有可塑性""叙事意味会更好一些"[3],因此,潘军小说中的第一人称有着极大的艺术魅力。

(一)营构一种叙事的美学效果

潘军小说中第一人称叙事,有着强烈的主体性和真实感,起到一种叙事的美感。作者在访谈录中多次明确"我写的不是自传","第一人称小说很容易让人产生错觉""故事是虚构的,但我对故事的体验是真实的"[4]。如长篇

---

[1] 陈晓明:《无边的挑战——中国先锋文学的后现代性》(修订本),北京:中国人民大学出版社,2015年版,第399页。
[2] 陈宗俊、熊爱华、宋倩、潘军:《写作是未知不断显现的过程——潘军先锋小说访谈录》(未刊稿),见本书附录一。
[3] 陈宗俊、熊爱华、宋倩、潘军:《写作是未知不断显现的过程——潘军先锋小说访谈录》(未刊稿),见本书附录一。
[4] 潘军:《坦白——潘军访谈录》,合肥:安徽大学出版社,2000年版,第9页。

小说三部曲《独白与手势》中,我们能强烈地感受到叙述人"我"带有很浓的作者个人履历的痕迹,因此,故事就显得逼真动人。在阅读时,我们会不自觉地将其与作者的人生经历相结合,很快进入"我"所营造的故事情境,相信故事本身,甚至把叙述人"我"与作者重合。中篇小说《海口日记》中这种效果更为典型。小说中,"我"的身份(作家)、下海经历(海口经商)、婚姻状况都与作家自身紧密相关,以至于作者收到很多读者来信,他们都认为作者就是小说里的作家"我",并和一个妓女住在一个废弃的船上,更有读者向作者打听海口是否真有那艘船,如有他也想去接着住,等等。这就是第一人称叙事产生的美学效果。

在潘军实验时期的小说中,第一人称叙事更多的是对传统小说"故事"的打破,造成某种间离效果与审美效果。如中篇小说《省略》开头:"关于红门我曾经有一篇文字……叫《红门》。发表在……""有位叫沈敏特的教授……对一位青年评论家说:'安徽只有潘军才能写出这样的小说'……"[1]读到这里,我们会毫无疑问地将"我"与作者重合,认定第一人称"我"就是潘军。可是看到后文潘军跳出来与"我"对话,直接否定了"我"是潘军的猜测。再看结尾,"为了避免著作权的纠纷我重申《省略》的作者是我"[2],不但没能明确"我"的身份,反而令读者更加困惑,这个"我"到底是谁?是否存在?故事被消解了,我们却陷入怀疑周遭的泥潭。这里,"我"成功地让读者一步步掉入陷阱,走进叙事谜团,思考小说创作的真实寓意。这里,故事的真实性被消解了,但由此出发凸显了现代小说与传统小说在美学上的差异性,这种差

---

[1] 潘军:《潘军小说文本系列·C卷》,北京:中国工人出版社,2000年版,第99页。
[2] 潘军:《潘军小说文本系列·C卷》,北京:中国工人出版社,2000年版,第141页。

异,正是先锋作家们所追求的,极大地丰富了现代小说的艺术品质。

(二)拓展小说的结构审美空间

潘军小说通过第一人称"我"自由讲述或自由出入各种场景,打破原有的故事情节,依照自己的主观感受来控制文本叙述的节奏,充分体现了对小说结构审美上的探索。长篇小说《独白与手势》三部曲中,"我"自由穿梭于现实和回忆之间,讲述几十年的成长历程。读者在按照线性顺序阅读的过程中会不时被倒叙打断,但是倒叙并没有破坏故事的可读性,而是很自然地与现实衔接在一起,构成故事的完整性,"'叙述'已经不再如他从前的小说那样成为外在于小说或故事之外的'第一性'的存在,而是被有机地融入了小说的肌理与血液"[①]。中篇小说《南方的情绪》中,"我"的讲述具有很强的主观性,以至于蓝堡在"我"的叙述下充满了某种诡异和阴谋,故事的真实性在"我"的"疑神疑鬼"中一步步被解构,变得模糊不清。但是"我"始终掌控着小说的叙事节奏。小说中关于"我"的思维意识流的描述很多,如"这是捏造!""我无言以对……我现在已经进入了一座迷宫,只能凭运气去摸索,走一步算一步。我还能说什么呢?可是我越发惶恐了……"[②]"我很痛苦。我明白自己的处境。我知道这里布满了不可捉摸的机关暗道……"[③]"自圆其说。又是自圆其说!我输了。他们随时可以算计我,可我怎么也算计不了他们"[④]……"我"一次次营构关于南方的真实,又一次次推翻原有的事实,这都是跟随"我"的主观感受去揣测的。读者只能跟随"我"的所见所闻、所思所

[①] 吴义勤:《艺术可能性的寻求与展示》,《作家》2000年第5期。
[②] 潘军:《潘军小说文本系列·C卷》,北京:中国工人出版社,2000年版,第54页。
[③] 潘军:《潘军小说文本系列·C卷》,北京:中国工人出版社,2000年版,第61页。
[④] 潘军:《潘军小说文本系列·C卷》,北京:中国工人出版社,2000年版,第70页。

想去揣测这部仿侦探小说故事的多义性,而小说的节奏也根据"我"的主观感受起伏变化。

短篇小说近作《白沙门》(《清明》2022年第2期)中,"我"作为小说的叙述者,对故事中的李桥、张明子、邢名山三人刻画并不多,但在结构上小说一开始就做了种种铺垫,如对于1994年4月7日那一天里到底发生了什么? 随着故事的展开也变得摇曳多姿、扑朔迷离。正如作者所言:"那一天对这三个人都意味深长,有人沮丧,有人绝望,有人泰然自若。随着故事的发展,你会觉得这三个人的境遇与心绪于不知不觉中都发生了变化,但依然还是有人沮丧、有人绝望、有人泰然自若,只是角色发生了转移。直到最后一句,读者在惊讶之余会立即重返文本,这才隐约意识到,原来之前发生的故事中已经布下种种暗示,原来早有人幕后导演了这幕戏,布下了这个局。"[1]这种故事结构上的安排,极大地增强了小说的艺术魅力。因此,潘军小说中第一人称的叙事,既打破传统第一人称线性故事的叙事方式,又为作家营构故事提供了极大的叙事空间,小说结构在收放自如中达到一种新的艺术美感,拓展了故事的能指与所指。

吴晓东认为,鲁迅小说中的第一人称叙事的美学特质在于"距离控制",从而产生一种间离的美学效果[2]。作为热爱鲁迅的潘军,其小说中第一人称的美学效果也同样具有"距离控制"的特点,与上述潘军小说中怀疑与批评精神相得益彰,体现着潘军小说的先锋特质。如果离开了这两方面去谈论潘军的小说创作,那么他作品中的思想意蕴和审美价值将会大打折扣。

---

[1] 潘军:《一杯茶的诞生》,《清明》2022年第2期。
[2] 吴晓东:《鲁迅小说的第一人称叙事视角》,《鲁迅研究动态》1989年第1期。

第三章 潘军小说的皖江地域文化特色

"安庆这块土地对我的创作有很大影响和帮助","调动我的不仅是作为安庆人、怀宁人的生活积累问题,更多的是我自己在这块土地上这么多年积累的东西所形成的观念的东西在起作用","小说中反映出的人物状态、行为方式在我看来与这块水土是有关系的。"[①]2000年,作家潘军在安庆深情地表达了故乡对他创作的影响。其实,不仅是潘军,对绝大多数作家而言,地域文化是在他们创作中不可或缺的因素。本章试探讨皖江地域文化在潘军小说创作中的表现、成因与意义。

第一节 皖江地域文化在小说内容上的表现

对于皖江流域范围所指、皖江文化的内涵等问题,学界有不同的看法。此处我们主要依学者汪军先生的观点,即皖江文化主要指安庆文化,"安庆土著的古皖文化和来自江西、徽州移民的朱子信仰,是皖江文化的两大源

---

① 潘军:《先锋小说、地域文化与我的小说创作》,《安庆师范学院学报》(社会科学版)2003年第4期。

头"①。潘军出生于安庆市所属的怀宁县石牌镇,所以我们将要探讨的皖江地域文化也主要是指以怀宁、安庆为中心的地域文化。读潘军的小说,你会发现一个很有意思的现象,他的小说(尤其是早期小说)创作,如中短篇小说《小镇皇后》《篱笆镇》《墨子巷》,长篇小说《日晕》和《风》等大都是写安庆这块土地的。在作家自称为"自我放逐"式下海经商生活后写出的第一篇中篇小说《结束的地方》,也是写这块土地上发生的一个离奇的故事的;而随后创作的长篇小说三部曲《独白与手势》中的第一部《白》,作家更是花了大量篇幅对生养他的这块土壤作了一次心灵的追忆。而作家计划写作中的长篇《中国陶瓷》,我想也离不开这片故土,尤其是一个叫罐子窑的村庄吧。这些似乎是一种巧合,但同时也是一种必然。故土,永远是作家创作取之不尽的源泉,"是许多作家的文学血液"②。

读这些小说,皖江地域文化对作家影响明显的一点就是他的作品中的故事大都未走出安庆、走出怀宁。

首先,小说中的许多地名命名往往以这块土地上的真实地名为背景。你可以跟随作家笔下描写的方位,找到这些地方。"此刻,我已站在三岔路口。我的前方十八公里处就是水市,但我需要右拐上路。这路的尽头是我的故乡石镇。"③这里,三岔路口就是现实中的怀宁县月山镇通往石牌和安庆的三岔路口,作家无非将"石牌"写成了"石镇","安庆"写成了"水市"。在众多的地理描写中,有四个地名是作家永远绕不过去的精神家园。它们是:石牌、罐

---

① 汪军:《皖江文化纵横谈——从朱书〈告同郡征纂皖江文献书〉说起》,《皖江文化与近世中国·序二》,合肥:合肥工业大学出版社,2004年版,第4页。
② 阎连科:《欢乐家园》,北京:北京出版社,1998年版,第473页。
③ 潘军:《独白与手势·白》,北京:人民文学出版社,2000年版,第4页。

子窑、梅子岭、安庆。

石牌,地处怀宁县西南,旧名宜塘,又叫石牌口,曾为怀宁县城。北宋时已有其名,距今已有1000多年。这里是作家的出生地,他在此生活了20多年。这块生养他的土壤,长大后便被作家称为"蓝堡",后称作"石镇",并为我们营造了一个"石镇系列":《蓝堡》《墨子巷》《上官先生的恋爱生活》《1962年,我五岁》《1967年的日常生活》《我的偶像崇拜年代》《从前的院子》《独白与手势》。这里有神秘蓝堡、美丽的戏园子、幽静的丁字街,和那趿着拖鞋踩着青石板唱着黄梅调的美丽少女……"石镇系列"与鲁迅先生笔下的"鲁镇"、余华笔下的浙江海盐、苏童的"枫杨树香椿树街"一样,散发着江南水乡的特有芬芳。

罐子窑,这是一个很奇怪的名字,但现实中确实存在。它是作家母亲的故乡。儿时的作家,"几乎每年都要随他(指外祖父,引者)去一趟罐子窑"[1]。现实中的罐子窑,原属怀宁县江镇镇(今属平山镇),离石牌六七公里,是一个以生产陶器而闻名的小村庄,新中国成立后曾一度为县陶器厂。这地方除了生产陶器,也出黄梅戏,新中国成立前曾被称为"戏窝子"。作家笔下的中篇小说《夏季传说》《结束的地方》《杀人的游戏》等都以此地为背景展开了一幕幕动人的故事。尤其是被称作"在文学史上占据一席之地"[2]的《风》,便起源于作家一篇未曾谋面的中篇小说《罐子窑》,小说以"贾雨村言"的形式,叙述了新中国成立前后一个惊心动魄、如风般神秘缥缈的故事。小说中的"龙窑"就是笔者的出生地,离罐子窑仅一箭之遥。而故事中的"六指"陈宗淼竟

---

[1] 潘军:《潘军散文·红泥的记忆》,杭州:浙江文艺出版社,2000年版,第62页。
[2] 陈晓明:《对文学说话:潘军的〈风〉及其他》,《当代作家评论》1994年第2期。

和笔者"同辈"！这种阅读上的亲切感让笔者对这部小说情有独钟。

梅子岭，真实中的梅子岭位于今怀宁县平山镇和江镇镇分界的一座小山，在作家笔下被唤作"梅岭"。"它并不高，但陡。一条石子公路从岭间跌落下来。"[①]梅子岭脚下有一个小村子叫牌楼，这里是作家高中毕业后下放的地方，他在此当了三年的农民。潘军许多作品(不仅仅是小说)中都有关于梅子岭的表达，如长篇小说《独白与手势·白》、中篇小说《三月一日》《教书记》、散文《拥有炊烟的天空》《梅子岭》等。梅子岭在作家的笔下，不仅仅是一座小山，也不仅是和一个叫牌楼的村庄联系在一起，而是矗立在作家心中的一块无字之碑，镌刻着他知青生活的苦乐年华和人生思考。

安庆，在作家的笔下，这座位于皖西南长江北岸的城市叫作"水市"。这里，曾是作家祖父经商、父亲读大学的地方，作家17岁第一次与父亲相见也在这个城市，大学毕业后在此工作了近三年。"水市对于我有着太多的回忆。这座至今不发达的城市却屡屡成为我梦中的海市蜃楼"[②]。作家有时也将安庆称为自己的故乡。其实也可理解，因为历史上安庆"市境大部旧属怀宁县"[③]。这座曾做过282年省会[④]的城市，曾长期为省、府、县同治，现已被列为中国历史文化名城。作家的中篇小说《桃花流水》《九十年代的获奖作品》、长篇小说《独白与手势·白》，散文《安庆的父辈》《老友记》等多次唤醒作家对这座城市的记忆。于是就有了诸如菱湖公园、迎江寺、振风塔、状元府、墨子巷等这样一些地名和描写了。2017年作家从京城返回故乡，就在安

---

① 潘军：《潘军散文·拥有炊烟的天空》，杭州：浙江文艺出版社，2000年版，第40页。
② 潘军：《独白与手势·白》，北京：人民文学出版社，2000年版，第205页。
③ 安庆市地方志编纂委员会：《安庆市志》，北京：方志出版社，1997年版，第96页。
④ 汪军：《安庆：省会282年》，《新安晚报》2005年6月4日。

庆长江旁边购置了一套房产,取名"泊心堂"。"60岁之前舞文,60岁之后弄墨",安庆成为作家人生后半生的"泊心"之所。在安庆,作家先后出版散文书画集《泊心堂记——潘军文墨自选集》(2019)、《泊心堂墨意——潘军画集》(三卷)(2022)等。

其次,对地域山水的描摹。作家脚下的这块土地处于古皖山之南,有着众多的美丽如画的名山大川,如古南岳天柱山,还有佛道重镇司空山、小孤山,隔江有四大佛教圣地之一的九华山;有浩浩荡荡的长江,有那条让作家流连忘返的皖河(小说中的"琴河")。它们在作家笔下都充满了灵性与灵趣。同样为山,天柱山"是一座挺拔的男性之峰"①,而小孤山则又"孤峰挺立于江心,一柱擎天。形如椎髻,苍翠欲滴"②。同样为水,长江"像放久了的和酱油差不多的血"③,而皖河在"微弱的天光下,河流是黝黯的,像犁过的土"④。仁者乐山,智者乐水,你可以在作者笔下恣意欣赏这里的无限美景。

再次,在潘军的小说中,天是皖江的天,水是皖江的水,同样,人也是皖江的人。潘军的地域小说中,无论是达官显贵,还是布衣黎民,他们身上都散发着皖江人的气息(下文将谈到)。小说中的许多故事、人物原型均来自这里。中篇小说《秋声赋》作者开篇就指出,这是一个以真实故事为背景而创作的小说:"从某种意义上说它是有生活原型的,故事中的男人和女人相好结婚,后来女人与货郎私奔了,男人抱养了一个孩子,包括最后那个儿子上吊死了,引起村庄里人的一些猜测,这些全都是真的。"⑤同样在中篇小说《1962年,我

---

① 潘军:《日晕》,北京:人民文学出版社,1989年版,第242页。
② 潘军:《日晕》,北京:人民文学出版社,1989年版,第280页。
③ 潘军:《日晕》,北京:人民文学出版社,1989年版,第49页。
④ 潘军:《独白与手势·白》,北京:人民文学出版社,2000年版,第5页。
⑤ 潘军:《坦白——潘军访谈录》,合肥:安徽大学出版社,2000年版,第20页。

五岁》《1967年的日常生活》《我的偶像崇拜年代》,长篇小说《独白与手势》中,参照作家的《我的小传》[①]《安庆的父辈》[②]等中的一些文字,我们可以看到"父亲""母亲""齐叔""于阿姨""我"等这些人在现实中人物的身影。当然,故事中那些人物均不等同于现实中的人物,但我们确实可以看到这块土地上的人对作家创作的影响。

第二节 皖江地域文化在小说语言上的反映

　　小说是语言的艺术。汪曾祺曾说过写小说就是写语言。对于语言的依恋,特别是对母语的依恋,几乎是每位作家面临的选择与困惑:他们在各自的语言里游弋。潘军在怀宁生活了20年,在安庆又度过他8年机关生活中的最初三年。这些成长的记忆奠定了作家对社会、对人生的认识,也确立了他观察的视角,更重要的是作为思想载体的语言——怀宁(安庆)方言,已成为作家写作中必不可少的工具,而且这也将伴随他一生的思考与写作。在潘军的小说语言世界里,我们不能忽视母语的作用。

　　首先是方言俗语的运用。在潘军的地域文化小说里,尤其是早期的作品,如《墨子巷》《溪上桥》《红门》《日晕》《风》等均曾大量使用方言俗语。归纳起来,约略有以下几种情形:一是表现自然现象及时间的。如"落雨""扯霍""日头""上昼""下昼""明朝""断黑"等。二是描述日常习俗的。这里又可分为娱乐类,如"耍""谈古""说书"等,婚丧类如"讨亲""讲人""老人""倒颈""折世""上山""灵车轿马"等,还有其他的如"黄掉""搞鬼""困觉"

[①] 潘军:《坦白——潘军访谈录》,合肥:安徽大学出版社,2000年版,第241页。
[②] 潘军:《安庆的父辈》,《新安晚报》2005年2月2日。

"鲫阔子""稻场""么事"等。三是用于人际交往的。这类方言俗语很多,如形容人的"刁伶""人抄子""孬""多嘴""嚼舌根"等,形容行为动作的,如"欺生""不碍""刮了我一顿""蹲家"等。四是为称呼语。如对小孩子称"伢""伢鬼""毛头",称父亲为"大""伯",母亲为"娘""爱",称呼外公外婆为"家公""家婆",称呼祖父叫"爹爹",用"老板""男人"称呼丈夫,用"堂客""堂客奶奶"称呼妻子等;另外,还有些称呼语有戏谑或侮辱性质的,如"现世宝""狐狸精""千刀剐的"等。五是为俗语。如"日晕长江水,月晕扫地风""从糠箩跳到稻箩""好人不长寿,恶狗活千年""黄瓜打锣——一锤子买卖",等等。

这些方言俗语"不仅具有传承性和民族性等特征,而且忠实地记录了人们生活、生产的经验,归纳和总结了人们对待和处理事物的方法,反映了人们实际生活的哲理和行为准则"[1]。作家中篇小说《秋声赋》中有这样一个情节:公公旺与儿媳霞在北京一家医院为大平治耳朵,大夫误把二人当作夫妻。此时小说中有这样一段对话:

> 旺打断说:我是孩子的爹。
>
> 大夫说:是啊,我没说错,你们夫妻……
>
> 霞插言道:大夫,这是我公公。我们那边的"爹"不同于这边的"爹",是爷爷的意思。
>
> 大夫这才醒悟,红着脸说对不起。[2]

---

[1] 余昌谷:《当今小说掠影》,合肥:合肥工业大学出版社,2003年版,第220页。
[2] 潘军:《秋声赋》,《潘军小说文本系列·E卷》,北京:中国工人出版社,2000年版,第80—81页。

我想作家是故意安排"爹爹"这个词的,让这对有情人在现实中只能以公公、儿媳的身份来相处,使人物的命运充满了无奈,也加重小说的"道德含量与艺术含量"[1]。

其次是人物的语言。在潘军的地域文化小说中,人物的语言充满了乡土气息,反映了人物的不同性格。《墨子巷》中的刘寡妇对古凤眠的那句:"没什么要紧的哟,你这老!"将一位直爽、泼辣、热情的寡妇形象推到读者面前。《风》中陈士林说:"城里人都他妈的没有卵子!"表达了陈士林对城里人的评价,偏颇中不乏某种合理的东西。《独白与手势·白》中无论是雨浓的"你瘦了,也黑了",还是小丹的"就用我的牙刷吧",抑或韦青的"一个人的时候,过去与你相伴",三句不同的语言,表达了三位美丽女性的不同性格,同时也都表达了她们对"我"的真挚之爱——"我"应该是幸福的。这些人物的语言虽千差万别,但都是与这块水土的营造分不开的,具有一种浓浓的乡野的芙蓉之美。

其三是作家的叙述语言。电影导演黄健中曾说过潘军小说轻易动不得,牵一发而动全身。这一方面说明作家的小说情节结构的紧凑、故事的匠心,另一方面也包含了对作家小说语言的魅力的肯定。这里既是作家善于向古今中外作家学习的结果,同时,我想也离不开这块生养了他20多年的水土的滋润。同为先锋作家的余华曾说过,他之所以能够成为一个作家,是他在很大程度上对语言妥协的才华,其中就离不开浙江海盐的方言对他的影响[2]。

---

[1] 唐先田:《〈秋声赋〉的道德含量与艺术含量》,《潘军小说论》,合肥:安徽大学出版社,2003年版,第325—334页。

[2] 余华:《余华作品集》(第三卷),北京:中国社会科学出版社,1995年版,第386页。

所以在潘军小说中,这种语言上的天赋与才华使作家的叙述语言充满了诗意。最典型的莫过于作家对小说结尾的处理,多用双关、谐音等词格,达到意想不到的效果,让人爱不释手,如《重瞳——霸王自叙》《海口日记》《抛弃》的结尾。因此,潘军也被人称为当今文坛的"情歌王子"。

第三节　文本背后的文化意识

但是,地域文化小说不是"掉书袋",也不是一些方言俗语的拼盘,它们只是小说的一个外在的形式和载体,重要的还在于小说背后所反映出的文化内涵和文化意识,"这种意识应该渗透在小说的字里行间,而不是作为一个标签贴上去"[①]。这种文化意识存在于"广泛的传统、习俗、文化心理和民族性格中的风貌和精神形态"[②]中。

潘军是从怀宁、安庆走出去的作家,让我们先粗略地看看历史上的这块土地。怀宁,据《怀宁县志》记载,县境商周属扬州,春秋隶皖桐,战国属吴楚。在东晋安帝义熙年间(公元405年—418年)以皖县旧址(今潜山梅城)始建于怀宁县(取"永怀安宁"之意)。这样算来,怀宁建县已有1600余年的历史。而安庆自南宋建城以来,也有"吴头楚尾"之说。据一些历史资料记载,安庆的古皖先民在秦汉之前,生活在"和合盛美"时期,无大富之家,也无冻馁之人。秦汉以后,先民多生活在贫困线上,养成一种安贫乐道的心理。隋之前,民风中承袭着楚人的倔强坚韧、视死如归的精神,同时也有着吴越人的精明与重理重利。隋炀帝平陈之后,民风逐渐从刚毅果敢过渡到"斯文道

[①] 潘军:《先锋小说、地域文化与我的小说创作》,《安庆师范学院学报》(社会科学版)2003年第4期。

[②] 周民锋:《地域文化与人文意识》,《文艺评论》1997年第5期。

学"。有宋一代,受朱子学说影响,但民多劲士。元末明初,江西、徽州的大量移民迁徙至此,儒学渐盛。至此,各种文化在这块土地上融合、共存。如上述汪军先生所言,其中的土著古皖文化和外来移民文化形成这块土地上文化的两大源头,它的内容包罗万象,十分丰富。结合作家潘军的身世,我们可以看到潘军的小说(不仅仅是地域文化小说)至少具有以下几种文化意识。

一是率性而生、至情而活的人物性格。在作家笔下的这块土地上的男女老少,大都有着先人楚人的狂放性格,他们任性、执着、个性十足。典型的属《独白与手势》中主人公"我"了。这个人有着北方塞上军旅中人的霸气,他自尊、坚强、重信,但也不乏精明、狡黠和儿女情长。如"我"在机关里对上司的无礼刁难不是唯唯诺诺,而是敢于当面斥责:"就说你这人无耻,怎么的?";在生意场上,"我欠人家的钱是一分也不能少,而人家欠我的钱则是一分也要不回来";在男女关系上,"幻想着一种清洁的男女之爱"。这是个敢作敢当、光明磊落、赢得起更输得起的男子汉。这让我又想起了近现代这块水土上叫吴樾、陈独秀、朱湘、海子的几个男人来。另外,还有像《溪上桥》中的根生,《日晕》中的龙雷水一家三口,《风》中的陈士林与田藕,《重瞳——霸王自叙》中的项羽,《犯罪嫌疑人》中的于超等等,他们身上都浸染着这块土地上先民的那种孤傲与真率。

二是载歌载舞、委婉清丽的黄梅氛围。在中国戏曲发展史上,安庆、怀宁可以说占据着重要的位置,尤其是以石牌为中心的皖河流域,它是京剧、徽剧的重要源头之一,有"无石(牌)不成班"的美誉,而黄梅戏发展史上的"怀腔"也在此发扬光大。作为出生在石牌,并在此生活了 20 多年,外祖父、父母均为黄梅戏艺人的作家潘军来说,这种戏曲的因子早已浸入他的血液了。所以在作家笔下的地域文化小说中,时时飘来一阵阵轻盈柔曼的黄梅之音就不足为怪了。

三是儒释道互补交融的文化色彩。安庆处古皖山(今潜山)之南,境内的古皖山曾为佛道文化的重镇。它曾是佛教禅宗二祖慧可、三祖僧璨、四祖道信的发禅地之一。而主张"天人合一""宇宙自然""返璞归真"的道教也曾将天下名山洞府划为三十六洞天、七十二福地,其中皖山被列为第十四洞天、五十七福地。"道书所载,天下八天柱,中国居三,潜其一也。"(清·庄名弼《游大龙山记》)除皖山外,安庆境内还有司空山、浮山、小孤山、三祖寺、迎江寺等名山名刹,隔江则有佛教圣地之一的九华山。而"修身齐家治国平天下""经世致用"的儒家传统思想也在这里根植繁茂。真的很难想象,作为影响中国人的这三种主要思想,竟如此酣畅淋漓地呈现在这块土地上,交融共生,并出现像陈独秀、赵朴初、陈樱宁,桐城派这样的伟人与文坛流派,不能不说是个奇迹。作为从这块土地上走出来的作家潘军,也不能不受此地思想尤其是佛道思想影响,并因此钳制了作家手中的那支笔。所以读作家的小说,你时时能感觉到字里行间的那种忧郁、哀伤、宿命与恐惧。同时这三种思想也体现在作家的整体语言风格上,既有儒家的热血豪迈,也有道家的平淡闲散,更有佛家的空灵飘逸,与前面谈到的语言特点共同构成了潘军小说的语言世界。

四是色彩斑斓的风俗景观。"风俗,作为历史的沉淀的产物,是和一定时代人们生活紧密结合在一起的。"[①]除了我们前面探讨的方言俗语外,还有

---

① 潘军:《潘军小说文本系列·E卷》,北京:中国工人出版社,2000年版,第215—216页。

这块土地上特有的各异的风俗景观。在潘军的小说里,这块土地上的人们,住的是"明三暗五"的房屋;老人死了,家人要请瞎子说书,烧灵车轿马,热热闹闹地送上山,要"守七";没有子嗣就要或过继或借种生子的"生育情结";岁令时节那风中的社火和神秘的傩戏;还有那滚铁环的小孩,打鱼摆渡的老艄公和摇着拨浪鼓的货郎……这些如同一幅幅老照片或一部部老电影,让人们似乎又回到那久远的从前。这里,既有着作家生活的经验、积累与怀旧,似乎也反映了作家对现实这块土地上正在发生的一切的疏远。

  地域文化是人类文化史上特有的文化现象。正是有了各民族的形态各异的地域文化,所以我们这个世界的文明更加丰富多彩,也印证了鲁迅先生的那句"有地方色彩的,倒容易成为世界的"[①]哲语。"故乡的路永远不会老",这是作家潘军女儿潘萌的一句话,我想也同样适合作家自己。最后,我仍想引用2000年作家站在安庆这块土地上演讲时的一段话来结束本章:"一个作家的记忆决定他的写作方向","我写了我最熟悉的东西。最熟悉的东西是我血液中浸泡最深的东西、深入骨髓的东西,也就是和这块水土分不开的"[②]。

[①] 鲁迅:《340419 致陈烟桥》,《鲁迅全集·书信》(第十三卷),北京:人民文学出版社,2005 年版,第 81 页。
[②] 潘军:《先锋小说、地域文化与我的小说创作》,《安庆师范学院学报》(社会科学版)2003 年第 4 期。

第四章 潘军小说中的意象
——以"水"为例

"意象"这一概念自产生以来,对其界定有许多种,多指称自然物象或名词。而我更倾向于这样一种理解:"意象是经过作者情感和意识加工的由一个或多个语象组成、具有某种诗意自足性的语象结构,是构成诗歌本文的组成部分。"[1]其中的"语象"是构成文本的基本素材,是"文本中提示和唤起具体心情表象的文学符号"[2]。这里,"意象"满含作家的情感与意识,是作家感情、知性和客观事物的有机融合。因此,对文本意象进行分析,更有利于我们触摸和把握作家内心的生命律动及其艺术魅力。潘军小说中充满着大量的意象,"水"就是其中最核心的意象之一。或者说,在中国当代先锋作家中,潘军可能是写"水"较多的一位。作家曾多次说过这样的话:"我父亲姓雷,母亲姓潘,这两个姓氏都包含着水。我喜欢与水相关的一切。"[3]"与水相关的一切都会让我感动"[4]"我应该择水而居"。[5] 因此,作家的文字中处处都流

---

[1] 蒋寅:《古典诗学的现代诠释》,北京:中华书局,2003年版,第28页。
[2] 蒋寅:《古典诗学的现代诠释》,北京:中华书局,2003年版,第28页。
[3] 潘军:《山水美人·童年记趣》,桂林:广西师范大学出版社,2003年版,第56页。
[4] 潘军:《水磬·自序》,北京:中国文联出版社,2001年版,第2页。
[5] 潘军:《山水美人·关于"第一系列"》,桂林:广西师范大学出版社,2003年版,第242页。

淌着水的声音:人物叫"雨浓",城市叫"水市",很少写诗的作家曾写过一首叫《水》的小诗,就连作品集也叫《水磬》和《山水美人》……"一个意象可以被转换成一个隐喻一次,但如果它作为呈现与再现不断重复,那就变成了一个象征,甚至是一个象征(或者神话)系统的一部分。"①这种对水的偏爱,正如弗莱所说,是一种"典型的、反复出现的意象"②,即原型了。所以考察潘军小说创作中的"水"意象及其审美内涵,是我们更好地把握作家作品内涵与作家思想的一个重要方面。

第一节 "水"意象在小说中的体现

潘军似乎与生俱来就是与水为邻的。"我的故乡是位于皖西南的一个小镇,我家的房子坐落在一条活的河边。"③"我的乳名叫小河,至今一些老街坊邻居还有叫我河伢的。"④所以儿时的作家,几乎一刻也离不开水,在水中泡大:"在长江里洗过澡,在莲池里钓过鱼,在河湾里逮过黄鳝,在湖汊里抠过藕。"⑤长大后,作家也先后在与水相关的地方工作或奔波:在长江边的安庆参加过抗洪,在海南见过大海的波涛,在中原腹地的郑州听过黄河的低吟……漂泊的身影始终有水声相伴,冲刷着作家的风骨,雕刻着作家的性格,也赋予了作家水一般的灵气与坚毅,成为他创作的汩汩源泉。最直接的表现就是,潘军的小说多数为"水边的故事":长篇如《日晕》《风》《独白与手势》(三部曲),中短篇如《桃花流水》《海口日记》《半岛四日》《从前的院子》《溪上

---

① 韦勒克、沃伦:《文学理论》,刘象愚等译,北京:三联书店,1984年版,第204页。
② 程今城:《原型批判与重释》,上海:东方出版社,1989年版,第126页。
③ 潘军:《山水美人·山西一到》,桂林:广西师范大学出版社,2003年版,第31页。
④ 潘军:《山水美人·童年记趣》,桂林:广西师范大学出版社,2003年版,第55页。
⑤ 潘军:《潘军散文·多余的话》,杭州:浙江文艺出版社,2000年版,第186页。

桥》《临渊阁》,等等。它们犹如一幅幅水墨画,或浓或淡,吸引着我们的视线——

"船行在灵水河上就像剪刀裁开一面缎子"(《秋声赋》),这是平静时的江水,清、静、软、滑。"水早已不再是清澈的,浑浊,像放久的和酱油差不多的血!长江和黄河丝毫没有什么差别……"(《日晕》),这是汛前之水,暗藏着杀机。"水像雪崩一样扑向了桃花寨"(《日晕》),这是汛期之水,让人战栗。"汛期已过,琴河却还在涨水,微弱的灯光下,河流是黝黯的,像犁过的土"(《独白与手势》),这是汛后之水,杀气依然。"黄河的水面十分的狭窄,水流却艰涩而迟缓"(《独白与手势》),这是黄河之水,老迈而沉重。"正是夕阳的余晖涂满海面之际,海像点着了一样,一片橙红"(《半岛四日》),这是大海的美丽;"强烈的阳光穿云而过出,辽阔的海面呈现出暗红色,跳动的波光闪烁着死亡的阴影"(《独白与手势》),这又是大海的恐怖……

于是,潘军小说中的人与事便在这种自然背景下展开。被誉为新中国成立以来长篇小说创作中"一部具有突破意义的上乘之作"[1]的《日晕》,是作家的第一部长篇小说,表面上看,小说讲述了一个抗洪故事,其实它是借"天灾"反映了一场"人祸"。官场势力、民间势力、中间阶层在洪水面前互相纠缠,洪水的消长也是各种势力消长的晴雨表,前者推动后者,后者折射前者。在《风》这部长篇中,作家给我们讲述了一个在一个叫作"长水"的故地罐子窑的如风般缥缈的故事,是作家对故乡的一次缅怀与纪念。长篇三部曲《独白与手势》是一个男人30年来心灵之河的倾诉。中篇小说《秋声赋》"赋"的是古老乡村中国一个庄稼人的沉重与坚忍,而"秋声"一如故事中的那条灵

---

[1] 陈辽:《给读者留下了广阔的思维空间——读〈日晕〉》,《清明》1988年第6期。

水河"阴晦而潮湿"。而在"梦里几度回渔安,桃花流水两相伴"的《桃花流水》这个中篇中,两代人的爱情是如此的错位与湿黏……

在众多关于水的描写中,作家对故乡的水写得最多,也最富韵味。无论是江河还是湖汊,无论是雨雾还是霜雪,这些水都具有江南水乡特有的味道。与中国当代其他作家相比较,同样是写故乡的水,汪曾祺的《大淖记事》中的大淖除净火气、感伤,恬静、淡雅;叶蔚林的《在没有航标的河流上》中的潇水原始、纯净、苦难与血腥;张承志《北方的河》中的黄河、黑龙江等五条河流大气磅礴,汹涌奔流;张炜《芦清河边》中的芦清河纯净透彻而又饱经沧桑。而潘军笔下的故乡之水,无论是琴河、灵水河还是长水,都具有皖山皖水特有的秀气、灵动而又意味深长,"你无法想象那条河是多么的令人销魂。你写过不少河不少水这是事实,但你即使见到了那条河你也难以把它活生生地写出来"①。

另外,水的变化形式如雨雾霜雪,在潘军小说中也常常出现。尤其是雨,作家更是情有独钟,情到深处雨便来,我们经常看到类似于这样的句子:"雨大约是后半夜下起来的",颇有马尔克斯那句"很多年以后"的味道。作家曾坦言对"雨"的迷恋:"我非常迷恋小说中的细雨迷蒙的忧伤的气氛,我是在追求那种不动声色的比较节制的,同时又是舒缓而忧伤的这么一种叙事效果……既有一种倾诉的成分,又有一种默想的成分。"②他在散文《下雨的时候》中同样表达了这种对雨的喜爱:"我喜欢下雨的时候。喜欢雨在眼前那种飘落的姿态,喜欢听雨落在屋檐、窗篷上的声音……"③

---

① 潘军:《风》,武汉:长江文艺出版社,2002年版,第16页。
② 潘军:《坦白——潘军访谈录》,合肥:安徽大学出版社,2000年版,第158页。
③ 潘军:《山水美人·下雨的时候》,桂林:广西师范大学出版社,2003年版,第83页。

潘军如此倾心于水,讴歌水边人或淳朴或顽劣的天性,将生命形式与自然和谐地统一在一起,不难看出作家那颗亲近自然的心灵,以及由此寄寓的某些人生理想与思考。

第二节 "水"意象的文化内涵

这些理想与思考,都在水中。无论是故乡的江南水乡的绵绵琴河,还是南中国海的波涛汹涌,抑或黄河岸边的涛声依旧,作家徜徉其间、穿梭其间,观生死、看美丑、审"常""变",浓浓的水意中,浸透着岁月的变迁,浸透着人事的哀乐,也浸透着作家深深的情思,因而作家笔下的水也就有了不同寻常的意味。

其一,水的浩浩汤汤显示着水作为生命源头之一的自然物的宽广与博大。庄子在《秋水》篇中曾这样描写过水的这种品质:"秋水时至,百川灌河""顺流而东行,至于北海,东面而视,不见水端""天下之水,莫大于海,万川归之,不知何时止而不盈",等等。潘军曾说:"面对大海,不禁想起庄子的《秋水》,越发觉得江之渺小,人之渺小——一切在海的面前都是那么渺小!""当你与海交融时,你便油然而生出特殊的自豪。你还必须尝一口海水,尽管苦涩。这可以让你记住海的风姿和品质。"[①]从这里,我们能看出作家对水的这种博大精神的敬意,于是他在自己的文字中建筑出水的这种风姿与品质。

典型的要数作家小说创作中的"父辈系列"人物了。在长篇小说《独白与手势》(白卷)中有这样两幅图片,一幅是母亲打算盘的手,另一幅是父亲擦拭自行车的手。前者反映了身处家庭逆境的母亲对儿子前途的担忧与期

---

① 潘军:《山水美人·初识青岛》,桂林:广西师范大学出版社,2003年版,第21页。

盼,反复用算盘拨出儿子高考的分数;后者则反映出当年本应该成为志愿军的年轻的"我"父亲,因"历史的误会"被打成右派,十几年的劳改生涯将这位才华横溢的书生变得身材矮小、皮肤黝黑,只能寄希望于儿子将来能完成他的心愿了,这手除了为儿子擦擦自行车还能干什么呢?两幅"手势",将父母对子女那种无私的博大情怀,那种忍辱负重,沉重地表达出来,为我们传达着源源不断的爱、感动和温暖,"从前听母亲说,人的眼泪都是往下淌的。上对下的爱从不掺水"[①]。这种来自父母之爱,一如凌冬不凋的花朵,也如春天里的清泉,为我们早已麻木的心灵带来长久的感动和慰藉。

同时,在潘军小说中,一些人物在卑微中的自强不息,也让我们看到他们身上有着水的柔弱、不争与韧性:"上善若水。水善万物而不争,处众人之所恶,故几于道。"(《老子》)无论是《独白与手势》中的"我"的父亲母亲,还是《1962年,我五岁》中的外公,无论是《风》中的苇子,还是《秋声赋》中的旺,他们身上都有着水的这种特点。比如中篇小说《秋声赋》,读完后让人感到一种沉重的、令人喘不过气来的压抑,而那个叫旺的男人的所作所为,一如那条灵水河缓慢而潮湿。潘军短篇小说《草桥的杏》中的杏,是个无父无母的哑女,靠卖鸡蛋为生,且要供弟弟读书,在被"大盖帽"李税务强奸后,她并没有息事宁人,私了了事,硬是用鸡蛋碰石头,靠一股韧劲将罪犯送进了监狱。杏身上的这种以柔克刚、不屈不挠的精神就如同水的精神,与现实中一些正常人的所作所为形成强烈的反差,发人深思。

其二,水的时间、历史与生命意义。自当年孔子在水边感叹"逝者如斯夫",感叹时光匆匆后,历代文人骚客总在水中找到他们的寄托,或叹"滚滚

[①] 潘军:《山水美人·与父母书》,桂林:广西师范大学出版社,2003年版,第128页。

长江东逝水,浪花淘尽英雄",或愁"抽刀断水水更流,举杯消愁愁更愁",或思"人不能两次踏入同一条河里"……这种悲壮、伤感与忧患已经成为人类特有的心理与思维方式。博览群书的潘军,一方面受中国传统文化影响自不必说,另一方面,他对西方文化的精髓加以借鉴吸收,创造了属于自己的一滴"水"中的世界。"水声如同磬声,让我心旷神怡,思索遐想"①,遐想时间,遐想历史,遐想宇宙。如:"外公说,古人造这个'日'字,就是让你晓得,日倒过来还是日"(《1967年的日常生活》)、"历史是个什么东西?当人坏了历史就开始了;当人变好了,历史就结束了"(《重瞳——霸王自叙》)、"手摸不到的地方就是远"(《合同婚姻》)、"人们对任何东西都没有十分的把握,我们始终在流动的沙滩上行走"(《流动的沙滩》)等等。与"我学会用小小脑子去思索一切,全亏的是水,我对宇宙认识得深一点,也亏得是水"②的沈从文相比,沈从文站在20世纪30年代现实的湘水河岸,揭示现代文明给湘西带来的种种变迁,在水边吟唱着一曲如长河般忧郁的歌。在潘军这里,作家则穿行于世纪之交的此岸,感受着宇宙、时间及生命的飞逝、神秘、宿命以及自己的那沧海一声笑。对同一块土地上"水"的行上思索,潘军与比他小7岁的诗人海子对水的理解又是不同的。在海子诗中,"水"荡漾着湿润、南方、母性、生命源头等淳朴与神秘,"我追求的是水……也是大地……母性的寂静和包含。东方属阴"③。潘军对水的思索除了与海子的共同之处外,更多了一分南方之水的躁动与阳刚,也多了一分因经历不同而产生的个体对生命的切肤之痛——追求如水般流动不拘的心灵自由与人生快意。

---

① 潘军:《水磬·自序》,北京:中国文联出版社,2001年版,第1页。
② 沈从文:《从文自传》,北京:人民文学出版社,1981年版,第141页。
③ 西川:《海子诗全编》,上海:三联书店,1997年版,第877页。

其三,水与女性的复杂关系。除却山水,还有美人。女人如水。把水及其变体"雨""雪"等比作女人,也是中国文学传统的一大景观。自《诗经》而下,中国古典文学作品中,这类诗文汗牛充栋。"飘飘兮若流风之回雪"(曹植《洛神赋》)、"若把西湖比西子,浓妆淡抹总相宜"(苏轼《饮湖上初晴后雨》)、"水是眼波横,山是眉峰聚"(王观《卜算子》),最著名的莫过于《红楼梦》中宝玉那句"女儿是水作的骨肉"。所以清代诗人张潮说:"所谓美人者,以花为貌,以鸟为声,以月为神,以柳为态,以玉为骨,以冰雪为肤,以秋水为姿,以诗词为心,吾无间然矣。"[①]女人似水,这种象征已经融入我们民族的血液中,按荣格的说法,这是人类远古的深层集体无意识。在潘军的小说里,谈到水,不能不谈到女人。有意味的是,潘军作品中的一些女性人物的名字都与水有关,如《日晕》中的苇子,"苇"就是水边的芦苇,永远离不开水;《风》中的莲子与田藕,"莲"与"藕"也是生长在水里;《独白与手势》中的雨浓,"雨"和"浓"或是水的变体或与水有关……从这些命名上,我们似乎就可以看到了"水"的某些特性,女人如水,水如女人,二者是如此水乳交融。

在潘军笔下,女性大体可分为三类:乡村女性、城市女性与历史女性。无论哪一类女子,在作家笔下都别具韵味。其中,她们可能有的只是一个名字(如《夏季传说》中的蛾子),有的只是一个符号(如《对门·对面》中的C、D),有的干脆以"女人"称之(如《对话》《关系》中的"女人"),但即便如此,作家也把这些外在形象"不甚清晰"的女人写得风姿绰约,盈盈袅袅。在这三类女性中,故乡的女性在作家笔下被刻画得尤为出色,因为"那是一块水

[①] 张潮:《幽梦影》,王峰评注,北京:中华书局,2008年版,第143页。

的土壤,也仿佛是女性的土壤"①。在故乡女性中,又以乡村女性形象塑造得最为成功。如《日晕》中的苇子与《风》中的田藕这两个女性,她们纯朴、天真、痴情,就像江南水乡的芙蓉,出淤泥而不染,与清澈的溪流、青青的芦苇、粉红的桃花融为一体。这两人身上在某种程度上承载着作家对故乡女性特有的情结与记忆,散发出东方少女特有的古朴神韵。她们的美让人不禁想起现代诗人应修人的那首名作《妹妹你是水》:"妹妹你是水——/你是清溪里的水。……妹妹你是水——/你是荷塘里的水。/借荷叶做船儿,/借荷梗做篙儿,/妹妹我要到荷花深处来!"②同样,《独白与手势》中的雨浓,一看名字,便会想到这是一个水汪汪的女子,如沈从文笔下的湘西少女翠翠、夭夭或者三三们,聪慧、秀美、宁静、剔透,又让人产生么一丝怜爱!虽然作品中这个人物如流星,一出场就消逝了,但她的身影总是在小说中若隐若现,如秋天的雾霭般令人惆怅。另外,还有《日晕》中的巧凤、《风》中的莲子、《秋声赋》中的霞、《从前的院子》中的碧霞、《三月一日》中的月亮姐姐等等,都充满着独特的魅力。她们如水,但不杨花。在这里我们看到,潘军对这些如水晶般的女子似乎都很"霸道",她们或多或少与小说中的"我"有那么一点"纠葛",但到后来她们的命运似乎只有一个:死亡。非正常死亡。《日晕》中的苇子、巧凤死于洪汛,《风》中的田藕死于火灾,《独白与手势》中的雨浓死于沉船、王珏死于车祸、肖航死于海难……这里,一个个鲜活的女子,在作家笔下只能遗憾地离开我们,这是作家的"残忍"。但在这背后,隐隐传达的是作家的无奈与宿命:美丽的女子"就像雨后的彩虹……留下来的是那种匆匆而来匆匆而

---

① 潘军:《潘军散文·多余的话》,杭州:浙江文艺出版社,2000年版,第186页。
② 应修人:《修人集》,杭州:浙江人民出版社,1982年版,第122页。

去而又一辈子留在心里很难抹去的东西,犹如一支挽歌"[1],美好的东西只能存在于心灵,真实只飘浮于风中。潘军以如水般女子的消亡与毁灭,既体现着作家自己的某种思考,同时也给读者留下了伏笔。

　　写女性,当然少不了爱情。在潘军小说中,男女之间的爱情大都写得纯净清洁,如同泉水般清澈透明。《重瞳——霸王自叙》中的项羽与虞姬,《断桥》中的许仙与白素贞,《关系》《对话》中的男人与女人,就连《海口日记》《戊戌年纪事》中妓女的爱情也那么唯美。但更多时候,这种爱情被现实中的种种障碍所阻隔,这也是中国"水"传统意象内涵的一个体现。《日晕》中苇子与庄雨迟、巧凤与雷运生,《风》中的莲子、唐月霜与叶家大少爷千帆、陈士林与田藕,《独白与手势》中"我"与韦青,《秋声赋》中霞与旺……有情人未必成眷属,"所谓伊人,在水一方。溯洄从之,道阻且长"。所以潘军小说中的爱情蒙上了一层悲壮的色彩,总是那么让人唏嘘不已。

　　同样,写女人,少不了要写性。在中国文学传统中,"以水喻性"也是一个重要方面,水的另一变形就是"云雨"。"云"和"雨"这一复合意象就含有男欢女爱的特定内涵,如"洞房昨夜春风起,遥忆美人湘江水"(唐·岑参《春梦》)、"梦中醉卧巫山云,觉来泪滴湘江水"(唐·卢仝《有所思》)就有这个意思。在潘军小说中,"水"也有这样一层含义。但不同于当代一些作家的是,潘军写性,写男欢女爱,写得很唯美,很高尚,除了肉体的欢愉,更多的是精神上的交流。即便是写与妓女之间的性爱,也不仅仅是肉体上的交易,还写出了人性的另一方面,如《戊戌年纪事》(《山花》2006年第4期)中的妓女小芳,心甘情愿为"我"怀孕生子:"她又亮出了另一只手掌:不要怕,我愿

---

[1] 潘军:《坦白——潘军访谈录》,合肥:安徽大学出版社,2000年版,第165页。

意。"因此,在这性的背面,"追求那种把性作为人的生命核心去雕刻的境界,那种生命力的辉煌状态"①才是作家所要表达的东西。所以,读潘军作品中的性爱,没有什么"黄"的成分,它既是肉体的暴风骤雨,更是有情的润物无声。

其四,水是一种生命状态的体现。在潘军笔下,其小说中的"水"不仅仅只有这些,更有着其独特的"这一个"。如同水的流动形态一样,潘军小说中始终弥漫着一种对漂泊或者说对流浪生活的极度痴迷和眷恋,给人一种"在路上"的感觉。而这也许是潘军小说中"水"的审美内涵中最值得重视的地方。

具体而言,作家喜欢在他的小说中塑造一些漂泊者,如出租车司机、浪迹天涯的文人(如作家笔下的"诗人""作家""艺术家"等)、船夫等等。《海口日记》中的主人公"我"是一位离婚的作家,从犁城到广州再到海口的"自我放逐"者,他似乎厌倦文字游戏与既有的生活方式,选择了一份自认为最好的职业——开出租车。这份职业除了满足了主人公"我"的物质追求外,更重要的是,这份职业可以面对城市中形形色色流动中的人,在其中体会生命的快慰。这种自由自在的生存方式,是厌倦了固定生活节奏的人的一种较好的选择方式。长久以来,人们的生存理念趋于"稳定"二字,但潜意识中有流浪的想法,却不可能撇开稳定的工作、稳定的收入、稳定的生活圈子,去实现那个浪迹天涯的梦想。这里,潘军将人的这种潜欲望以"出租车司机"这一形象洒脱地表现出来。流动的乘客,流动的道路,流动的心,一切都是动态的。作品体现的就是一个流浪者的情怀,表现的是一种自我归属的失落(离婚与失意)与找寻(自由出车与载客)。同样,《对门·对面》中的主人公 A 也

---

① 潘军:《坦白——潘军访谈录》,合肥:安徽大学出版社,2000 年版,第 140 页。

是位离婚的出租车司机,妻子嫌他收入微薄弃他而去,但离婚似乎对这于个男人没有什么情感的波动,反而他觉得家里场子变大了,一个人悠闲倒也自我陶醉。被人遗弃他并不受太多影响,反倒一身轻松,这个故事的背后是否就是现代人在焦虑与焦灼的生活之下,"个人出走"的一种心理反应呢?

同样,在中篇小说《重瞳——霸王自叙》(《花城》2000年第1期)中,作家为我们塑造了一个全新的项羽。"我站在猎猎风中,恨不能荡尽绵绵心痛,望苍天,四方云涌,剑在手,问天下谁是英雄……"这是历史中那个气吞山河、最终命运不济的西楚霸王形象,虽有柔情但依然蛮横。但在潘军的笔下,这个项羽却是个诗人:"我叫项羽。这名字怎么看都像个诗人,其实我自己早就觉得是个诗人了,但没有人相信。"少年的项羽并不是一个了不起的英雄,甚至不是一名军人,没有野心,也没有惊天动地的豪言壮语。他心如止水,唯一的爱好就是到江边吹箫,自谱自唱。他不想做军人,而想做诗人,并且以为自己确实有诗人的气质:浪漫柔情。他与世无争,逍遥自在,甚至当他带有重瞳的双目变得异常明亮,方天画戟破水而出、乌骓宝马随风奔至时,这一想法也不曾有丝毫的改变。而那句"彼可取而代之"的豪言,只不过是正值壮年的他对已衰朽不堪的始皇帝的轻蔑嘲弄。在项羽心里,他一直渴望和心爱的恋人虞姬过上一种渔猎江边、浪迹四方、诗剑逍遥的生活。为了实现这个愿望,项羽才征战四方。《重瞳——霸王自叙》中的这个项羽,一改历史中传统勇士的形象,可以说人物身上有种浪子情怀,"我不是一个能对天下负责的人,我只能对自己负责"。在他的内心里,他早就认为自己是个孤独的流浪者了。

另外,还有船佬形象,如《日晕》中的雷龙水,《桃花流水》中那位年轻的船长,《秋声赋》中的旺,等等。这也许只是潘军小说人物安排的某种巧合。船同上面提到的出租车一样,也是交通工具,不同的是水陆之别。船是将人从河的此岸渡到彼岸,而撑竿者或说掌舵者却是处于随水流淌、漂泊不定的生活。在作家小说中,这几个同船有关其实也与水有关的人物,最终的命运大都是终结于水中。老龙水固执地死在破坝的洪水中,船长袁铿的死与沉船有关。这类人物较潘军笔下的司机、诗人少了那一种潇洒和自如,人物身上蒙着层厚厚的宿命色彩,其中他们大都在自己一生的"此岸"与"彼岸"间来回"渡"着,最终这种折磨与焦渴让人物流浪的结局是自我消亡。

上面所谓的出租车司机、行吟诗人、船佬都不过是从潘军小说人物中随意拎出的较为普遍的几个类型,他们的角色有时是重合的(如《海口日记》中的"我"既是个出租车司机,同时又是个作家),但他们的共性都是流动与漂泊的生存状态。但这些人物的背后,有着另一番意味。米兰·昆德拉曾说,流浪者所不能容忍的是"媚俗"。正是因为有这样媚俗的世界,浪子才要脱离这样的生活去,追求一种纯净的世界、一种理想的世界。在潘军小说中,流浪者们并不同于那些沿街乞讨的人,他们身上大都有一颗超越于芸芸众生的高傲的头颅,尤其在项羽这个人物身上。所以,他们的流浪不仅仅是一种生存方式,也是一种从过去的限制中解放出来的姿态;他们的流浪,是对一成不变的固定状态的睥睨与反叛;他们的流浪,摆脱了世俗和世俗的制度的束缚和压制,在流浪中获得了作为"人"的精神的最大独立。因此,在这个意义上,方维保才说潘军笔下的"浪子是真正意义上的硬汉"[1]。

---

[1] 方维保:《浪子·硬汉与生存恐惧——潘军小说论之三》,《淮北煤炭师范学院学报》(哲学社会科学版)2003年第1期。

也许漂泊与流浪,是我们先祖生存的必然方式之一。当人类从猿进化为真正意义上的"人"定居下来以后,这种因子依然固执地沉淀在我们的血液当中,现在通过艺术家们在其作品中将这样的潜意识呈现出来,于是便有了各种艺术形态下的对流浪漂泊的持久迷恋,古今中外莫不如此,如奥德修斯、唐·吉诃德、霍尔顿、老残、三毛等等。在某种意义上说,流浪不仅仅是个体体悟人生、直面社会的一种方式,更多时候是一种人生情怀、一种生命品质。它是浪漫主义者的内心与审美的需求。只有在流浪中,流浪者"他体味到了一个人的苦难,一个人的孤傲,一个人的坚忍不拔。在悲壮之中,他更实质性地领略到了人生的快意"①。以此来看潘军小说中的流浪者,或许更为确切。因为作家本人骨子里就有着浪子情怀。在很长的一段时间里,作家都过着一种"沉重的自由"②的自我放逐生活,跑遍了大江南北,从事不同的行业,一直到现在。这种情怀,似乎也表现出作家对漂泊这种生存状态的某种迷恋:"一个人选择漂泊,最真实的原因,是他愿意追求一种流动的生活形态。"③或许,这种海与岸的焦灼感,这种流动的飞翔,这种永远"生活在别处"与"在路上",才真正体现着作为"个体"生命的体悟与精神思索,体现着生命"个体"对于"世界"存在的"对抗"意义。所以,在潘军小说(不仅仅是小说)中,无论是上述对自然景物之"水"及其变体的描写,还是对现实历史的思考,抑或女性形象的塑造,都指向一个终极隐喻,即由"水"而寄寓的那种对生命状态与人生境界的思考与洞察。也许在这个意义层面上,我们才能更好地体会到本

---

① 曹文轩:《20世纪末中国文学现象研究》,北京:北京大学出版社,2002年版,第211页。
② 潘军:《坦白——潘军访谈录》,合肥:安徽大学出版社,2000年版,第56页。
③ 潘军:《山水美人·漂泊是一种方式》,桂林:广西师范大学出版社,2003年版,第154页。

章开篇作家所说的那些话,也才能真实领会到潘军在其小说中赋予"水"这一审美意蕴的真正魅力。

　　潘军选择了水,水也选择了潘军。

第五章　潘军的话剧创作

潘军是个多面手,不仅创作了大量的小说、散文、随笔,还涉足话剧的写作,目前已发表的作品有《地下》(三幕九场话剧)、《合同婚姻》(多场次话剧)、《重瞳——霸王自叙》(九幕话剧)、《断桥》(三幕八场话剧)等。它们是潘军创作的另一道风景。

原创话剧《地下》,首发于《北京文学》2000年第5期,为该刊新时期复刊后破例发表的话剧作品,随即《北京文学》《当代作家评论》等期刊对其展开了评论。话剧《合同婚姻》由作家同名小说改编[①],剧本发表于《新剧本》2004年第5期。该剧于2004年3月在北京人艺首演(导演任鸣,主演吴刚、史兰芽、王茜华等),后赴哈尔滨、美国等地多次上演。2018年11月,该剧又由北京人艺复排"青年版"(艺术指导任鸣,导演丛林,主演王佳骏、张典典、付瑶、连旭东等),影响也巨大。话剧《重瞳——霸王自叙》(以下简称"话剧版《重

[①] 小说《合同婚姻》首发于《花城》2002年第5期,后《小说月报》《华商报》《楚天都市报》等报章进行了转载,并获《小说月报》第十届"百花奖",作家后将其改编成二十集电视连续剧(更名为《婚姻背后》)。

瞳》")也是根据作家同名中篇小说改编①。此剧共有三个版本。一个是文学版本,首发于《江南》杂志2005年第1期,是该刊破例首次发表的话剧剧本。文后注有写作时间"2004年2月19日,初稿、2004年8月31日,二稿"②,这是一个文学版本。从2012年出版的十卷本《潘军文集》第八卷剧作卷收录的此剧本文后写作时间看③,收入此文集的是剧本的另一个文学版本,即文学本第三稿。另一个版本是演出本,首发于《剧本》2008年第6期(以下简称"演出版《重瞳》"),但已易名《霸王歌行》,文后未标明写作时间。该剧于2008年3月在中国国家话剧院首演(导演王晓鹰,主演房子斌、张昊、刘璐等),后在国内的北京大学及深圳、南京、济南、哈尔滨等地巡演,同时赴韩国、埃及、俄罗斯、以色列等国演出,均取得很好反响,并获得第31届"世界戏剧节"优秀剧目奖。"话剧版《重瞳》"无论是文学本还是演出本均为九幕。话剧《断桥》是作家新近的作品,首发于《中国作家》2020年第3期,也是根据其同名短篇小说改编而成④,此剧荣获《中国作家》杂志首届(2020年)"阳翰笙剧本奖",但目前并未搬上舞台。

有学者曾指出:"中国现当代戏剧是'人的戏剧',它强调作家的精神个体及其创作对人的生存、生命、精神的关注,强调以人为本的价值评判体系。它是作为精神主体的人所创作的戏剧(人写的),它是用来表现人、体现人文

---

① 小说《重瞳——霸王自叙》首发于《花城》2000年第1期,后《小说选刊》《小说月报》《北京文学》、美国的《世界日报》等报章又进行了转载或发表,同时入选当年"中国小说排行榜""当代中国文学排行榜"等。
② 潘军:《重瞳——霸王自叙(根据潘军同名小说改编)》,《江南》2005年第1期。
③ 潘军:《潘军文集》(第八卷),北京:文化艺术出版社,2012年版,第106页。
④ 潘军:《断桥》,《山花》2018年第10期。

关怀的戏剧(写人的),它是与人进行情感交流、精神对话的戏剧(与人交流的)。"①潘军也认为:"话剧承载的是思想,而不是喋喋不休的家长里短。话剧也不是大政方针的喉舌,它面对观众表达的,是发自内心的倾诉。""某种意义上,它也接近于哲学,至少有一种话剧是这样的。"②那么,在上述这些话剧作品中,它们承载着作家怎样的关于"人的戏剧"的思想?这种思想又是如何来表达的?其中寄寓着作家对话剧这一文体怎样的理解与艺术实践?

第一节 都市人性的拷问

上述话剧中,《地下》《合同婚姻》是都市题材话剧,写的都是小人物,延续着20世纪90年代以来中国话剧创作中"从所谓'个人化'的叙事立场,深入到家庭、个人情感领域去揭示充满心灵感受的人生况味"③的思路,其中寄寓着作家对都市男女与都市人性的多重思考。

首先是对都市男女婚恋的思考。在这一问题上,作家对都市男女的婚恋状态不能说是持完全批判的立场,而是在批判的同时做进一步追问与思考。在《地下》中,一对毫不相关的男女,因一场突如其来的地震而被埋到"地下",于是"好戏"便开始了。在一种假定性情境下,男人与女人表达了各自对婚姻的不满和对心心相印的婚姻的渴求。这里,男人不满"地上"的妻子平日里的种种恶习,女人也抱怨出国三年不归的丈夫的负心……剧作将都市男女婚姻的不和谐以一种特殊的方式表现了出来。同时,为了抵抗死亡的恐

---

① 胡星亮:《胡星亮讲现当代戏剧》,长沙:湖南教育出版社,2011年版,第4页。
② 潘军:《与话剧有关的笔记》,《剧本》2009年第4期。
③ 董健、胡星亮:《中国当代戏剧史稿:1949—2000》,北京:中国戏剧出版社,2008年版,第286页。

惧,当这对男女开始假扮夫妻的游戏时,戏剧的荒诞性与喜剧性就显现了出来。最后,当盼望已久的救命的挖掘机声响出现时,这对男女竟如知音般紧紧相拥不愿回到"地上"。"是你给了我超凡的勇气和过人的毅力,让我找回了一个男人的品质……这黑暗中的分分秒秒对我是多么重要啊!我,真想守住它!也守住你……"而女人也梦呓般地对男人说:"不,这不是个梦,不是个游戏……这应该是真的,亲爱的!"①这里,话剧的喜剧因素演变为某种正剧的思考,作家通过"地下"的爱情完成了对"地上"都市男女婚姻的反思。

这种反思,在《合同婚姻》里也表现得淋漓尽致甚至有点荒诞。各自离异的前同事苏秦和陈娟因一场大雨在北京邂逅成为知己,并签订一纸"合同婚姻","核心内容是,当事的双方制定一份属于自己的合同,是有期限的,一年一签,好则续约,不好则终止"②。这是一份有挑战性的"合同",既是对当下无爱婚姻制度的一种嘲弄,也是对人性深处某种幽暗的思考,"没有人一辈子只爱一个人,神都做不到"③。另外,话剧中的顾菲菲、王露对婚姻的言行,比陈娟和苏秦间"合同婚姻"的做法有过之而无不及。如顾菲菲说:"现在,我拿自己的钱养活儿子,别的男人养活我——这不是两全其美吗?"④而副总会计师王露,"换男朋友像换手机一样,出新款就换"⑤,等等。都市男女

---

① 潘军:《地下》,《北京文学》2000年第5期。
② 潘军:《合同婚姻》,《潘军文集》(第八卷),北京:文化艺术出版社,2012年版,第56页。
③ 潘军:《合同婚姻》,《潘军文集》(第八卷),北京:文化艺术出版社,2012年版,第50页。
④ 潘军:《合同婚姻》,《潘军文集》(第八卷),北京:文化艺术出版社,2012年版,第53页。
⑤ 潘军:《合同婚姻》,《潘军文集》(第八卷),北京:文化艺术出版社,2012年版,第63页。

在城市中迷失了婚姻,更迷失了自己。

这种迷失,是都市人性异化的一种体现。都市"既是一个带来成功和满足欲望的冒险空间,同时也是如同机器巨人一样冰冷,如同磨盘一样碾碎他们梦想的异化空间"①。《地下》中,无论是男人还是女人,老人还是青年,都受到了都市欲望的蛊惑,都市逐渐成为一个"梦想的异化空间"。剧作中,男人在机关混了18年,还是个副主任科员,被周围人嘲笑为"心眼死""没开窍""不灵活""太窝囊""不会混"等等。于是,渴望出人头地,"要管很多人,很多事"②成为男人的梦想。《地下》中的老人可算得上"成功者":建筑专家,荣誉无数,还准备举行个人学术思想研讨会,"我的日程排得满满的,所以别人见我需要预约"。但同时,老人也是刚愎自用者,他是这座倒塌大厦的框架设计者,而这座大厦在施工前,青年就提过抗震问题,"为此我们先后给你呈过五份报告,你压根儿就不理睬"③。是虚荣和权力让老人利令智昏。这是一方面。另一方面,"地上"的青年也是一个被都市欲望遮住了双眼的人。"从我成为'上班族'的那天起,暮气像风一样追逐着我,提醒我怎样去察言观色和见风使舵。似乎只有这样,才能抵达希望的彼岸,踏上成功的台阶",为此,青年"丧失了做人的很多原则!我的野心让我焦躁不安,我的贪婪驱使着我做出了许多泯灭良知的选择……"④。从青年这些"忏悔"中,我们既看到青年的真诚,同时也窥见城市对人性的异化。在这里,"亲情和人情已不再是他生活方式内在的组成部分,而是为了无情地操纵他人而经常使

---

① 陈平原、王德威:《北京:都市想象与文化记忆》,北京:北京大学出版社,2005年版,第439页。
② 潘军:《地下》,《北京文学》2000年第5期。
③ 潘军:《地下》,《北京文学》2000年第5期。
④ 潘军:《地下》,《北京文学》2000年第5期。

用的一种手段。"①作家试图对此进行一种文学化的探讨。

"交往、对话和沟通,是城市生活方式的本质和精髓"②,但在潘军的都市题材话剧中,人和人之间交往,更多的时候是一种利益驱动。在《合同婚姻》中,不用说顾菲菲、王露这样的"新新人类",就连高宗平与陈娟,也是在生意场上相识的,二人的交往从一开始就带有某种交换的色彩。而苏秦前妻李小冬离婚后充当"第三者",更是出于达到某种目的而"出卖"自己。苏秦与陈娟二人之间,也存在着一种人性交往中的脆弱。比如苏秦一方面与陈娟保持着"合同婚姻",另一方面对前妻情思未了:"只要那个女人还没有被别的男人正式接过去,那她就还归我管!"③"接过去"和"管",表面上看,苏秦对前妻余情未了,但另一方面也表明了苏秦内心自私的一面,尽管后来他以各种方式为自己开脱。

在《合同婚姻》中,苏秦有这样一段对城市的议论:

我的眼前到处是高楼大厦,到处是汽车,这个中国最大的城市就像是一个房子和汽车的集散地,占据着空间,拖延着时间,分割着天空,污染着空气,树木从此不能自由生长,道路早已被无端地堵塞,行走的人该是多么的艰难啊!难道除了一纸合同作为保障,人就没有别的方式去面对这个世界了吗?那种彼此之间的心照不宣哪里去了?那种无须解释

---

① C.赖特·米尔斯:《白领——美国的中产阶级》,周晓虹译,杭州:浙江人民出版社,1987年版,第287页。
② 杨东平:《城市季节风:北京和上海的文化精神》,北京:东方出版社,1994年版,第59页。
③ 潘军:《合同婚姻》,《潘军文集》(第八卷),北京:文化艺术出版社,2012年版,第67页。

的气息交流哪里去了?那种尽在不言中的心领神会哪里去了?那种情真意切的心心相印哪里去了?它们都到哪里去了啊?!①

  都市的本质是什么?是外在的高楼大厦还是物质的充裕?是现代文明的发源地还是人类文明进步的象征?是培育人性的健康的土壤还是使人性堕落的温床?潘军的都市题材话剧给读者与观众深深的思考。所以,话剧《地下》结尾时,幕后音"还有人吗?"的呼喊则充满象征意味,也是"全剧最有震撼力的呼喊"②。曾有学者高度评价潘军的都市小说(如《对门·对面》《抛弃》《与陌生人喝酒》等),认为"潘军的城市小说在哲学、文化和感觉方式上迥异于所有同类创作。所有这一切,都构成了现在的写城市的潘军的特殊性。没有第二个人可以重复他。"③这种评论同样适合潘军都市话剧的创作。这样,潘军的都市题材话剧,与20世纪90年代以来中国当代同类题材的作品,如《爱情泡泡》(编剧杜村,导演王晓鹰)、《www.com》(编剧喻荣军,导演尹铸胜)、《离婚了,就别来找我》(编剧费明,导演吴晓江)等一起,以"真实的人物形象"和"潜在的'都市'形象","共同构筑了形象体系,艺术地展示了都市化进程所带来的都市自身及人们精神世界、价值观念的变化"④。

---

  ① 潘军:《合同婚姻》,《潘军文集》(第八卷),北京:文化艺术出版社,2012年版,第71页。
  ② 施战军:《地下·印象点击》,《当代作家评论》2000年第4期。
  ③ 李洁非:《现在的写城市的潘军》,《潘军小说文本系列·D卷》,北京:中国工人出版社,2000年版,第176页。
  ④ 徐健:《时代、审美与我们的戏剧——新世纪以来话剧文化考察》,北京:中国戏剧出版社,2018年版,第345页。

第二节　人的尊严的维护

　　潘军的话剧,还表达了对人的尊严的维护这一思想。这种人的尊严,"是指人类社会中的每一个人作为一个独立主体无例外地享有的尊严,包括人性尊严和人格尊严,它们是人之为人的基本因素"①。在潘军话剧中,这种人的尊严,更多地体现为一种"人格尊严",它"表现在精神理性方面,每一个人依据其是一个人就可以享有,不需要其他外在的任何原因和条件"②,它是与生俱来的人的权利,具有不可冒犯、不可亵渎、不可剥夺性。

　　尊严是人的根本品质,这是潘军话剧中重点强调的一个思想。在话剧《重瞳——霸王自叙》的演出版《霸王歌行》中,"尊严"一词共出现三次,每次虽然都是通过项羽之口说出,但含义是不一样的。我们试做分析。第一次出现在项燕被杀问题上,项羽认为司马迁说得不对:"祖父并非死于王翦的枪下,他是用这把剑自裁的!虽说都是一个死,但之于军人,自裁意味着尊严。它不仅仅是关乎我项家的荣誉,而且预示着一种宿命……"③这里,项羽想通过祖父有尊严地死,来说明他项家并非都像叔父项梁那样是贪生怕死之徒,而是有着高贵人格的楚国名门,同时也为后来自己的乌江自刎找到一个理由,即"我"的死,并非"用兵之罪",而是"我"的自己选择。第二次出现在秦将李由主动求死之后,项羽感叹:"李由死了。他需要像军人那样战死沙场,这当然是很光彩地死去。他想以这种方式既成全他作为一个军人的本色,也挽回他父亲的人生败笔。他的死,让我目击了一个军人和男人的尊严。一个

---

　　① 韩德强:《论人的尊严》,北京:法律出版社,2009年版,第111页。
　　② 韩德强:《论人的尊严》,北京:法律出版社,2009年版,第111页。
　　③ 潘军:《霸王歌行》,《剧本》2008年第6期。

男人的勇气是多么的高尚!"①这是项羽对一个军人、一个男人骨气的赞叹,同时是对李斯那样的权谋之人的鄙视。第三次出现则是对韩信的批判:"那是当我听说了你至今还被广为传诵的'胯下之辱'的'美德'之后,就开始鄙视你的人格!我实在想不通后人竟把这叫作'大丈夫能屈能伸'。呸!你为了达到功利的目的居然可以从别人的裤裆下钻过去!一个男人,怎么可以舍弃他的尊严?这让我觉得可怕,甚至让我厌恶!我所信奉的是'士可杀而不可辱',我所敬重的是那种义重如山、刚正不阿、宁折不弯的英雄气概。"②三处"尊严",既是对自己也是对对手的,表明了项羽视人格的尊严高于一切。所以在历史的诸多紧要关头如鸿门宴、鸿沟之约、乌江自刎等事件上,他宁可让历史改写而不愿丢弃作为人的尊严的立场。这样,剧作就一改传统文学作品中项羽一介武夫和有勇无谋的形象,塑造了一个全新的项羽形象,"一个牢守人格尊严不惜以毁灭为代价的大写的人字挺立了"③。

项羽如此,虞姬亦然。可以说,在话剧《霸王歌行》中,二人是一体两面。如果说项羽身上还有着人格污点的话(如活埋20万秦卒、火烧阿房宫等),那么虞姬则是白璧无瑕的,她的一切言行都充分体现着一个女性的自尊自爱,以及由此推己及人。比如当秦将王离战死之后,项羽准备将王离的首级悬挂于辕门时,虞姬出面阻止了这一行为,"王离将军战死沙场,他尽了一个军人的职责。他的死是值得尊敬的啊!""你可以消灭他,但你没有权利去侮辱一个烈士!"④从这可以看出虞姬对人的尊严的维护。最后虞姬的自刎,更

---

① 潘军:《霸王歌行》,《剧本》2008年第6期。
② 潘军:《霸王歌行》,《剧本》2008年第6期。
③ 廖奔:《中国文化中的刚毅人格》,《〈霸王歌行〉四人谈》,《中国戏剧》2008年第5期。
④ 潘军:《霸王歌行》,《剧本》2008年第6期。

是她将人的尊严放在生命之上,"一个明大义、轻生死、重然诺的虞姬形象就跃然纸上"①。

同样,《合同婚姻》《地下》中也表达了对尊严的尊重。《合同婚姻》中的苏秦可以说是一个现代版的项羽,他身上有着维护男人品质的一面,他重义轻利,敢作敢当。如他劝告前妻李小冬不要为了一点蝇头小利,就出卖自己,但得知前妻李小冬生病之后,又连夜从北京飞回犁城,"只要那个女人还没有被别的男人正式接过去,那她就还归我管!"②霸气中显示出一个男人的豪迈。陈娟身上同样有着对人的尊严的尊重。如当她目睹了丈夫和他情人偷情时,陈娟并未大哭大闹,而是顺手"把门带上","过了会,那女人抱着衣服走了。他立刻就对我跪下了……我一下就火了,我说你起来好不好?你这样做对得起刚才为你脱裤子的那位吗?她会很伤心的!这样一说,他又站起来了——第二天我们就办妥了"③。这里,陈娟的言行既是对自己尊严的捍卫,同时也是对自己丈夫和他情人的鄙视。

《地下》中的四个人物,作家干脆将其中的一个人物命名为"男人",其实就说明了一切,所以在"地下",面对死亡的步步逼近,他也慢慢找到了自己男子汉的一面,去劝慰一个与己无关的女人,"我总还是个男人,这种时候我应该从容点"④。同样,剧中的青年在死亡逼近之时,检讨自己在"地上"的种

---

① 陈骏涛:《重塑项羽——读〈重瞳〉》,《2000年中国小说排行榜》,长春:时代文艺出版社,2001年版,第417页。
② 潘军:《合同婚姻》,《潘军文集》(第八卷),北京:文化艺术出版社,2012年版,第67页。
③ 潘军:《合同婚姻》,《潘军文集》(第八卷),北京:文化艺术出版社,2012年版,第44页。
④ 潘军:《地下》,《北京文学》2000年第5期。

种过错言行并真诚忏悔:"为了一点膨胀的私欲,我不惜出卖自己的人格,践踏自己的尊严……我生活在阳光下,而我的心里只有阴暗,我对这个世界缺乏真诚与激情,所以最终被它抛弃势在必然——人类的宽容、和谐、安宁以及美好,全都背叛了我!"[1]这种行为本身就是一个人的尊严觉醒之举。

那么如何去维护人的尊严呢?借用《地下》中青年的一句话就是,"人按人的原则、鸟按鸟的原则、树按树的原则去生存发展"[2]。这句话言简义丰。"人按人的原则",就是主张以理性的、光明正大的方式处理人与人、人与世界、人与自身的矛盾与发展。于是人类在漫长的发展过程中,逐渐有了各种学说、主张、契约、法律等等对人的尊严的维护,"不论东西方社会差异如何,尊严观念的演变在人类历史上都遵循了两大主线。其一是从近代社会以前的身份、地位、财富向现代社会的自主人格的演变。……其二是从人的身份、行为、语言向人的理性精神的演变。……最终实现人性自身的解放。"[3]因为在法国哲学家雅克·马里旦看来,人既是个人,又是一个有人格的人,人的尊严先于社会,而且不管他们可能如何贫困,他们的本性中包含了独立性根源,并渴望实现超越于社会之外的完全的精神自由[4]。但是,这重"人性自身的解放"道路漫漫,"这个世界不好,就在于人与人之间总是在用刀说话"[5],"我和法海斗法,不惜水漫金山,殃及无辜,犯下滔天罪孽,其实,无非是在争夺一项权力","对人的控制权"[6]。作家借虞姬、白素贞等之口表达了人的尊严的

---

[1] 潘军:《地下》,《北京文学》2000年第5期。
[2] 潘军:《地下》,《北京文学》2000年第5期。
[3] 韩德强:《论人的尊严》,北京:法律出版社,2009年版,第22页。
[4] 沈宗灵:《现代西方法理学》,北京:北京大学出版社,1992年版,第94页。
[5] 潘军:《霸王歌行》,《剧本》2008年第6期。
[6] 潘军:《断桥》,《中国作家》2020年第3期。

实现的长期性和复杂性。话剧版《重瞳》中的刘邦、韩信、老人等形象,也从反面说明了人的尊严的实现道路的漫长——小人刘邦成帝王、卑鄙的韩信为公侯、虚伪的老人成权威。所以当《地下》的结局,只有老人一人衣冠楚楚地走出"地下"时,其"无疑隐喻了某种可怕的荒谬将继续制造悲剧"①,这样潘军的剧作就留给人们长久的思考。而"项羽所表现出的种种对规则的尊崇、对仪式和过程的注意以及对高贵方式的追寻,都是某种古老宗教的遗风"②,也正是我们民族曾经具有而今逐渐丢失的宝贵品质,这样潘军的话剧就有了积极的现实意义。

第三节　写实+写意的艺术

作为一种舶来品,话剧从19世纪末、20世纪初传入中国一直到五四时期,剧作家们广泛接受的是易卜生的现实主义戏剧美学观念,这一观念对其后中国的话剧产生了深远影响。从20世纪70年代末到20世纪80年代初,随着社会变革的深入,中国剧作家的戏剧观念也发生了整体性的转移,人们由易卜生转向布莱希特,从而此一时期出现实验戏剧的热潮,最终是选择易卜生还是选择布莱希特,已不是新时期戏剧界争论的焦点。因此,百余年来的中国话剧理论和创作实践表明,写实与写意手法随着时代不同而此消彼长,最终形成"你中有我,我中有你"的交融,"写实与写意相结合已经成为当代戏剧的一种总体风格"③。但具体到每一部作品,又呈现出不同的风格,这

---

① 洪治刚:《地下·印象点击》,《当代作家评论》2000年第4期。
② 张杭:《寻找诗人的逻辑——谈话剧〈霸王歌行〉的舞台和文学》,《上海戏剧》2009年第8期。
③ 田本相、董健:《中国话剧研究》(第2期),北京:文化艺术出版社,1991年版,第13页。

些作品共同丰富着新时期中国话剧的舞台。潘军的话剧艺术,也在写实与写意相融合的传承中进行着不懈地探索。

外在叙述结构与内在情绪结构的交融。《合同婚姻》与《霸王歌行》都是由作家的小说改编为话剧剧本后搬上舞台的,存在着不同文体间的叙述转换问题。从小说叙述结构上看,两部小说大都选择一些重要事件连缀成篇,是一种外在的结构方式,写实性很强(相较而言,《合同婚姻》比《重瞳——霸王自叙》的故事性更强)。但在改编成话剧剧本时,作家删除了两部小说中的一些情节,使故事更加紧凑,显示出叙述的哲理与情绪,即作家"话剧承载的是思想"[1]的创作理念。比如小说《合同婚姻》中,删除了对苏秦与陈娟父母等的介绍,直接围绕都市男女中的苏秦、李小冬、陈娟、高宗平、顾菲菲等五人展开,以显示出在作者眼里制度下的婚姻状态,"好像手里握着的一只鸽子,握紧了会窒息,握松了又易飞脱,于是便用一根无形的绳索把这鸟拴在手腕上,既是对安全的负责,也算是给出了有限的自由。不过这情形却是十分悲凉。既要两情相悦又要个性自由,大千世界,唯独人的问题让人苦恼"[2]。如第九场,在陈娟生日那天,苏秦不顾陈娟的不满,固执地乘机飞往犁城照顾生病的前妻李小冬后,陈娟的一段独白就显示出陈娟对婚姻的再度失望。而原小说中,这一天不是陈娟的生日,也没有陈娟在苏秦走后的大段独白。同样,话剧第十场,苏秦在陈娟生日的雨夜关于"人"的大段独白也属于此,原小说中也没有,这段独白文字是作家长篇小说《独白与手势·白》中的一段文字

---

[1] 潘军:《与话剧有关的笔记》,《剧本》2009年第4期。
[2] 潘军:《合同婚姻——从小说到话剧》,北京人民艺术剧院官网,2018年11月13日。http://www.bjry.com/news/html/2018/01/201811132407.html

的改编①。加上演出时配以特定音乐烘托,其显示出强烈的抒情性。《霸王歌行》在叙述结构上也是如此。小说虽然以抒情性很强的"第一人称"项羽自叙的方式展开,但文本仍然是以外在的叙述为主,即小说选择了史书与典籍中有关项羽的若干史实或者传说加以发挥。话剧在改编中,强化小说的抒情性特征的同时,结构也随之呈现出内在的封闭性。比如话剧第一场,项羽的出场将小说中项羽借男童之口评说历史等内容压缩简化,一上来就借项羽自叙来强化项羽的"一个军人、一个诗人,更是一个男人"的形象。在近作《断桥》中,潘军延续了《霸王歌行》中的某种写作手法,如开篇许仙自陈"我姓许,认识我的人一般都客气地称我'许先生'。可是,如果我告诉他们,我和从前那个在钱塘开生药铺的许仙是同一个人,就没有人相信了"②,与《霸王歌行》中开头项羽的自白极其相似:"我要讲的自然是我自己的故事。项羽,这个名字怎么看都像个诗人,其实,我一直认为自己早就是一个不错的诗人了……"③因此,从外在叙述结构到内在情绪结构上的这种特征,就凸显出潘军话剧在特定情境下写实与写意结合的特色。

人物生活写实化与舞台写意化的交融。在潘军的话剧中,除了《霸王歌行》中人物较多之外,其他几部中人物都不多,《地下》中就四人,《合同婚姻》与《断桥》中均为五人。对这些人物,作家包括编导等的处理是虚实相生的。一是人物的虚拟性。典型的是话剧《地下》,剧本中的主要人物竟没有名字,而以男人、女人、老人、青年称呼他们,这本身就是一种写意手法,读者可以将

---

① 潘军:《独白与手势·白》,北京:人民文学出版社,2000年版,第283页。
② 潘军:《断桥》,《中国作家》2020年第3期。
③ 潘军:《霸王歌行》,《剧本》2008年第6期。

他们看作现代中国社会任何一座城市中的某四个相应人物。人物的这种虚拟性,就有了一种灵动之感。二是增删。如小说《合同婚姻》中人物较多,但在剧本里已删减为五人:苏秦、李小冬、陈娟、高宗平、顾菲菲,让原小说中的苏秦父母、陈娟父母、副厅长等人物在剧本中退出,剧本新增一个人物小马,但只是苏秦两次电话中提及的幕后人物,并未真出现在舞台上。三是综合。在小说《重瞳——霸王自叙》和剧本《霸王歌行》中,主要人物有十几个,但到了 2008 年国家话剧院上演此话剧时,导演王晓鹰将众多人物处理为仅五人饰演,即房子斌饰演项羽、刘璐饰演虞姬、田征饰演刘邦、雨依饰演琴师,而张昊一人饰演范增、李由、宋义、赵国使者、章邯、子婴、密者、项庄、钟离眛、刘太公、吕氏、韩信、乌江亭长等十三人!这是人物塑造上的一个大胆与成功的尝试,"这是王晓鹰的创造,更是张昊的成功"[1]。

尤其值得一提的是,《霸王歌行》的首演演员房子斌、刘璐和张昊,他们一个是话剧演员,一个是京剧演员,一个是舞蹈和音乐剧出身的三栖(舞、音、话)演员。这部话剧,是百年中国话剧舞台上"第一次由话剧演员和戏曲演员联手扮演同一部戏剧作品中的男女主人公",并成功"跨越和模糊了话剧与戏曲的边界"[2]的创举,20 世纪 20 年代,余上沅、熊佛西等在"国剧运动"中提出但从未实现的戏剧理想在潘军这里得以部分实现,因此该剧被誉为中国"当代先锋戏剧探索的成功杰作"[3]毫不过分。上述这些人物处理方式,除了便于舞台演出之外,还在于使人物写意化,从而破除现实幻觉,使观众(读

---

[1] 潘军:《我看话剧〈霸王歌行〉》,搜狐娱乐,2008 年 3 月 17 日。http://yule.sohu.com/20080317/n255745242.shtml

[2] 吕效平、陈建国:《一部全面创新的戏剧——〈霸王歌行〉》,《剧影月报》2008 年第 8 期。

[3] 廖奔:《中国文化中的刚毅人格》,《〈霸王歌行〉四人谈》,《中国戏剧》2008 年第 5 期。

者)在审美欣赏中进行哲理思考。

现实时空与写意时空的交融。在小说与剧本中,故事的时空是现实的,如《地下》中实实在在的时空:"时间:世纪末的某几日""地点:地震后一座著名大厦废墟的地下室"[①];《合同婚姻》写的是发生在当代北京的几个都市白领身上的故事;《断桥》中第一幕第一场"时间:当代,春分时节""地点:西湖断桥边"。但是,这种现实时空在话剧舞台上不可能像电影那样拟建一个逼真的现实时空,而只能以写意的方式出现。一方面,按照话剧演出剧本中特定性的情境对演员、舞美、灯光等要求去做;另一方面,又按照"舞台假定性"原则"假戏真做",包括对中国传统戏曲一些手法的借鉴,从而实现写实与写意的结合。

如《合同婚姻》第一场的舞台布景。部分写实的,如桌椅、电话、床、沙发等道具显示出一种真实的时空存在;同时借助音响、灯光等幻化一种虚拟的现实,如《梁祝》的背景音乐、下雨声、隐隐的雷声等混合在一起,造成一种"春天的一个雨夜""北京,地铁口"的虚拟时空。《霸王歌行》更是如此。演出不可能将剧本上真实存在的一些事件搬上舞台,只能以一种写意化的形式表现出来。以舞美为例。在舞台上项羽说到他坑杀了二十万秦军降卒而悔恨,和对权力这个魔鬼进行诅咒时,舞台上方滴下红色的液体进入盛有水的玻璃容器中。随着项羽的诉说,水也越来越浓红,同时舞台上的四道条屏流下红和黑的液体,而项羽也将他沾满红色液体的双手,按到白色宣纸裱糊的地面上……这些设计,就以写意的方式表达了项羽对自己杀戮行为的真诚忏悔。又如,当剧情进展到霸王别姬时,虞姬赤脚蘸上红色液体踩在白色宣纸

---

① 潘军:《地下》,《北京文学》2000年第5期。

铺成的地面上,在京剧《夜深沉》的旋律中翩翩起舞,项羽和之。随着一曲绚丽凄清的长歌,虞姬拔剑自刎。此时舞台上方两道条屏染上浓烈的红色,同时红色的花瓣从上纷纷落下,项羽紧抱虞姬立于花丛之中如雕塑一般。这种舞美设计,一方面表达了虞姬和项羽间真诚的爱情,另一方面也造成一种悲怆的气氛,让全剧达到高潮。因此,《霸王歌行》的舞台设计精美"几乎到了极致"①,以写意的方式完美地诠释出剧作的精髓。

在1988年的一篇随笔中,作家对新上演的试验话剧《绝对信号》《野人》《寻找男子汉》《WM:我们》及川剧《潘金莲》等大加赞赏:"不妨把这些现象称为伟大的现象。"②在作家看来,这些剧作之所以"伟大",是因为这些作品从形式到内容都不拘泥于成规,敢于挑战传统和大胆探索与试验。十一年后的1999年,在看完导演林兆华重排的话剧《茶馆》后,作家"失望而归""不明白为什么就不能真正意义上实现重排,哪怕排出一个遭到非议的戏,那也比现在这样的好。因为那是创造,而不是现在这样羞羞答答地临摹"③。从作家这一褒一贬中,我们看到,作家心目中的话剧应该是一种创造性的艺术。而他的三部话剧中,也体现着作家对话剧这一艺术的热心与真心,"虽然我是个写小说的人,但多少年来话剧使我梦牵魂绕,话剧的舞台在我心目中就是艺术的神龛,我去剧院看话剧是怀有一份宗教般的虔诚的"④。

---

① 薛殿杰:《〈霸王歌行〉的舞美设计令人拍案叫绝》,《〈霸王歌行〉四人谈》,《中国戏剧》2008年第5期。
② 潘军:《关于"寻找"的备忘录——与〈寻找男子汉〉有关无关的都说》,《潘军文集》(第十卷),北京:文化艺术出版社,2012年版,第3页。
③ 潘军:《重排〈茶馆〉之我见》,《潘军文集》(第十卷),北京:文化艺术出版社,2012年版,第23页。
④ 潘军:《重排〈茶馆〉之我见》,《潘军文集》(第十卷),北京:文化艺术出版社,2012年版,第20页。

这种对话剧的"梦牵魂绕",源自作家的家庭氛围和自身的艺术实践。潘军出身于梨园世家,父亲是位剧作家,母亲是位黄梅戏艺人,这种从小在"戏园子"长大的经历,对作家日后从事写作产生了深远的影响。1973年,还是一名中学生的作家,接受学校的任务,远赴上海观摩话剧《补课》,"说实话,我一点也不喜欢这个戏,我喜欢的是话剧这种形式。这是我第一次接触到话剧,不久,我在石牌把它给排出来了"①。大学期间的1981年,为纪念鲁迅先生一百周年诞辰,作家自编自导了话剧《前哨》,亲自出演鲁迅。此剧后获得当年全国大学生文艺会演的一等奖。随后作家虽然以小说写作为主,但依然对包括话剧在内的其他艺术形式有着极大的热情。作家后来从事影视剧的创作,都不忘从中客串一把,体验舞台实践对创作的益处,如在自编自导的电视剧"谍战三部曲"(《五号特工组》《海狼行动》《惊天阴谋》)、《虎口拔牙》和《分界线》中,分别扮演戴笠、潘先生和医院刘院长等等。因此,这些不同类型的艺术实践,让作家在话剧创作时有着不一样的眼光与视角。如作家认为,每一种文学样式都有它的本性与属性,"话剧的本性在我看来是表达人对世界的一种认识态度,而非在舞台上对日常生活进行一次逼真的临摹。换言之,话剧只承载思想"②。对演员角色的特征,他又认为,"演员本是一种极特殊的职业,他既是材料(为导演使用),又是手段(表演),还是目的(创造角色)","社会需要明星,艺术则需要好演员"③,等等。

曹禺先生曾言:"我认为写剧本的人应当有舞台实践。我从十四岁起就

---

① 潘军:《一九九九年十二月三十一日:自叙》,《潘军散文》,杭州:浙江文艺出版社,2000年版,第266页。
② 潘军:《我的话剧观》,《北京文学》2000年第7期。
③ 潘军:《"明星"与好演员之区别》,《大众电影》1996年第1期。

演话剧,直演到二十三岁,中间没有停过。这给我舞台感,对于一个写戏的人来说,舞台感很重要,要熟悉舞台。莎士比亚的舞台感为什么那么强,因为他一直是跟着剧团跑的。莫里哀、契诃夫也是如此。莫里哀一生都在剧团里,契诃夫虽然没跟剧团跑,但他对莫斯科艺术剧院熟悉极了……"[1]因此,尽管潘军的话剧作品不多,也存在着一些问题(如一些人物台词与话剧整体风格不和谐、少数人物刻画上的道德化倾向问题等),但作家以实际行动对话剧发言,以自己的文学创作丰富着中国当下的话剧舞台,"通常小说作者将自己的作品改编为舞台剧极少能够成功,潘军似乎很容易就跨越了这道鸿沟"[2],这就很好地说明了一切。

---

[1] 曹禺:《和剧作家们谈读书和写作》,《剧本》1982 年第 10 期。
[2] 廖奔:《中国文化中的刚毅人格》,《〈霸王歌行〉四人谈》,《中国戏剧》2008 年第 5 期。

第六章　潘军的散文创作

潘军在散文创作上也收获颇丰,至今已出版散文、随笔集数部,如《潘军散文》《水磬》《山水美人》《泊心堂记——潘军文墨自选集》等。读这些散文,很容易让人想到他是小说家或者画家或者导演的一面——相对而言,他的那些怀人忆旧散文,小说家的艺术才情要显现得突出一点;而那些写景、写个人感受的作品,画家、导演的才能要浓厚些。诗人余光中曾说,他右手写诗,写散文是旁敲侧击,为"左手的缪斯"[1],虽有稚嫩,但见真情。如果套用余光中的话,潘军是右手写小说,左手写散文的话,那么其左手的色彩也斑斓多姿。读潘军的这些散文,我们能感受到文字的真诚与艺术探索的真挚。

第一节　潘军散文的类型

散文是中国传统文学样式之一,内容无所不包,"凡是在整个世界中间发生过的事情,几乎没有不可能纳入散文写作的视野的"[2]。潘军散文的内容十分丰富,而且满贮着深情。与作家小说笔法的凌厉高蹈不同,从整体上

---

[1] 余光中:《左手的缪斯》,北京:北京联合出版公司,2017年版。
[2] 林非语。刘会军、马明博:《散文的可能性:关于散文写作的10个提问及回答》,北京:人民文学出版社,2006年版,第59页。

看,潘军的散文大都写得自然朴实、简洁恬淡,看似平平淡淡,但叙述中蕴藏着无穷的魅力,令人读后回味无穷。具体而言,潘军散文的内容大体可以概括为以下几类:

一是记人散文。最能传达潘军散文神韵的可能就数这类性质的散文了。这里按写作对象又可分为两大类:一类是亲情散文,如《外祖母》《关于我的母亲》《送二妹去美国》《女儿潘萌》等;另一类是回忆友人的散文,如《安庆的父辈》《老唐》《八骏图》《老友田瑛》《悼念斤澜先生》《纪念海子》《与铁生书》等。也有以上二者兼有的,如《童年记趣》《戏园子》等。潘军的记人散文,用笔朴实平淡,但读来又情真意切。这些散文显示出作家柔情的一面,尤其是写亲人的散文。如《关于我的母亲》,文中不仅为我们刻画了一位在特殊岁月中平凡而又伟大的母亲形象,更让我们看到一位女性的人格魅力,"我这辈子就打了一仗,把你们兄妹四个都带大了,我赢了"[1]。作家笔下的母亲是新时期以来中国散文中少有的一个自立自强的新女性形象。

《老唐》是潘军友情散文的代表作之一,读完这篇散文,我们最大的感动是老唐可以说是作家的良师益友。如在生活上,"我""有时候食堂吃腻了,便不假思索地去老唐家蹭上一顿,似乎从来就没有过腼腆"[2];在文学艺术上,"尽管我们某些文学观念有所不同,但每次交谈,对双方都有所启发"[3];在精神上,在某段非常时期,"大约由于我承受着某种压力,一时间门庭冷落。经常来我这串门的只有老唐"[4]。从这一件件生活小事中,我们读出了

---

[1] 潘军:《关于我的母亲》,《江南》2012年第1期。
[2] 潘军:《山水美人·老唐》,桂林:广西师范大学出版社,2003年版,第97页。
[3] 潘军:《山水美人·老唐》,桂林:广西师范大学出版社,2003年版,第97页。
[4] 潘军:《山水美人·老唐》,桂林:广西师范大学出版社,2003年版,第98页。

老唐对"我"的关心和支持,以及"我"和老唐之间亦师亦友的深厚感情。

我们注意到,在记人散文中,潘军多次写到了"文革"对国家和人民带来的伤痛,有的是一笔带过,有的则花费很多笔墨进行了直接的描述。如《1967年的日常生活》这篇散文(此文文体边界很模糊,有时也看成小说),以一个儿童的视角,从"吃饭""睡觉""上学"等几个角度,写了那场浩劫给底层百姓带来的灾难。另外,《外祖母》《戏园子》等多篇散文中也都提到这段历史。潘军的这些散文,与作家成长的经历密切关联。作家出生后不久,父亲就被划为右派,常年在外劳教改造,潘军童年与少年的记忆里是没有父亲这个形象的。一直到潘军十七岁时,父亲才出现在他的生活里。"文革"中,母亲被打成了"三名三高黑线分子",而潘军自己也因为家庭政治因素征兵无望,成为上山下乡的知青。1977年高考制度恢复后,他报考了浙江美术学院,最终没有被录取,而落选的原因是父亲曾经被划为右派。可以说,作家生命中的前20年里一直或多或少地受到当时社会政治压力,尤其是"文革"对作家的身心压力。作家的这些散文,与他的一些小说一样,是对这段历史的检讨与反思。这与巴金先生《随想录》中的一些散文相似,显示出了作家的良知与责任。

二是游记散文。作家出生在风景如画的南方历史文化小镇石牌镇,工作后去过青岛、泰山,后辞职去海南过了几年,之后在黄河边上的郑州又待了一段时间。他到过古徽州,去过大连,也到过西沙群岛……在漂泊行走的日子里,潘军留下了不少游记散文。潘军的这些游记散文,对所见的自然风光、名胜古迹的描绘虽并不是很多,但在有限的文字里,自然风光、历史掌故融于清新自然的叙述中,让人回味无穷,如《山水美人》《苏州三日》《滇行日记》《皖南写意》等都是其中的代表性作品。但这类游记的文字不好写,因为一不留神就会落入某种叙事的窠臼,成为当代散文中的"杨朔模式"。山水游记散文,难就难在作家通过这些山水与风景表达一种生命的感悟与认知。我们看到,潘军的这类散文,"景"最终是为"情"服务的,比如对漂泊、自由、宿命等命题的深刻体悟,带有很强的个人生命印迹。比如"漂泊"。潘军曾经说过:"一个人选择漂泊最真实的原因,是他愿意追求一种流动的生活形态。"[1]并说,如果他固定在一个地方,或许就写不出这些作品。"对于一个职业作家,他的稳定是暂时的,倘若持久,那么他就会随着一种习惯滑行。"[2]这背后体现了作家对一种自由精神的追求,"我毕生都在追求自由散漫"[3]。这有点像他的小说,如《海口日记》《独白与手势》等。所以,这类散文,"游"的只是人间自然山水,"记"的是心中隐形山水,出发点与落脚点都是作家对生命状态或者意义的某种思索,"片花寸草,均有会心;遥水近山,不遗玄想"[4]。

三是怀乡散文。多年来,潘军走南闯北,但一提到故乡,他仍情不自已:"调动我的不仅是作为安庆人、怀宁人的生活积累问题,更多的是我自己在这块土地上,这么多年积累的东西所形成的观念的东西在起作用。"[5]其实,不仅是小说,潘军的散文中也总是流露出对故乡的那份情结。故乡江南小城

---

[1] 潘军:《山水美人·漂泊是一种方式》,桂林:广西师范大学出版社,2003年版,第154页。
[2] 潘军:《山水美人·漂泊是一种方式》,桂林:广西师范大学出版社,2003年版,第154页。
[3] 潘军:《泊心堂记·我毕生都在追求自由散漫》,合肥:安徽文艺出版社,2019年版,第282页。
[4] 石庞:《幽梦影·序》,张潮:《幽梦影》,王峰评注,北京:中华书局,2008年版,第4页。
[5] 潘军:《先锋小说、地域文化与我的小说创作》,《安庆师范学院学报》(社会科学版)2003年第4期。

那清新古朴的自然环境和人文环境对他的影响是深远的,在潜意识里左右着作家的深层记忆。《蓝边碗》《丁字街》《从前的院子》《故乡·朋友·文人画》……故乡的记忆一如长江之水,流淌在潘军的无数篇章中。"那些清末民国初遗留下的旧建筑,以及夹合成一条条的老街和小巷,在下雨的时候是异常好看的,好似一幅写意的水墨画。老街的路面,由一块块青石板铺成。雨落在上面光洁可鉴……但留存在记忆中的这些画面至今依然清晰。我很珍惜它。"①这段作家对故乡小镇石牌的描绘,在诗意的语言中,我们读出了作家对故乡无尽的留恋和难以割舍的情怀。

同样,《拥有炊烟的天空》《梅子岭》等散文写的是故乡一座叫梅子岭的小山。在那里,作家度过了两年多的下放知青生活。这里,有作家下放时繁重农活的辛劳,也有青涩初恋的美好。"那一天是雨后,天极清澈。炊烟袅袅升腾,弥漫于天空,是我一生中所见的最优美也最动人的炊烟。"②在作家笔下,梅子岭已不仅是那座小山名,也不仅是和一个叫牌楼的村庄联系在一起,而是矗立在作家心中的一块无字碑,镌刻着他知青生活的苦乐年华和人生思考,"我不知道这究竟是岁月的记录还是历史的痕迹,但我知道,这是我生命的烙印"③。

"情结"是一种独特的精神、心理现象,它连接着过去,会伴随并影响人很长一段时间乃至一生。其中就有怀乡情结。海德格尔曾说过:"接近故乡

---

① 潘军:《山水美人·下雨的时候》,桂林:广西师范大学出版社,2003年版,第83页。
② 潘军:《山水美人·拥有炊烟的天空》,桂林:广西师范大学出版社,2003年版,第46页。
③ 潘军:《山水美人·梅子岭》,桂林:广西师范大学出版社,2003年版,第48页。

就是接近万物之源,故乡最玄奥、最美丽之处恰恰在于这种对本源的接近。"①我想作家无论走到哪里,在梦中他想起的依然是故乡怀宁石牌老街的石板路,依然是故乡安庆菱湖里的栀子花,依然是故乡人那浓浓软软的黄梅腔。

四是文艺随笔。这部分文字,天南地北,古今中外,有对小说、话剧、戏曲等文体的认识,也有对当今文坛及作家的看法。这部分文字虽为随笔性质,但我们可以当作一种小型论文来看。其中对文学、艺术的看法,思想的火花时时迸发,有很强的思想性和哲理性。这些随笔大多收录于《坦白》《冷眼·直言》《泊心堂记——潘军文墨自选集》《一意孤行——潘军创作随想录》等集子中。

如在《我的话剧观》中,作家认为,"任何一种艺术形式,包括综合艺术,都有其本性与属性之分","小说的本性在于叙事空间的不可限量","话剧的本性在我看来是表达人对世界的一种认识态度……换言之,话剧之承载思想","说,这就是相声的本性"②,等等。在《多余的话》中,作家又认为"文学的本性应该是语言的艺术"。又如他对许多不同艺术门类有许多真知灼见③:

> 戏曲在表演上最突出的特点是它的虚拟性,以虚为实,以一当十。

---

① 海德格尔:《人,诗意地安居》,郜元宝译,桂林:广西师范大学出版社,2000年版,第69页。
② 潘军:《山水美人·我的话剧观》,桂林:广西师范大学出版社,2003年版,第233—235页。
③ 以下引文均见潘军:《山水美人》,桂林:广西师范大学出版社,2003年版。

(《京剧杂谈》)

电影是一种叙事方式。高明的叙事会使一个平庸的故事变得深刻而动人。这一点又和小说一致,同样存在一个"怎么说"的问题。(《我所认识的基耶斯洛夫斯基》)

艺术,尤其是先锋前卫艺术,重在以新鲜的形式去表达思想或诉诸情绪,并以这种形式去刺激欣赏者,形式不应该是一个简单或者花哨的载体,这是起码的原则。(《北京现在的玩意儿》)

演员是一种极为特殊的职业,他既是材料(为导演所用),又是产品(角色);既是艺术过程(表演),又是艺术目的(实现角色创造)。演员以自身为条件去创造另一个自身……(《重排〈茶馆〉之我见》)

什么是重排?重排意味着将过去否定,否定得越彻底越好。否定意味着放弃过去的一切。否则也就意味着你的创造性消失。(《重排〈茶馆〉之我见》)

从某种意义上可以说,简洁而深刻是大师的标志。(《缅怀,以诗情画意的方式》)

写作这种精神劳动,在给作家带来精神愉悦之时,也给作家带去许多非写作功利性的东西,比如名利、地位等。因此,在作家写作问题上,潘军提倡一种"需要写作",这种写作是一种纯粹的写作。在《自己的小说和需要的写作》一文中,潘军认为"写作的目的就是写作",写作是出于自身的内心的一种需要,一种创作冲动,"他们在想写的时候去写,他们写自己想写的东西"①。"一个作家在现实中需要沉默,他的活跃一般是在想象的天空里。"②崇尚一种职业写作与专业精神,"畅销书是面对大众的,'常销书'永远只会针对一部分读者"③,"一个作家如果故意把小说写得艰涩,那是一种病态;而刻意迎合市场口味,那应该是媚俗。但如果是想尽可能把小说写得好看,那无疑是追求"④,等等。这些文艺随笔,无疑是潘军对文学艺术的发言(其实也是身体力行),不乏真知灼见,有很高的研究参考价值,还有待学者进一步去研究。

第二节　潘军对散文艺术的探索

对于散文,作家说过这样一段话:"散文这种东西不是轻易就可以做得好的。"⑤在另一篇文章中,作家又说:"怕散文是因为不敢,不敢是因为自己无驾驭的本领,打不过它。"因为"散文和小说不同,小说是才性的产物,重感觉的灵敏。散文也重感觉,但更需要学识,需要阅历",所以"我所说的散文,概念极窄又难以言表,大约是指道理清楚、叙事明白、文笔朴素的文章吧"⑥。这里,"道理清楚""叙事明白""文笔朴素"中后两点就是对散文艺术的追求。这里体现着作家自觉的文体意识,即怎样把散文写得像"散文"。我们看到,

---

① 潘军:《水磬·形式的挑逗》,北京:中国文联出版社,2001年版,第44页。
② 潘军:《山水美人·作家的沉默与沉默的作家》,桂林:广西师范大学出版社,2003年版,第193页。
③ 潘军:《山水美人·对出版的几点感想》,桂林:广西师范大学出版社,2003年版,第243页。
④ 潘军:《山水美人·回顾"先锋文学"》,桂林:广西师范大学出版社,2003年版,第223页。
⑤ 潘军:《潘军散文·自序》,杭州:浙江文艺出版社,2000年版。
⑥ 潘军:《潘军散文·怕散文》,杭州:浙江文艺出版社,2000年版,第137—138页。

作家对艺术散文也是有着真挚不倦的追求。

一、浓郁的抒情性

与其他文学体裁相比,散文是长于抒情的文体,尤其应当抒写作者内心的声音。"散文创作是一种侧重于表达内心体验和抒发内心情感的文学样式,它对于客观的社会生活或自然图景的再现,也往往反射或融合于对主观感情的表现之中,它主要是以从内心深处迸发出来的真情实感打动读者。"[①]"小说更属于社会,散文更属于自己……散文是抒发心灵的文字。"[②]因此,情感是散文的生命,无论是写景叙事还是议论,都必须有作家真挚的情感做灵魂,否则你的写作技巧再高明,语言再漂亮,也只不过是无病呻吟。潘军的散文就贵在抒写自己内心的真情实感。

其一,融抒情于叙事之中。在潘军散文中,作家往往通过自己的亲身经历、身边的琐碎小事来表现自己的真实情感,如涓涓细流,沁人心脾。在许多关于亲情与友情的散文中,这种融抒情于叙事的手法处处可见。如《送二妹去美国》:"那个晚上,我们在一起聚谈。天气正寒,我让母亲和二妹先睡到床上去,哪知他们居然睡在毛毯上,拿床罩当盖被。""父亲以为飞机上饮料昂贵,就始终坚持不要……后来还是母亲自作主张地拿了一听可乐,才知是免费赠送之物。等父亲猛醒过来,飞机已经下降了。"[③]也许你平时读到这样的情节,会觉得好笑,然而此时此刻你只会感觉到父母的那份艰辛与朴质,还

---

① 林非:《散文创作的昨日和明日》,《文学评论》1987年第3期。
② 冯骥才语。刘会军、马明博:《散文的可能性:关于散文写作的10个提问及回答》,北京:人民文学出版社,2006年版,第3页。
③ 潘军:《山水美人·送二妹去美国》,桂林:广西师范大学出版社,2003年版,第132页。

有作家对父母难以言说的爱与辛酸。

"1996年,我在郑州搞电视剧,为了使剧本做得好些,便邀请了田瑛和宗仁发来谈,他只好飞来,我去机场接他。远远地看见他一拐一拐地走下舷梯,就觉得奇怪。近了,才知道他脚上正生着毒疮,连皮鞋都无法穿上……""这些年我们交手不下十次,我记不得他可曾有过赢的纪录。然而他打得爽气,打得愉快。事实上,田瑛就是一个给人带来愉快的朋友,和他在一起,你会觉得轻松。"[1]这是散文《老友田瑛》里的片段,田瑛脚生毒疮却依然随叫随到;为了朋友玩得开心虽是搓麻的常败将军,却依然奉陪到底。最有默契和感应的是"我时常走进田瑛的梦境,梦境出现三天内田瑛就会意外地接到我的电话"[2]。潘军好像是随意地说着朋友间相处的几件事,自然朴实,但田瑛的热情、豪爽以及"我"和他深厚的情谊早已跃然纸上。

潘军将自己真挚的情感融入简单的叙事之中,不是简单的凑合,而是"情"与"事"的交融。送二妹去美国时的机场离别、老友田瑛脚生毒疮依然赴约、我和女儿潘萌的电脑之争等等,这些事都不事粉饰、不着意渲染的。虽然,有时这些散文给人以平铺直叙之感,好像只是在记录生活中的某些事,但只要你慢慢品味,就会读出其中的情味。抒情的生命在于真实,作者抒发的感情越真实,就越见其真挚,如果只一味强调抒情技巧,则反而有可能失其真。"如果说散文也是需要技术的,需要高超技术的,但他的技术总是以无技术的形式出现的。"[3]

---

[1] 潘军:《山水美人·老友田瑛》,桂林:广西师范大学出版社,2003年版,第112—113页。
[2] 潘军:《山水美人·老友田瑛》,桂林:广西师范大学出版社,2003年版,第113页。
[3] 韩少功语。刘会军、马明博:《散文的可能性:关于散文写作的10个提问及回答》,北京:人民文学出版社,2006年版,第26页。

其二,情景交融。在潘军的散文中,纯粹的文字性描写显得比较少,即使是在山水游记散文中,潘军对山水景色、自然风光的描写也不是很多。当然,"少"只是相对于其他作家同类文体的作品而言的,并不代表没有。潘军的山水游记散文中,仍不乏那些借景抒情、情景交融的作品。《拥有炊烟的天空》这篇散文,用凄美的文字写了"我"知青时期的初恋,文章写得很美。"岭绵延得极广阔,起伏有致,俯瞰下去,村落、田和小溪都是风景。但最美的风景是炊烟。黄昏里炊烟有青有紫,近浓远淡,先是笔直升高,其行袅袅,继之扩散,成为云烟雾霭,其势浩荡。"①作家先描写从梅子岭上向下俯瞰的美丽景色,然后用一个"但"字笔锋一转,引出最美的是炊烟,接着状其色写其形,虽寥寥数笔,却写出了"我"和恋人在落日余晖中在梅子岭上看炊烟的那份恬静和甜蜜。同时随风消逝的炊烟,本身就给人以淡淡的忧愁之感,这又多少预示着那份恋情的悲伤结局。

又如《皖南写意》,作家是这样描写皖南美景的:"其时太阳已升得很高,山色便由青转紫。云是颇潇洒的,形状变幻莫测,走势舒缓悠然,有一会,一块薄云遮盖了太阳,但又可见其轮廓,于是那一瞬,日便做了月,散出惨淡幽蓝的光晕,山也随之安静,间或的鸟啼,让你始才觉得出这山的大来。"②他先描写太阳出来,浓雾渐散时的山色,云彩的动态变化,接着用"鸟啼"写出了山之静之大,以动写静。像这样的例子还有《山西一到》:"山间的小道,山脚的溪流,古拙的石桥以及嵌于半坡的窑洞更是令人感动。而沿途不断的白杨

---

① 潘军:《山水美人·拥有炊烟的天空》,桂林:广西师范大学出版社,2003年版,第45页。
② 潘军:《山水美人·皖南写意》,桂林:广西师范大学出版社,2003年版,第11页。

树正是叶黄的时节,像水彩画。那黄是真正的黄,黄得透明,黄得灿烂。"①《泰山行记》:"此时山下已断黑,而山上则陡然明亮,可谓天光普照。风起云涌,缠绕山腰,形成两个世界。不久暮色苍茫,大地浑然一体,山沉寂无语,唯松涛滚滚,凉气迂回……"②

同时,在潘军的散文中,我们常常会读出一种生命的忧郁:"我想,北京也许不是我这只船最后的停泊地,我应该择水而居。"③"我是一个看客,也是一个过客,这是一段不同寻常的历史。"④……潘军的小说大多是以"在路上"来展开的,如《去茂名的路上幻想一顶帽子》《海口日记》《独白与手势》等等。散文亦是。这种"在路上"与对漂泊的眷恋和执着,以及作家身上特有的那种宿命、哀伤,都不可避免地让作家散文沾染上了那淡淡的诗意的忧愁。

二、语言的朴素真淳

作家曾说,"文学的本性应该是语言的艺术"⑤。从这里我们可以看出潘军对散文语言的追求。总体而言,潘军的散文语言平实朴素,甚至是比较口语化的。但这种平淡朴素的语言充满着韵味,即朱自清先生所推崇的散文语言的"真淳"之美。如对外婆的语言,《童年记趣》中是这样描写的:"尚奶奶就觉得奇怪,对我外婆说:真是怪事,都是一个太阳底下晒的,我这棉鞋怎么一只干来一只潮?外婆猜想是她那调皮的外孙干的,就说:你这鞋一只朝阳

---

① 潘军:《山水美人·山西一到》,桂林:广西师范大学出版社,2003年版,第31页。
② 潘军:《山水美人·泰山行记》,桂林:广西师范大学出版社,2003年版,第18页。
③ 潘军:《山水美人·关于"第一系列"》,桂林:广西师范大学出版社,2003年版,第242页。
④ 潘军:《山水美人·到海口去》,桂林:广西师范大学出版社,2003年版,第28页。
⑤ 潘军:《潘军散文·多余的话》,杭州:浙江文艺出版社,2000年版,第188页。

一只背阴吧?"①这段文字朴实无华,没有任何修饰,通过外婆的一个善意的谎言,将外婆对"我"的疼爱充分表现出来,读来亲切有味。而在《外祖母》中,他又是这样表达的:1941年外祖母去桐城找外祖父的路上遇见了日本兵和伪军的关卡,她镇定自若地应付过去了。事后外祖父责怪她那个时候不该出门,外祖母说:"青天白日我一个妇道人家有什么可怕的?"小时候"我"问外祖母日本兵是不是很吓人,外祖母说:"他们长得跟中国人一模一样,你只要不含糊,他也就不敢随便找碴了。"②农家妇人的语言,没有高谈阔论,说的是大白话、大实话,然而外祖母之刚之烈被刻画得入木三分。

潘军的散文语言虽然很朴素,看似很随意,但作家对遣词造句以及语言的运用都是十分讲究的,充满韵味。如《皖南写意》中的两处:"晓雾初开,朦胧中可见对岸的嫩绿迫来。"③一个"初"字、一个"迫"字极尽了春日的早晨,太阳刚刚普照大地,浓雾将散未散,春色若有若无之景。"山道弯弯,车外茵茵绿色向你逼近,挤着你,那绿是真正的绿,翠而浓,纯而净,仿佛随时会淌下。"④在这一句话中,作家连用了几个动词"逼""挤""淌",生动形象。"逼""挤"一方面写出了山道之弯,另一方面也写出了春天的盎然生机,而"淌"就更为传神了,把绿之纯之粹表现到了极致。

三、白描与细节的注重

白描手法原来是中国绘画的传统技法之一,后被文学创作所借鉴。在文

---

① 潘军:《山水美人·童年记趣》,桂林:广西师范大学出版社,2003年版,第55页。
② 潘军:《山水美人·外祖母》,桂林:广西师范大学出版社,2003年版,第126页。
③ 潘军:《山水美人·皖南写意》,桂林:广西师范大学出版社,2003年版,第11页。
④ 潘军:《山水美人·皖南写意》,桂林:广西师范大学出版社,2003年版,第11页。

学创作中,"白描"作为一种表现手法,往往能抓住描写对象的特征,用准确有力的笔触、简练的语言勾画出活生生的形象,来表达自己对事物的感受。潘军的散文中,就有很多地方巧妙地运用了这一手法。

"那是一个低矮狭长的潮湿的房间,堆放着乱七八糟的农具,里面隔出一块让我放床。那个屋子里只有朝北开着一扇两户见方的窗户,还没有装玻璃,钉着一块化肥袋。"[1]寥寥数语,几笔勾勒,就把一个潮湿杂乱的房间呈现在了读者眼前,字里行间也表露了作者内心深处的某种哀伤。又如上文提到的《童年记趣》中的一段描写:"外婆很冷静,她生怕一咋呼就把我撵进了深水,就笑着说:'河伢,我给你买糖果了。'一边做出吃的样子。我经不起这点诱惑,上了岸,外婆突然脸一沉,扒开我的裤子朝屁股一阵好打。"[2]这段描写抓住了外婆的动作"笑""说""做(吃的样子)""沉""扒""打",这一系列的动作描写把外婆对我的淘气既生气又疼爱表现得淋漓尽致。

而细节描写在文章中运用得巧妙,可以使描述对象更为生动形象,做到写人则如见其人,写景则如临其境,给人以真切的感受。如《拥有炊烟的天空》一文中,作家没有选择恋人们热衷的约会方式,如看电影、散步之类,而是独辟蹊径,仅取两人看炊烟的细节,着墨极淡而情感极浓。这一"看炊烟"的细节,在作家中篇小说《三月一日》等中也有体现,可见此细节的真实性,是作家的一种真实经历的文学表达,也即郁达夫所言,现代散文更具有"自叙传的色彩"[3]。《蓝边碗》一文也是,"他与我很要好,往往吃饭的时候,我们

---

[1] 潘军:《山水美人·梅子岭》,桂林:广西师范大学出版社,2003年版,第47页。
[2] 潘军:《山水美人·童年记趣》,桂林:广西师范大学出版社,2003年版,第56页。
[3] 郁达夫:《中国新文学大系·散文二集·导言》,蔡元培、陈平原导读:《〈中国新文学大系〉导言集》,贵阳:贵州人民出版社,2014年版,第184页。

都端着饭碗,从自家门里跑出来碰头,用的就是那种今天在城里几乎灭迹的蓝边碗"。在这里,"蓝边碗"已不仅仅是吃饭用的蓝边碗了,它是作家儿时的回忆,它烙下了作家无法忘怀的童年时光。童年的回忆很多,但作家只抓住蓝边碗这一细节,着重写了在用"蓝边碗"吃饭的那段日子里和好友伟东在一起的快乐,写了三十年之后重逢的今天再用蓝边碗吃饭的心情,"竟都是久违的蓝边碗","这应该是我近期吃得最多也是最快乐的一顿饭了"。[①]这一典型细节的描写,表现了作家对一去不返的童年以及对童年时代那份纯真的友谊的怀恋。白描与细节手法的精彩运用,有时像电影中的蒙太奇与特写镜头,其效果往往让人过目不忘,显现出潘军身兼小说家、画家、导演的才情,正所谓"虽是微末技艺,却是顶上功夫"。

四、多文体的尝试

潘军在散文文体上也做了较多尝试。如,书信体散文,如《与父母书》《关于"今日写作"的一封信》等;自传体散文,如《1999年12月31日:自叙》;日记体散文,如《滇行日记》;小说体散文,如《1967年的日常生活》;等等。这些都体现出作家对散文艺术的孜孜以求。其中,"自说自画"这一形式在作家散文中的广泛运用值得我们留意。

所谓"自说自画",就是作家在自己的文字中配有自己的绘画作品,达到一种图文并茂的审美效果。作家们的"自说自画"由来已久,如古代的"文人画"就是诗、书、画、印一体的创作,随后一些作家将绘画放置到其诗文创作中,如苏轼、黄庭坚等人的一些"自题画诗"等。现当代作家中也不乏其人,

---

① 潘军:《山水美人·蓝边碗》,桂林:广西师范大学出版社,2003年版,第76—78页。

如叶灵凤、张爱玲、汪曾祺、冯骥才、贾平凹等。有人认为,近年来许多作家的"自说自画"大多与市场有关系,这只是问题的一方面,另一方面,图画有时也是文章不可或缺的重要一环,而不仅仅看成是插图。如潘军对自己长篇小说《独白与手势》中的"自说自画"有着自己的看法:"这个'图'已经跳出了我们通常习惯的插图模式,不是可有可无,而是把它变成了一种叙事上的层面""图跟文字之间构成了一种复杂的关系"[①]。这里,"图"与"字"都是表达思想的手段与方式。

潘军的《山水美人》《泊心堂记·潘军文墨自选集》等散文集就是这种"自说自画"的代表作品。这些散文中的图画,有国画小品,如《山水美人》中的《李白诗意》《小孤山印象》《梅岭》;有戏曲速写,如《〈白蛇传〉之白素贞》《〈打渔杀家〉之萧恩》;有人物肖像,如《韩少功》《史铁生》,等等。"自说自画"这一独特的表现形式与作家哲思般的文字相结合,给读者一种身心愉悦的审美感受。如散文《独立苍茫山水间》是作家对陈子昂《登幽州台歌》的新解:"在我看来,陈子昂这首诗的气魄之大,在于诗人以苍茫的天地作为背景,来衬托一个孤寂卑微的'我',有洪荒之感,又仿佛贯穿古今"[②],并对中国知识分子的命运做了自己的思考。与文字相对的是,文中配有《陈子昂诗意图》《听山图》这两幅图画,图中均有一个遗世而独立的陈子昂人物形象图,这样,文与图达到了一种互文的艺术效果。

从《山水美人》《泊心堂记·潘军文墨自选集》的图画中足以见潘军的绘画功底,这也从另一个方面体现出了潘军的艺术修养与绘画天赋。在《1999

[①] 潘军:《坦白——潘军访谈录》,合肥:安徽大学出版社,2000年版,第148页。
[②] 潘军:《泊心堂记——潘军文墨自选集》,合肥:安徽文艺出版社,2019年版,第27页。

年 12 月 31 日:自叙》中,作家回忆道:"有一次书店进了两本《连环画精选》,定价是九元六角,我很想得到,就为难地向母亲开口,母亲先给了我五元,我没接,她就问,是不是不够? 我也没说话,低着头。母亲又给了我五元,然后就去向别人借钱买米了。"[1]在这样一个文化氛围浓厚的家庭中,作家从小就受到了艺术的熏陶,在亲人的支持下,潘军上中学的时候,在故乡石牌镇绘画已经小有名气了,举办过个人美展,其作品也参加过全国画展。1977 年恢复高考,作家报考的就是浙江美术学院,因当时所谓的"政审问题",最终没有被录取,要不然我们今天就应该把"作家潘军"改为"画家潘军"了吧。正是这种深厚的艺术功底和很高的艺术修养,才使他的散文与图画相得益彰,如出水芙蓉,朴素而不失典雅,平实而不失凝重,既让人觉得赏心悦目,又耐人寻味,是对散文艺术的一种尝试。

潘军曾说:"不过五十岁,难写老文章。"[2]已过花甲之年的作家,随着阅历的增长与人生经验的丰富,其散文写作将会更加老辣,更加圆熟,其左手的色彩也必将更加斑斓,更加绚烂。

---

[1] 潘军:《山水美人·1999 年 12 月 31 日:自叙》,桂林:广西师范大学出版社,2003 年版,第 205 页。

[2] 潘军:《潘军散文·怕散文》,杭州:浙江文艺出版社,2000 年版,第 138 页。

第七章　潘军回乡后的小说创作

所谓潘军回乡后的创作,指的是2017年年初潘军从北京返回故乡安庆定居以来的创作。这次返乡,是作家人生计划的一部分,作家曾引用沈从文的名言"一个士兵不是战死沙场,便是回到故乡"对自己这次回乡进行了诠释。不过返乡后他并没有闲着,在创作上迎来了一个小高峰,到写作本章(2024年3月)时为止,他发表了短篇小说5部:《泊心堂之约》(《人民文学》2018年第1期)、《电梯里的风景》(《安徽文学》2018年第1期)、《断桥》(《山花》2018年第10期)、《十一点零八分的火车》(《江南》2019年第4期)、《白沙门》(《清明》2022年第2期);中篇小说4部:《知白者说》(《作家》2019年第3期)、《与程婴书》(《天涯》2024年第1期)、《刺秦考》(《作家》2024年第1期)、《教书记》(《安徽文学》2024年第3期),话剧1部:《断桥》(《中国作家》2020年第3期)。在这些作品中,《泊心堂之约》入选2018年"中国小说排行榜"、《电梯里的风景》获"2018—2020年度《安徽文学》奖"、话剧《断桥》获首届(2020年)"阳翰笙剧本奖"等荣誉。另外,作家回乡后出版了绘画随笔集《泊心堂记——潘军文墨自选集》(2019)、短篇小说集《断桥》(2020)、《一意孤行——潘军创作随想录》(上下卷)(2021),以及《泊心堂墨意——潘军书画集》(三卷)(2022)等作品集。那么,潘军回乡后的这些小说主要想表达什么?又是如何表达的?与此前作家的创作风格有哪些异同?反映了作家怎样的一贯的创作观?本章试将对这些问题做些探讨。

第一节 回乡后小说的主要思想内涵

按照题材来分,潘军回乡后的小说大致可分为两类:一是现实题材,如《泊心堂之约》《电梯里的风景》《十一点零八分的火车》《白沙门》《知白者说》《教书记》;二是历史题材,主要指《与程婴书》《刺秦考》与《断桥》这三部。其中,短篇小说《断桥》书写兼顾现实与历史两个维度。

一、"坐下喝酒"与"皮袍下的'小'"

也许是一种巧合,潘军在搁笔十年后(此前最后一部小说为发表在《北京文学》2007年第7期上的短篇小说《草桥的杏》)的第一部中篇小说《知白者说》和新作《教书记》中都不约而同地牵涉鲁迅及其相关作品——前者涉及小说《孔乙己》,后者涉及小说《一件小事》和对鲁迅的评价等问题。鲁迅的《孔乙己》和《一件小事》虽然篇幅都不长,但这两部短篇小说是鲁迅通过对中国知识分子的书写思考国民性问题的代表作品,其中"孔乙己"和"我"这两个人物形象已深入人心,成为中国现代文学画廊中的经典人物。从某种程度上说,潘军回乡后的现实题材小说,是沿着鲁迅先生思考的足迹,审视当下中国现实及人性的一面镜子,其中《知白者说》和《教书记》体现得尤为明显。

所谓"坐下喝酒"对应的是孔乙己"站着喝酒"。虽同为喝酒,但"坐下喝"和"站着喝"是两种完全不同的姿态,反映了两种喝酒人不同的人生、生命与精神的状态。在小说《孔乙己》中,鲁迅将孔乙己描写成"是站着喝酒而穿长衫的唯一的人"①。这种表达,尽管历来有多种阐释,但在我看来,这一行为的核心要义就是孔乙己有某种自知之明。小说中,孔乙己知道他与咸亨酒店里面同样是穿长衫,"要酒要菜,慢慢地坐喝"②的人不是一类人,也与身边那些"短衣帮"和"做工的人"③不同,他就是他自己。这一行为既反映了孔乙己的某种自卑与胆怯,同时也表现出他作为"穿长衫的人"的清高与孤傲,"显示出一种更为决绝的文化姿态——毫不妥协地坚披着那件标示着知识分子身份的'长衫',尽管这'长衫''又脏又破',甚至与当下社会生活格格不入"④。这一人物形象可以说是现代中国一类读书人的典型,他们大抵清楚自己如何知"白"守"黑"。试想,如果孔乙己有着基本的物质生存保障,他还会去"窃书"吗?尽管孔乙己身上有着种种毛病,但也是值得我们同情的。或者说这一人物身上或多或少都有我们自己的影子,"我感到我和与我类似的一些中国知识分子都像孔乙己"⑤。因此,孔乙己这一人物形象既是对封建科举制度的批判,也有对旧知识分子的同情,更有对国民性问题的深切思考。孔乙己这一人物身上,赋予了鲁迅先生复杂的思想情感,所以当孙伏园

---

① 鲁迅:《孔乙己》,《鲁迅全集·呐喊》(第一卷),北京:人民文学出版社,2005年版,第458页。
② 鲁迅:《孔乙己》,《鲁迅全集·呐喊》(第一卷),北京:人民文学出版社,2005年版,第457页。
③ 鲁迅:《孔乙己》,《鲁迅全集·呐喊》(第一卷),北京:人民文学出版社,2005年版,第457页。
④ 李宗刚:《〈孔乙己〉在文学史书写中的变迁》,《东岳论丛》2012年第4期。
⑤ 王富仁:《中国反封建思想革命的一面镜子》,北京:中国人民大学出版社,2010年版,第450页。

"尝问鲁迅先生,在他所作的短篇小说里,他最爱哪一篇。他答复我说是《孔乙己》"①。我们对这一人物形象的理解不能执于一端。

在《知白者说》中,潘军为我们刻画了一个现代版"孔乙己"沈知白的形象。但这个"孔乙己"与鲁迅笔下的孔乙己判若两人,既不知"白",也不守"黑"。作为曾经的省话剧团团长,沈知白因出演"我"的话剧剧本《孔乙己》中的孔乙己而名震一时,并顺利当上省文化厅副厅长。但随着地位的爬升,其私欲也在不断膨胀,最终因贪污入狱被判刑八年。可悲的是,出狱后的沈知白,依旧分不清现实与幻想,在一家超市行窃时被老板打断一条腿。从舞台上窃书到现实台下偷酒,从身穿长衫的演员到身披官服的高干,从身着囚服的犯人到身披赭衣的百姓,沈知白的一生经历令人唏嘘。如果说鲁迅笔下的孔乙己尚有廉耻的话(比如说"窃书不能算偷"②、腿是"跌断"而非被人"打断"等),那么在潘军笔下的这个"孔乙己"沈知白已沦为不知"我是谁"的"异化物"。"沈知白是天生的演员材料,他本该立足于舞台,却鬼使神差地跑到了别的场子,想要更加的风光体面,仿佛任何空间都是属于他的舞台。那会儿他大概忘记了,别的场子,自己是不能随便坐下来喝酒的。"③这样,作家就通过沈知白这一人物形象给我们提出了许多值得思考的问题。

所谓"皮袍下的'小'",鲁迅先生原文是这样写的:"这车夫扶着那老女人,便正是向那大门走去。……我这时突然感到一种异样的感觉,觉得他满身灰尘的后影,霎时高大了,而且愈走愈大,须仰视才见。而且他对于我,渐

---

① 孙伏园、许钦文等:《鲁迅先生二三事——前期弟子忆鲁迅》,石家庄:河北教育出版社,2000年版,第58页。

② 鲁迅:《孔乙己》,《鲁迅全集·呐喊》(第一卷),北京:人民文学出版社,2005年版,第458页。

③ 潘军:《坐下喝酒》,《北京文学》2019年第4期。

渐地又几乎变成一种威压,甚而至于要榨出皮袍下面藏着的'小'来。"①类似于《孔乙己》中"站着喝酒"的理解,对于什么是"皮袍下的'小'"历来有多重理解,大都围绕"车夫"与"我"之间的言行对比来进行解读,或讴歌劳动人民的伟大,或批评小资产阶级的渺小,等等。在我看来,"皮袍下的'小'"是鲁迅先生一种自我审视与自我反省的文学化表达。"自省才是鲁迅真正想要表达的。'一件小事'不过是'我'自省、走向'新我'的契机,归根结底是要寻找'自我'"②。如果说"坐下喝酒"是个人的自身定位的话,那么"皮袍下的'小'"是"坐下喝酒"行为之后的一种扪心自问后的精神深化。但无论是"坐下喝酒"还是"皮袍下的'小'",均是"个我"在内心从容下的一种行为与精神状态,也是人的自我觉醒的两种内在的表现方式。

《教书记》中,围绕李祺与朱为民等几个乡村小知识分子和乡民们在特殊年代下的言行描写,折射出每个人"皮袍下的'小'":吴校长的装腔作势、李祺的猥琐好色、吴小芳的精明自负、矮子队长的势利狡诈等等。但同时,小说也为我们塑造了程颢这一正面人物的形象。不同于大人们的种种"小"的言行,程颢虽然只是一名初中生,但已初步显示出不同于同龄人的清醒与独立意识。比如他对鲁迅《一件小事》中"皮袍下的'小'"的理解:"这皮袍里的小就是一种知识分子的虚伪,他写这篇文章就是想出一口恶气,同时做出一副假惺惺的样子。"尽管这种观点不乏少年气盛,但他敢于独立表达自己真实想法的怀疑精神(程颢说"做人本该与众不同"),显示出一位少年应有

---

① 鲁迅:《一件小事》,《鲁迅全集·呐喊》(第一卷),北京:人民文学出版社,2005年版,第482页。
② 傅修海、申亚楠:《大小之间:〈一件小事〉的阅读史反思》,《鲁迅研究月刊》2013年第4期。

的朝气与锐气,即便是对鲁迅这样的"大人物"。"中国的男女大抵未老先衰,甚至不到二十岁,早已老态可掬"①,这里,鲁迅所批判的现象不正是需要像程颢这样一代代有主见的孩子来改变?因此,小说中大人们言行与精神上的种种"小",反衬出程颢精神上特立独行的"大"。

  从"坐下喝酒"到"皮袍下的'小'",潘军现实题材的小说想表达的意旨之一,就是人如何正确自我定位的泊心与修为问题。但是现实生活中的男女做到这两点何其难哉,太多的欲念让他们迷失了心性,也丧失了自己。《电梯里的风景》中,小翠对金钱与物质的渴望,除了以身体赚取物质外(妓女),还时常用美色敲诈"猎物"而做着危险的游戏。小说结局她敲诈于大头是否得逞我们不得而知,但这种以身试法的行为不可能永远得逞。同样,除了金钱,还有美色对人的诱惑。《十一点零八分的火车》中的柳女士前夫,曾经帅气高傲,"喜欢读书,看碟"的舞蹈队副队长"洪常青",在转业经商捞得第一桶金后便有了外遇,最终与柳女士离婚。《白沙门》中那个有魄力、"出口成章,一直有儒商之称"的邢名山,同样经受不住张明子的美貌诱惑(小说中写得很含蓄),让张明子出国产子并让李桥接盘。这里,不仅写到了邢名山的虚伪,更写到了他的狡诈。但问题是,张明子和李桥并非都是受害者,他们同样各怀心机,张明子借助邢名山的金钱出国,而李桥也因追慕张明子出国定居,自愿接受邢名山的安排充当"背锅侠"。《白沙门》这部小说围绕金钱、美色、尊严等问题,将现代都市人性中的阴暗底色做了多彩的书写,显示出作家洞察人性的本领。即便是《泊心堂记》中四个打麻将的男女,他们的内心又

---

① 鲁迅:《我们现在怎样做父亲》,《鲁迅全集·坟》(第一卷),北京:人民文学出版社,2005年版,第143页。

有多少心可泊？现实的纷扰也只能让他们在短暂的麻将中得到片刻的欢愉罢了。

总之，潘军回乡后的这几部现实题材小说，一方面延续了作家前期同类小说(如《独白与手势·白》《临渊阁》《戊戌年纪事》)中对人性的审视，同时也反映出作家回乡后创作的某种转向，即面对纷繁复杂的当下中国现实和人心不古，作家似乎感到很焦虑，希望借助鲁迅的深邃思想与博大精神(尤其是改造国民性思想和立人思想)来医治现实中国社会与人心的诸多问题。因此，无论是"站着喝酒"还是"坐下喝酒"，抑或"皮袍下的'小'"，作家试图通过这些作品对当下现实中国社会以及人性提出某种深切的思考，并希望"于无声处听惊雷"[1]，体现了一个作家的良知与责任，"文学是要向社会说点什么的。这在今天显得尤为重要，因为写作的方向不仅是形式上的探索，最重要的还是良心的方向。你尽可以写得随心所欲，但不可偏离良心的坐标；你可以写得不好，但你不能趋炎附势，胡说八道。这是一个写作者理应坚守的立场，更是一个写作者需要担当的责任"[2]。于是，潘军回乡后的这些现实题材作品就有着积极的思想价值与启示意义。

二、在历史的褶皱里寻觅心灵的真实

在潘军回乡的小说创作中，《与程婴书》《刺秦考》《断桥》这三部小说属

---

[1] 鲁迅：《戊年初夏偶作》，《鲁迅全集·集外集拾遗》(第七卷)，北京：人民文学出版社，2005年版，第472页。
[2] 潘军：《江南一叶——〈铜陵作家文库〉序》，《一意孤行——潘军创作随想录》(上卷)，广州：花城出版社，2021年版，第70页。

于历史题材小说①,它们是作家继长篇小说《风》、中篇小说《蓝堡》《结束的地方》《桃花流水》《重瞳——霸王自叙》等作品后的又一次用文学的方式表现历史的力作。其中《与程婴书》与《刺秦考》这两部中篇小说,与《重瞳——霸王自叙》一起构成作家"春秋战国秦汉三部曲",写作时间前后跨越24年。目前作家用导语将三者串联起来,重新命名为《春秋乱》加以出版。

在论述这三部近作小说之前,我们不得不提及作家的长篇小说《风》(1992)和中篇小说《重瞳——霸王自叙》(2000)这两部作品之于潘军的意义。也就是说,《风》与《重瞳——霸王自叙》中的一些写作伦理潜移默化地影响着作家后来的一些创作,尤其是有关历史题材的书写,当然也包括新近这三部小说。长篇小说《风》主要讲述了"我"(一个作家)对一桩历史往事开展调查的故事,但随着调查的深入,"我"发现历史的真相变得越发扑朔迷离,最终调查变成了对历史进行了一次捕风捉影的书写,"所谓捕风捉影,即是在扑朔迷离的历史缝隙中去寻求另一种解读的可能,或者依靠想象来重构这个支离破碎的故事。至于真实,那只能存在于我的内心"②。《风》写作于"1991年春末至秋初"③,1992年5月开始在《钟山》杂志连载,1993年在大陆和台湾分别出版单行本。这部小说之于潘军的意义就在于作品集中体现了作家的历史观,即强调暧昧性、多义性与虚构性,历史是"心灵的历史"。作家曾指出:"面对一段历史,无论是典籍所呈现出来的,用文物鉴定出来的,

---

① 短篇小说《断桥》是潘军对中国神话传说"白蛇传"故事的改写,此处我们姑且也将它归为历史小说。因为在某种程度上,神话传说与历史之间存在着相互转化的关系。

② 蒋楠楠、潘军:《二十四年 忽如一梦——与潘军谈春秋战国秦汉三部曲》,《新安晚报》2024年1月26日。

③ 潘军:《风》,郑州:河南人民出版社,1993年版,第265页。

还是目击者的见证或者当事人的口述,我认为都应该被继续质疑。"①这种对历史的怀疑与拷问是作家写作伦理的一个重要方面。小说之所以名之为《风》,其象征意味很明显,即强调历史如风般充满不确定性。

中篇小说《重瞳——霸王自叙》是作家对项羽故事进行的一次成功改写,其酝酿时间前后有四五年,最终完稿于 1999 年下半年,后首发于《花城》2000 年第 1 期,发表后影响巨大,随后作家又将此小说改编成同名话剧、戏曲和电影剧本②。"我首先想到的是能不能有另一种解释,哪怕是一种离奇的、浪漫的,但又是很美的一种解释。既要在规定的史籍中去寻找新的可能性,又不能受此局限,想借题发挥一番"③。这部小说之于潘军创作的意义,就在于作家以自己的方式对既有经典文本的颠覆与重构,并取得巨大成功。因此,这两部作品不仅是作家的代表作,同时也是中国当代小说中的两部扛鼎之作。

我们来看潘军这三部历史题材小说。它们分别讲述的是赵氏孤儿(《与程婴书》)、荆轲刺秦(《刺秦考》)和白蛇传(《断桥》)的故事。对于这三个家喻户晓的故事,如何出新出彩是关键。"但是,家喻户晓的故事皆是耳熟能详,颠覆肯定是不容易的。但是不作颠覆,就没有意思了""如果依旧去写程婴拿自己的亲生骨肉去换取所谓忠良之后,这种价值取向显然是不对的,今天怎么还可以去歌颂这样的一个父亲呢?那是最坏的父亲。荆轲刺秦也是如此,图穷匕见不可能,荆轲连一根针也无法带进秦王宫,怎么刺秦?像这样

---

① 陈宗俊、潘军:《谜一样的书写——关于"风"的访谈》,《作家》2020 年第 5 期。
② 可参看本书第十二章相关论述。
③ 潘军:《坦白——潘军访谈录》,合肥:安徽大学出版社,2000 年版,第 23 页。

的支点如果都站不住脚,重新解读就是一句空话。"①所以作家在写完《重瞳——霸王自叙》后用了20多年时间去思考如何"颠覆"和"重新解读"这些经典故事,终于找到了突破口。我们来看小说中的相关思考:

程婴先生,请原谅我以这种捕风捉影的方式来叙述你的故事。……我愿意你的形象在我的笔下极其朴素,我宁肯看到你和心仪的公主鸳鸯戏水,也不屑那种匪夷所思的大义凛然。在义人和情人之间,我选择后者;在侠士和父亲之间,我依然选择后者——如此这些,应该是我重构这个故事的初心。(《与程婴书》)

太监便让侍卫捧走了铁函,顺便又从荆轲手中拿走了那只木匣子,陈放在秦王面前,打开了盖子。这时,秦王拿起匣子里的那卷羊皮地图,摊在案几上,慢慢展开——没有匕首! ……于是刹那间荆轲一个箭步上前,趁势拽住了秦王的衣袖,他本可以双手掐住秦王的脖子,一把将其拧断。但是他没有这么做。而是凑近这个人的耳边微笑着吐出了几个字——我就是那把匕首! ……杀一个人与能杀一个人,本是两个不同概念,高下立判。既然丢弃了匕首,何须再作无谓的抵抗?那一刻,荆轲想要的只是一个剑客的体面与尊严,他不过是向前跨了一步,但这一步,一不留神就跨进了历史。(《刺秦考》)

---

① 蒋楠楠、潘军:《二十四年 忽如一梦——与潘军谈春秋战国秦汉三部曲》,《新安晚报》2024年1月26日。

这出大戏里,神怪从来都是主角,纯粹算作人类的,只有一个许仙,莫非,神怪是想争夺对人的控制权?只是手段不同罢了——白素贞以爱的名义,法海以感化的方式,但目的是一致的,就是对人的控制。我想,这或许就是为什么神话这种东西生生不息的根本所在……没有神话的人间便是最好的人间……我就这样被神话一般的传说欺骗了这么多年,最终让自己成为传说中卑贱的陪衬。(《断桥》)

在上述引文中,作家创作的初衷很明显:《与程婴书》强调了血缘亲情重于君臣仁义,《刺秦考》强调了人的能力与尊严的重要性,《断桥》则批判了权力的异化以及对人造神话的鄙夷。这些思想与《风》《重瞳——霸王自叙》是一脉相承的。《风》讲述的是一个历史故事,也是一个家族故事,作家在"家国同构"中完成"对现代以来的革命历史神话的质疑与颠覆"[①]。《与程婴书》的上、下篇分别命名为"捕风"与"捉影",这种命名方式与长篇小说《风》之间的关联已不言自明。而《重瞳——霸王自叙》中多处流露出对权力的批判以及对人的尊严的维护,小说将《史记·项羽本纪》的记载,"被转换为一种关于人的尊严、人心、人性的叙事,关于人的存在本身的叙事"[②]。潘军新近这三部小说延续了作家一以贯之的写作伦理。这些思想,也验证了克罗齐的"一切历史都是当代史"的论断。

既然撬动这些经典故事的支点已找到,那么相应地在具体文本操作层面

[①] 陈晓明:《对文学说话:潘军的写作及其他》,《潘军小说论》,合肥:安徽大学出版社,2000年版,第7页。
[②] 党艺峰:《先锋叙事中的项羽及其他——〈史记·项羽本纪〉和〈重瞳〉的互文性阅读》,《渭南师范学院学报》2007年第3期。

（如人物设计、情节安排等）上，如何做到逻辑自洽就非常关键。这里潘军主要采取了两种手法：一是在历史的缝隙中寻找另解的可能，二是合理地想象并自圆其说。以《与程婴书》为例。此小说中，作家在尊重《左传》《史记》等典籍的史实的基础上，吸收了包括元代纪君祥元曲《赵氏孤儿》等在内的众多文学艺术作品中的一些优点，对故事作了全新的改写。

首先是对人物及其关系的重新设计。《与程婴书》中的主要人物与上述典籍或文艺作品大致相同，但身份有了较大改换。其中变化较大的有程婴、赵庄姬、赵武、屠岸贾、公孙杵臼等人。程婴，《左传》中并无此人记载，直到《史记·赵世家》中才开始出现，其身份为"朔友人"[1]。在《与程婴书》中，作家保留了程婴在纪君祥《赵氏孤儿》中"草泽医人"[2]的身份，但删除了赵朔"门下"[3]的身份，变成一个不到四十岁"面白身修"的"名医"，且仅仅"是个普通的男人"。程婴的结局，由自杀身亡（《史记·赵世家》）到被赐田标榜的美好结局（纪君祥《赵氏孤儿》），再到现在小说中的生死未卜。这样的改写，将程婴由身份煊赫的显贵拉回成一位有血有肉的凡人，也为后文程婴的一系列言行做了铺垫。

小说中赵庄姬与赵武母子的形象颠覆也很大。无论是《史记》还是纪君祥《赵氏孤儿》等诸多文艺作品，对赵庄姬的公主身份、赵武为赵朔子的身份定位没有多大变化（《史记》中将其误记为成公女儿赵姬）。但在潘军这里，他对二人形象作了根本性的颠覆——赵庄姬是程婴的情人，而"赵武"竟然是程婴与赵庄姬二人的私生子。这是一个大胆的虚构。

---

[1]　司马迁：《史记·赵世家》，北京：中华书局，2010年版，第3365页。
[2]　纪君祥等：《赵氏孤儿》，上海：上海古籍出版社，2010年版，第14页。
[3]　纪君祥等：《赵氏孤儿》，上海：上海古籍出版社，2010年版，第13页。

其他人物形象亦如此。屠岸贾,《与程婴书》中一方面沿用了《史记·赵世家》、纪君祥《赵氏孤儿》等经典中关于此人的权臣身份,但另一方面,小说还将这一人物的老谋深算刻画得淋漓尽致,尤其是他一开始就知道程文就是赵武的身份,之所以留着"赵孤",目的在于"借着这孩子的名分为自己留条后路——万一哪天国君反悔了,又想借助赵氏理政,老夫就随时将这张牌打出去"。对于屠岸贾的死,小说不像《史记·赵世家》与纪君祥《赵氏孤儿》等中被赵武杀死,而是死得扑朔迷离:"有人说,他是暴病而终;也有人说,他是被毒死的;有人说,他是被噩梦惊吓而死,因为作恶太多;还有人说,晋景公下了秘密手谕赐其自裁,因为君王即将要为赵家翻案了。"另外,公孙杵臼由《史记·赵世家》中的"赵朔客"[1],纪君祥笔下与赵盾同朝为官、年近七旬的老宰辅[2],成为现在小说中曾是赵盾至交、"须发飞霜"的老石匠。韩厥,小说中沿用了纪君祥《赵氏孤儿》中其是屠岸贾手下的一名守门将军安排,而非像《史记·赵世家》中韩厥为晋国卿族,等等。

其次是情节合理的安排。如为了表达"血缘情"战胜"忠义情",小说在情节设计上沿用了《史记·赵世家》的程婴与公孙杵臼购得他人之子代替"赵孤"受死的安排,而果断舍弃了纪君祥《赵氏孤儿》中虽感天动地但有悖人伦的以亲生子代替"赵孤"送死的情节。于是,小说就设计了程婴与两个女人真假怀孕的故事。这里,能怀孕(赵庄姬)和不能怀孕(程婴妻)的情节设计非常精妙,改写了自纪君祥《赵氏孤儿》以来历代有关这个故事的情节安排,显示出作家高超的经营故事的能力。另外,小说中关于公孙杵臼抱着

---

[1] 司马迁:《史记·赵世家》,北京:中华书局,2010年版,第3365页。
[2] 纪君祥等:《赵氏孤儿》,上海:上海古籍出版社,2010年版,第20页。

病婴跳崖自杀、稳婆的两次出现等情节设计,也都非常合理,"从阴谋与爱欲、血缘与亲情重新探讨'赵氏孤儿'流传千年的家国仁义、道德的价值内核"①。小说的意义已经超越了故事本身,是作家"在历史的褶皱里寻觅人之为人的佐证,在中国性和历史性中体认人性,也就是体认世界性"的体现。

在《刺秦考》《断桥》中,作家同样在人物安排(如燕太子丹的无赖、荆轲的忠义、白素贞的心机)、情节设置(如太子丹试探荆轲功夫、雄黄酒事件)上和《与程婴书》有着类似的特点,限于篇幅不再展开论述。如果说,潘军回乡后现实题材的作品是对现实社会与人性进行直接发言的话,那么,在这几部历史题材小说中,作家在对历史的拷问、对神话的质疑以及对真相的追寻中,赋予了这些历史故事以心灵的真实。这些作品和上述现实题材作品如鸟之两翼,共同见证了回乡后的潘军对现实与历史的多维思考。

第二节　回乡后小说的主要艺术特色

潘军回乡后目前共有四篇小说创作谈:《〈断桥〉之外》(《山花》2018年第10期)、《坐下喝酒》(《北京文学》2019年第4期)、《一杯茶的诞生》(《清明》2022年第2期)和《形式的发现》(《天涯》杂志微信公众号,2024年1月3日)。这些创作谈涉及小说的诸多方面,如小说的形式与内容、作家与读者的关系、小说划分为长篇中篇与短篇的依据、小说的语言、小说的叙事技巧等等。这里,作家反复强调的一个核心问题就是对小说形式的推崇,这也是作

---

① 康春华:《2024年第1期文学期刊扫描:从生活深处发现大千世界》,《文艺报》2024年1月19日。

家几十年来一贯的观点：

> 时代赋予小说的形式。或者说,小说形式来源于对时代的理解……对时代的理解是多样的,因此小说的形式也是多样的。①（1987）
>
> 现代小说的创作从某种意义上而言是形式的发现和确定。②（1993）
>
> 我的小说写作,一般都是源于对一种叙述形式的冲动,尤其表现在长篇上。我需要首先找到一种与内容相对应的形式。换句话说,我是因为怎么写的激动才会产生写什么的欲望的。③（1999）
>
> 李陀先生回忆,当时他们提出"怎么写"某种意义上比"写什么"重要,它带有一定的抗议性的。……（"怎么写"）它鲜明地指出"革命"的对象是在文学形式上,它的反传统性也主要表现在形式上。④（2002）
>
> 一篇小说应该有多种写法,但你只能选择最佳。形式无疑是载体,但最佳的形式就会成为被载的一个部分。因此,无论是"先锋"还是"现实主义",在我这里都仅是一种表达的需要。⑤（2003）
>
> 某种意义上,现代小说的写作就是对形式的发现和确定。如果说小说家的任务是讲一个故事,那么,好的小说家的使命就是讲好一个故事。

---

① 潘军：《小说者言》,《安徽文学》1987年第8期。
② 潘军：《想象与形式——关于〈风〉的一些话》,《当代作家评论》1994年第2期。
③ 潘军：《独白与手势·白·后记》,北京：人民文学出版社,2000年版,第286页。
④ 潘军：《回顾"先锋文学"》,《潘军文集》（第九卷）,北京：文化艺术出版社,2012年版,第392页。
⑤ 潘军：《〈合同婚姻〉札记》,《一意孤行——潘军创作随想录》（上卷）,广州：花城出版社,2021年版,第44页。

这个立场至今没有改变。①（2024）

这些关于小说形式的言说背后,体现了作家对现代小说的一种理解。在作家看来,现代小说是针对传统的现实主义小说与革命历史主义小说,后者强调内容对于形式的绝对意义,形式只是为内容服务的。但现代小说则不同,它的内容与形式具有同等的意义。作家的这种小说观念,也是20世纪80年代先锋派作家们的一种共识。当年就有学者敏锐地捕捉到了这一点,"形式不仅仅是内容的荷载体,它本身就意味着内容""文学形式由于它的文学语言性质而在作品中产生了自身的本体意味"②,正是有这样一批先锋作家的尝试,让中国当代小说开始走向世界。潘军就是这一批作者中的坚守者③。如果说20世纪90年代中前期绝大部分先锋作家开始出现了某种集体转型的话,那么这种现象在潘军这里并不适用,其他作家的形式探索的暂停键变为潘军随时出发的启动键。作家四十余年来的小说创作实践表明,对小说形式的不懈追求是作家不变的初心。

比如,《流动的沙滩》《悬念》《爱情岛》等早期小说中不同故事的拼贴,让文本在看似支离破碎中又有内在的逻辑性;长篇小说《风》中,作家将现实、回忆、想象用三种字体交织在一起,构成与文本内容上的互渗;长篇小说《独白与手势》中,作家又将大量的图画构成小说叙事的另一个重要层面,与文

---

① 潘军:《形式的发现》,《天涯》杂志微信公众号,2024年1月3日。
② 李劼:《试论文学形式的本体意味》,《上海文学》1987年第3期。
③ 在陈晓明眼中,20世纪80年代中期兴起的先锋派,"最严格的指称是指苏童、余华、格非、孙甘露、北村、潘军和吕新"这几个人,并不包括刘索拉、徐星、莫言、马原、残雪、叶兆言等人。参见陈晓明:《先锋的隐匿、转化与更新——关于先锋文学30年的再思考》,《中国文学批评》2016年第2期。

字的叙事并行互补;长篇小说《死刑报告》里,作家在现实诸多案件中又并列写了美国的"辛普森案件",让读者在阅读中产生对中西方刑罚观念的比较,构成文本不可或缺的一部分;短篇小说《关系》中,通篇以男女对话为主体,看起来像是一部话剧。潘军回乡后的这些小说在形式上的努力,延续了作家此前一贯的写作立场。具体而言,这些小说在艺术形式上的探索主要表现在两个方面。

第一,叙述人的灵活运用。一方面,作家继续保持了在第一人称使用上的偏好,并运用到了出神入化的地步。这在回乡后的现实题材小说中表现得颇为明显。《知白者说》《教书记》《白沙门》《十一点零八分的火车》等中,"我"讲述的故事代入感都非常强,甚至让读者产生一种错觉:这是叙述人"我"在讲故事,还是作家潘军在讲述自己或求学或下放或下海的故事?这种阅读上的幻觉与第一人称"我"的妙用分不开。另一方面,除了第一人称视角,作家还尝试运用多种视角进行故事讲述。在《与程婴书》中,第二人称"你"的使用就是潘军创作中的又一次大胆尝试。此前他虽然在部分小说(如早年短篇小说《别梦依稀》)中使用过,但这样大篇幅用第二人称来讲述故事的情况并不多见。小说通过"我"(作家兼电影导演)与"你"(程婴)的对话方式来营构故事,将困扰作家20余年如何讲述"赵氏孤儿"的故事的形式载体激活,让这个故事一气呵成、有滋有味。同时在《与程婴书》中,作家还将电影剧本融进了小说文本,"我"这个叙事人又仿佛是电影导演,在与剧中人"你"讨论剧情,并不时进行着"导演阐述"。另外,文本采用两种印刷字体——"现在"的故事用宋体,"过去"的故事用仿宋体——来安排故事,让现实与过去相互交织共生,让故事充满弹性。《与程婴书》中的这种技巧,让我们看到作家当年写作长篇小说《风》的影子。在那部被誉为"中国的文学迄今再也没有出现像《风》这样的长篇小说"的"孤傲时代的代表作"[①]中,作家在叙事上采用"历史回忆""作家想象""作家手记"方式,并采用宋体、仿宋体、楷体三种不同印刷字体,对历史进行了一次捕风捉影般的追问。在作家回乡后的这些小说中,《与程婴书》在形式上走得最远,一如作家所言,"这份执着,源头还是当年先锋小说时期对所谓'元叙事'的迷恋"[②]。

除了第一人称和第二人称视角外,作家还综合运用多种视角讲述故事,让故事充满着韵味。比如《白沙门》最后,李桥拿着20万美金的巨款奔赴酒店,当打开密码箱的刹那,那个神秘的电话是谁打来的?后来又发生了什么?又如《断桥》中,许仙是否于某个周末邂逅与他网聊的那个"白素贞"?为何"我走在纷杂的人群中,某个瞬间,会猛然觉得背脊上停留着两道寒光"?等等。这些悬念的设置践行了作家对短篇小说在有限中企及无限的创作理念。因此,作家回乡后的小说创作,是作家先锋叙事技巧的又一次精彩展示。

第二,语言上的主观化抒情化。语言是一个作家的看家本领,先锋小说作家与其他作家的区别也体现在语言上。潘军回乡后的这些小说中的语感非常好,并未因作家停笔十年而有某种违和感与生涩感。整体而言,潘军回乡后的小说语言充满着主观化抒情化的特点。这里我们所指的语言的主观化抒情化,是指文本中的抒情凸显着叙述人强烈的自我意识而非公共意识。当下的一些现实题材(尤其是主旋律题材)的小说中,也不乏抒故事与人物的性情,但这种抒情是一种内化了的意识形态抒情的变体,类似于20世纪

---

① 张陵:《历史像风一样吹过田野大地》,《作家》2020年第5期。
② 潘军:《形式的发现》,《天涯》杂志微信公众号,2024年1月3日。

50—70年代政治抒情诗中的抒情——一种"大我"的抒情与"集体"的抒情。我们正是在这一意义上谈论潘军小说中的语言探索。比如《刺秦考》,故事虽然写刺秦的历史故事,但是文本中不时流露出作家的主观情感:

  据说燕太子丹化装成一个腿部严重残疾的乞丐,穿着破烂的衣服,脸上涂抹了污泥,拄着拐杖在路上走了三天,皆是风餐露宿。等踏上燕国的土地,这位燕太子竟情不自禁地号啕大哭起来。丹动情的哭声惊起了河边的水鸟,它们围绕着这个可怜的落魄之人也发出了揪心的悲鸣。那个瞬间,埋藏在丹心里的复仇欲望,仿佛一星半点的野火经受了凛冽的寒风,完全点燃了。他仰望青天起誓,燕秦不两立,他与嬴政的仇恨也是不共戴天。这种浮现在脑海中的一念却挥之不去,在几年之后便成为一场阴谋的雏形,尽管看上去显得轻佻而不可思议。

这段充满着画面感的抒情描写中,语言充满着调侃与诙谐,一改《史记》等著作中燕太子丹正人君子的形象。这里的抒情中隐含着作家的批判立场,即燕太子丹的刺秦,不过是拿全燕国人的性命去为自己换取曾经秦王给他的一点委屈。借用小说中的话就是,太子丹所谓的复仇,"其实也不过是想出一口恶气"的儿戏之举,最后遭殃的是整个国家和人民。因为荆轲刺秦失败后,"秦王大怒,益发兵诣赵,诏王翦军以伐燕。……燕王乃使使斩太子丹,欲献之秦。秦复进兵攻之。后五年,秦卒灭燕,虏燕王喜"[1]。有意味的是,《与程婴书》中程婴谋他人婴儿代"赵孤"殉难,《史记》中燕王喜杀了自己的儿子

---

[1] 司马迁:《史记·列传》,北京:中华书局,2010年版,第5510—5511页。

太子丹以谄媚秦王,在这两处情节中,同样是对自己的儿子,两个父亲身上的人性与非人性的对比就更加意味深长(包括程婴对待购来的那个病婴)。这里,小说就延续了作家小说中对权力任性的批判和对人性幽暗的拷问。这里用抒情语言的形式,表达的是文本内容上的思考。

潘军的这种主观化抒情,在本文中有时借助一些主观化的意象来表达。比如《与程婴书》中赵府门前瞎了一只眼的石狮、《十一点零八分的火车》中的英格玛·伯格曼的自传《魔灯》、《泊心堂之约》中的斋号"泊心堂"等,这些主观意识非常浓厚的意象运用,与作家此前的创作有着内在的一致性,如《南方的情绪》中的"蓝堡"、《日晕》中的"白色大鸟"、《风》中的"无字之碑"、《独白与手势》中的诸多有关"手"的图片与绘画、《三月一日》中能看见他人梦境的左眼、《重瞳——霸王自叙》中的"重瞳"等等,这些意象极具象征与隐喻意义,是作家主观化抒情的载体,也是表现小说思想内涵的重要组成部分。因此,这种主观抒情,是潘军运用语言形式为建立属于自己心中的小说的维度之一,意在探求"一种叙事形式和文本的意味"[①]完美结合的现代小说。所以吴义勤才说"在先锋作家中,潘军又是一个叙述感觉特别好的作家,张弛有度、从容不迫是其叙述的突出特征","'技术'其实已经完全融进了潘军的文学思维和文学智慧"[②]。这种"叙述感觉""技术"中,就包括潘军对语言形式的运用与创造,在回乡后的这些小说中,作家依旧保持着先锋时期的某种语言风采。

---

① 潘军:《江南一叶——〈铜陵作家文库〉序》,《一意孤行——潘军创作随想录》(上卷),广州:花城出版社,2021年版,第70页。
② 吴义勤:《让真实飘在风中》,《潘军小说文本系列·F卷》,北京:中国工人出版社,2000年版,第174—175页。

作家曾将小说分为三种类型:"有意义的""有意思的"和"有意味的","我喜欢有意味的小说,某种意义上,我把小说理解为文字构成的'有意味的形式'……这样的小说不是说不清楚,而是很难说清楚。甚至只能意会而无法言传,迟疑不决的叙事使主题飘忽不定"[1]。这种认知,是潘军对现代小说的一种理解,这也是中国当代一些有抱负的小说家(如先锋作家)的一种共识,这些作家的作品为中国当代小说在成绩斐然的中国现代小说面前挽回一点颜面。"认知高于表现",是潘军回乡后谈论绘画的一个观点。在作家看来,绘画"仅有技巧肯定是不行的,应该有深入的领会和理解。……尤其是中国画,更加注重个人修养,这是一辈子的事。某种意义上,读万卷书、行万里路,胜过造型、笔墨的训练"[2]。这种观点同样适用于小说的创作。一个作家的认知能力决定着作品的品质和作家的格局,也是决定着他能走多远的必要条件。中国当代一些作家写了一辈子小说,可能并不一定明白小说的真谛,抱残守缺与缺乏探索精神是这类作家身上的一个致命弱点。这些欠缺说到底还是个认知上的问题。

两相对照,探索与创新是潘军四十余年来的文艺创作(不仅仅是小说)的一个宝贵品质。以此来看潘军回乡后的小说创作,无论是对当下中国复杂现实与人心的"鲁迅式"的解剖,还是用历史故事探究人性善恶的现代思考,作家都做着艰辛的探寻。其中不仅仅是如何处理小说"写什么"和"怎么写"的问题,更多的是作家对这二者关系如何处理的认知问题,"不同的题材有

---

[1] 潘军:《关于〈戊戌年纪事〉的几句话》,《山花》2006 年第 4 期。
[2] 潘军、方圆:《潘军谈画:认知高于表现》,《作家》2022 年第 5 期。

不同的处理方式,笔调、文字是不一样的,这是我一贯的考虑"[①]。其中,《与程婴书》《刺秦考》这两部中篇小说是潘军回乡后小说创作的一个高峰。因此,我们有理由继续相信潘军会给中国当代文坛带来新的惊喜。

[①] 潘军:《关于〈死刑报告〉——答〈北京晚报〉记者问》,《冷眼·直言——潘军访谈录》,合肥:安徽大学出版社,2008年版,第95页。

下 篇

第八章 《日晕》：在故土与他乡之间

《日晕》是潘军的第一部长篇小说，1987年发表后深受好评，被认为是新中国成立40多年来长篇小说创作中的"一部具有突破意义的上乘之作"[①]，"和这几年我们所能读到的叫响的长篇小说比较起来，不但毫不逊色，而且很有些超拔之处"[②]。这些评价并不为过。在我看来，这部小说的"突破意义"与"超拔之处"就在于，小说通过对一场天灾人祸的描写，来表现一群农民与土地的关系，以及作家如何用别致的手法来表现这种关系，从而确立《日晕》在新时期之初乡土小说史中的一席之地。

第一节 对乡土历史与现实的发问

尽管对这部小说的主题有多重理解[③]，但我更愿意把它看作一部乡土小

[①] 陈辽：《给读者留下广阔的思维空间——读〈日晕〉》，《清明》1988年第6期。
[②] 唐先田：《长篇创作的新尝试——评潘军的〈日晕〉》，《清明》1988年第3期。
[③] 如陈辽先生认为，《日晕》可以理解为一幅"关于改革、关于新旧时期、关于人们的文化心理、关于人们的价值取向、关于生活哲理的长轴画卷"（陈辽：《给读者留下广阔的思维空间——读〈日晕〉》，《清明》1988年第6期）；李云峰认为《日晕》是一部爱情主题的小说（李云峰：《执着的探索 永远的先锋——潘军小说〈日晕〉和〈风〉比较》，《乐山师范学院学报》2006年第7期）。

说。它讲述的是20世纪80年代初期长江流域一个皖西南小镇的抗洪故事。江南多水患。从表面上看,这个故事并没什么离奇之处。许多现当代作家都曾涉猎过此领域,如鲁迅的《理水》、丁玲的《水》、陈登科的《风雷》、王安忆的《小鲍庄》等。这些作家"自觉将现实苦难、时代主题及个体诉求融为一体,穿越于寓言与原型、苦难与革命、人性与文化等主题之间,在纪实与虚构的话语实践中'艺术地'展现了灾害中民众之生存镜像"①。《日晕》总体上延续了上述作品的这种写作特点,但不同之处在于,《日晕》在写水患的同时,也写了"人祸"的历史,并由此对这块土地进行深切的反思。

具体而言,《日晕》讲了雷阳镇20世纪三个历史时期的乡土,即20世纪30—40年代的乡土、20世纪50—70年代的乡土和改革开放初期80年代的乡土的历史。其中,改革开放初期的乡土是小说直面叙述的当下故事,是显性的乡土,而20世纪30—40年代的乡土、20世纪50—70年代的乡土则是间接书写,是隐性的乡土。小说中这两种乡土交缠在一起,谱写出这块土地上半个世纪的风云变化,以及人的精神嬗变历程。

先看显性的乡土。小说中,我们看到,这是刚刚经历过拨乱反正、正在"生长"着的中国农村景象。虽然地依旧贫瘠,人依旧贫穷,但改革的春风已将人们唤醒,人们开始向往一种全新的生活。典型的就是人们商品经济头脑的出现,有了发家致富的愿望。如改革开放不到几年,杨树湾人就"发了财,盖了屋,买了城里人家用的洋器,势派得厉害"②。孤儿毛狗虽因赌博关了四个月,但出狱后,"不承认自己脑子比别人孬,不承认自己力气比别人小,就

---

① 周惠:《原型与符码:20世纪中国文学中的水灾描述》,《湘潭大学学报》(哲学社会科学版)2010年第3期。

② 潘军:《日晕》,北京:人民文学出版社,1989年版,第17页。

决心实在地干一场,将耻雪尽",回老家徽州学会了毛豆腐制作手艺,"两年一过,不仅另建了式样考究的店面,还雇了两个帮手,自己以大师傅大老板居之"①。另外,像小说中对苇子卖鱼场景、镇上女人穿戴的变化等的描写,也都透露出改革开放给中国农村带来的潜移默化的变化。就连古板守旧的雷龙水也在雷水上涨后,嘱咐女儿苇子摆渡时来回多收一毛钱。更为重要的是,这种物质的变化折射出了人的上述精神的变化。同样是这群人,几年前还在高呼"宁要社会主义的草,不要资产阶级的苗"。所以,小说中的水患描写只是故事展开的一个背景,重点表现的还是乡村人们精神状态的变化,尽管这种变化缓慢而滞重。而之所以有此物质与精神上的变化,与这块土地的"前史"分不开,这样也就自然引出了小说对此前隐性乡土历史的书写。

如上所述,小说中隐性的乡土书写包括两个时间段,即 20 世纪 30—40 年代的乡土和 20 世纪 50—70 年代的乡土。众所周知,这两个时期的中国乡土上发生了天翻地覆的变化。现当代众多的作家都在以不同的方式审视着它们,如沈从文的《边城》、萧红的《生死场》、吴组缃的《一千八百石》、丁玲的《太阳照在桑干河上》、周立波的《暴风骤雨》、赵树理的《三里湾》、古华的《芙蓉镇》等等。作家对新中国成立前乡土的描写,虽然不乏血雨腥风,但总体上还是停留在一种静谧的牧歌式的氛围之中。这里,有庄严古朴的安平塔、悠长哀怨的黄梅调,以及安贫乐道的乡邻等等。但是作家并不仅仅走沈从文、废名的路子,小说中也写到了这块乡土上的现代风雨,虽然以点染笔法写出。其中,孙二先生和雷龙水二人的命运就折射出这种时代风云。他们原为主仆关系,一个是地主,一个是长工。孙二先生身上既有着现代西方文明

---

① 潘军:《日晕》,北京:人民文学出版社,1989 年版,第 29 页。

的影子(如他是省里的参议,他的二老婆留过洋),也有着传统乡绅地主的缩影(如他有两个老婆,回乡后浇灌孙家坝防洪)。而雷龙水则是农民革命力量的代表。他由孙二先生家的帮工再到国民党军队的马弁,逐渐成长为支前模范、县土产公司的股长(虽然只干了一个月)等。二人的这些经历与身上的符号,就足以说明这块土地上不那么太平。而雷龙水石沉孙二先生、强杀国民党团长,意味着农民通过暴力取得自身的"自由"与"合法性",而取得这种"自由"与"合法性"的过程,也是20世纪中国革命史的一个缩影。因此,雷阳镇的变化也是整个20世纪中国乡村变化的一个缩影。我们在这一时期莫言的《红高粱家族》、张炜的《古船》等小说中,均能找到某种与《日晕》相似的故事的影子。这样,小说丰富了新时期以来乡土小说的主题与内涵。日晕,不仅仅是一种自然现象,也是改朝换代的一种象征。

对20世纪50—70年代隐性乡土历史的描写,是小说中最为沉重的一笔,较显性乡土上的抗洪故事有过之而无不及。小说中,新中国成立后中国政治上的风风雨雨,如土改、"三反五反"、"反右"、"大跃进"、"四清"、上山下乡等运动,都洗刷着这块贫瘠的土地。小说中对此的描写,以人物回忆加以转述。通过不同人物的不同回忆,这块土地上的历史与苦难变得立体与丰满。如,同为对三年困难时期的描写,地委书记边达眼中当时的景象是:"山上的草、树皮被人啃光了。还有的吃'观音土',拉不出大便,就用竹扒齿掏。"桃花寨支书雷运生的叙述是:"日子一天天过去,人脸也一天天亮了。后来整个身子都亮了,指头朝腿上一戳立刻就现出浅浅的窝儿,半天不得复原。"[①]小说正是以这些隐性乡土历史的书写,来衬托显性乡土上发生的一切

[①] 潘军:《日晕》,北京:人民文学出版社,1989年版,第80页。

的源头,并试图告诉读者,历史上血的教训不应在这块土地上重演。这也预示着现在的显性乡土上的一切,是历史在"转弯"后的必然选择。这样,小说就隐隐回答了一个政治上与思想上必须改革的问题,"新时期当代中国文化思潮的演进变化,许多是从乡土小说中透露出最早信息的"①。这里,批判、反思与希冀都隐含在这两种乡土书写的字里行间。

因此,《日晕》"绝不只是一幅抗洪图,它所揭示的生活内涵和人生图画的确是一个巨大的空间,容量丰富而浩瀚,抗洪只不过是它的依托罢了"②。小说通过对一场水灾的描写,将过去与现在、历史与现实勾连起来,与新时期之初的一批乡土小说一起,力图通过对乡土的描写,"建立一种'对话关系'——不只是与农民、乡村,而是与'历史',与过去,与先人(即农民的祖先)对话"③。写乡土,其实也就是写20世纪中国社会的风雨变迁史,并由此审视与反观脚下这片土地的前世今生。

第二节　对人与土地关系的反思

写土地,当然离不开土地上的人。有学者认为《日晕》中的人物有三个层次,即官场层次、民间层次和知识分子层次④。那么在此我们要追问的是,这些层次人物与这块土地的关系怎样?情感又如何?这种情感背后折射出人物怎样的心态和精神状态?原因又是什么?

首先是民间层次。这里大致分为几种情况。一是以雷龙水为代表。年

---

① 陈继会:《中国现代乡土小说史》,合肥:安徽教育出版社,1999年版,第392页。
② 唐先田:《长篇创作的新尝试——评潘军的〈日晕〉》,《清明》1988年第3期。
③ 赵园:《地之子·自序》,北京:北京十月文艺出版社,1993年版。
④ 唐先田:《长篇创作的新尝试——评潘军的〈日晕〉》,《清明》1988年第3期。

轻时这块土地不属于雷龙水,孙二先生就是压在他精神上的一块"巨石"。后来的"辉煌"让他找到了土地主人的感觉,随后几十年在这块土地上呼风唤雨,"大伙都听大的。哥这个支书也只是聋子的耳朵。大不准就是不准。这一带人都怯大"①。因此,他对土地由怯弱仇恨转为霸道张扬。进入老年的他仍然以一方诸侯的心态自居:"这桃花寨,除了死鬼孙二先生,能寻出第二颗人头有老子这般颜色吗?!我不老!老子不老!这安平塔不倒老子就不会倒……"②自负与阿Q式的心态溢于言表。所以在大洪水面前,他仍固执地要做"大平安",以"他的方式"来处理洪水。这里,雷龙水的形象,延续着中国现当代文学史上老者是顽固守旧与阻碍新生事物的象征的传统。

二是以雷龙水的养子雷运生为代表。他对这块土地的情感是爱恨交织的。一方面,他对这块土地的贫瘠深恶痛绝,也试图通过自身的努力改变现状,但生性耿介的他在现实面前处处受阻,逃往他乡便成为运生处理现实土地的一种方式:"这鬼场子他一天也住不下去了,他恨不得放一把火把桃花寨烧个精光!这种活法实在是比死还作践。老天要发大水了,下吧,下他娘的个九九八十一天,把这穷卵子地方抹掉!彻底抹掉!"③另一方面,他对这块给了他第二次生命的土地心存感激,并试图改变它的贫困。小说后半部分,他重新担任桃花寨的支书,并任县防汛指挥部抗洪抢险队队长就是这种心态的积极体现。这里,雷运生与陈奂生(高晓声《陈奂生上城》)、孙少安(路遥《平凡的世界》)、金狗(贾平凹《浮躁》)等人物一起,丰富了此一时期乡土小说人物中农村新青年的人物画廊。民间层次中的其他人物,如德荣、

---

① 潘军:《日晕》,北京:人民文学出版社,1989年版,第65页。
② 潘军:《日晕》,北京:人民文学出版社,1989年版,第129页。
③ 潘军:《日晕》,北京:人民文学出版社,1989年版,第143页。

翠娥夫妇,巧凤,以及其他众多的底层百姓,他们是一群小人物。他们安天乐命,是"沉默的大多数",也是千百年来乡土中国的守夜人。民间层次人物虽然有时也对贫困无可奈何,但总体而言,这块土地是他们生命与精神的故乡。

其次是官场层次。这一层次人物大致分为两个层级。一是老一代官员形象,如杨子东、边达与宋尚志等;二是年轻一代官员形象,以白洛宁、李松茂等为代表。现任省委副书记杨子东,在此工作过七年,新中国成立初期曾任这个县的政委、地委书记。现任地委书记边达,与杨子东是战友,年轻时是这个地区《大江报》的总编辑,后从政,逐渐成为此地的主政官。与杨子东、边达二人以新中国成立前革命者的身份与这块土地发生关系不同,现任县委书记宋尚志,在年龄上虽与杨、边二人差不多,但他是通过读书而走上仕途,在资历、地位上与杨、边二人不可同日而语。作为年轻一代的官员,白洛宁与李松茂年纪相仿,30多岁,正处在事业的上升期。李松茂是土生土长的官员,由村支书、副镇长一步步走上现在雷阳镇镇长的位子。他的从政道路与宋尚志的相似,都属于"个人奋斗"模式。比李松茂小3岁的现任县委副书记白洛宁,曾在此地做过四年知青,与李松茂也有交集——下放时住在李家的披屋,并被李怀疑与妻子巧凤有染而挨过李的一巴掌。因此,小说中这些官场人物都与这块土地有着联系。

边达这一人物在小说中是个正面人物形象,负载着作家对为官者的某种希望。无论是担任报社总编辑,还是后来从政,边达都是一个对土地、对人民高度负责的人。所以,他不惜与战友杨子东闹翻也要调查贪污的前地委副书记,在庄雨迟高考问题上替年轻人说话,在抗洪中明察暗访,对官员在此地的乱作为痛心疾首与深深自责……此地对于边达而言,不是故乡,胜似故乡。

这一人物,是作家几十年来的小说创作中官员形象塑造的一次例外。

白洛宁年轻有为,想干一番事业,所以不愿活在杨子东秘书的阴影下,主动要求到地方工作,以证明自己的能力,"如果说我白洛宁的进取是有什么背景的话,那么这背景的颜色就只能是白色"①。另一方面,他又为自己的仕途晋升不断寻找机会,如在抗洪中妻子再次流产,他也不愿请假回去,以表明他的工作姿态。在与宋尚志、庄雨迟的工作分工上,他总不甘示弱,想占上风。他会充分利用下放知青的经历,将其变为升迁的砝码,他"一直被当作从基层上来的或者有过基层工作经历的干部使用,不需要'补课'或者'镀金'"②。这块土地对于他,不是故乡,也不是他乡,而是我乡。

再次是知识分子层次,其主要以庄雨迟、边小素为代表(其实,边达、白洛宁等也是知识分子,这里只以职业划分)。现任省报记者的边小素稍不同,她没有在此地长久生活的经历,一开始带着对这块土地的好奇心而来,这里的三个男人(边达、白洛宁、庄雨迟)都与她有牵连:边达是她的父亲,白洛宁与庄雨迟都与她发生过一段情感。但最终责任战胜了好奇心,在抗洪中,一篇篇报道勾连起她与这块土地的关系。

庄雨迟是小说中一个比较复杂的人物。作品中,他是个孤儿,言行怪异。同白洛宁一样,作为政治运动中微不足道的一颗棋子,他被丢弃在这块贫瘠的土地上四年。知青生活对他而言,是一段屈辱的历史。他像雷云生一样厌恶这块土地的贫穷:"他恨死这块土,他说做鬼也不到这块土上游魂。"③这种厌恶不只缘于体力劳作的艰辛,更多的是由于精神上的折磨——看不到未来

---

① 潘军:《日晕》,北京:人民文学出版社,1989年版,第141页。
② 潘军:《日晕》,北京:人民文学出版社,1989年版,第97页。
③ 潘军:《日晕》,北京:人民文学出版社,1989年版,第281页。

的无奈与惶惑。这里是他乡。但是,当他与苇子相爱后,这里差点就成为故乡。他与苇子出入成双,学会了撑船,成为一个不错的船佬。但考上大学后,他又抛弃了苇子,抛弃了这片土地。小说中,庄雨迟以一个负心汉的形象出现在读者面前(如同路遥小说《姐姐》中的那个高立民)。所以,这种负疚感让他不愿提及知青生活,更不愿再来此地。但命运又一次捉弄了他,在抗洪中任水利工程师的他再一次走进这块令他不安与愧疚的土地。这里,作家塑造出了这一人物对土地的边缘心态:是他乡又是故乡,是故乡又是他乡。

这里,需要注意小说中人物所负载的文化符码意义。杨子东、边达等是政治文明的代表,白洛宁、边小素是城市文明的代表,雷龙水、苇子等是乡村文明的代表。这些文明都在这块乡土上撕扯、交割,共同演绎着时代和人物命运的风云际会。而在这些文明的纠缠搏击中,最为突出的是小人物命运的不可知性与悲剧性。雷运生是孤儿,巧凤是孤儿,庄雨迟也是孤儿。最终,雷龙水、运生、苇子一家死了,李松茂、巧凤夫妇死了,吴德荣、翠娥夫妇也死了。他们为什么是孤儿?这些小人物为何又都死不瞑目?所以,围绕《日晕》中人物对土地情感上故乡与他乡的纠缠,围绕几代人面对土地时或高尚或卑微的赤裸灵魂拷问,小说在人物塑造上走向一种沉重,成为凝重乡土上一块块殷红的记忆。

第三节 对乡土小说"怎么写"的探求

中国现代乡土小说自诞生以来,在写作手法上大致存在着两种路径:一种是以鲁迅、茅盾为代表,现实主义写作手法是他们的主要特征;一种是以废名、沈从文为代表,诗化笔法为他们的主要特色。但20世纪50—70年代的乡土小说,主题明确,手法单一,人物雷同,是日本学者近藤直子所言的"惊人的明朗"和"可怕的单纯"的"白天的小说"①。新时期之初,汪曾祺、刘绍棠、韩少功、贾平凹等作家出现,中国乡土小说才回归到一条正常的道路。总体而言,《日晕》在风格上走的是诗化小说或者散文化小说的路子。尽管有学者认为,潘军的第二部长篇小说《风》,"以其独特的文体方式和成功的艺术探索在崛起的新潮长篇小说中占有一席之地"②,但我更愿意将这种"独特的文体方式和成功的艺术探索"的先锋试验尝试起点,放到《日晕》这篇小说当中来。现代派艺术中的心理独白(意识流)与象征手法的运用是两个突出特色。

心理独白。这是这部小说在叙事上最大的一个亮点。如果说作家此前创作的《篱笆镇》《墨子巷》《小镇皇后》等一批乡土小说中,传统的现实主义手法仍然占据主导的话,那么从这篇小说开始,大量的心理独白手法开始出现,让小说富于强烈的抒情性。如下面一段文字:

你真的不回来看我?我只想见你一面。你还戴眼镜吗?你再给我画张像吧。我这辫子留着,就是给你画的。你不是说我梳辫子……好看吗?你回来看我一眼吧,我撑船去接你,给你唱黄梅调,你可还会把船弄翻?你回来吗?我等十年了,十年……你真的不回来了?看我一眼都不中?我配不上你,不会搭在你身上。我只想你让我看看,就看一眼……

---

① 近藤直子:《有狼的风景——读八十年代中国文学·序》,廖金球译,北京:人民文学出版社,2001年版。

② 吴义勤:《穿行于写实和虚构之间——潘军长篇小说〈风〉解读》,《当代文坛》1994年第1期。

你真的不愿？你……

"你好……狠哪！"①

　　这是小说中美丽而忧伤的苇子姑娘，在小孤山小姑像前的一段心理独白，将人物对爱情的渴望、坚守、无奈、怨恨、无助等情感一一宣泄出来，最后失声"你好……狠哪"的呼叫，聚积着苇子的多少情感。此段读来让人动容。

　　当然，在新时期文学之初，王蒙、宗璞等人就率先试验过这种心理独白或者意识流的手法，但在潘军这里，这种手法中包含着一种话剧或者戏曲念白或旁白的韵味，是一种剧本化的小说。而这是当时乡土小说中所少见的，这样潘军的《日晕》就显示出其超拔的意义。如小说中当年雷龙水吊打养子运生后的一段描写，是小说中的一个高潮部分。作家在此运用了大量的心理独白，雷运生、庄雨迟和苇子三人在一问一答的来回交锋中，表达着各自的爱恨情仇，就是一种话剧或者戏曲手法的运用，别具情致。这一场景，让我们联想到郭沫若话剧《屈原》中的"雷电颂"、黄梅戏《女驸马》中的"洞房"等情节。因此，这种作家自言"心理现实主义"②的心理独白手法，具有强烈的抒情性，极大地拓展了小说的审美空间，丰富了同一时期乡土小说的艺术表现力。在作家后来的长篇小说《风》《独白与手势》、话剧《地下》、剧本《爱莲说》等作品中，这种心理独白手法发挥到了极致，也极具个人风格。

　　特色象征。尽管对象征有多重理解，但我们倾向于它是一种表现思想和情感的艺术，符号性、比喻性和暗示性为其基本性能③，"穿透现实、进入观念

---

① 潘军：《日晕》，北京：人民文学出版社，1989年版，第282页。
② 潘军：《坦白——潘军访谈录》，合肥：安徽大学出版社，2000年版，第2页。
③ 姚一苇：《艺术的奥秘》，桂林：漓江出版社，1987年版，第127页。

世界"①是其目的。20世纪乡土小说作家在其作品中广泛运用这一手法,如鲁迅的《故乡》、沈从文的《边城》、韩少功的《爸爸爸》、贾平凹的《商州》等。在这些作家笔下,无论是具体的象征,还是情节,抑或整体氛围的象征,都让这些乡土小说充满韵味。《日晕》中,这种象征手法的运用更多地集中在富于特色的意象之中。

　　日晕本为一种自然现象,小说中也多次出现这种表述。如显性乡土描写中,人人都在说日晕,但在每个人心中日晕的含义又色彩纷呈。大多数人将日晕与水灾、灾难连在一起,如雷龙水认为"日晕长江水,月晕扫地风。这回杨树湾怕要唱大戏了"②,李松茂认为是"水兆头恐怕不好"③,就连边达、宋尚志、抗洪指挥部的工作人员等也认为日晕与水灾有着某种联系,"不是迷信。是科学"④。另一方面,巧凤等底层百姓认为,日晕带来天灾,"有天灾就有人祸"⑤,并敷衍出种种离奇的传说。只有白洛宁认为,日晕必有水灾的说法是"近乎迷信的解释"⑥。苇子眼中的日晕"像个五彩项圈"⑦,消解了这灾难的严重性。因此小说通过对日晕的描写,"照映出了各色人等的心灵表演"⑧,小说名为《日晕》,就写出了面对可能的自然灾难,人的某种精神特征,写自然最终是写人。

　　同样,安平塔是人心之塔的象征。龙水结婚多年未得子嗣,而苇子出生

---

① 查德威克:《象征主义》,郭洋生译,石家庄:花山文艺出版社,1989年版,第8页。
② 潘军:《日晕》,北京:人民文学出版社,1989年版,第16页。
③ 潘军:《日晕》,北京:人民文学出版社,1989年版,第22页。
④ 潘军:《日晕》,北京:人民文学出版社,1989年版,第33页。
⑤ 潘军:《日晕》,北京:人民文学出版社,1989年版,第132页。
⑥ 潘军:《日晕》,北京:人民文学出版社,1989年版,第22页。
⑦ 潘军:《日晕》,北京:人民文学出版社,1989年版,第29页。
⑧ 唐先田:《长篇创作的新尝试——评潘军的〈日晕〉》,《清明》1988年第3期。

之际,龙水却在塔下"得宝",这"宝"未尝不是龙水的自欺之举,是龙水给自己以某种神圣的砝码——他就是安平塔的化身。而普通民众对塔的烧香膜拜,"做平安",是千百年来乡土子民敬畏自然、敬畏神灵的一种心理积习的反映。小说最后,关于塔倒没倒的争议,就显得意味深长。倒的只是外在自然之塔,而人心之塔——对传统、对因袭等的惰性与惯性——永远不会倒塌。"乡土中国,并不是具体的中国社会的素描,而是包含在具体的中国基层传统社会里的一种特具的体系,支配着社会生活的各个方面。"[①]这种"特具的体系"就包含着乡村特有的文化结构和心理结构,塔的象征就是其一。小说中,其他特色象征物,如白色大鸟之于白洛宁、五个太阳之于宋尚志、玛瑙扇坠之于雷龙水等,有着无限的弹性和暗示,是人物特定心理状态的某种呈现,也是作家用后现代的手法在小说中的一种尝试,"使作品厚重而不失洒脱,淡泊而意味深远"[②],也是潘军用现代技巧在乡土小说写作中的一种尝试。

20世纪80年代的中国乡土小说,在吸取了50—70年代乡土小说创作的某些弊端(如政策图解、人物类型化、艺术手法单一等)的教训后,逐渐走向一条正常的探索道路,并出现了诸如《铁木前传》《受戒》等一批优秀作品,潘军的《日晕》也在其中。这部小说的价值与意义在于,它是同类题材中较早对1930—1980年中国乡土做出较深刻反思的力作,显示出一代作家通过作品"所编织的知识世界和意义/价值观世界,蕴涵着作家对自己个体生命及所处时代的理解与判断"[③];另一方面,作为先锋文学代表作家之一的潘军,

---

① 费孝通:《旧著〈乡土中国〉重刊序言》,《乡土中国》,北京:三联书店,1985年版,第2页。
② 潘军:《日晕·内容说明》,北京:人民文学出版社,1989年版。
③ 范家进:《当代乡土小说六家论》,杭州:浙江文艺出版社,2021年版,第8页。

在尝试用"有意味的形式"来创作《白色沙龙》《流动的沙滩》等先锋实验作品的同时,也将这些技巧运用到《日晕》的写作中,使得新时期乡土小说在叙事上突破了传统的现实主义手法而显得摇曳多姿、有趣有味,"中国文学进入20世纪80年代的文体革命时代时,'乡土小说'简直成为风靡一时的实验'载体'"①。因此,阅读《日晕》的过程,就是一次重新检视与思考20世纪80年代中国乡土小说在思想意蕴与艺术空间上进行探索的过程,有着不可忽视的意义。

---

① 丁帆:《作为世界性母题的"乡土小说"》,《南京社会科学》1994年第2期。

第九章 《风》:心灵的历史

《风》是潘军的第二部长篇小说,首发连载于《钟山》杂志1992年第3、5、6期和1993年第1期,1993年河南人民出版社和台湾幼师文化事业公司分别出版了单行本。在随后的评论中,论者们大都不约而同地指出了小说在形式上的探索意义,并援引作家的一段创作谈(即"很长一个时期以来,我一直对当代长篇小说的创作持悲观态度。我的悲观也许仅限于形式,或者说营造方式。无论是朋友的还是我的,大都让我悲凉地感到'气数已尽'。青年小说家一旦迈上长篇的台阶,似乎脚就很难提得起来了。我是在'革命'的意义上强调这种忧虑的"[①]),来证明小说形式上突破的意义。

的确,这部小说在形式上的探索与尝试,是当初引起关注和取得成功的一个重要方面。但我们在重读这部作品时,越发感到小说内容的价值丝毫不亚于小说形式上的重要性。其中,小说中关于历史的书写是我们今天值得审视的一个问题。那么,小说表达了怎样的一种历史观的?又是怎么书写这种历史观?这种历史书写与传统历史小说创作有何不同?该如何认识这种历史小说写作?或许,这更是一个有意思的话题。

---

① 潘军:《风·后记》,郑州:河南人民出版社,1993年版,第365—366页。

第一节 "暧昧"的历史

《风》的故事分为三部分。在每一部分开篇,作家分别引用了一段名人名言,这些名言虽然与故事本身关联不大,但对于我们理解小说的主旨很有帮助。

悉尼·胡克、屈维廉(今译特里维廉)和列维·斯特劳斯三人是西方近现代著名的哲学家和历史学家。引用的三段话属于现代或后现代语境下对传统历史观的某种怀疑,即强调历史的可疑性("'不可能'喊得太早")、历史的多义性("真正的现实绝不是那种明显的现实")和历史的虚构性("一个故事")。它们是帮助我们理解这部小说历史观的一个重要参考。那么,小说中到底表达了一种怎样的历史观念?

"作家手记"里关于历史的论述可以直接看出这种想法。归纳起来,大致可概括为两个质疑:对进化论史观与对"历史"承载物(如档案史料等)的质疑。如"把历史简单地理解为政治的进步与反动之间的较量,实际上是一个地地道道的骗局"[1],"档案只能证明人的一部分历史。况且档案也是人为的产物,可以修饰,可以裁剪,甚至可以篡改与杜撰"[2],等等,也即强调历史的某种暧昧性。为了表现这种质疑与暧昧,小说又从多层面进行了展开叙述。

一是小说中人物的言行。这主要体现在叙述人"我"、陈士林以及一樵的言论上。"我"本来是去调查历史上的英雄人物郑海。但随着调查的深

---

[1] 潘军:《风》,郑州:河南人民出版社,1993年版,第31页。
[2] 潘军:《风》,郑州:河南人民出版社,1993年版,第83页。

入,"我"越发感到历史的偶然性("历史的进程往往会因某一个偶然的细节而变得迟缓、曲折甚至停滞"①)、选择性("后人对历史的要求总是那么苛刻与挑剔。于是在匆忙之际,我们遗漏了本不该遗漏的东西"②),最终也是无功而返。小说中,陈士林与一樵对待历史的态度稍有不同,但总体上是对"我"的历史观的一种补充。如陈士林多次劝说"我""千万不要上材料的当"③,"被文件支配"④,而应有自己的思考。一樵说:"世上的事原本都是清楚的。这要看你怎么去看,什么时候去看。"⑤表面上看,似乎是辩证地看待历史,其背后体现的是一种历史观的悄悄改变,即由历史的可知论变为历史的某种不可知论。这里,"我"、陈士林与一樵三人的历史观,实际上也都是从侧面对"作家手记"中的观点加以补充与完善。而小说之名《风》也已说明了这点,即历史如"风"般不可把握。"历史的形态与风的形态太相似了,来无影去无踪,每个人都能感受到,却不能去把握"⑥,后来作家也如是说。

二是有关林重远的故事。从表面上看,身为地委副专员的林重远,在历史问题上持客观唯物史观。如林重远多次告诫"我",对待历史及历史人物,"要防止两个错误:一是钻牛角尖,进去了可出不来。二是网张得过大,撒开了却收不拢"⑦,"对待历史,我们要求的是:只能这样"⑧,即强调辩证地、实事求是地处理历史及与其相关的问题。在这种历史观念的支配下,时间的推移

---

① 潘军:《风》,郑州:河南人民出版社,1993年版,第167页。
② 潘军:《风》,郑州:河南人民出版社,1993年版,第115页。
③ 潘军:《风》,郑州:河南人民出版社,1993年版,第94页。
④ 潘军:《风》,郑州:河南人民出版社,1993年版,第267页。
⑤ 潘军:《风》,郑州:河南人民出版社,1993年版,第135页。
⑥ 潘军:《坦白——潘军访谈录》,合肥:安徽大学出版社,2000年版,第110页。
⑦ 潘军:《风》,郑州:河南人民出版社,1993年版,第149页。
⑧ 潘军:《风》,郑州:河南人民出版社,1993年版,第112页。

必然是历史的进步,"这是一种隶属于现代启蒙性范畴的客观必然性整体历史观念"①,是近代以来影响中国人的一种重要史观。但是,林重远的命运似乎证明了其所持史观的某种不可靠。

小说的种种迹象表明,"现实故事"中的林重远很可能就是"过去故事"中的叶家二少爷叶之秋。因为一是从经历来看,二人早年都在一些学校从教(所以秦贞说林重远是她母亲的同事,喊他舅舅),现实中都很儒雅,且侃侃而谈;二是多年后林重远怀念叶家大院,尤其是当年叶之秋的书房和那张床;三是林重远有一只假眼,与青云山道士所言的叶之秋并未死,只是"身上失去了一件东西"②,这件东西其实就是一只眼珠。故此,林重远不过是新中国成立后化名在北方工作了四十年的叶之秋。随着"我"对郑海调查的步步深入和对叶家大院种种关系的推测逐渐得以印证,以及"内部材料"中今后在叶之秋名前不再冠以"进步人士"等时局的变化,林重远心里开始发虚。因为作为既得利益者,他也可能是叶知秋(真正的革命者)的冒名顶替者,戴着面具活到现在,尽管他也曾为革命做过贡献。这样,一旦谎言被揭穿,林重远的下场可想而知。所以小说中写到了他的莫名其妙的"病"和莫名其妙的"死"。人物的结局就是对他此前言行的某种嘲讽。

三是郑海之墓的变迁。作为中国传统文化的重要载体,墓碑是一种"不灭的精神象征"③,传递着"深厚的文化与精神方面的信息"。④ 因此,它的存在与否都意义重大。小说中,青云山上有郑海的墓和碑。它们的存在,是一

---

① 陈娇华:《当代文化转型中的"断裂"历史叙事——新历史小说创作研究》,北京:中国社会科学出版社,2012年版,第26页。
② 潘军:《风》,郑州:河南人民出版社,1993年版,第363页。
③ 卢蓉:《中国墓碑研究》,北京:社会科学文献出版社,2015年版,第1页。
④ 卢蓉:《中国墓碑研究》,北京:社会科学文献出版社,2015年版,第2页。

种历史的见证,象征意义也明显,"成为统摄整部小说故事的又一结构因素"[1]。但是,小说故事表明,郑海墓中并非英雄郑海的尸体,而是六指的,其后墓碑竟也不翼而飞,这让人惊诧不已,因为"它与政治相关,也与历史相关"[2]。而小说最后,重修的郑海墓竟是一块"无字之碑",其背后表达的依然是这种暧昧的历史观。

这种暧昧的历史观,是否就说明小说陷入一种历史的不可知论或者历史虚无主义呢?答案是否定的。小说中有这样一句话可以作答:"我不是在故弄玄虚。我的全部努力都是在追求真实。"[3]这种"真实"是一种"心灵的真实",是一种"我"观"历史"的"真实",是"作家在努力探求历史中心理、心态、心灵的真实"[4]。如小说中的人物,面对各自的谜团,每个人都在追求自己心中的真实——"我"在追求郑海之谜,陈士林在寻找身世之谜,叶家兄弟在探究父亲临死前"两根指头"之谜……他们都试图在按自己内心的声音去寻找心中的真相与可知,尽管这种寻找也许永远没有结果。

对这种心灵真实的追求,曾是先锋小说思潮在上升与鼎盛时期的一种美学追求。如余华认为:"对于任何个体来说,真实存在的只能是他的精神。"[5]格非也认为:"唯一的现实就是内心的现实,唯一的真实,就是灵魂感知的真实。"[6]但在先锋小说思潮式微之后,这种追求也随之风流云散。这样,在20

---

[1] 吴义勤:《穿行于写实和虚构之间——潘军长篇小说〈风〉解读》,《当代文坛》1994年第1期。
[2] 潘军:《风》,郑州:河南人民出版社,1993年版,第175页。
[3] 潘军:《风》,郑州:河南人民出版社,1993年版,第89页。
[4] 鲁枢元:《捕〈风〉捉影——兼记潘军与他的伙伴及我的朋友们》,《当代作家评论》1994年第2期。
[5] 余华:《虚伪的作品》,《上海文论》1989年第5期。
[6] 格非:《塞壬的歌声》,上海:上海文艺出版社,2002年版,第6页。

世纪 90 年代初先锋小说思潮风光不再之际,潘军依然延续着先锋思潮在这方面的探索,就显示出《风》中历史观所特有的意义。"历史并不是包含在书本或者文献之中;当历史学家批评和解释这些文献时,历史仅仅是作为一种现在兴趣和研究而活在历史学家的心灵之中,并且由于这样做便为他自己复活了他所探讨的那些心灵的状态"①,《风》中所要表现的历史观也应作如是观。

第二节 如何讲述历史

相应地,在上述暧昧历史观的支配下,《风》中的历史故事也有别于传统革命历史小说。在传统革命历史小说中,故事往往是一种政治事件或者社会事件的文学化描述。因此,历史小说也往往是对历史的一种延伸与补充,如《三国演义》《水浒传》《红旗谱》等。在这些小说中,故事往往是宏大故事,也大都有某种"本事"作为依托,让读者相信读小说就是在读历史。但《风》中的故事则不同。从表面上看,小说的故事与传统历史小说故事类型上没什么两样,《风》的故事核心可以看成是一部"家国"故事、爱情故事与传奇故事等的组合体。但从深层来看,这种貌似相同的故事讲述实质上已与前者大相径庭,表达的是另一种对历史的深层思考。

从某种意义上说,《风》是一部"新历史小说",尽管作家对此并不太认同。这种 20 世纪 80 年代中后期兴起的"新历史小说",往往借助于家族故事来表现国家故事。因为"'家族'是中国文化的一个最主要的柱石,我们几乎

---

① 科林伍德:《历史的观念》,何兆武、张文杰译,北京:商务印书馆,1997 年版,第 286 页。

可以说,中国文化,全部都是从家族观念上建筑起,先有家族观念乃有人道观念,先有人道观念乃有其他的一切"。①《风》走的也是以家族故事表现国家故事的路子。小说中的叶家故事,呈现在我们面前的主体时间是在1948—1949年间,这是现代中国历史发生巨变的时期。在这一历史关头,叶氏父子也身不由己地被历史裹挟前行。叶家老爷叶念慈,曾经是一个"江湖老客","经常出入上流社会,连日本人也视为座上宾"②。而叶家兄弟,小说中暗示他们分别为国共两党效劳,但故事的种种暗示又表明,叶家兄弟也可能都是双面间谍,在历史关头从国共两边获益。

按照这样一种故事的惯性发展,叶家应该兴旺才对,但故事结局是叶家家破人亡。叶家的衰败固然与历史有关,"叶家自从同郑海有了瓜葛就不太平"。③但最终叶家败在自己的手中,借用一樵的话说"是自己打败了自己"。④而自己打败自己的根源又在于人性的虚假与贪婪。

叶念慈,一方面他是一个乡绅,也"乐善好施,每逢饥荒便开仓放粮"⑤,游走于各种势力之间,获得家族利益的最大化;另一方面,他对内则家长制,如不顾大少爷对莲子的爱,将莲子嫁给没有性能力的六指为妻,从而为家族的衰败播下了种子。最终,叶念慈死于枪下。而死前"两根指头"的含义,尽管有多重解读,但在我看来,则暗示要防止两个儿子内讧与相互残杀。同样,叶家两少爷,一文一武,但并没有使家族走向兴盛,其原因也可从人性角度寻找。一方面,在历史的洪流中,他们为不同政治势力服务。这种服务,可能有

---

① 钱穆:《中国文化导论》(修订本),北京:商务印书馆,1994年版,第51页。
② 潘军:《风》,郑州:河南人民出版社,1993年版,第185页。
③ 潘军:《风》,郑州:河南人民出版社,1993年版,第135页。
④ 潘军:《风》,郑州:河南人民出版社,1993年版,第134页。
⑤ 潘军:《风》,郑州:河南人民出版社,1993年版,第185—186页。

信仰的因素(如叶之秋),但也有人性的因素(维护自身利益)。另一方面,二人难以抵抗各种内心的私欲,与莲子、唐月霜、郑海等的纠葛,所以叶家大院叶家家族内部充满猜忌、试探与谎言,最终在历史的转折处衰败下去,验证了叶念慈"两根指头"的预言。

中国现当代文学的一些"家国"题材小说,往往将"家"的兴衰维系在外部的历史即"国"这一层面。如陈忠实《白鹿原》中白家最终因白孝文当了国民党的县长而再次兴盛(尽管最终还是衰落了),张炜《古船》中隋家也因政治运动随时代而起起落落。我们不能说这些小说中对家族衰落的原因分析不对,但原因其实还有多种可能,比如从内部的"家"而不是外部的"国"去探求某种可能。而《风》恰恰做到了这一点。其对"家"的分析,最终落脚点却放在"人"的因素上。这是《风》不同于同类题材小说的一个地方,也让《风》在同类"家国"故事中呈现出另一道风景。

《风》似乎又是一部历史外衣包裹下的爱情故事。但小说中的爱情故事,尤其是"过去的故事"中,爱情(包括爱欲)已发生扭曲,不再是"人的一种内在渴望,他引导我们为寻求高贵善良的生活而献身"[①],体现了人类灵魂深处美好与圣洁品质的自然流露,而书中的情感更多地走向这种情感的反面。叶家两少爷与大院内两个外省女人间的恩恩怨怨,不乏真情的一面(如大少爷叶千帆与莲子),但更多的是一种私欲或者说性欲支配下的交往,所以欲望成为男男女女交往的轴心。所谓的爱情故事演变为一种乱伦、通奸的表演。陈士林、陈士旺的存在就是这场扭曲情感的产物。正如有学者指出的,"新历史小说"完成了一次从"一切历史都是阶级斗争的历史"到"一切历史

---

① 罗洛·梅:《爱与意志》,冯川译,北京:国际文化出版公司,1998年版,第71页。

都是欲望的历史"①的颠覆。《风》也在其中摇旗呐喊。

但是,我们更关注这场"爱情"中"性"的作用,即"性"是推动《风》中"历史"的一个重要力量。其实历史上这种例子很多,如古希腊历史上的特洛伊战争传说、成语"千金一笑"的来源、吴三桂冲冠一怒为红颜的故事等的背后,就是"性"的力量。但在传统历史小说中,"性"要么是个禁忌(如革命历史小说中是无"性"的),要么是猎奇和性行为的描写(如《金瓶梅》)。在《风》中,"性"却是推动历史事件和故事本身的有力推手,改变着人物的命运,也改变着书中历史的某些进程。

以莲子为例。小说中,她是个不幸的女人,年轻时因水灾从四川逃荒到罐子窑,被叶家收留成为女仆,十八岁时嫁给了叶家男仆六指。但六指是个性无能者,青春与爱情在莲子这里成为一种生命的折磨。所以她与叶家两个少爷发生情感,如同古典小说中丫鬟与少爷公子间发生点什么那样正常。小说中,我们看到她与大少爷叶千帆之间存在一种真正的爱情。但在叶家大院,这种爱情也只能偷偷摸摸。小说中种种暗示表明,陈士旺就是莲子与叶千帆私通而生下的儿子。这样,"爱情"和"性"成为莲子生活的一种支柱,改变了她的命运,也改变着叶千帆、陈士旺等人的命运。另外,小说中莲子曾做过地下工作,"给郑海的队伍跑过交通"②,小说最后,一位曾参加渡江战役的中共参谋长说,渡江战役中他们获得的高村至马家圩一带国民党军布防情况的重要资料就是由郑海提供的,"但直接送过来的却是一位姑娘"。③ 从小说

---

① 曹文轩:《20世纪中国文学现象研究》,北京:北京大学出版社,2002年版,第220页。
② 潘军:《风》,郑州:河南人民出版社,1993年版,第48页。
③ 潘军:《风》,郑州:河南人民出版社,1993年版,第360页。

来看,这姑娘就是莲子。而小说最后与莲子在一起的是大少爷叶千帆。由此,"爱情"和"性"又是改变历史进程的某种推手。因之,《风》中的爱情故事成为历史故事的一部分,是20世纪中国小说中"爱情话语也是隶属于宏大社会启蒙话语治下"[1]的一部分。

陈晓明曾指出:"这部小说可以看成是对历史进行一次捕风捉影的追怀,对历史之谜实施一次谜一样的书写。"[2]因而,《风》又似乎是一部解谜传奇故事。小说中有太多的谜团,如人物之谜、情节之谜、意象之谜[3]。这些谜都是为小说所要表达的暧昧历史观服务。其中,我更关心的是人物之谜的书写,因为一切的迷与惑,都是围绕"人"展开,有些谜也是"人""制造"出来的。解谜的过程,也就是无限接近历史真相和接近人性的过程。

郑海是谁?这一人物至少有两种可能。一是集体化名。由于特殊的斗争环境的需要,郑海是当时中共地下工作者集体的一个化名。所以六指说叶氏兄弟都是郑海。二是叶千帆。表面上看,大少爷叶千帆是国民党军少校副官,后来也登报说去了台湾。但种种迹象表明,这只是一个幌子,叶千帆是中共安插在国民党军内部的一个内应。小说最后,那位参谋长说,他们获得的渡江战役中的重要资料就是由郑海提供的,虽然送情报的是莲子。而小说中最后与莲子在一起的是大少爷叶千帆。所以在我看来,郑海可能就是叶千帆。另外,叶千帆可能并未赴台,而是留在大陆。"现在的故事"中的一樵老人,也可能就是叶千帆。因为他对长水故道无比眷恋,对"我"准确说出唐月

---

[1] 陈娇华:《当代文化转型中的"断裂"历史叙事——新历史小说创作研究》,北京:中国社会科学出版社,2012年版,第27页。
[2] 陈晓明:《对文学说话:潘军的〈风〉及其他》,《当代作家评论》1994年第2期。
[3] 吴义勤:《穿行于写实和虚构之间——潘军长篇小说〈风〉解读》,《当代文坛》1994年第1期。

霜死时的年龄,田藕回忆少时一次奶奶带她在长水故道茅屋留宿前后奶奶的言行,青云山道士说他是这一带的药王,等等,这些都暗示一樵就是叶千帆。但问题是,小说中(无论是所谓的史料记载还是民间传说等)说郑海是"三代行医""游方郎中",而叶千帆却是行伍出身,这是一个疑点。这里小说试图表明,英雄郑海只是人造的一个神话传说。

再谈谈陈士林、陈士旺的身世。小说中,陈士林是个私生子,生父母是谁成谜,所以他才说"这个幽灵会缠绕我一辈子"[1]。从种种迹象来看,其生父母可能就是叶之秋与唐月霜,而并非叶之秋与莲子。因为小说中写到了叶之秋与唐月霜曾生有一子,据说生下三天后就死了。其实可能并没有死,如唐月霜临死前叶千帆说有重要事情告诉她,可能就指此事。据王裁缝说:"莲子的孩子比二姨太的孩子早生一年的样子,季节差不多,也是秋天。"[2]而陈士旺也说,母亲莲子结婚后第二年秋天有了他。据从王裁缝与陈士旺两人的言论可知,莲子在秋天生的孩子是陈士旺,而非陈士林。这里的一种可能就是,当年叶之秋与唐月霜的孩子被莲子以"义子"的名分收养,后又以某种名义送给他人。所以才有小说中叶之秋对莲子说,他们的"儿子""确实是给好人家抱走了"[3]。但问题是,陈士林一再否认生父是叶之秋,且本能上反感叶之秋,没有那种血肉亲情的天然感应,倒是对大少爷叶千帆印象很好。其原因是什么?另外陈士林说,母亲莲子临死前曾暗示他是郑海的儿子,又是为何?

不同于陈士林,陈士旺的生母是莲子毫无疑问,但生父是谁成谜。从故

---

[1] 潘军:《风》,郑州:河南人民出版社,1993年版,第39页。
[2] 潘军:《风》,郑州:河南人民出版社,1993年版,第294页。
[3] 潘军:《风》,郑州:河南人民出版社,1993年版,第34页。

事来看,六指只是陈士旺的养父。据小说中的种种暗示,陈士旺的生父可能就是叶千帆。如上所述,莲子与叶千帆间存在着一种真爱,而在莲子嫁给六指后的"一个夜晚,莲子来军营找到了他"①,表明莲子一直和叶千帆保持着男女私情,后来陈士林与田藕的回忆也证明了这一点。另外,小说中莲子与叶之秋有恋情在先,后才专情于叶千帆。这样,陈士林可能就是陈士旺的哥哥而非弟弟,即陈士林与陈士旺为堂兄弟。但问题是,当唐月霜问莲子,陈士旺是否为叶千帆之子时,莲子却流泪说"我倒真想是这样的"②,又作何解释?是莲子对唐月霜故意隐瞒,还是另有隐情?所以陈氏兄弟的身世之谜,是作家故意为之,"不断地建构,又不断地拆散"③,以增强故事的弹性。因此,小说中这种人物身份的模糊性与谜团,与传统历史革命小说中人物身份的明晰性形成强烈对比。连历史主体都是谜,更何况这种历史本身?这样小说的传奇故事背后与小说主题所要表现的历史观相一致。

综上,《风》借助"家国"故事、爱情故事与传奇故事来讲述历史故事,其最终落脚点还是人。如作家所言,借历史说故事,"不过是寻找一个恰当的叙事载体,来写人、人性、人的命运,以及这个世界的存在与虚无"④,这样《风》的历史故事最终演变为人性故事。小说也正是借助讲述历史故事的外衣,表达故事中人物的命运与精神状态,即美国当代历史学家海登·怀特所言的"历史学家研究'真实'事件,而小说家研究'思想'事件"⑤,这样《风》便

---

① 潘军:《风》,郑州:河南人民出版社,1993年版,第247页。
② 潘军:《风》,郑州:河南人民出版社,1993年版,第290页。
③ 潘军:《坦白——潘军访谈录》,合肥:安徽大学出版社,2000年版,第120页。
④ 潘军:《坦白——潘军访谈录》,合肥:安徽大学出版社,2000年版,第110—111页。
⑤ 海登·怀特:《后现代历史叙事学》,陈永国、张万娟译,北京:中国社会科学出版社,2003年版,第190页。

与传统(革命)历史小说强调故事的真实性有了本质上的不同。

第三节 一种历史小说写作的参与者与见证者

《风》写作于"1991年春末至秋初"①。1991年,这是一个特殊的年份。中国历史也即将出现新的巨变——市场经济即将成为引领中国社会生活的主导力量,于是第二年便有了歌曲《春天里的故事》里的场景。这样,一切"生活"都得将让位并服务于市场这艘巨轮的涡轮旋转,文学也因之从20世纪80年代的辉煌转为社会生活边缘,甚至无人问津。此前此后,先锋作家们的写作调整、"陕军东征"、《废都》事件、海马影视工作室的成立、"人文精神大讨论"等等,在这一时代"历史"的选择面前,作家们有的在商海大潮下搁浅了,暂时不再写作;有的迅速转型,像市场靠拢,文学向下,成为人们茶余饭后的快餐;还有的依然在坚守着纯文学的净土,默默做着心梦。一切都显得那么热热闹闹,也显得那么手足无措。正是在这样的"历史"面前,再看潘军《风》的写作就是那么意味深长。

《风》是目前潘军写作中唯一一部历史题材的长篇小说,也是在形式上实验性最强的一部,如三种印刷字体、大量的先锋叙事技巧(如元叙事手法、空白、暗示等)。而在形式上的种种尝试、努力,也正是人们至今津津乐道的地方。但如果我们将《风》的写作放置于作家的整个创作以及当代小说创作中来考察,或许对于前述小说中的历史观及其表现、处理历史故事的方式等方面会有新的理解。

《风》创作前两年,作家还创作了《蓝堡》(1989)、《流动的沙滩》(1990)、

---

① 潘军:《风》,郑州:河南人民出版社,1993年版,第265页。

《爱情岛》(1991)等几部中篇小说。其中创作于 1989 年底的中篇小说《蓝堡》可以说是《风》的一次写作预热:无论是从主题内涵、故事形态还是叙事技巧等方面都有某种相似性,也是作家创作心态初步调整和创作惯性的一种反映。《蓝堡》开篇,作家引用了加缪《西西弗神话》中的一段话:"诸神处罚西西弗不停地把一块巨石推上山顶,而石头由于自身的重量又滚落下去。诸神认为再没有比进行这种无效无望的劳动更为严厉的惩罚了。"[①]这样,这部小说就暗示出人在历史中的无奈与宿命,与《风》中开篇引用悉尼·胡克等人的话作用相类似。它们都是小说的一种"潜文本"。《蓝堡》中故事同样是两条线展开:现实中的"我"、女教师、外祖母、民间摄影师、沈先生等对"蓝堡"的不同回忆与描述,就像《风》中不同人物对"叶家大院"的不同侧面叙述;过去故事中的沈先生与余二小姐的爱情故事、余家大少爷余百川的生与死、蓝堡中那个失踪的孩子等等,如同《风》中陈氏兄弟、一樵与林重远等的故事。《蓝堡》中同样充满了众多未解之谜,如蓝堡中那个孩子真的落水死了?他是不是现实中的摄影师?少校副官余百川也果真死于航船爆炸?他就是现实中的银须老人吗?余二小姐为何跟踪沈先生并老说饿?沈先生为何对《临江仙》中收录大量词作竟一无所知?……另外,《蓝堡》与《风》在主题内涵上有一些共性,如历史的暧昧性、宿命与轮回,等等。

正如有学者指出的,在 20 世纪 90 年代一些先锋作家选择写历史小说,"既可以保持语言与叙述的前卫性感觉,又没有任何风险。对于他们来说,小说形式策略是他们回避现实的首要方式,而历史故事则是与大众调和的必

[①] 潘军:《蓝堡》,见《潘军》(中国当代作家选集丛书),北京:人民文学出版社,2000 年版,第 189 页。

要手段。"①这是问题的一方面。另外一方面,外来思想观念和哲学思潮的影响也是促成这部小说的一个重要的因素。在先锋试验期,潘军就创作了探索性很强的《白色沙龙》《南方的情绪》《悬念》等小说。而在历史与生命的转折期的20世纪90年代初,作家的创作惯性必然会使其继续使用自己先前创作中的某些技巧,而此前西方一些哲学家、历史学家的某些观点也会影响到现在的创作。如《风》中,"作家手记"部分大谈米兰·昆德拉、约瑟夫·海勒、海明威,以及尼采、培根、格林、海德格尔、埃利蒂斯等人的观点就是一个例子。因此,"现代西方某些史学流派观念的影响也应是当代中国文学新历史主义观念的重要的理论渊源"②,《风》同样也是这种"新历史主义观念"下的组成部分。除此之外,对现有小说创作状况的不满也是诱发《风》写作的一个重要原因,即开篇引用的作家那段对长篇小说"气数已尽"的话。在此不再赘述。"'新历史小说'很多作家都是从先锋作家阵营中来的,因此在否定之否定的姿态上,他们继承了先锋小说的'中西合璧',保持着对事物价值的多维判断。"③

所以,当我们谈论《风》的写作原因时,应将作家当时的生存处境、文学环境、创作初衷及其相关联的作品结合起来,就会发现一条比较清晰的路线。在美国心理学家埃里克森看来,个人的身份认同的时间性表现为两个方面:"一是个人生命的发展阶段,一是历史的时期。生命史和历史是互补的。"④

---

① 陈晓明:《表意的焦虑》,北京:中央编译出版社,2003年版,第101页。
② 张清华:《十年新历史主义思潮回顾》,《钟山》1998年第4期。
③ 黄健:《穿越传统的历史想象——关于新历史小说精神的文化阐释》,广州:暨南大学出版社,2010年版,第62页。
④ 埃里克森:《同一性:青少年与危机》,孙名之译,杭州:浙江教育出版社,1998年,第298页。

个体的身份认同往往产生于"自己的唯一生命周期与人类历史某一时刻片断的巧合之中"①,另一方面,社会也可以通过"承认"的"战略行动"来"'承认'并'肯定'它的年轻成员的身份,从而对他们的正在发展的同一性发挥一定的作用"。② 因此,《风》关于历史的言说,是时代、历史与作家间的双向选择。这也是一批作家(如莫言、余华、苏童、叶兆言、格非等)为何在20世纪90年代一段时间不约而同地选择历史题材写作的一个重要原因。时代与历史选择了一种文学,而这种文学又选择了一批作家,从而完成了当代一种小说创作潮流。潘军及其《风》就是其中的参与者和见证者。《风》的意义在于"讲述话语的年代"而非"话语讲述的年代",正如陈晓明在《中国文学年鉴1993》中指出的:"1992年,中国小说多半为商业主义俘获,人们乐于去讲那些通俗易懂的故事,潘军却依然怀着执拗的艺术信念,试图寻找多元的叙事视角,和对历史的多元解释,这无疑是难能可贵的。"③这就指出了《风》产生的历史语境与时代意义,也是我们今天重新发现这部小说的价值所在。

---

① 埃里克森:《同一性:青少年与危机》,孙名之译,杭州:浙江教育出版社,1998年,第61页。
② 埃里克森:《同一性:青少年与危机》,孙名之译,杭州:浙江教育出版社,1998年,第183页。
③ 陈晓明:《中国文学年鉴1993·长篇小说概述》,北京:社会科学文献出版社,1994年版,第103页。

第十章 《独白与手势》:一代人的成长史

《独白与手势》(白、蓝、红)三部曲,是潘军的第三部长篇小说。《白》卷首发于《作家》1999年第7—12期,开该刊连载长篇小说的先河。《蓝》卷原载于《小说家》2000年第1期。《红》卷首发于《作家》2000年第12期。人民文学出版社于2000年出版《白》《蓝》两卷单行本,2001年又出版《红》卷单行本。2008年,文化艺术出版社出版了一卷本《独白与手势》。除文本中的插图外,文字部分约五十万字,是目前潘军小说创作中最长的一部。小说中大量插图的使用,是小说的一大亮点,也是评论界高度认可的地方,如有学者认为,"将画面提升到与文字并肩的地位",是"不着一字,尽得风流"[①]。但我更看重小说故事本事,在我看来,这部小说描写了一个20世纪50年代出生的男人的成长史、精神史与心灵史,也是新时期以来中国当代"成长小说"题材创作的一个新收获。

第一节 成长时空的个人化与历史化

在《白》卷扉页,有这样一段"作者手记":"我要说的这些话,已对自己说

---

① 谢萍:《不着一字 尽得风流——论潘军长篇小说〈独白与手势〉中的画面表达》,《当代文坛》2000年第6期。

了三十年。我现在把它告诉你时,它便成了一个故事。"也就是说,《白》卷是"我"追忆"三十年"前的"故事"。这就涉及成长小说中关于"时间"的问题。按照巴赫金对歌德作品里的时间与空间的理解,他将小说中个人成长时间命名为"传记时间",即"人的成长阶段和整个时代"①。在他看来,只有兼具这两种时间意识的作家才能真正描绘出世界与人的成长。而三部曲就很好地处理了"人的成长阶段"与"整个时代"这两个时间的关系。

三部曲中有两个写作时间。一是"现在"的"我"的"写作时间"。三部曲中这一时间大致在 1997—1999 这三年间,其中《白》卷从 1997 年 10 月到 1997 年 12 月,《蓝》卷从 1998 年 2 月到 1998 年 5 月,《红》卷从 1999 年 2 月到 1999 年 11 月②。这是"我"在 40 岁前后的"写作时间",是一个"虚构的写作时间"③。另一个是"故事时间",即"我"的"成长时间"。《白》《蓝》《红》三卷分别对应 1967 年 10 月到 1988 年 12 月这二十一年、1992 年 3 月到 1995 年 2 月这三年、1999 年 2 月到 1999 年 11 月这九个月。也就是说,无论是故事中的"我",还是作为叙述人"现在"的"我",都是在 1950—1990 年这"整个

---

① 巴赫金:《小说理论》,白春仁、晓河译,石家庄:河北教育出版社,1998 年版,第 242 页。
② 其实还有一个作家潘军的"真实写作时间",大致在 1998 年秋天(林舟、潘军《坦白——潘军访谈录》,第 147 页)。值得注意的是三部曲在写作时间上存在的一些问题。一是《白》卷中,在第十一章《石镇:1982 年 11 月》中,有两个"写作时间",即"1997 年 11 月 10 日"和"1997 年 11 月 9 日",但从行文来看,这两个时间似乎顺序颠倒了,或者是作者以内容为主,时间服从于内容。二是三部曲最后标注"写作时间"可能是作家潘军的"真实写作时间"。因为《白》《蓝》两卷先写完,初版时间分别为 2000 年 1 月和 2 月,《红》卷初版于 2001 年 9 月,这样与每卷最后标注的写作时间("1999 年 3 月 3 日""1999 年 7 月 28 日""2000 年 10 月 30 日")差不多。从每卷"写作时间"的连贯性与故事本身来看,三卷最后对应的写作时间大致是在 1997 年 12 月、1998 年 5 月和 1999 年 11 月,不然每卷最后写作时间与前一处"写作时间"相差较大。
③ 林舟、潘军:《坦白——潘军访谈录》,合肥:安徽大学出版社,2000 年版,第 154 页。

时代"话语体系下成长的。

具体来看,《白》卷选取十八个时间点,讲述"我"从少年到大学毕业再到娶妻生子的成长经历。其中20世纪60年代一章,70年代五章,80年代六章。如1967年10月,"我"十岁,经历了"文革"初期的武斗阶段,差点丧生,因而这一时间刻骨铭心;1975—1977年,是"我"的知青下放的苦乐年华的时间;1977年7月,"我"因高考政审而落榜,因而此时间也非同寻常;1979年是大学生活开始的时间;1982—1988年是机关枯燥生活的时间……历史的风云通过"我"的"时间故事"得以显现,而"我"也在"时间"的车轮下起起落落。

同样,《蓝》卷选取十六个时间点,讲述"我"从机关辞职下海到四处流浪再回到案头写作的经历。其中1992年七章,1993年三章,1994年五章,1995年一章。小说取名《蓝》,"暗示其实是显而易见的,它至少意味着南方的诱惑"①。而《红》卷选取十八个时间点,讲述"我"作为一个作家和导演在世纪末的1999年大半年里的漂泊经历,写到了"梦魇的纠缠和死亡的暗示"和"与之相对抗的爱与生命的辉煌"②。所以,三部曲正是通过这些大大小小的"时间"之流,写出了"一个男人几十年的情感历程和心灵磨难"③,而"每一次情感的磨难都与特定的历史时期休戚相关"。④

另一方面,成长的时间必须在一定的空间中展开,时间在空间中才得以塑形。"人的成长是在真实的历史时间中实现的,与历史时间的必然性、圆

---

① 潘军:《独白与手势·蓝》,北京:人民文学出版社,2000年版,第4页。
② 潘军:《独白与手势·红·后记》,北京:人民文学出版社,2001年版,第245页。
③ 潘军:《坦白——潘军访谈录》,合肥:安徽大学出版社,2000年版,第148页。
④ 潘军:《坦白——潘军访谈录》,合肥:安徽大学出版社,2000年版,第168—169页。

满性,它的未来,它的深刻的时空体性质紧紧结合在一起。"①这里,巴赫金指出了时间与空间结合的重要性。此处巴赫金所说的"时空体",是指"文学中已经艺术地把握了时间关系和空间关系相互间的重要联系"②。他进一步指出:"空间和时间标志融合在一个被认识了的具体的整体中,一方面时间在这里浓缩、凝聚,变成艺术上可见的东西",即时间的空间化;另一方面,空间则趋向紧张,被卷入时间、情节、历史的运动之中",即空间融入时间之中。时空体"的特征就在于不同系列的交叉"("时间的空间化"和"空间融入时间之中")和不同标志的融合("时间的标志要展现在空间里"和空间则要通过时间来理解和衡量)③。"

我们看到在三部曲中这种"时空体"的关联性。"我"成长中的一些事件(出生、求学、工作、成家等),与时代发展中的某些事件(如反右、"文革"、下放、恢复高考、下海等)在某一特定空间上相遇,于是"成长时间""历史时间"和相对应的某一空间就奇妙相遇并发生关联,"时空体"的意义就显现出来。这样便可理解三部曲中为何每一卷都以"空间+时间"为章节的小标题了。如《白》卷中的《石镇:1967年10月》《水市:1975年10月》《梅岭:1976年10月》《犁城:1979年10月》,《蓝》卷中的《海口:1992年4月》《广州:1992年10月》《蓟州:1994年6月》,《红》卷中的《北京:1999年2月》《杭州:1999年3月》《山中:1999年11月》,等等。这些"时空体"的"交叉"与"融合"就有

---

① 巴赫金:《小说理论》,白春仁、晓河译,石家庄:河北教育出版社,1998年版,第232页。
② 巴赫金:《小说理论》,白春仁、晓河译,石家庄:河北教育出版社,1998年版,第274页。
③ 巴赫金:《小说理论》,白春仁、晓河译,石家庄:河北教育出版社,1998年版,第274—275页。

了特殊的含义——既是个人的,也是历史的。

以《梅岭:1976年10月》为例。在《白》卷中,有两章是以此为小标题。前一个《梅岭:1976年10月》中,不仅讲述一群知青在下放地梅岭的苦乐生活,而且重点叙述了"我"成长中的一个重要事件,即生理的成熟,与韦青的初试云雨,是一个男孩到男人的成长的历史见证。"我"后来的感情磨难,与韦青、与1976年10月的梅岭二者间存在着某种内在隐秘的联系,"韦青仿佛是一个不朽的省略号,它不仅表示着意义的省略,更多的是表现着意味的延长"。① 后一个《梅岭:1976年10月》中,小山村"梅岭"知青的命运、"我"的命运与整个中国的命运关联在一起。1976年10月粉碎"四人帮",是一个时代的结束,也是一个时代的开始。中国人的前途与命运发生了颠覆性的改变,而高考的恢复给千千万万中国青年以希望,"他第一次看到了希望这种东西,他感到这东西像一块磁铁,只要你属于铁做的,它就能把你找到"②,并最终改变"我"的命运。这样,小说中时间"1976年10月"与空间"梅岭",既是个人的历史化,也是历史的个人化。因此,三部曲"最成功处是将'历史'的观念转换为'时间'的流逝,从而赋予想象以丰盈充足的空间"③。

因此,三部曲中的两种时间("故事时间"与"写作时间")与两种空间("故事空间"与"现实空间")形成一种互文关系,造成一种叙事上的张力:"我"站在"现在"回望"过去","过去"的又映照"现在","我"在这两种时空中穿梭与审视中逐渐"成长","这是一个人的成长,也是一个时代的成长"④。

---

① 潘军:《独白与手势·白》,北京:人民文学出版社,2000年版,第77页。
② 潘军:《独白与手势·白》,北京:人民文学出版社,2000年版,第88页。
③ 施战军:《半透明的梦谷》,《作家》2000年第5期。
④ 顾广梅:《中国现代成长小说研究》,北京:人民出版社,2011年版,第115页。

正如美国心理学家埃里克森所言,个体的"身份认同"的时间性通常表现为两个方面,"一是个人生命的发展阶段,一是历史的时期……生命史和历史是互为补充的"①。在这"生命史和历史"的"互补"中,逐渐强化了作为个体的"我"的主体塑形,从而完成最后的成长。那么,三部曲中"我"是如何成长的?有哪些成长环节?其成长的意义又是什么?

第二节 成长的"身体维度"

学界普遍认为,作为西方近现代文学主导样式之一的"成长小说",首先在德国产生,随后在英美等国流行并发生变化。在漫长的历史演进过程中,"成长小说"逐渐形成了"成长维度"与"教育维度"两大传统并最终趋于合流,故有学者又将西方"成长小说"命名为"成长教育小说"②。虽然国内有学者认为中国没有严格意义上的"成长小说","只有类成长小说"③,但我们认为,作为一种舶来品的文学样式,自20世纪初被传入中国后,这一文学样式或隐或现地存在于新文学当中,如鲁迅的《一件小事》、叶圣陶的《潘先生在难中》、蒋光慈的《少年漂泊者》、杨沫的《青春之歌》、徐光耀的《小兵张嘎》、张贤亮的《男人的一半是女人》、路遥的《平凡的世界》等。尤其到1990年后,"成长小说"在市场经济环境下出现了一个繁荣期,出现了一大批作品,如余华的《在细雨中呼喊》、苏童的《我的帝王生涯》、林白的《一个人的战争》、陈染的《私人生活》、卫慧的《上海宝贝》、莫言的《蛙》等。"中国的'成

---

① 埃里克森:《同一性:青少年与危机》,孙名之译,杭州:浙江教育出版社,1998年版,第298页。

② 王炎:《成长教育小说的时间性》,《外国文学评论》2005年第1期。

③ 沙林:《评论家探讨主旋律应该怎么写——把书写进土地里》,《中国青年报》2003年9月6日。

长小说'同样是'教育维度'与'成长维度'交织而来,只是因为不同的社会文化传统稍有不同,另有'身体(生理)成长'这一特殊内涵。"①以此来看《独白与手势》中男主人公"我"的成长,大致也经历了"身体维度""教育维度""成长维度"这三个维度。

所谓"身体维度"成长,即强调作为生命个体,面临着许多肉身不可控制的过程与环节,既包括个体自然生长(如出生、生长、衰老和死亡等),也包括社会成长(如"我"的家庭出身、官场与商场的束缚、婚恋与性的苦恼等),是主体最终走向个体本位的前提与土壤。

小说中1957年出生的"我",正在经历四十岁这一过程。"四十不惑",但我们看到,三部曲中的"我"是困惑的,其中之一就是对生命本身衰老的困惑与恐惧。作品中多次表达了"我"人到中年的无奈,"看着自己日益臃肿的身体,一种老之将至的感觉油然而生。……我几乎不敢面对四十岁这个事实……我讨厌人生的中年就像讨厌滴在稿纸上的一团墨水"②,"对衰老的恐惧感在那个深夜显得异常的深刻"③。尤其在《红》卷中,这种对自然生命易逝的喟叹更多,如"一个正在步入中年男人的地位竟然如此尴尬,滋味是如此不好受"④,"这忧伤分明不是因为孤独,而是对衰老的恐惧。一种油尽灯枯的伤感像磁铁一样牢牢抓住了我"⑤。这种感叹,与一些革命题材小说中,英雄人物为了革命理想而无畏献身的形象不同,"我"回到了肉身,回到了生

---

① 徐秀明:《遮蔽与显现——中国成长小说类型学研究》,北京:中国社会科学出版社,2013年版,第12页。
② 潘军:《独白与手势·蓝》,北京:人民文学出版社,2000年版,第38页。
③ 潘军:《独白与手势·蓝》,北京:人民文学出版社,2000年版,第37页。
④ 潘军:《独白与手势·红》,北京:人民文学出版社,2001年版,第81页。
⑤ 潘军:《独白与手势·红》,北京:人民文学出版社,2001年版,第9页。

命本体。这里,是个体面对时间、面对生命本身的深刻体悟与洞察,最终内化为对生命本身的沉潜,"身体的沉重来自身体与灵魂仅仅一次的、不容错过的相遇"①,"灵魂与肉身在此世相互找寻使生命变得沉重,如果它们不再相互找寻,生命就变轻"②,因而身体自然成长背后有了一种形而上的意味。我们可以在张贤亮的《绿化树》、张炜的《你在高原》系列中,找到某种相似之处。

这种成长维度还包括"我"对家庭出身的无法选择。外祖父和母亲都是黄梅戏艺人,父亲是位剧作家——这样的家庭成长环境,对"我"后来的命运均产生重要影响。如父亲被打成"右派"、母亲成为"资产阶级三名三高黑线分子"和"文革"中经历抄家等事件,对"我"的性格、爱好、婚恋、职业等的选择均产生重大影响,"我"始终在一种外在的"规训"和自我"规训"中完成成长。第一部取名《白》寓意很明显,表达了一种"童年的、家庭的、历史的苍凉感"。③

三部曲中,官场与商场虽是两个不同领域,但它们有着相似之处,如权力与金钱对人的异化、人与人之间为了名利尔虞我诈、人们身心的不自由等。"我"身处官场与商场,为了生存,有时不得不忍耐与妥协。所以,尽管八年的机关生活让"我"极不舒服,"机关这个词意味着明枪暗箭防不胜防,前途和末路总是混沌难辨暧昧不清"④,但是为了生存,"我"不得不忍气吞声。如

---

① 刘小枫:《沉重的肉身——现代性伦理的叙事纬语》,上海:上海人民出版社,1999年版,第95页。
② 刘小枫:《沉重的肉身——现代性伦理的叙事纬语》,上海:上海人民出版社,1999年版,第96—97页。
③ 潘军:《坦白——潘军访谈录》,合肥:安徽大学出版社,2000年版,第148页。
④ 潘军:《独白与手势·白》,北京:人民文学出版社,2000年版,第228页。

在一次"冒犯"上司严涛不懂书法后,在妻子李佳的劝说后,"我"又不得不打起"白旗"去向上司"认错"。同样,在商场,"在钱的问题上我没办法清高",①从海南到蓟州,从郑州到北京,"我""几乎每一笔生意最后都得靠可耻的手段才能拿下"②,最终也弄得焦头烂额,"我"欠人家的一分不少,人家欠"我"的一分也拿不回来,等等。这些经历,都是"我"成长路上的磨刀石,是"我"成长路上的必要磨砺。

同样,婚恋在"我"成长过程中也居于重要一环。三部曲中,"我"的成长史,也是一部女性观照下的成长史,"男人的历史实际上是爱的历史,却是女人来写成的"。③ 其中,与妻子李佳间长达十年的婚恋,是"我"成长中重要的一部分。三部曲中这一部分写得极其精彩,无论是相识相恋,还是相爱相怨,抑或相离相惜。比"我"小五岁的李佳,知道这个男人的所有弱点,像放风筝一样随时将"我"牢牢地攥在手心,让"我"备受煎熬。从恋爱时抿着嘴的接吻、隔着毛衣的拥抱,到结婚一年就开始分居,争吵了十年……小说将这种"恋人之爱、夫妻之怨、兄妹之情"④写活了,真实、透彻,充满质感。三部曲写出了读者对李佳的"恨",也写出了读者对李佳的"爱"。

除了结发妻子李佳外,小丹、韦青、雨浓、林之冰、桑晓光、沈芷平、肖航等等,她们在"我"的成长中扮演着不同角色。小丹是儿时伙伴,如亲人一般,"每天在一起与隔十年见一面没什么两样"。⑤ 雨浓是初恋,但未曾表白就死

---

① 潘军:《独白与手势·红》,北京:人民文学出版社,2001年版,第8页。
② 潘军:《独白与手势·蓝》,北京:人民文学出版社,2000年版,第184页。
③ 潘军:《独白与手势·白》,北京:人民文学出版社,2000年版,第68页。
④ 潘军:《独白与手势·白》,北京:人民文学出版社,2000年版,第114页。
⑤ 潘军:《独白与手势·白》,北京:人民文学出版社,2000年版,第46页。

于沉船,"我的初恋不是童话,而是一首挽歌"。[1] 韦青是理想中的妻子,"是人生初始的两性挚爱"[2],但命运捉弄,韦青远赴重洋。林之冰、桑晓光、邢蓉、沈芷平、肖航等这些女性,虽是"我"生命中的过客,"像鸟一样纷纷飞来又纷纷离去"[3],但她们见证了"我"在不同时期生命成长的历程,"一个男人的一生其实就是与女人结伴而行的一生"。[4] 因此,三部曲中的女性,从不同侧面诠释着爱的含义。雨浓,是爱的彩虹,点燃"我"的火把;韦青,是爱的温泉,滋润"我"干渴的身体;小丹,是爱的火炉,抚平"我"潮湿的心灵;沈芷平,是爱的小夜曲,点缀"我"寂寞的黑夜……

当然,这些女性的抚慰,总是与"性"连在一起的。"性"也是"我"成长中重要的一部分,"灵肉本是一物的两面,并非对抗的二元。兽性与神性,合起来便只是人性"。[5] 但小说中,妻子李佳却是个性冷淡者,加重了本不和谐的家庭关系。在"我"的成长中,"灵"与"肉"是分离与分裂的,"我不知道自己属于爱的乞丐还是性的乞丐"[6],所以,"我"对性的追求,也就是对爱的追求,"幻想着一种清洁的男女之爱。一对一地终身相爱"。[7] 对性的渴望,也是"我"对生命意义的渴望,"正是这些激动而感伤的回忆支配了我对每一天生活的态度,这就是我生命的支柱"。[8] 所以,小说中多次写到了"我"与多名女

---

[1] 潘军:《独白与手势·白》,北京:人民文学出版社,2000年版,第53页。
[2] 潘军:《独白与手势·白》,北京:人民文学出版社,2000年版,第164页。
[3] 潘军:《独白与手势·蓝》,北京:人民文学出版社,2000年版,第10页。
[4] 潘军:《独白与手势·蓝》,北京:人民文学出版社,2000年版,第192页。
[5] 周作人:《人的文学》,《周作人文类编》(第三卷),长沙:湖南文艺出版社,1998年版,第34页。
[6] 潘军:《独白与手势·红》,北京:人民文学出版社,2001年版,第44页。
[7] 潘军:《独白与手势·蓝》,北京:人民文学出版社,2000年版,第203页。
[8] 潘军:《独白与手势·红》,北京:人民文学出版社,2001年版,第17页。

性的性爱,背后是"我"对"灵""肉"统一的渴望、对生命意义的渴望。因此,三部曲中对婚恋与性爱的描写,是"我"身体维度成长的另一见证。正如有评论者所言,三部曲中,"女人构成了'他'潜伏的成长史"①。

"赋予身体以意义生产的优先地位,是由于二十世纪九十年代的作家想要'标志'一种'现代'的身份自我确认,这一身份最重要的含义,乃至于通过身体可以带来'自由',可以带来成长的自我规定。"②所以三部曲中,"我"的身体成长中遭遇的一切,是身体的"重新发现",是一种身体被"解放"与获得"自由"的象征,这样就与1950—1970年一些革命成长小说中的"虚假身体"形成一种参照,从而使"我"的成长获得一种"赋值"的意义。

第三节 成长的"教育维度"

所谓成长的"教育维度",它"强调主人公在社会的吸纳规训下形成'社会自我',在社会的整体秩序中找到自身位置的经过"③。这一维度的成长,既包括外在的教育机构等他者的规训,也包括主人公内在的自我规训,最终寻找到自我社会坐标的过程。在三部曲中,成长的"教育维度"主要体现在学校教育、父母的教育与自我教育这几个方面。

作为意识形态教化场所之一的学校,是秩序和规范的象征,属于哈贝马斯所说的"公共领域",而"'公共的'一词不再涉及一个具有既定权威的个人

---

① 王素霞:《无望的宣说——论〈独白与手势〉的叙事策略》,《潘军小说论》,合肥:安徽大学出版社,2003年版,第273页。
② 樊国宾:《主体的生成——50年代成长小说研究》,北京:中国戏剧出版社,2003年版,第181—182页。
③ 徐秀明:《遮蔽与显现——中国成长小说类型学研究》,北京:中国社会科学出版社,2013年版,第37页。

的代表性宫廷;相反,它现在指涉一个机构的权能调节活动,这个机构享有暴力的合法运用的垄断权"①。因此,现代学校这一"机构"的主要"垄断权",就是让受教育者接受一定的规训,以达到为一定的利益集团服务的目的。一般而言,作为现代社会的公共领域,学校既承担着传授各种知识与技能的功能,也负载着巩固某种意识形态的功能,"知识是权力的眼睛。凡是知识所及的地方也是权力所及的地方"。② 三部曲中,"我"所接受的教育主要是中学和大学。小说中对此大都轻描淡写,仅有的大学教育,也是批判的。如大学校园的躁动不安,"到处是喇叭裤和迪斯科旋律"③,"犁城的八所大学成了八个舞团"④;老师们也不大讨人喜欢,"发现有好几门课老师的讲义都是由几本书凑合起来的"⑤,而"我"已看过这些书;辅导员也是一副刁钻的面孔,令人生厌;"我"的同类,这些20世纪80年代初的"天之骄子",大都是一些功利主义者,"这些嘴里喊着思想解放骨子里却是强奸犯的杂种"⑥,"是一批真正的政治投机分子,一批名副其实地向社会讨债的家伙"⑦。反倒是在特定年代下石镇中学的老师们更可爱,充满了人文关怀。如石镇中学最好的语文老师陈老师,鼓励"我"读文科和写文章,并导演了一场师生合偷学校图书馆的书的"杰作"。所以,"我"在"教育维度"成长过程中,学校这一环"公共领域"给"我"的教育大都是负面的,"制定教育方针的人没有一点人性,而且

---

① 哈贝马斯:《公共领域》,《文化与公共性》,北京:三联书店,1998年版,第128页。
② 张国清:《他者的权力问题——知识—权力理论的哲学批判》,《南京社会科学》2001年第10期。
③ 潘军:《独白与手势·白》,北京:人民文学出版社,2000年版,第125页。
④ 潘军:《独白与手势·白》,北京:人民文学出版社,2000年版,第131页。
⑤ 潘军:《独白与手势·白》,北京:人民文学出版社,2000年版,第109页。
⑥ 潘军:《独白与手势·白》,北京:人民文学出版社,2000年版,第131页。
⑦ 潘军:《独白与手势·白》,北京:人民文学出版社,2000年版,第148页。

也是无能之辈"①。同时,"我"对学校教育及其相关一切大都持否定态度,如对应试教育的批评,女儿书包"至少有十公斤"②;对中学老师的某种揶揄,如初恋雨浓的死与暗恋她的刘老师有关,李佳有一个"父亲一般的中学老师"③,上司严涛素质还停留在从政前中学教员的水平,"毫无过人之处"④,等等,这里就流露出"我"的某种"反智"倾向,也是"我"寻找自身位置的一面镜子。

相比之下,父母的教育在"我"的教育维度中占据至关重要的一环。不同于中国现当代文学中一些"成长小说"中父亲或者母亲是"父权"的代表(母亲是"亚父"的化身)与保守力量的象征,"我"的父母是开明的,是"我"教育维度成长的指明灯与方向盘。小说中,"我"十七岁才见到生父,所以在整个少年时代,"肉身之父"和"精神之父"总体上是缺席的,对"我"的成长影响巨大的是母亲,她代替了"精神之父"的职能。母亲对"我"的"教育维度"的成长的影响主要来自两个方面:

一是母亲在"我"成长过程中给"我"一些合理的建议或规劝。如,面对父亲是右派的阴影,母亲让"我"放弃报名参军,"你只能靠你自己"。在婚姻上,当得知"我"与韦青交往时,母亲又表示了某种担心,因为"你们不是一路人",而相爱的男女应是双方都能"从心底笑出来"⑤。当得知"我"到南方经商时,母亲又表示了某种担忧,"不希望自己的儿子日后成为一个小老板"⑥,

---

① 潘军:《独白与手势·蓝》,北京:人民文学出版社,2000年版,第72页。
② 潘军:《独白与手势·白》,北京:人民文学出版社,2000年版,第134页。
③ 潘军:《独白与手势·白》,北京:人民文学出版社,2000年版,第131页。
④ 潘军:《独白与手势·白》,北京:人民文学出版社,2000年版,第213页。
⑤ 潘军:《独白与手势·白》,北京:人民文学出版社,2000年版,第175页。
⑥ 潘军:《独白与手势·蓝》,北京:人民文学出版社,2000年版,第36页。

而对于"我"所谓"欠"桑晓光的八万块钱,母亲对桑晓光说"你放心,我儿子欠的钱要是还不起,由我做娘的还"①……这些,都给"我"的成长以某种参考。

  二是榜样与精神的力量。小说中的母亲虽不识字,但以个人的聪慧与勤奋成为县剧团的大梁;在被自己的徒弟举报,打成"资产阶级三名三高黑线分子"后,依然乐观自信;在外祖父去世之后,以一人之力,养活六口之家;支持"我"的兴趣爱好,用买米的钱给"我"买连环画而另借钱买米……"长期的磨难使她很早就成为一个没有乳房的女人"②。这里,母亲以自立自强的言行,为"我"的成长树立了一面旗帜。按照拉康的"镜像理论",儿童在成长过程中,在心理成长方面都经历了一个"镜像阶段",即在母亲的帮助下,他逐渐辨认出镜子里自己的形象,进而逐步确立自我"与他的身体,与其他人,甚至与周围物件的关系"③。这里,拉康的"镜像理论"是他的一种哲学隐喻,象征着个体心理结构成长的一种必然环节,即母亲镜像之于儿童成长的意义。三部曲中,独立自强的母亲镜像,对"我"认知自己、确定自身的身份认同有着重要影响。如小说中,"我"深知自己"是底层的底层"④,所以在"我"身份的数次变换中(右派的儿子→下放知青(学生)→大学生→机关干部→作家→商人→作家兼导演),保持着个人奋斗与特立独行的品质。这些都是母亲镜像的无声影响。另外,"我"的一些言行潜移默化地受母亲影响,如都是为了上代为下代,"我"争取"活到女儿三十岁"才敢死去的表达,就是母亲要等

---

① 潘军:《独白与手势·蓝》,北京:人民文学出版社,2000年版,第206页。
② 潘军:《独白与手势·白》,北京:人民文学出版社,2000年版,第106页。
③ 拉康:《拉康选集》,褚孝泉译,上海:上海三联书店,2001年版,第90页。
④ 潘军:《独白与手势·白》,北京:人民文学出版社,2000年版,第40页。

到"我""三十岁为止"①才肯复婚的话语翻版。婚恋中,"从心底笑出来"成为"我"判断婚姻质量好的标准,等等。这里,母亲是"我""教育维度"成长中的启蒙者与同盟军。三部曲中的母亲形象,改写了中国新文学作品中母亲常常是弱者、受害者与哀怨者的形象,塑造了一个全新的母亲的形象。

在"我""教育维度"成长过程中,还包括自我教育这一环。小说中,这种自我教育来自经历社会的磨难后的自我体认。如少年时代右派家庭的阴影、代课教师被人顶替后的无助、婚姻生活的不顺、机关与商场的无奈等等,内外交困,加强了"我"对身份的认同。小说中有这样一段独白,可视为"我"的这种自我教育的心得:

> 一个漂泊者唯一需要的是自我生存能力。一个夜行者唯一需要的是可以照明的东西。如果还需要增添什么,那就给漂泊者以力量,给夜行者以胆魄。这便足够了。多年来我就是这么想的。我觉得我活得挺好。我选择了一条远离权力的生存之道。用我母亲的话来说,你只能靠自己。既然在这个世界上连一只狗都可以活下去,人凭什么不能活呢?②

"远离权力的生存之道"与"我活得挺好",就是自我教育的结果。这种自我教育,是"我"成长阶段中最重要的部分,它与"成长维度"紧紧联系在一起,是"我"个体生命觉醒的重要标志之一。

---

① 潘军:《独白与手势·白》,北京:人民文学出版社,2000年版,第55页。
② 潘军:《独白与手势·白》,北京:人民文学出版社,2000年版,第59—60页。

第四节 成长的"成长维度"

所谓成长的"成长维度",就是"强调主人公艰难困苦执着地探究'内在自我'的奋斗历程"①,也就是通过叙事来建立主人公在经历若干"时间"与"空间"的成长之后,最终形成了自足的人格精神结构,即"主体"生成过程的话语设置,是丹麦哲学家齐克果意义上的"那个个人"②,"那个个人"总是"'只与他自身相关'并无限关切他自身"③。具体到三部曲中,"我"的"那个个人"的生成,包括自我的身份"定位"、对生命意义的焦灼找寻,以及持久的自省意识与忏悔意识等方面。

自我的身份定位。小说中"我"有两次身份定位至关重要。第一次是"我"对权力的远离。小说中"我"还未出生时,这个家庭就受到了来自外在权力的挤压,如组织出面,让父母被迫离婚;在"我"还未出生时父亲成为右派,从而使得家庭在社会上"低人一等";后来母亲的第二次婚姻的失败、祖父临终前的死不瞑目等,均深深地刺痛了年少的"我"……完成"我"第一次身份定位的节点,是在17岁时代课教师被人顶替之后,"我""第一次目击了人的丑陋"④和权力的作用,也彻底知道了"我是谁"。小说中对此有一大段议论:

---

① 徐秀明:《遮蔽与显现——中国成长小说类型学研究》,北京:中国社会科学出版社,2013年版,第37页。
② 考夫曼:《存在主义》,北京:商务印书馆,1987年版,第96页。
③ 樊国宾:《主体的生成——50年成长小说研究》,北京:中国戏剧出版社,2003年版,第156页。
④ 潘军:《独白与手势·白》,北京:人民文学出版社,2000年版,第58页。

我一直认为,1976年7月的那一天对我是重要的。我懂得了权力——哪怕是最小的权力——在中国社会的作用。当一个人无法接近权力时,唯一能行得通的便是远离权力。权力左右你的前途与命运,这固然是无法忽视的存在,但仍然存在着权力控制之外的另一种前途、另一种命运,那便是你的创造。正如农民创造粮食、母亲创造生命一样,权力是剥夺不了的。尽管权力可以扼制、限制你的创造,但创造本身的力量足以同权力抗衡。没有一种权力可以规定音乐的具体性,因为旋律的形态是抽象的;也没有一种权力可以控制竞技的规则,所以体育比赛的魅力在于与生俱来的公平;更没有一种权力可以改变季节的更替、自然界色彩的转变。权力可以消灭生命,但消灭不了生命的辉煌。我的生命在于我的创造——二十多年前,我悟出了这一点。这便是我的世界观的雏形。我朴素地信仰它,就像信仰阳光、空气和水。①

这段文字,是"我"对权力的一种顿悟,也是自我定位的仪式与宣言。它表明"我"已从心理层面完成了由"少年"到"男人"的角色转换,而不是此前与韦青之间完成生理上"男人"生物性的转换。随后小说中的"男人"的所作所为,都践行了他的朴素信仰。

第二次身份定位是艺术的生活。这是第一次身份定位之后,"我"如何在这个世界上行走的思考,即用自己的创造追求无拘无束的生活。在三部曲中,这种定位就是在艺术中生活求得自身生命的价值。小说中"我"对绘画、书法、写作、影视等均有着一定的才能与成就。如在绘画方面,少年时代,其

---

① 潘军:《独白与手势·白》,北京:人民文学出版社,2000年版,第58—59页。

绘画才能在石镇显露头角,剧团里的海报基本由他承包,随后绘画作品参加全国画展;第一次高考报考的是浙江美院,尽管因政审问题而未被录取。写作也是他的看家本领,大学时代就因写作才华被学校委派到北京采访,三部曲写作本身就是"我"的能力的见证。另外,"我"还潜心导演多年,《蓝》卷里执导电视剧《北纬20度》,《红》卷中又受北京一家影视公司之托合作成立一家专门影视公司,就是"我"的小试牛刀……"我早有一个计划,六十岁之前舞文,六十岁之后弄墨。"①这种身份"定位",是"我能做什么""我敢做什么""我会做什么"②的自我认知的体现。

对自我生命意义不断地焦灼找寻,即"我"知道"我是谁"之后"我怎么办"的问题。与西方现代"成长小说"中的主人公大都是流浪汉相类似,三部曲中的"我"也是一个浪迹天涯的漂泊者。这种漂泊,不仅仅是外在身体的时空位移,更是精神上的不断探寻。这个"男人"从乡村到城市,从机关到商海,最终又回到以写作还债与谋生。"我"是个"住标准间的男人",背后表达的是生存的不易。同时,在这种漂泊中体验生命的焦灼与孤独,"最自由的是一个人,最孤独的也是一个人。……最小的是一个人,最大的也是一个人"。③

焦灼,就是"我"恐惧与孤独的极致。这是生命面对外在压力、"我"的生命该何去何从的反映。如在学校,尽管"我"学习成绩很好,但有一个右派父亲,这种无形的压力让我在学校抬不起头,自卑与焦虑伴"我"成长。在"革

---

① 潘军:《独白与手势·白》,北京:人民文学出版社,2000年版,第116页。
② 伊·谢·科恩:《自我论:个人与个人自我意识》,佟景韩等译,北京:三联书店,1986年版,第502页。
③ 潘军:《独白与手势·白》,北京:人民文学出版社,2000年版,第283页。

命"的洪流中,"我"不能参军改变命运,只能下放接受"再教育"。而知青生活,在经历了最初的新鲜感之后,"我"被沉重的体力劳动彻底压垮,陷入了对未来前途渺不可知的深深无助。即使"我"逃离到南方,这种焦灼与焦虑也时时跟随着"我"。如《蓝》卷开篇,就写出了这种焦虑的情绪:辞职之后的"我"整日无所事事,不修边幅,也放弃了钟爱的写作,竟自己和自己打麻将!而到海南的想法,"是一念之差的产物,根本谈不上周密"①,是换个活法,是"出趟远门"。女儿的一个电话,差点让他打道回府,"一种对前途茫然的恶劣情绪盘踞在心头……他觉得自己的腿将要伸进的是一块沼泽,看上去很美但走起来吃力,甚至可能落入陷阱……所谓的前途实际上就成了末路"②。随后在商场经历了公司的破产、生意的惨败、情人的反目、家庭的解散,等等。《蓝》卷"表现的是'我'在海与岸之间的那种焦灼状态"。③ 焦灼的本质,是"为某种价值受到威胁时所引发的不安,而这个价值则被个人视为是他存在的根本"④,因此"我"的这种焦灼,是对生命意义找寻的体验,是20世纪50年代生人"焦虑的马拉松"⑤的体现,也是走向"那个个人"的必由之路的体察。

持久的自省意识与忏悔意识,也是这部小说厚重的地方之一。但"潘军

---

① 潘军:《独白与手势·蓝》,北京:人民文学出版社,2000年版,第6页。
② 潘军:《独白与手势·蓝》,北京:人民文学出版社,2000年版,第8页。
③ 潘军:《独白与手势·蓝·后记》,北京:人民文学出版社,2000年版,第243页。
④ 罗洛·梅:《焦虑的意义》,朱侃如译,桂林:广西师范大学出版社,2010年版,第172页。
⑤ 陈宗俊:《"五十年代生人"的"焦虑的马拉松"——论张炜的小说〈你在高原〉系列》,《当代文坛》2014年第5期。

小说中的男主人公是清醒的漂泊者"[1],三部曲中常常以抒情的笔调对"我"成长中的一些经历进行反观与审视,尽管有时这种反观与审视有某种夸饰的成分。以男女关系为例。小说中,一方面不断强调男人尊严的重要性,认为李佳以邮寄还书的方式深深地伤害了"我",但另一方面又对这种所谓的尊严进行剖析,"男人的自尊让一个女人拿走很重要吗?"[2];一方面强调男人对女人的责任,"我在强化对另一个女人的责任,那是我还想努力去做一个虚伪的好男人",但另一方面又怀疑这种责任的有效性,"可是这男人的信心是一摊雪垒起的,天一放晴便会眼睁睁地看着它融化掉,最终成为一摊浊水"[3];一方面理性上认为勾引一个可以做女儿的姑娘很不道德,"我都四十出头了,却还一如既往地幻想着花前月下"[4],但另一方面很难抗拒青春的魅力去实施,"是好色的天性驱使还是性饥渴的现实无望改变?他说服不了自己"[5]。另外,三部曲中还有大量赤裸裸地剖析自己的独白,诸如用了"卑鄙""自私""懦弱""狭窄""怪胎"等刺激性字眼,"写出了这种男性意识中专制、冷酷、自私、虚伪的一面"。[6] 这种道德内省,是"我"成为"那个个人"的最高极致,"表现了一个严肃作家应有的道德勇气和批判意识,在揭示精神苦难

---

[1] 吴格非:《存在主义和潘军的〈独白与手势〉》,《潘军小说论》(第二辑),合肥:安徽大学出版社,2009年版,第206页。
[2] 潘军:《独白与手势·白》,北京:人民文学出版社,2000年版,第131页。
[3] 潘军:《独白与手势·白》,北京:人民文学出版社,2000年版,第165页。
[4] 潘军:《独白与手势·红》,北京:人民文学出版社,2001年版,第35页。
[5] 潘军:《独白与手势·红》,北京:人民文学出版社,2001年版,第83页。
[6] 周立民:《〈独白与手势〉:关于男人的叙述》,《潘军小说论》,合肥:安徽大学出版社,2003年版,第265页。

方面达到了相当的深度"①,因而小说也被誉为中国式的《忏悔录》和《日瓦戈医生》。

正如艾布拉姆斯所言,"成长维度""这类小说的主题是主人公思想和性格的发展,叙述主人公从幼年开始经历的各种遭遇。主人公通常经历一场精神上的危机,然后长大成人并认识到自己在人世间的位置和作用。"②《独白与手势》三部曲,就是"我"对自己前半生的一次系统总结与深刻反思,是一部找寻自我与反思生命的精神自传。

作为一部总结性并带有自传性的长篇小说,潘军的《独白与手势》三部曲叙写了新时期文学中一个男人从少年成长到中年的成长史与精神磨难史。这种成长,是特定历史时空与个体生命相遇的历史见证。"我"在经历了"身体维度""教育维度""成长维度"的成长之后,开始无限靠近那个"自由之我""本然之我"。需要指出的是,虽然这三个维度的成长都有自身的独特性,对于主人公的成长缺一不可,但同时,这三个维度并非孤立地存在,也不存在孰轻孰重的关系,在多数情况下它们是同时进行并相互影响、相互制约,尤其是"'成长维度'与'教育维度'交错纠缠,难分主次"③,共同完成"我"的主体的生成,以及强调"人在历史中成长"④这一品质。

当然,与20世纪90年代中国一些"成长小说"相似,三部曲中还存在一

---

① 冯敏:《个体生命的喃喃叙事——〈独白与手势〉阅读札记》,《小说选刊(长篇小说增刊)》1999年第2期。
② M. H. 艾布拉姆斯:《欧美文学艺术辞典》,朱金鹏、朱荔译,北京:北京大学出版社,1990年版,第218—219页。
③ 徐秀明:《遮蔽与显现——中国成长小说类型学研究》,北京:中国社会科学出版社,2013年版,第14页。
④ 巴赫金:《小说理论》,白春仁、晓河译,石家庄:河北教育出版社,1998年版,第233页。

些可能的误区。如"第一人称"叙事的某种"不稳定性"与"不可靠性",是否让叙述的艺术真实性与感染性打了折扣?个体的道德内省能支持"我"走多远?后来的"我"对肉身越发倚重,是否有堕入庸常或者陷入新的异化的某种可能?这些都是值得思考的问题。但无论如何,这些都不能掩盖《独白与手势》在新时期"成长小说"中的意义与价值。正如有学者所言,"无论从什么角度来看,《独白与手势》都算得上是潘军的一部具有总结性意义的大作品。这是一部人生含量、历史含量、精神含量和艺术含量均相当丰富的小说"[1],"要了解当下的小说创作,不能不读潘军,而面对潘军众多的小说作品,不妨选读《独白与手势》"[2]。

---

[1] 吴义勤:《艺术的可能性的寻求与展示》,《作家》2000 年第 5 期。
[2] 白烨:《个人化叙述的杰作——读潘军的〈独白与手势〉》,见陈宗俊编选:《潘军小说论》(第二辑),合肥:安徽大学出版社,2009 年版,第 192—193 页。

第十一章 《死刑报告》:法与情的纠缠

与潘军以往极具"个人化"写作风格不同的是,长篇小说《死刑报告》是他写作的一次"意外"——作家直逼当下现实,探讨一般读者比较陌生的司法领域里的死刑问题。小说首发于《花城》2003年第6期,随后人民文学出版社于2004年1月出版了单行本,首印6万册。小说发表与出版后反响强烈,被誉为"当代中国首部近距离探讨死刑问题的小说"[1],"显示了一定的思想深度"[2],多家报纸、电台进行了转载或联播。由于涉及的题材比较敏感,小说曾一度被禁止发行。从某种意义上说,这是一部"问题小说"。那么,小说在现实层面提出哪些与死刑相关的问题?寄寓了作家怎样的文化思考?这种"文学中的法律"审美书写,给当代文学又带来哪些有益的启示与借鉴?

第一节 法治建设的现实关注

如同小说之名,《死刑报告》"向我们描述了各种形态、各种背景、各种结

---

[1] 潘军:《死刑报告》,北京:人民文学出版社,2004年版,封底介绍。
[2] 潘军:《〈死刑报告〉答问》,《潘军小说论》(第二辑),合肥:安徽大学出版社,2009年版,第371页。

果"①长长的"死刑报告单":既有"过去故事"中的何小竹故意杀夫案、会计挪用公款的贪污案(会计被枪毙当天,其病母也悬梁自尽),又有"现在故事"中的张华涛杀人案、江旭初杀人案、安小文盗窃佛像案、沈蓉沈强姐弟杀人案,以及"过去故事"与"现在故事"相交叉的吴长春蓄意杀妻案。另外,小说还写到了与死刑相关的其他"报告单":美国辛普森所谓杀妻案,电影《十诫之杀人的游戏》《弃船》《失乐园》中的杀戮或死亡……一份份报告,就是一份份生与死的记录,一份份鲜活生命消失的记录。这些记录,表达着作家对现实死刑与法治的思考,"对文学说话的潘军这回执着于对现实说话了"。②

将死刑罪名降到最低限度。正如小说中所言,"中国不发达的现实距离废除死刑的那一天还相当遥远"③,那么如何做到"少杀、慎杀"就显得尤其珍贵,而确定哪些死刑罪名就关乎着人们的生死。小说中,作家借人物之口,对此提出了有益的探索。如陈晖认为:"我们的《刑法》还有一些问题,得赶快修改。尤其是现在的死刑,涉及的罪名太多了。譬如经济犯罪,我就主张一律废除死刑。把钱追回来,把人拘起来,让他悔过,不就得了吗?"④小说中,安小文因为帮助他人盗窃佛像,在主犯尚未归案的情况下被执行了死刑,上演了"人头不如石头"的悲剧。所以李志扬律师感叹:"假如现在的《刑法》对盗卖文物罪不设死刑,那么还可能出现今天这个局面吗?"⑤这种思考,其实

---

① 刘桂明:《我们能否对"死刑"宣判"死刑"？——一份关于〈死刑报告〉的报告》,《法学家茶座》2005年第3期。
② 丁增武:《现实与想象的边缘——潘军长篇小说〈死刑报告〉解读》,《合肥学院学报》(社会科学版)2006年第3期。
③ 潘军:《死刑报告》,北京:人民文学出版社,2004年版,第257页。
④ 潘军:《死刑报告》,北京:人民文学出版社,2004年版,第156页。
⑤ 潘军:《死刑报告》,北京:人民文学出版社,2004年版,第265页。

也是法律界的某种共识,如法律专家刘仁文教授在2008年一次接受采访时就认为,"现有的68个死罪可废除67个半,即只保留有预谋的严重杀人罪"这半项①。可喜的是,各方的呼吁正逐渐变为现实。如在写作《死刑报告》的2003年,我国《刑法》中的死刑罪名还有68项。后经过2011年和2015年两次《刑法》修正,死刑罪名在由68项减为55项的基础上,再减至现在的46个。"拿掉一个死罪都不是简单的事,都是立法上的巨大进步"②,也是社会文明的巨大进步。

另外,为了最大限度减少死刑,对判处死刑罪犯的认真复核就显得尤为重要。小说中,作家也借助李志扬之口,对现有的死刑复核权在省一级高院表达了不同看法,"也就等于是让二审与复核合而为一,那么复核程序就等于是形同虚设",建议"按大区设一个专门负责死刑复核的巡回法院"。③ 同时,小说借助陈晖之口,通过与中国历史上的死刑三级三审诉讼制度、美国辛普森案的对比,认为中国应该将现在死刑的复核权回收到最高人民法院。这种呼声在2007年得以实现。这一年最高人民法院将死刑复核权收回,大大减少了死刑的人数。据统计,2007年,在最高人民法院复核的死刑案件中,有15%被否决,而且全国处死缓的数量多年来首次超过判处死刑立即执行的数量。在死刑减少的情况下,这年的爆炸、杀人、放火等恶性案件的发生率反而比2006年有明显下降。这说明,"我们完全可以不过分依赖死刑而将社会治理得很好甚至更好"④,这也是法治建设的一个进步。

---

① 刘仁文:《68个死刑罪名可废除67个半——关于死刑的对话》,《青年周末》2008年4月3日。
② 刘仁文:《死刑的温度》,北京:三联书店,2014年版,第174页。
③ 潘军:《死刑报告》,北京:人民文学出版社,2004年版,第121页。
④ 刘仁文:《死刑的温度》,北京:三联书店,2014年版,第308页。

普法任务的任重道远。虽然国家在不间断地进行普法工作,但由于中国人口众多、地域复杂等,普法初衷与现实效果间还存在很大的差距,法治建设依然艰巨。小说中,何小竹案、安小文案就充分证明这一点。小说告诉我们,普法对象,不仅是落后的乡村的民众,也包括有文化者与执法者,他们尤其要带头普法。如在何小竹案中,一方面,如果有关部门及时不断地对何小竹的丈夫进行普法教育,他不至于被自己柔弱的妻子因不堪凌辱而杀;另一方面,何小竹也知道自己杀夫是犯罪,但这也是她向妇联和法院多次申诉无果后的铤而走险。"如果何小竹的事情被一个部门所重视,使那种法西斯式的婚姻关系及时终结,她怎么会采取如此极端而残暴的手段来对付丈夫呢?"①这种发问令人警醒。同样,安小文虽然是个教育者,但他知道的也只是专业领域内的知识,而对于众多的法律知识他应该是陌生的,虽然也知道一点法律常识(如盗窃国家文物是犯法的),但一念之差下丢了性命。如果在贫困的乡村,在人们发现了玉秀山大量石窟佛像后,对人们进行必要的文物法宣讲工作,想必会是另一种结果。因此,小说在此暗含着对全体国民(尤其是立法者与执法者们)进行法治教育的长期性与艰巨性。

减少法律实现的负值。法律实施后的结果就是法律的实现,它是通过执法、司法、守法和法律监督以达到立法的预期目的。但"法律的实施有正值和负值的区别,那么法律的实现也必然相应地有这种区别"。② 因此,法律实现的负值对于死刑意义重大。冤假错案就是法律实现负值的一种体现。小说中的吴长春案就属于此。其根本原因是,在法律实现的过程中,法庭过于

---

① 潘军:《死刑报告》,北京:人民文学出版社,2004年版,第65页。
② 余宗其:《法律与文学的交叉地》,沈阳:春风文艺出版社,1995年版,第157页。

相信现代科技的力量,即吴长春衬衫上的喷溅状血迹,"这样的血迹只能是在死者死亡半小时内才有可能出现"①,而导致吴长春在监狱含冤服刑13年。另外,小说还为我们提供了影响法律实现的负值的两种因素:权力的干预与死刑民意的影响。从某种程度上说,既然目前死刑是国家代表着法律去"合法"杀人,那么在案件的定罪量刑过程中就会受到权力的干扰,从而影响法律的实现,"我们的司法体制,虽说逐步在完善,但某些地方还是可恶的权大于法"②。如江旭初杀人案,自始至终都有权力的影子在左右着案件定罪量刑。大学生江旭初因和魏环相爱而使她受孕,被落成大学以破坏校规校纪开除,但事件背后折射的却是落成大学副校长和副市长魏如柏间的权力斗争。随后从魏环流产到从重从快处决江旭初,都有权力在背后操控。而"刀下留人"与江旭初被判死缓,也是"一种行政干预和平衡的结果……甚至可以说,这根本就不是一场审判"③。另外,在沈蓉、沈强杀人案中,沈蓉由最初被判为死缓到被判为死刑立即执行,背后就有其情人——落城市前政法委书记郁之光的影子在作祟。二是死刑民意影响法律的实现。"死刑民意是民意的一种形式,是以死刑问题为关注对象的民意。"④它的一个重要特征是"受到意识对象的制约,不同的意识对象或者同一意识对象的变化都会影响表达的具体内容,使意思表示呈现出随机性、广泛性和易变性等特点"。⑤ 死

---

① 潘军:《死刑报告》,北京:人民文学出版社,2004年版,第14—15页。
② 潘军:《死刑报告》,北京:人民文学出版社,2004年版,第120页。
③ 潘军:《死刑报告》,北京:人民文学出版社,2004年版,第146页。
④ 张伟珂:《中国死刑改革进程中的民意问题研究》,北京:法律出版社,2016年版,第41页。
⑤ 张伟珂:《中国死刑改革进程中的民意问题研究》,北京:法律出版社,2016年版,第45页。

刑民意的这种特点势必影响到法律的实现与司法的公正。如沈蓉、沈强杀人案中，除了权力影响法律的实现之外，民意也是一个重要因素，尤其是对沈蓉，"一审判决出来后，舆论哗然。市民中众说纷纭，而最强烈的反映，是知法犯法罪加一等的调子。……这个歹毒的女人应该杀掉，必须杀掉，不杀不足以平民愤"。[1] 最终二审结果就证明了这种死刑民意的力量，所以如何走出"非理性""权威叛逆性""易被操控性"[2]这种民意困境是法律的实现所面临的课题。

"当今世界，已经有过半的国家废除了死刑或者事实上不执行死刑，而中国的死刑犯人数却占了世界的四分之三，这个差距太大了！因此，我觉得应该有一部关于死刑的小说出来，谈谈这方面的事，这也是一个作家良知的体现。"[3]小说正是通过对种种死刑的"报告"，对现实司法体制中的某些不足提出了有益的探索，"文学作品则由于把法律制度同一些具体的典型案例相联系，因此有可能帮助我们走出概念法学、法条主义的困境"。[4]

第二节 死刑文化的深层思考

在《死刑报告》中，我们看到，小说不是仅仅以文学的方式给我们讲述几个死刑的故事，提供一些可供参考的法治建设的建议，而是在这些死刑故事

---

[1] 潘军：《死刑报告》，北京：人民文学出版社，2004年版，第242页。
[2] 郭泽强、王丹：《死刑改革中的民意引导的路径选择》，《死刑改革与国家治理》，北京：社会科学文献出版社，2016年版，第559页。
[3] 潘军：《〈死刑报告〉答问》，《潘军小说论》（第二辑），合肥：安徽大学出版社，2009年版，第368页。
[4] 苏力：《法律与文学——以传统中国戏剧为材料》，北京：三联书店，2017年版，第27页。

背后,蕴涵着作家对死刑文化的思考。作为法律文化的重要组成部分,死刑文化"包括死刑制度文化、理论文化、风习文化、观念文化、道德文化等",具体而言,这种死刑文化是"由死刑立法、司法、执法构成的死刑制度及其活动过程形成的关于死刑的认知、死刑的礼仪、死刑存废价值观、相关社会理念及伦理基础、有关社会心理特征、民族风习及习惯法等精神产品及精神本身的总和"[①]。具体到小说,作家对这种死刑文化的思考大致包括对刑罚的本质与死刑的正当性问题、宽恕与正义问题等几个方面。

刑罚的本质与死刑的正当性问题。对于刑罚的本质与正当性,古今中外历来有多种观点。如中国古代典籍中记载的"杀人者死,伤人者刑"(《荀子·正论》)、"法令所以导民也,刑罚所以禁奸也"(《史记·循吏列传》)等等。目前学界普遍认为,刑罚是人类社会发展到一定阶段的产物,"是民众的报应观和刑事政策决策者的功利主义观的暗合"[②]的一种体现,也是治理国家的一种手段,"而且是代价最为昂贵的一种"。[③] 而死刑又是这种"最为昂贵"代价中的最高体现——它以剥夺人的生命为代价。因此,关于死刑的正当性到近现代以来就受到越来越多人的怀疑。如1764年,意大利的贝卡里亚就对死刑的正当性提出质疑:"体现公共意志的法律憎恶并惩罚谋杀行为,而自己却在做这种事情,它阻止公民去做杀人犯,却安排一个公共的杀人犯。我认为这是一种荒谬的现象。"[④]此后,赞同贝卡里亚观点的人逐渐在增

[①] 屈学武:《中国死刑文化多元性与一元性探究》,《死刑改革与国家治理》,社会科学文献出版社,2016年版,第537页。
[②] 岳臣忠:《理性死刑观的建构》,《四川文理学院学报》(社会科学版)2009年第4期。
[③] 陈兴良:《刑法理念导读》,北京:中国检察出版社,2008年版,第5页。
[④] 贝卡里亚:《论犯罪与刑罚》,黄风译,北京:中国大百科全书出版社,1993年版,第49页。

加,如美国当代著名律师丹诺就认为,死刑"完全是人类的一种报复行为"[1],应该停止。因此,"人们越是每切关注死刑问题,就越可能倾向于采纳贝卡里亚的主张"[2],这也是社会文明和进步的象征。

在《死刑报告》中,作家就探讨了刑罚的本质特征和废除死刑的主张。如小说中的李志扬和陈晖——作家的某种代言人——他们对刑罚(死刑)的残酷性予以猛烈的批评。小说中有一大段二人关于死刑的对话,[3]就是对死刑及其文化的探讨,或者说是一些法学家"死刑废止论的启蒙"[4]的文学化表达。如李志扬认为人们希望死刑存在,"还是一种以血还血的等害报应观念。或者说,这是一种刑罚的功利思想,却不是刑罚的本质。刑罚作为手段,目的是要引起罪人的忏悔"[5]"刑罚的本质,不是要让罪犯受辱,更不是对罪犯实施肉体上的折磨,而是要引起罪犯内心的忏悔,使之回归社会,重新做人。"[6]这就是作家对死刑及其存废的深层次思考。

如何做到废除死刑呢?这就涉及对死刑犯人的宽恕问题。宽恕是个复杂的哲学问题。在德里达眼中,宽恕"一般说来限于那些庄重,以至精神或

---

[1] 丹诺:《丹诺传》,林正译,北京:世界知识出版社,2003年版,第282页。
[2] 吉米·边沁:《立法理论——刑法典原理》,孙力等译,北京:中国人民公安大学出版社,1993年版,第90页。
[3] 潘军:《死刑报告》,北京:人民文学出版社,2004年版,第131—133页。
[4] 陈兴良:《中国死刑检讨——以"枪下留人案"为视角·前言》,北京:中国监察出版社,2003年版。
[5] 潘军:《死刑报告》,北京:人民文学出版社,2004年版,第76页。
[6] 潘军:《死刑报告》,北京:人民文学出版社,2004年版,第235—236页。

宗教性的情境"①,"只有在犯下不可补救或不可逆转的罪恶的人和受到这罪行伤害的男人和女人之间,才能够被要求或被允许,后者是唯一能够听到宽恕请求、或同意或拒绝这种请求的人"②,宽恕只给予请求宽恕者,而永远不给那些不认错、不赎罪的不请求宽恕者,即宽恕其"本质也是有限的,是'只此一次的'"③虽然"宽恕是一种'我'与'你'面对面的经验,但同时又已经存在着社群、直系亲属与见证人;它牵涉到社群,所以就有某种集体性"④,这样宽恕就有了"人间实践可能性"⑤的某种可能。

《死刑报告》中也多次主张对罪犯提出这种宽恕的可能性,"罪犯也是人啊,他们自然要为自己的罪行付出代价,但他们被剥夺的同样也是生命"⑥,"我们还要因为丢失了一块石头去索要一颗人头吗?如果真是这样,那是不是一种悲哀?"⑦如小说中对安小文、江旭初、张华涛等人的罪行是可以宽恕的,应该综合考虑他们各自犯罪时诸多因素,因为"人类的每个行为都有其原因,如果要改变人的行为,必须找到行为背后的原因,并予以改变或消除,如果简单粗暴地采用残酷的手段去制止人的行为,可能不仅实现不了刑罚的

---

① 转引自张宁:《德里达的"宽恕"思想》,《南京大学学报》(哲学·人文科学·社会科学版)2001年第5期。据张宁女士称,此语出自德里达在2001年9月北京大学演讲《宽恕:不可宽恕与无时效》,但笔者查阅由杜小真女士翻译的德里达的演讲稿《宽恕:不可宽恕与不受时效约束》(杜小真、张宁:《德里达中国讲演录》,北京:中央编译出版社,2003年版,第1—40页)时并未发现该句。此处姑且存疑。
② 杜小真、张宁:《德里达中国讲演录》,北京:中央编译出版社,2003年版,第7—8页。
③ 杜小真、张宁:《德里达中国讲演录》,北京:中央编译出版社,2003年版,第56页。
④ Derrida:Sur Parole:Instantanés Philosophiques,L´Aube,1999,P139. 转引自张宁:《德里达的"宽恕"思想》,《南京大学学报》(哲学·人文科学·社会科学版)2001年第5期。
⑤ 张宁:《德里达的"宽恕"思想》,《南京大学学报》(哲学·人文科学·社会科学版)2001年第5期。
⑥ 潘军:《死刑报告》,北京:人民文学出版社,2004年版,第64页。
⑦ 潘军:《死刑报告》,北京:人民文学出版社,2004年版,第263页。

目的,还会导致更为激烈的暴力反抗"。① 宽恕对个人而言,是让罪犯引起忏悔,重新做人;宽恕对国家而言,"是一种政治上的睿智。一部人类社会的历史,总的来说就是国家不断走向宽容的历史"。② 这就是小说中所暗含的死刑文化的意义。

正如德里达所言,"请求宽恕——为的是正义"。③ 所以,宽恕的背后体现了一种正义。司法审判也是为了正义,正义是为了社会健康发展。"正义是社会的首要价值……某些法律和制度,不管它们如何有效率和条理,只要它不正义,就必须加以改造和废除。"④但是,在现实死刑审判过程中,这种正义受到了污染,如权力的介入、民意的影响,等等。小说中,江旭初杀人案、沈蓉沈强杀人案、安小文盗窃文物案就是如此。如安小文被处决当日,柳青在日记中写道:"枪响了。我不知道这算不算是正义的枪声。我所知道的,这是国家的枪声。"⑤小说借助人物之口对于这种借助国家名义杀人的"正义"提出了某种质疑。另外,小说中释梦的老者、陈晖梦中的女神,也是作家对正义的文学化表达,是"一种建构在文学和情感基础上的正义和司法标准"⑥的"诗性正义"的象征,也是作家对死刑的另一种文化思考。

---

① 丹诺:《丹诺传》,林正译,北京:世界知识出版社,2003年版,第264页。
② 刘仁文:《死刑的温度》,北京:三联书店,2014年版,第3页。
③ 杜小真、张宁:《德里达中国讲演录》,北京:中央编译出版社,2003年版,第39页。
④ 罗尔斯:《正义论》,何怀宏、何包钢、廖申白译,北京:中国社会科学出版社,1988年版,第1页。
⑤ 潘军:《死刑报告》,北京:人民文学出版社,2004年版,第266页。
⑥ 努斯鲍姆:《诗性正义——文学现象与公共生活》,丁晓东译,北京:北京大学出版社,2010年版,第3页。

因此,小说就以文学的方式对法律文化①(不仅仅是死刑文化)做出一定的探讨,表达了一种对人的尊严、生命至上的尊重和人间公平正义的文化哲思,"死刑问题在文学上首先是一个人类的终极关怀问题"②,这样小说又表达了对"人"的生存处境的追问这一文学审美层面的思考。

第三节　人的处境的审美追问

美国当代著名法学家波斯纳认为:"法律常常作为文学主题的部分原因是统计造成的假象,并且在文学里,即便作者是律师(像卡夫卡)或是法律'爱好者'(像梅斯特尔),法律也更经常是作为隐喻,法律本身并不是作者的兴趣所在。"③也就是说,"文学中的法律"④,不同于现实法学纯理性认识,而是对法律的一种审美认识和反映,是作家"巧妙运用法律、法律事务的某些特征,传达与法律无关的情思,构成一种言在法律之内,意在法律之外的艺术境界"。⑤ 因此,《死刑报告》中有关诉讼案件的描写,不等同于现实生活中的

---

① 有学者指出,文学中的法律文化,"指的是除文学案件、文学法治人物以外的一切与法律、司法制度有某种联系的客观物质现象的描述与说明",并将古今中外的法律文化现象按其表现形式分为11种类型:1.各种司法文书;2.民事和刑事法庭;3.监狱和牢房;4.各种刑具和使用方法;5.刑场;6.流放地和劳改场所;7.罪犯身上的各种特殊标志;8.律师事务所和公证处;9.法医学现象;10.法律用语现象;11.黑社会现象(余宗其:《法律与文学的交叉地》,沈阳:春风文艺出版社,1995年版,第60—62页)。对此具体类型的文化特点我们不再阐释。

② 潘军:《〈死刑报告〉答问》,《潘军小说论》(第二辑),安徽大学出版社,2009年版,第368页。

③ 波斯纳:《法律与文学》,李国庆译,北京:中国政法大学出版社,2002年版,第13页。

④ "文学中的法律"是欧美自20世纪60年代兴起的"法律与文学运动"的一个重要组成部分。关于它的学术渊源、发展以及在中国大陆的译介与传播等情况可参阅徐慧芳:《文学中的法律——与法理学有关的问题、方法、意义》(北京:中国政法大学出版社,2014年版)一书相关论述。

⑤ 余宗其:《法律与文学的交叉地》,沈阳:春风文艺出版社,1995年版,第7页。

真实法律实践活动,而是作家以一种审美的方式传达出对与死刑相关种种问题的思考,追求一种"言外之意"。"人"是创作的出发点,也是创作的最终归宿。对于这种审美思考,小说主要通过人物塑造来完成。小说中主要为我们塑造了几类人物:法律界人士(法官、警察、律师)、犯人(罪犯、漏网者、无辜者)、普通公民(官员、百姓、看客)和超现实中的人(释梦的老者、陈晖梦中的女神)。这几类人,当然不是现实生活中的人,是文学中的人、虚构的人,审美的人,是一种象征和隐喻。小说试图通过他们围绕死刑的种种言行,揭示出人的处境与人性间复杂性关系的深层次思考。

对生命尊严的维护。小说中指出,"死囚同样有着人的尊严"。[①] 因此,即便是死刑,也应充满"死刑的温度"[②],让人们看到法律的温情。对犯人的尊重,也是对法律的尊重。其中人性执法就显得尤为重要。小说中是通过陈晖、李志扬以及柳立中、柳青父女等的形象塑造来完成这一思考的。作为体制之外的律师,陈晖与李志扬二人在小说中秉法办案,他们是司法正义的维护者。在张华涛案、江旭初案等表现就是如此。尤其是"刀下留人"场景,让我们看到人性的关怀与光辉。柳立中、柳青父女是体制内的执法者(虽然柳立中已退休),他们是国家法律的具体执行者。小说中,父女二人也都表现出一种职业操守和对正义的追求。如柳青审问安小文时,主动让人打开安小文的手铐,"放弃了居高临下的位置,也放弃了审与被审的关系,以'谈'的方式进行着'审'的工作,竟达到了出奇制胜的效果"。[③] 就是这种对犯人尊严的尊重。柳立中在得知吴长春案是冤案后,第一时间登门向吴长春父亲道

---

① 潘军:《死刑报告》,北京:人民文学出版社,2004年版,第62页。
② 刘仁文:《死刑的温度·题记》,北京:三联书店,2014年版。
③ 潘军:《死刑报告》,北京:人民文学出版社,2004年版,第74页。

歉,显示出一个老司法人的坦荡与善良。另外,在沈蓉被处决后,李志扬、柳立中等人自费为沈蓉处理后事,也是人性光辉的体现。这几个人物是正面形象,他们"身上寄托着我的某种理想。这个理想很朴素,就是爱和良知"。①

对人性幽暗面的揭示。这类人物大致分为两类。一类以法医汪工、警察高逸明为代表。他们是法律界阴暗人格形象的象征。如在处决张华涛前,法医汪工故意将枪毙的圆圈弄错,致使张华涛七枪才毙命,不符合"行刑机构与人员像医生对待病人一样对待犯人"的"行刑人道化"原则②,更是一种人性恶的体现。而高逸明篡改江旭初审问笔录,更是一种为虎作伥与知法犯法的表现。一类以官员魏如柏、郁之光和麻木看客为代表。小说中,魏如柏与郁之光都是高官,本应为社会做出更多的贡献。现实却恰恰相反,小说写出了他们的自私与虚伪。如魏环与江旭初二人原本是一对幸福的恋人,但因魏如柏的私欲,致使二人命丧黄泉。郁之光为了自己的政治前途,可以抛弃与自己相处八年的情人沈蓉甚至雇凶杀人。这里,作家通过两桩死刑案件,揭露官场对人性的异化,更揭示出人性深处的阴暗。小说最后,并未像一些类似题材作品那样,腐败官员最后得到应有的惩罚,反而写了这些人物继续在各个方面一帆风顺。如郁之光虽然因沈蓉事件调离司法系统,但他依然做着高官,并新娶了一位电视节目主持人为妻。"那个男人现在什么都得到了,唯一得不到的,是一份人的良知","他已经消解了道德的谴责,他也逃脱了法律的制裁,自然也永远不会被判处死刑,但他一定会下地狱"。③ 但郁之光

---

① 潘军:《〈死刑报告〉答问》,《潘军小说论》(第二辑),合肥:安徽大学出版社,2009年版,第370页。
② 邱兴隆、许章润:《刑罚学》,北京:中国政法大学出版,1999年版,第313页。
③ 潘军:《死刑报告》,北京:人民文学出版社,2004年版,第271页。

真会下地狱吗？这种对人物处理方式,让小说对人性的拷问力度更大更持久,同时也让小说充满着一种沉重。

另外,小说中,像鲁迅笔下的麻木看客形象塑造得不多,仅在会计贪污公款案中、沈蓉沈强案中有所涉及,而且以群像的形式出现。但就这些看客而言,作家是持批评态度的,如在枪毙会计行刑前召开的公审大会时群众观演场景、沈蓉被判死缓后市民们的义愤填膺等等,不仅是对犯人及其家属的一种精神折磨和人格侮辱,有时甚至成为国家机器的帮凶。对以上两类人物人性幽暗的描写,小说也为我们提出了继续改造国民性这一命题。

第三类形象是罪犯。这里作家对罪犯形象的塑造,不是脸谱化的——描写成十恶不赦的坏人——而是将人物放置到情与法、德与法的严重冲突中展示人性的复杂。张华涛、何小竹、江旭初、沈蓉沈强姐弟,走在大街上,谁能认为他们是杀人犯？甚至可以说,他们是生活中的弱者或者不幸者——张华涛被人诬陷开除出部队,何小竹是被丈夫虐待的乡村弱妇,江旭初是被学校开除的大学生,沈强是乡间的一名电工三十多岁依然未成家——但是,他们最终沦为罪犯。这里,作家就将人性的复杂刻画出来。如张华涛,一方面他活埋了两位女工犯下滔天罪行,另一方面曾在江中救过一个老干部的孙女;安小文,一方面他帮助他人盗窃国家珍贵文物而成为犯罪分子,另一方面作为一名小学教师工作兢兢业业,还出资为学校翻新旧桌椅并购置新桌椅;沈蓉,一方面她为了实现与情人结合竟策划自己亲弟弟杀人灭口,另一方面她又是从警二十年的老公安……这里,小说将德与法、情与法间的复杂纠缠关系给展示出来了。电影《弃船》《十诫之杀人的游戏》等的介绍,也为这种人性的复杂起到了很好的烘托与对比效果。

但小说中这种法律人物,不是现实生活中的法律公民,他们是作家虚构的审美人物。他们"既有法律中、法学中人的社会行为方式,更有社会行为方式以外的一切——人的性格、命运、遭遇、思想、感情、刹那间的感觉、形象、幻觉、梦境,人际间的错综复杂的关系、矛盾冲突与斗争","是各门社会科学和哲学所研究的综合体"。① 从这些人物形象身上,我们能感受到小说的强烈情感倾向和褒贬色彩,寄寓了作家对人性深层思索与叩问。"文学之所以能抵抗法律的不足,乃是因为它上演的是具体、生动典型的,直接诉诸读者的伦理意识和同情心的一幕幕'人间喜剧'。"② 因而,这种"文学中的法律"审美书写也直抵人性的深处。这也是当代文学中为何一批有关小说(包括影视作品),如张一弓的《犯人李铜钟的故事》、莫言的《檀香刑》、王安忆的《米尼》、陈源斌的《万家诉讼》等小说问世后,引起人们众多关注的原因。潘军的小说《死刑报告》(包括《犯罪嫌疑人》《枪,或中国盒子》《合同婚姻》等小说)为当代文学中的法治文学探索做出了积极的探索。

当然,《死刑报告》中的上述现实层面、文化层面与审美层面,三者间有时是相互纠缠在一起的,为了论述的方便,我们才将它们分开讨论。同时,作为一部法治小说,也许存在某些不足(如一些法律术语的使用、一些场景的设计等),但这些都无损于小说的价值,"作家不是法学家,不一定都懂法律,故他们描写法律不免失误,这是可以批评而且应当批评的……然而,没有必要让作家按照法学教科书或立法文件的条条框框进行创作。恰恰相反,文学

---

① 余宗其:《法律与文学的交叉地》,沈阳:春风文艺出版社,1995年版,第34页。
② 冯象:《木退正义——关于法律与文学》,广州:中山大学出版社,1999年版,第12—13页。

对法律描写越深刻,有时离法律的本来样子就越远"。① 这部小说,"对我们的最大受益之处,并不在于其情节及其文章内容本身,而在于它促使我们从人性的角度审视法律问题,以无限终极关怀的精神反思今天的死刑制度和刑罚理念"。②

早在两千多年前,中国文学家司马迁就曾指出:"法令者,治之具,而非制治清浊之源也。"(《史记·酷吏列传》)通过潘军的《死刑报告》这部小说,我们希望被胡适誉为"一个最可敬的美国人"丹诺法官在其自传中的美好祝愿在世界各国早日实现:"一个国家,当民众不再固执地相信,残酷的处罚和恐怖是阻止犯罪的唯一手段的时候,才能以科学和人性的态度处理社会秩序问题,才能维护自由的权力,真正建立良好的社会秩序。"③

---

① 余宗其:《法律与文学的交叉地》,沈阳:春风文艺出版社,1995年版,第19页。
② 许自保:《对死刑制度的反思——读潘军〈死刑报告〉》,《潘军小说论》(第二辑),合肥:安徽大学出版社,2009年版,第259页。
③ 丹诺:《丹诺传》,林正译,北京:世界知识出版社,2003年版,第285—286页。

第十二章 《重瞳》文本系列：
一次跨文体写作的成功尝试

《重瞳——霸王自叙》是先锋作家潘军同一题下的系列作品总称，它包括同名小说、话剧、戏曲和电影等几种样式①，是一次"跨文体"写作的实验，也是作家遵从内心写作的一份完美答卷。对这一系列文本进行分析，是研究潘军作品绕不开的一环。

第一节 《重瞳》文本系列的版本

从创作时间来看，这些作品写作时间前后有十余年，是一次写作的马拉松。《重瞳》有多个文学版本。据作家说，小说《重瞳——霸王自叙》(以下简称"小说版《重瞳》")最初的写作时间在1995年，开了三个头，因感觉不好暂时放下，直到1999年作家在完成长篇三部曲《独白与手势》第二部《蓝》之后才重新拾起，在半月内完成初稿。② 从小说首发刊物《花城》2000年第1期文后落款来看，此小说初稿写成时间是1999年8月22日，1999年9月2日改

---

① 虽然戏曲名为《江山美人》，但它有一个副题：《根据作者小说〈重瞳——霸王自叙〉改编》，故此处视其为同名创作。
② 潘军：《关于〈重瞳〉的一些话》，《读书》2000年第12期。

毕。① 随后,作家又将此小说改编成同名话剧、戏曲和电影剧本,而这些改编文本也大都几易其稿。

话剧版《重瞳——霸王自叙》(以下简称"话剧版《重瞳》")有三个版本。一个是文学本,首发于《江南》杂志2005年第1期,是该刊破例首次发表话剧剧本。文后注有写作时间"2004年2月19日,初稿;2004年8月31日,二稿"②(以下简称"二稿文学版话剧《重瞳》")。但从2012年出版的十卷本《潘军文集》第八卷剧作卷收录的此剧本文后写作时间看,还有一个第三稿写作时间:2005年9月16日③(以下简称"三稿文学版话剧《重瞳》"),即话剧版《重瞳》有两个文学本。"话剧版《重瞳》"另一个版本是演出本,首发于《剧本》2008年第6期(以下简称"话剧演出版《重瞳》"),文后未标明写作时间。从中国国家话剧院2008年3月14日首演来看,剧本写作时间应该在此演出时间之前。《剧本》杂志发表的是演出本,但已易名《霸王歌行》。也就是说,演出本是先有演出脚本,然后才发表的。同期《剧本》杂志还有一篇作家访谈《从小说〈重瞳〉到话剧〈霸王歌行〉——对话作家潘军》。话剧版《重瞳》无论是文学本还是演出本均为九幕话剧。

戏曲剧本版《重瞳——霸王自叙》(以下简称"戏曲版《重瞳》")首发于《芙蓉》杂志2005年第5期,也是该刊破例首发戏曲剧本。文后标注有"2005年3月20日初稿,北京"④字样。全剧共分六场。

---

① 潘军:《重瞳——霸王自叙》,《花城》2000年第1期。
② 潘军:《重瞳——霸王自叙(根据潘军同名小说改编)》,《江南》2005年第1期。
③ 潘军:《潘军文集》(第八卷),北京:文化艺术出版社,2012年版,第106页。
④ 潘军:《江山美人(大型戏曲剧本)——根据作者小说〈重瞳——霸王自叙〉改编》,《芙蓉》2005年第3期。

电影文学剧本版《重瞳——霸王自叙》(以下简称"电影版《重瞳》")首发于《作家》杂志2010年第3期,文末注有"2008年9月初稿,12月再改于北京"[①]。同期杂志附有作家的一篇创作谈《电影〈重瞳——霸王自叙〉编导阐述》。

因此,系列作品《重瞳——霸王自叙》,从创作时间上来看——从1995年最初动手写作,到2008年12月完成电影版《重瞳》——前后有十余年;从版本上来看,同一题材在作家手中竟至少有六个版本,即小说版、话剧文学版(二稿)、话剧文学版(三稿)、话剧演出版、戏曲剧本版、电影文学剧本版。这足以说明作家对这一题材的偏爱,"十年辛苦不寻常"。

从影响力上来看,《重瞳》系列作品也有着广泛的影响。小说版《重瞳》自2000年发表后,当年国内的《小说选刊》《小说月报》《北京文学》、美国的《世界日报》等报刊又进行了转载或重新发表,同时入选当年"中国小说排行榜""当代中国文学排行榜"等,被誉为"当代文学史上难得的佳作"[②],成为一些国内高校文科生必读作品之一。话剧演出版《重瞳》,自2008年3月由国家话剧院在京首演成功后,先后在国内的北京大学、深圳、南京、济南、哈尔滨等地巡演,同时赴韩国、埃及、俄罗斯、以色列等地演出,均取得很好反响。因此,从两家刊物的两次破例发表剧本,到小说阅读,再到剧场演出,《重瞳——霸王自叙》系列作品形成一个全方位的受众覆盖,这在当代作家作品中是不多见的。故对这一系列作品的研究(而不仅仅是对小说研究)就成为题中应有之义。

[①] 潘军:《重瞳——霸王自叙(电影文学剧本)(根据潘军同名小说改编)》,《作家》2010年第3期。

[②] 青峰:《"欲望"的写作》,《潘军小说论》,合肥:安徽大学出版社,2003年版,第86页。

第二节　故事:重新解读与借题发挥

关于项羽故事,千百年来人们很难逃脱一些典籍的记载,其中影响最大的数司马迁的《史记·项羽本纪》,如巨鹿之战、破釜沉舟、鸿门宴、楚河汉界、四面楚歌、霸王别姬、乌江自刎等。加之《史记》中《高祖本纪》《黥布列传》《淮阴侯列传》《陈丞相世家》等篇什,有关项羽的评价似乎成为一种定论影响着后人,衍生出众多有关项羽的文学艺术作品。面对这些既有的史实与评价以及各种民间传说,如何写出一个与众不同的项羽来,考验着试图涉猎这一领域的作家们的才智。在《重瞳——霸王自叙》系列作品里,潘军采取的策略主要有两点:重新解读与借题发挥。

"所谓重新解读,我的理解是在不脱离历史典籍的前提之下,换一个立场、一个角度、一种思维方式,特别是一种想象的形式,发自内心地进行一次大胆的书写。"[1]因为在作家眼中,"总感觉司马迁的《项羽本纪》有许多闪烁其词的地方,有很多难言之隐,这就是我做文章的余地和空间。当时我就本着在不推翻历史史实和典籍的前提下,能不能寻找到一种新的可能性"[2]。因此,这种重新解读的过程,就是重新发现历史的多种可能性的过程,也是一种戴着镣铐的写作。如小说版《重瞳》中多次写到了人物之死,如项羽祖父项燕之死、秦将李由之死、赵国使臣之死、秦王子婴之死、汉将纪信之死、项羽乌江自杀等,这些人物之死史书上确有记载,但对这些人物的死因的解释往往是模糊的,这就为作家提供了某种重新解读的可能。比如,对于项燕之死,

---

[1]　潘军:《从小说〈重瞳〉到话剧〈霸王歌行〉——与〈剧本〉月刊的谈话》,《剧本》2008年第6期。

[2]　潘军:《冷眼·直言:潘军访谈录》,合肥:安徽大学出版社,2008年版,第3—4页。

《史记·项羽本纪》就一句话:"为秦将王翦所戮。"[1]小说版《重瞳》对此进行的重新解读是:"我祖父项燕并非死于秦将王翦枪下,他是饮剑自尽的。虽说都是一个死,但之于军人,自裁无疑是光荣的。这个细节我之所以喋喋不休,是因为太重要了。它不仅仅是关乎我项家的荣誉名声,更要紧的是它预示着宿命。很多年后,某种意义上讲我的归宿实际上也是对我祖父的一次公开模仿。……死不足惜,但的确要考虑怎么个死法。或者说,要选择死亡的方式。"[2]在潘军看来,同样是死,但关乎一个人的尊严与价值,"人对死的恐惧远远大于对活着的检讨"[3]。所以小说对这些人物之死,进行了"潘军式"的"检讨"李由之死,"要像军人那样很光彩地死去"[4];赵国使臣之死,是"以死相谏的大义之人"[5]的殉国之举;秦王子婴是国家的一种象征,"他必须一死对他的国家有个交代"[6];纪信之死,是壮士救主之死;虞姬之死,是对这个世界失望和不想拖累项羽;项羽自刎,是自己战胜自己的诀别……对这些死因,我们又不得不认为是一种合理解释。"我无法改变历史中的事件、人物,如同我不能忽视时间和地点,但是我可以对它进行重新的解读,我的责任是寻找另外的可能性。这应该是我写这篇东西最为重要的支点。"[7]因此,这些"寻找另外的可能性",让《重瞳》系列文本,就是一篇篇重新解读《史记·项羽本纪》的美文,让历史典籍幻化出另一道道美丽风景。

---

[1] 司马迁:《史记·项羽本纪》,北京:中华书局,2010年版,第295页。
[2] 潘军:《潘军文集》(第四卷),武汉:长江文艺出版社,2002年版,第4页。
[3] 潘军:《潘军文集》(第四卷),武汉:长江文艺出版社,2002年版,第21页。
[4] 潘军:《潘军文集》(第四卷),武汉:长江文艺出版社,2002年版,第20页。
[5] 潘军:《潘军文集》(第四卷),武汉:长江文艺出版社,2002年版,第26页。
[6] 潘军:《潘军文集》(第四卷),武汉:长江文艺出版社,2002年版,第45页。
[7] 潘军:《关于〈重瞳〉的一些话》,《读书》2000年第12期。

如果说重新解读是面对典籍戴着镣铐踽踽前行的话,那么借题发挥则是作家自由飞翔的独自舞蹈,让作品呈现出极度个人化色彩。这里,作家可以穿越古今,说项羽、道孙文、骂刘邦、赏巴顿……人性、尊严、历史、权力等诸多问题都在系列文本中以天问的形式借人物之口道出。如认为历史是不可知的:"据我所知,这个国家一般主张后人撰前史",但"写历史的人又是如何知道'从前'"的?① 对皇权专制的批评:"我个人不喜欢皇帝这个称谓,我也看不出你们这以后的历史上出了几个好皇帝。"②对权力、对人的异化的批判:"你不是一个好东西,你会使一个人的欲望无限膨胀,你会使人因贪婪而丧心病狂,你会让人间的正义和良知泯灭,你自然也会让一个贵族堕落成为流氓。"③对正义与和平的呼唤:"这个世界不好,就在于总是用刀说话。"④等等。这些哲理性的表述,是作家长久思考的结果,显示出作家思想的深邃,"潘军的高明之处在于,他以史学家的眼光去冷静理智地质疑反思历史,又以艺术家的才智去大胆地虚构和想象历史"。⑤

这一切发问最终都是因"人"而起。于是渴望人性的澄澈、人际的和谐,以"人"的方式解决各种争端等就是作家的追求,"当人坏了历史就开始了;当人变好了,历史就结束了"。⑥"我讨厌'大丈夫能屈能伸'这种表达方式,我敬慕的是刚正不阿与宁折不弯的男人气概。"⑦因此,系列作品最终回到了

---

① 潘军:《潘军文集》(第四卷),武汉:长江文艺出版社,2002年版,第1页。
② 潘军:《潘军文集》(第四卷),武汉:长江文艺出版社,2002年版,第40页。
③ 潘军:《霸王歌行》,《剧本》2008年第6期。
④ 潘军:《潘军文集》(第四卷),武汉:长江文艺出版社,2002年版,第25页。
⑤ 吴春平、张俊:《穿行于历史与现实之间——〈重瞳〉思想意蕴漫谈》,《潘军小说论》,合肥:安徽大学出版社,2003年版,第317页。
⑥ 潘军:《潘军文集》(第四卷),武汉:长江文艺出版社,2002年版,第2页。
⑦ 潘军:《潘军文集》(第四卷),武汉:长江文艺出版社,2002年版,第47页。

作家创作理想中对优美与健康人性的呼唤,而这种呼唤也是作家四十年来的一个创作基点。

以对人的尊严的维护为例。系列作品中,作家借助项羽和虞姬之口,表达了对人的尊严的尊重与维护。这种维护,既是对自己的,也是包括对手在内任何人的。如鸿门宴中项羽不杀刘邦,《史记·项羽本纪》中仅一句话:"范增数目项王,举所佩玉玦以示之者三,项王默然不应。"[1]这里,"项王默然不应"的原因是什么?《史记》对此未作解释。潘军就此进行了发挥,核心一点就是项羽将个人的尊严放置于首位。我们试比较一下不同版本里对此的描述。

小说版《重瞳》是这样叙述的:

> 我这个二十七岁的上将军怎么能够听命于一个年过七旬的老叟的唆使,来干一个小人的勾当?这样一来,这场鸿门宴岂不成了阴谋的代名词?我岂不是彻底背叛了我的血液?[2]

话剧演出版《重瞳》是这样分析的:

> 这便是历史上著名的"鸿门宴"的情形,所谓项庄舞剑,意在沛公。作为一篇美文,太史公的这个段落可谓精彩绝伦。但他忽视了一些很重要的细节,或者对此语焉不详,从而使"鸿门宴"日后演变成了阴谋的代

---

[1] 司马迁:《史记·项羽本纪》,北京:中华书局,2010年版,第312页。
[2] 潘军:《重瞳——霸王自叙》,《花城》2000年第1期。

名词。这令我感到遗憾！那一天真实的情况是,当酒过三巡之后,项庄跳出来表演剑舞,欲借机行刺刘邦,这无疑是范增的安排。但是,我极不愿意看见在我的大帐里发生类似"荆轲刺秦"的把戏。我讨厌这种下流的行刺与暗杀。男人做事应该有男人的方式,于是,我立即站了出来……①

戏曲版《重瞳》是这样表达的:

项羽:……我项羽,乃是这三军统帅,岂能行小人之举？又岂能听命于一个老叟的安排？（唱）鸿门宴暗藏了刀光剑影,不提防顷刻险象环生。设埋伏刺刘邦非君子本分,我项家担不起这千古骂名！②

电影版《重瞳》对此是这样表现的:

项羽回过头:你说得很对。我项羽从来就不会听从任何人的唆使摆布,更不会去干那些鼠窃狗偷的小人勾当！③

以上不同版本对鸿门宴上项羽不杀刘邦的解释虽略有区别,但核心部分只有一个,即项羽始终将人的尊严放在首位,即使他为此付出代价或历史因之改写,他也在所不惜。这里,项羽就是一个现代人,是"一个两千年前的幽

---

① 潘军:《霸王歌行》,《剧本》2008年第6期。
② 潘军:《江山美人》,《芙蓉》2005年第5期。
③ 潘军:《重瞳——霸王自叙》,《作家》2010年第3期。

灵,但是行走在今天的街上"①,他打量和拷问着历史和现实中的芸芸众生。

谈到项羽,不得不提虞姬。《项羽本纪》中对此惜墨如金,只在文章最后才有一句介绍虞姬:"有美人名虞,常幸从;骏马名骓,常骑之。于是项王乃悲歌慷慨,自为诗曰:'力拔山兮气盖世,时不利兮骓不逝。骓不逝兮可奈何,虞兮虞兮奈若何!'歌数阕,美人和之。"②在后来的历代关于虞姬的文学作品中,虞姬总体形象差强人意,往往成为一个美妇与怨妇的代名词。但在《重瞳——霸王自叙》系列作品中,潘军一改虞姬旧影,塑造出一个全新的虞姬形象。她不仅外表美艳,更多的是精神上的自尊自爱和自立自强。甚至可以说,虞姬是项羽的另一只"重瞳",她时时提醒和监督着项羽的错,是项羽精神上的"圣母"。如在王离之死、项羽坑杀二十万秦卒等问题上,她不是一味迁就项羽,而是指出他的不仁与残暴,也表示了她对项羽的失望:"我替你感到羞耻。"③另一方面,她又鼓励和支持项羽的正义之举,如剪杀宋义、垓下突围等。可以说,虞姬是当代文学史上一个少有的光辉形象。

因此,无论是重新解读还是借题发挥,其背后寄寓着作家关于历史与现实、战争与和平、权力与人性等深层次问题的思考,这才是作家写作《重瞳——霸王自叙》系列的真正目的。"它的解构和建构是并驾齐驱的,它在毁坏、颠覆传统叙事的同进中树立了自己的东西,这种小说的意义就在这里。"④不仅小说如此,其他同题文体写作也是如此。作家在系列作品中恣意

---

① 潘军:《重瞳——霸王自叙》,《作家》2010年第3期。
② 司马迁:《史记·项羽本纪》,北京:中华书局,2010年版,第333页。
③ 潘军:《潘军文集》(第四卷),武汉:长江文艺出版社,2002年版,第28页。
④ 林舟:《建构心灵的形式——潘军访谈录》,《花城》2001年第1期。

地阐发自己的人生理想、信念追求与喜怒哀乐,显示出"作者的非同寻常的笔力"[①],也使系列作品成为当代文学史上的一篇篇难得的佳作。

第三节 技法:"第一人称"与"诗骚"手法

《重瞳》系列作品的成功,除了故事上的精到之外,也与它们使用多种艺术手法有关。总体而言,在这些作品中,作家充分考虑到各文体的本性与属性,同时又融会贯通。其中的每一文体中既有先锋手法的使用,又有古典技巧的传承,让作品在形式与内容上达到了完美的融合。而"第一人称"叙事和"诗骚"抒情传统就是此系列作品在艺术手法上的两个显著的体现。

在20世纪80年代中期,潘军以形式的实验被冠以先锋小说家之名而走上文坛。评论家陈晓明认为,与余华、格非、苏童、孙甘露等先锋作家相较,"潘军的特点则表现在他的那个叙述人。潘军小说中的叙述人'我',同时又是'被叙述人',他是一个实际的角色,而不是一个外在的视点。因此,潘军的叙述总是导向叙述人的内在分析,一种真实的关于'我'的叙述,关于'我的叙述'的叙述。"[②]这就指出了同为先锋作家,潘军不同于他人之处在于,他娴熟运用"第一人称"叙事手法并自成一家。的确如此,无论是他的中短篇小说如《白色沙龙》《南方的情绪》《蓝堡》《海口日记》,还是他的长篇小说《风》、《独白与手势》三部曲等,"第一人称"叙事手法达到圆润自如。作家曾言,"现代小说创作从某种意义上而言是形式的发现与确定","我的小说写

---

① 陈骏涛:《重塑项羽——读〈重瞳〉》,《2000年中国小说排行榜》,长春:时代文艺出版社,2001年版,第417页。
② 陈晓明:《对文学说话:潘军的写作及其他》,《潘军小说论》,合肥:安徽大学出版社,2000年版,第4页。

作,一般都源于对一种叙述形式的冲动。"[1]"第一人称"就是这种叙述形式的体现。《重瞳》系列文本也是如此。

作家曾说,"这部小说我在1995年的时候就想写了,当时就是因为这个'第一人称'的刺激"[2],但是"写了三个开头,拿给朋友看了,自己却不满意。我想这件事还真是急不得的,得悠着点。"[3]这里,自己"不满意",认为要"悠着点"的原因,或许就是作家尚未调整好如何以"第一人称"来叙事,直到后来以"重瞳"为切入点,以项羽"我"的"自叙"展开叙事,才找到一个最佳入口,使小说豁然开朗并一气呵成。这是个与众不同的项羽,他穿梭古今与臧否人事,"检讨自己的人生,思考战争与和平、江山与美人、权力和人性这些命题"[4],是一个"与一般男人不一样的男人"。[5] 多年后,作家对这一手法仍溢于言表:"我得意的就是这个'我'……这个视角很有意味。找到了,就成就了这个小说。"[6]

比如,项羽活埋秦国二十万降兵,是项羽历史上的一个污点。小说版《重瞳》中,作家就以"第一人称"的手法对此进行了自我反省:"很多次,我对我这种暴行悔恨不迭。我不明白像我这样的人怎么会变得如此的凶残? 那是我一生中最大的败笔,也是噩梦真正的开端。……我项羽何以变得这样? 难道是我做了上将军的缘故? 我大权在握,便为所欲为,假如日后我做了皇

---

[1] 潘军:《想象与形式——关于〈风〉的一些话》,《当代作家评论》1994年第2期。
[2] 潘军:《冷眼·直言:潘军访谈录》,合肥:安徽大学出版社,2008年版,第3页。
[3] 潘军:《关于〈重瞳〉的一些话》,《读书》2000年第12期。
[4] 潘军:《从小说〈重瞳〉到话剧〈霸王歌行〉——与〈剧本〉月刊的谈话》,《剧本》2008年第6期。
[5] 蔡诗萍:《潘军写活了与一般男人不一样的男人》,《安徽文学》2005年第7期。
[6] 潘军:《潘军文集》(第十卷),北京:文化艺术出版社,2012年版,第325页。

帝,那我和那个暴君嬴政又有什么两样?"①这里,项羽以"第一人称"亲历者的身份讲述,比司马迁在《史记·项羽本纪》中以旁观者的全知全能视角讲述效果要好得多,达到一种逼真感和现场感。另外,像火烧阿房宫、楚河汉界、乌江自刎等事件中的"第一人称"效果也作如是观。

在作家看来,"第一人称""很灵活","有可塑性","叙事意味会更好一些"。② 这种对"第一人称"的青睐,作家后又移植到其他艺术形式的《重瞳》系列写作中,"无论是小说,还是后来的话剧,以及未来的电影,都一律采取了'第一人称'的叙述方式,也即'霸王自叙'"③。如,在话剧剧本中,作品以"项羽幽灵"的"第一人称"形式对现实舞台中另一个"我"的所作所为进行补充与深化;在电影剧本中,作家又以话剧版《重瞳》的诞生历程作为结构线索,同时以话剧演出和电影交融的方式推动情节,话剧版《重瞳》与电影版《重瞳》形成一种互文关系,等等。

这种"第一人称"叙述,系列作品呈现出浓浓的古典抒情氛围。作家牛汉曾说,潘军骨子里就是个诗人。的确,小说开篇就是一首诗:"我要讲的自然是我的故事。我叫项羽。这名字怎么看都像个诗人,其实我自己早就觉得是个诗人了,但没有人相信。而民间流传的那首'力拔山兮'又不是我的作品——我不喜欢这种浮夸雕琢的文字。我的诗倒是真有不少,可我却没有把它们刻到竹简上。我觉得最好的诗还是保留在头脑里好,也比较安全。"④同

---

① 潘军:《潘军文集》(第四卷),武汉:长江文艺出版社,2002年版,第28页。
② 潘军、陈宗俊、熊爱华、宋倩:《写作是未知不断显现的过程——潘军先锋小说访谈录》。
③ 潘军:《从小说〈重瞳〉到话剧〈霸王歌行〉——与〈剧本〉月刊的谈话》,《剧本》2008年第6期。
④ 潘军:《潘军文集》(第四卷),武汉:长江文艺出版社,2002年版,第2页。

样,结尾也是一首诗:

  第二年春天,这块地方开出了一片不知名的红花。有一天,一个老人领着他的小孙女到这儿散步。那孩子就问:爷爷,这些漂亮的花儿有名字吗?
  老人思忖了片刻,说:有。它叫虞美人。①

  作品的这种举重若轻,既与"第一人称"叙事有关,也与中国文学的抒情传统技巧使用有关。陈世骧先生认为,"中国文学传统从整体而言就是一个抒情传统"②。陈平原先生将这种抒情传统概括为"诗骚"传统,它极大地推动了中国小说的现代转型:"引'诗骚'入小说,突出'情调'与'意境',强调'即兴'与'抒情',必然大大降低情节在小说布局中的作用和地位,从而突破持续上千年的以情节为结构中心的传统小说模式,为中国小说的多样化发展开辟了光辉的前景。"③同时陈平原又指出,"诗骚"抒情手法在小说中主要体现为三个方面:"突出作家的主观情绪,于叙事中着重言志抒情;'摛词布景,有翻空造微之趣';结构上引大量诗词入小说。"④以此观潘军的《重瞳》系列文本的写作技巧,也最恰当不过了。

  首先,系列作品以"自叙"的方式凸显主观抒情性。虽然小说版《重瞳》不是以作家潘军本人的履历来创作的,称不上"自叙传"小说,但"自叙"与

---

① 潘军:《潘军文集》(第四卷),武汉:长江文艺出版社,2002年版,第58页。
② 陈世骧:《论中国抒情传统》,《抒情之现代性——"抒情传统"论述与中国文学研究》,北京:三联书店,2014年版,第48页。
③ 陈平原:《中国小说叙事模式的转变》,北京:北京大学出版社,2010年版,第236页。
④ 陈平原:《中国小说叙事模式的转变》,北京:北京大学出版社,2010年版,第199页。

"自叙传"小说在主观性和抒情性等方面有某种相通之处。如小说版《重瞳》中有这样一句话:"我已经死过了两千多年,我的阳寿不过三十一岁,但我觉得有些事还是需要说上他几句。这也就是我愿意通过一个叫潘军的人来发表这篇自叙的真实原因。"①这里,与其说是作家在使用"元小说"技法,不如说是作家借项羽来表达自己的心迹,具有强烈的主观抒情性。另外,在系列文本中,都有一个副题《霸王自叙》或者《根据作家同名小说〈重瞳——霸王自叙〉改编》。因而《重瞳》系列作品,不仅仅是"霸王自叙",也是"潘军自叙"。这种"自叙",让系列文本具有了浓重的抒情性。这种抒情性,既有局部的,也有是整体的。

如小说中,在鸿门宴之后有这样一段文字:"往事如烟。时间虽然过去了两千两百多年,可我经历的那些事儿却在眼前停滞着,挥之不去。昨天夜里我又梦见虞了,她还是那么美丽,但她的表情却是哀怨的。黎明前,我听见了她的哭声,那是悠远而凄怆的悲声,如同楚歌的旋律,寄托着对我的无限思念与爱怜!我便从这悲声里惊醒而起,那时分,我的窗外是一弯残月。"②这里,作家在叙述鸿门宴的史实之后,以抒情的笔法写景、状物与项羽自语,表达了项羽那种英雄的旷世孤寂——范增的不理解、后人的嘲笑、历史的误会、知音的难觅等等,既突显了人物心境,又烘托了小说氛围,具有陈平原所引明代桃源居士诗句"摘词布景,有翻空造微之趣"特点。同样,在话剧演出版《重瞳》中,作家将文学版《重瞳》中的"项羽幽灵"形象以舞台服装和道具等形式加以体现,项羽"他身披宽大的斗篷,外黑内红——如果是黑色,表明这

---

① 潘军:《潘军文集》(第四卷),武汉:长江文艺出版社,2002年版,第21页。
② 潘军:《潘军文集》(第四卷),武汉:长江文艺出版社,2002年版,第36页。

是项羽的幽灵;反之为红色,那就是剧中人的项羽了"①。让视觉的静态抒情变为动态抒情。因此,无论是小说,还是剧本抑或实际演出,都有着强烈的抒情性,是潘军对古代抒情小说尤其是"风骚"抒情技法的自觉传承与创新。

其次,诗词的使用。诗词入小说的"风骚"技法,是中国古代小说常用的手法之一,如《金瓶梅》《红楼梦》《儒林外史》等中比比皆是。具体到潘军《重瞳》系列文本上,则主要体现在戏曲版《重瞳》和话剧演出版《重瞳》两个版本中。戏曲版《重瞳》共有六场,每场次标题依次为:

第一场:《乌江相逢》;第二场:《琴心剑胆》;第三场:《鸿门惊变》;第四场:《杜鹃啼归》第五场:《四面楚歌》;第六场:《英雄美人》。

这些四字句标题就具有典型抒情性。而正文中的唱词部分,则是一首首优美诗词。

如第一幕《乌江相逢》中项羽出场的剧本介绍与唱词:

[幕启,天幕上出现的是波涛汹涌的乌江。江天之上,是奔腾的乌云,仿佛一场大雨就要来了。江畔,芦花摇曳……在这样的气氛中,我们听到了一个遥远的箫声,划破了黎明的寂静……

[箫声过后,京胡过门起……

项羽幕后唱:乌江上,乱云飞,白雾苍茫……

[项羽身披斗篷,佩剑,便装打扮,手持一根斑竹箫,仿佛一介书生,上场,亮相。

---

① 潘军:《霸王歌行》,《剧本》2008年第6期。

项羽（唱）：杞柳衰,芦花败,雁阵哀鸣,帆影孤单,好不惨然！

暴秦无道江山占,

英雄干戈起四方。

大泽风云卷,

项字旗飘扬。

碧血黄沙何所惧,

马革裹尸不彷徨。

只可叹连年征战,狼烟弥漫,

望中原赤地千里,生灵涂炭。

心中郁闷难排遣……

解忧唯寄一箫簧。

趁晓雾初开,我来在这乌江岸畔……

何日能听楚歌还？[①]

这段唱词,语言极具音乐性和画面感,其中三言、四言、五言、七言、八言等错落交织,是"诗骚"抒情传统在戏曲中的体现,将踌躇满志、英姿勃发的项羽形象突显出来了,与前小说版《重瞳》开篇项羽自叙有异曲同工之妙。

再看结尾项羽在梦中与虞姬生死爱恋的相会场景：

［项羽在梦中与虞姬相会。

---

① 潘军:《江山美人》,《芙蓉》2005 年第 5 期。

虞姬:夫君,你在这乌江边做甚啊?

项羽:我在找寻你啊!

虞姬:找我又做甚啊?

项羽:一马双跨,诗剑逍遥,去看这锦绣江山。

(唱)我与你乌江相会结永好,

虞姬(唱):我与你琴瑟和鸣同欢笑。

项羽(唱):我与你山水之间乐逍遥,

虞姬(唱):我与你心潮澎湃逐浪高。

项羽(唱):我与你海誓山盟同偕老,

虞姬(唱):我与你在天愿作比翼鸟。

幕后合唱:化作比翼鸟,凌云上九霄。①

另外,在结尾插入带有昆腔的李清照的诗《夏日绝句》("生当作人杰")、话剧演出版《重瞳》结尾插入京剧《夜深沉》唱词("劝君王饮酒听虞歌")等,都是诗词入剧本的"诗骚"传统的传承,它们极大丰富了作品的艺术感染力。

综上,《重瞳》系列文本中"第一人称"与"诗骚"技法,显示出作家在写作技巧上既借鉴西方又传承古典,与前在内容上的重新解读与借题发挥珠联璧合而又文质彬彬,让系列文本既潇洒飘逸又充满韵味。

在《与话剧有关的笔记》中,作家指出:"我历来把自己的写作(包括用镜头),分为两类,即内心需要的写作和生活需要的写作。小说和话剧,以及今

---

① 潘军:《江山美人》,《芙蓉》2005年第5期。

后那种我想拍的电影,属于前者。"①这里,作家提出一对值得重视的概念"内心需要的写作"与"生活需要的写作"。在我看来,"内心需要的写作",是一种纯粹的写作,它拒绝外在的功利与诱惑,是一种"真"的写作;而"生活需要的写作"是一种妥协的写作,有时甚至是一种追名逐利的写作。在潘军这里,他欣赏的是前者,"我离不开的,还是内心需要的写作。这种写作是一个人的战争,既残酷,又奢侈,而我恰恰又是一个爱跟自己较劲的人,要不别打,要不打赢"②。在《小说者言》《自己的小说和需要的写作》《我的话剧观》《我所认识的基耶洛夫斯基》《一九九九年十二月三十一日:自叙》等文章中,作家都提出了类似的主张。在作家看来,艺术创作是艺术家内心的一种需要,而这种需要是一种创造性的需要,而非人云亦云的模仿。由此观《重瞳》系列文本作品,其实是家"内心需要的写作"的真诚体现,是文笔诗心写华章。前述系列作品在内容与艺术上的大胆尝试就是很好的证明。

"内心需要的写作"在当下文坛尤为珍贵。当一些作家在进行为"生活需要的写作"时,我们不能认为他的写作不真诚,因为生存永远是第一位的。这里,对真善美的追求是"生活"的核心。但是,如果把追名逐利也看作"生活"的本真,那么这种"生活需要的写作"就散发出异味而非人间烟火味。当下文坛这种"异味"写作何其多也。由此反观潘军的《重瞳》系列文本写作,其就显示出特有的意义与价值:在一个物欲横流的时代,作家是不是灵魂的坚守者与真理的传播者? 能否秉承"写作的目的就是写作"③与"拒绝流行的

---

① 潘军:《与话剧有关的笔记》,《剧本》2009年第4期。
② 潘军:《与话剧有关的笔记》,《剧本》2009年第4期。
③ 潘军:《自己的小说与需要的写作》,《潘军散文》,杭州:浙江文艺出版社,2000年版,第177页。

一切"①的写作？因此,谈到当代作家对写作本真的坚守,谈到潘军的创作,《重瞳》系列文本是绕不开的存在。

---

① 潘军:《秋天笔记》,《潘军散文》,杭州:浙江文艺出版社,2000年版,第151页。

结语:飞翔与行走的写作

一、写作:是使命也是生活

在成为一个小说家之前,潘军的理想是做一名画家,而非小说家,"我对文学的兴趣远在美术之下"。① 他成为一个作家,除了自身的文学天赋之外,最大的一个因素莫过于作家的家庭对他的影响。

潘军出身于梨园之家,母亲是位黄梅戏演员,父亲是位剧作家。这样的家庭应该说是一个艺术氛围浓厚和谐幸福的家庭。但是由于"历史的误会",1957年,当作家还未出生时,父亲便成了右派,长期流放在农村劳动;而母亲也一直在接受着思想改造的煎熬,"文革"中也被打倒,戴高帽游街。在作家少年的记忆中,欢乐总是那么短暂与珍贵,严酷的人生阴霾使作家过早地成熟,用他母亲的话说,"在这个世界上,只能靠你自己"。这种根植于他意识深处的信念,促使作家只能用自己的创造去摆脱外在环境强加给他的绳索与枷锁。1976年他的代课教师职务被剥夺后,作家在痛哭中明白了权力

---

① 潘军:《潘军散文·一九九九年十二月三十一日:自叙》,杭州:浙江文艺出版社,2000年版,第266页。

在中国社会的作用,清醒地认识到必须选择一种远离权力的生活方式,用自己的创造完成对这个社会的抗争,即使这种抗争异常微弱。终于在1978年,他凭自己的勤奋与智慧,考取了安徽大学中文系。而上大学前后的几件事——偶见父亲一生中发表的唯一一篇小说、1977年报考浙江美院落选、电影剧本《徐悲鸿》流产——让他感到"仿佛是宿命的驱使"[1]让他去从事写作,完成父辈及命运赐予他的使命。

这里我们看到,作家的文学之路,一开始就有别于其他作家,即他的文学创作之路是他自己清醒的执着选择,是他应该完成的使命,不含有任何的功利成分,也是一种远离权力的写作。但作家也不是因此把写作看成是人生的唯一选择和目的,"写作不是神圣的事,就该是我日常生活的一部分"。[2] 在作家看来,写作者同手艺人一样,没什么区别,都是用自己的作品说话,只不过手艺人用的是"实物"而非"文字"。因此作家没必要自恃清高,也不是什么明星,他的天地就是一张宁静的书桌,"写作的目的就是写作"[3],"如果说作家有什么野心,那么我觉得这野心只能停留一张纸上,而不要跑到纸外面去"[4],他崇尚的是一种职业写作与专业精神。但在这个高度崇尚物质的社会,要做到这一点是多么不容易。人们要为安身立命、要为许许多多的生活琐事而四处奔走,同时也经受着各种各样的诱惑。潘军也不例外。但我们看到,无论在什么情况下,作家都能坦然面对。另外,和一些以写作为生的作家不同,潘军将写作与谋生分得很开,写作就是写作,不会为了生存去写作,也

---

[1] 潘军:《潘军散文》,杭州:浙江文艺出版社,2000年版,第273页。
[2] 潘军:《动笔之前我脑中一片空白》,《小说家》2000年第1期。
[3] 潘军:《自己的小说与需要的写作》,《水磨》,北京:中国文联出版社,2001年版,第12页。
[4] 潘军:《形式的挑逗》,《水磨》,北京:中国文联出版社,2001年版,第44页。

不靠写作来谋生,这样便保持了一份思考的独立。了解作家的这些,对于我们了解作家的思想,解读作家作品的内涵具有重要意义。正是凭着这样一种朴素的平常的心态,我们看到,作家无论是从政还是经商,无论是人生低潮还是声名鹊起,他都能一如既往地写作,而且越写越好。潘军以自己的实践履行他对文学的发言,用多副笔墨书写着属于"自己的作品"。

二、形式:痴迷与激情

20世纪80年代以来,许多作家开始不满足于现有的陈旧的小说创作模式,力图尝试一种全新的创作。从王蒙、宗璞、刘索拉、莫言、残雪等作家开始,他们的小说创作中已出现各种实验的端倪,其中"叙事"试验尤为突出。而后来的以马原为首的一批更年轻的作家让这种叙事实验走得更远,以余华、苏童、格非、北村、孙甘露为代表,当然也包括潘军。他们以自己对叙事形式的痴情与成功尝试,赢得了"先锋"之名,尽管他们中的大多数人都不承认这一事实。可以说,对小说叙事形式的追求是"先锋派"小说创作的一个共同的表现,也是其成为先锋小说的一个重要特征,它是对传统小说叙事模式的一次反叛,是中国当代文学在20世纪80年代的一次伟大的集体无意识的狂欢。但进入20世纪90年代后,由于外在因素与先锋作家自身的分化①,这股浩浩荡荡的实验的"局限性日益显露,而不可避免地走向形式的疲惫"②,最终也只有在"细雨中呼喊"了。

但是,作为先锋小说骁将之一的潘军,却以自己每一次出手不凡的创作

---

① 孟繁华:《九十年代:先锋文学的终结》,《文艺研究》2000年第6期。
② 洪子诚:《中国当代文学史》,北京:北京大学出版社,1999年版,第339页。

实绩一再向人们表明:先锋未死。有学者称,他虽然称不上中国先锋小说最好的作家,但他"不惜做中国当代文学史中的'最后一位先锋'"[①],尤其是他对叙事形式的痴迷与探索。潘军曾说过:"我的小说写作,一般都源于对一种叙述形式的冲动","现代小说创作从某种意义上而言是形式的发现与确定"[②]。于是我们在其小说中常常看到当时先锋小说家们常用组合、改写、挪用、拼贴等叙事形式。如长篇小说《风》,中篇小说《白色沙龙》《南方的情绪》《蓝堡》《流动的沙滩》《爱情岛》《与程婴书》等。拿潘军"先锋实验期"的中篇小说代表作《流动的沙滩》来看。这篇小说被作家称为一部"关于遐想的妄想之书",实际是对文学活动及写作状态的一些描述与断想。它采用双重文本的形式,叙述人"我"及书中的"老人"都在创作一部名为《流动的沙滩》的作品,其中的写作本身又是推动这部小说的动力。在这里,完全改变了传统小说的结构模式,即兴拈扯许多东西,而取名《流动的沙滩》和援引克罗多·西蒙的一段话,除了在小说中强调人对历史的感觉之外,强调了外在的动力包括形式上的考虑[③]。在解读潘军这种先锋实验的作品时,读者需要有足够的耐心,也需要一定的阅读技巧,因为它们与传统意义上的小说叙事的线性形式是不同的。同时,潘军的一些先锋实验时期的作品,模仿的痕迹依稀可见,这也从另一侧面说明先锋小说在中国的先天不足留下的尴尬,以及先锋作家们后来集体转向的某种原因。

在作家自称为"自我放逐"式下海经商生活结束后,潘军的小说创作同

---

① 鲁枢元:《捕〈风〉捉影——兼记潘军与他的伙伴及我的朋友们》,《当代作家评论》1994年第2期。
② 潘军:《想象与形式——关于〈风〉的一些话》,《当代作家评论》1994年第2期。
③ 潘军:《坦白——潘军访谈录》,合肥:安徽大学出版社,2000年版,第6页。

其他先锋小说家的一样,经过调整与回归,虽然小说的"故事"越来越强,但他对文本形式的叙事实验依然保持着高涨的热情。小说在"故事"与"技巧"中由"难懂"走向"好看"。于是我们在"对话体"的《对话》中看到一对落魄男女的暧昧故事,在《对门·对面》《关系》的符号体系中体会人生的某种无奈与哀凉,在《重瞳——霸王自叙》中领略超现实手法对历史进行的一次新的发现。值得一提的是,这个时期的长篇小说《独白与手势》三部曲(《白》《蓝》《红》),作家对形式的探索走得更远——将图画引入小说当中,并成为小说文本不可或缺的部分,在"规定性""强制性"阅读中显现出一种巨大的视觉冲击。同时,此篇小说继承了潘军对"叙述人""我"的偏爱,"我"既是小说中的主人公,又是推动故事的叙述人。这一点可以说是潘军区别于其他先锋小说家的一个显著的不同之处。

2017年潘军回乡之后,在寄情翰墨之余也创作了不少小说,如《泊心堂记》《断桥》《与程婴书》《刺秦考》等。在这些小说中,作家依旧保持着对小说形式探索的热情。如《断桥》中采用"穿越"的方式,让生活在现代的许仙在多年之后讲述自己的前世故事;《与程婴书》中采用第二人称视角,在叙述人"我"(电影导演)与"你"(程婴)之间以对谈展开故事,"《与程婴书》的视角就是作者与程婴的隔空对话,也可以看作是对他进行'导演阐述',这也影响到结构,都是叙事的需要"[①],等等。

因此,潘军对小说叙事形式的追求与痴迷,不是为了形式而形式,而是作家对文学及自身创作的一次又一次超越,是一种"有意味的形式"。从这个

---

① 蒋楠楠、潘军:《二十四年 忽如一梦——与潘军谈春秋战国秦汉三部曲》,《新安晚报》2024年1月26日。

意义上说,"对形式结构的迷恋,引诱潘军走到探索的前列"①。

三、故事:怀疑与拷问

潘军小说在追求叙事形式的"技术"的同时,也注重"故事"本身这一层面。他很会说故事,故事也很动听。无论是早期作品,还是近期作品如《断桥》《知白者说》《十一点零八分的火车》《与程婴书》《教书记》等,都是如此。

考察这些故事,我们会发现,在作家的"故事"背后隐藏着一个共同的东西:怀疑与拷问。这点颇似鲁迅先生的某些小说。在鲁迅那里,这种怀疑与拷问背后体现的是鲁迅先生的人生哲学与生命体验,最终指向"绝望的反抗"②,而在潘军这里,同样具有一种人生的感悟与思索。在潘军笔下,"故事"只是手段,"怀疑""拷问"才是目的,体现了一个作家对心灵的探寻。这里又可分为几种情况:

一是在"历史"的"寻找"中怀疑。最为典型的是长篇小说《风》。故事中,"我",一个作家,为了调查一桩历史人物之死的"疑案",决定做一次不乏浪漫与想入非非的"寻找"。但随着"寻找"的深入,无论是现实中的人物,还是历史人物,抑或叙述人"我",都陷入了一种可怕的现实与历史的迷雾之中。而当初的所谓计划、目的、价值指向等都很快在这"寻找"中动摇了,由此产生了更大的疑惑:现实的此岸与历史的彼岸有距离吗?历史中的人与事可信吗?小说在这种追问中留下了许多如风般的疑团与思索。在作家看来,

---

① 陈晓明:《对文学说话:潘军的〈风〉及其他》,《当代作家评论》1994年第2期。
② 钱理群等:《中国现代文学三十年(修订本)》,北京:北京大学出版社,1998年版,第40页。

"历史本身就是飘忽不定,值得怀疑的"①,即便是以历史形式出现的档案也值得怀疑:"档案只能证明人的一部分经历。况且档案也是人为的产物,可以修饰,可以剪裁,甚至可以篡改与杜撰。"②那么用什么来证明历史、证明人呢? 作家认为:只有"良知"。在这里,传统的对人及历史的观念与体系被彻底颠覆。同样,中篇小说《结束的地方》《桃花流水》以审视的目光考察历史,当最终"故事"的"寻找"真相揭晓时,也是"历史"的荒谬被推到前台之际。在这里,"历史"只是一面镜子,而"故事"中的一切都只不过是镜前的幻影,在时空的交替中,最终"历史"嘲弄了"历史"本身。这里,拿历史做文章,这不仅仅是一个技术问题,还通过这样一个恰当的载体,表现这种"故事"外的东西。《与程婴书》与《刺秦考》中,又对历史进行了一次改写与颠覆,比如燕太子丹由典籍中的正人君子变为自私狭隘的小人。那什么是历史? 用小说《重瞳——霸王自叙》中的一句话说,就是"当人坏了历史就开始了;当人变好了,历史就结束了"。③ 这样最终的落脚点在于"人",于是将拷问的矛头指向人、人类及人自身。历史就是人的历史。这就丰富了历史的内涵,也是拷问的目的。

二是对权力权威的消解。中国几千年来,知识分子对权力或多或少都保持一定的警觉性,在他们看来,权力从来就是与阴谋、流血、厮杀等字眼联系在一起的。在潘军小说中,作家同样以尖锐的目光来审视权力。《重瞳——霸王自叙》这个中篇小说,就是作家心迹的某种流露。"权力不是个好东西,

---

① 潘军:《坦白——潘军访谈录》,合肥:安徽大学出版社,2000年版,第120页。
② 潘军:《潘军文集》(第二卷),武汉:长江文艺出版社,2002年版,第87—88页。
③ 潘军:《重瞳》,见《潘军小说文本系列·E卷》,北京:中国工人出版社,2000年版,第2页。

它会使一个人的欲望无限膨胀,它会让人变得丧心病狂,它会使良知泯灭,它自然也会使一个贵族堕落成为流氓。"①正因如此,在小说中,作家塑造了一个诗人气质的项羽来传达作家心中的权力倾向:凡事都得有个游戏规则,权力的使用也不例外,向往一种"不用刀说话"的政治。在对权力进行审视的同时,作家对权威同样持以怀疑的眼光。他们无论是所谓的领袖还是自封的大师,在作家的小说中均被不同程度地加以消解。中篇小说《我的偶像崇拜年代》以一个少年"我"的口吻再现了一个特定年代的幻影,中篇小说《蓝堡市的撒谎艺术表演》《教书记》等中,对一批大大小小的政客嘴脸进行辛辣讽刺,而短篇小说《抛弃》同样对所谓的教授进行了一次揶揄,等等。对权力与权威的消解,反映了一个正直知识分子的批判精神。

三是对常规的挑战。如果说前面两种怀疑与拷问是向"上"的话,那么对日常既有的规范的怀疑与拷问则是向"下"的。在潘军的小说当中,经常有许多惊人之语,就是对这个世界许多既有的规范报以怀疑。中篇小说《海口日记》中就有许多这样的精辟见解,如以"我爱文学,但从不爱文学界。而且历来只交朋友不入队伍"来批判文学界的某些现象,以"凡手摸不到的地方就是远"来表现距离感,以"我觉得写作纯属一个人的私事,不需要建立专门机构更不需要开会。倒是应该把钱用在印方格稿纸,发给愿意写作的人"来对待创作机构。中篇小说《合同婚姻》将这种批判的触角伸到中国几千年来的婚姻制度:婚姻也可以根据男女双方情感的变化情况签订合同的,好就续约,不好就解约。这是一个大胆的反叛!这种看似荒诞的观点流露出作家

---

① 潘军:《重瞳》,《潘军小说文本系列·E卷》,北京:中国工人出版社,2000年版,第27页。

对中国婚姻制度的某种深刻思考。

纵观潘军小说中的这些故事,总体上有着"对存在的解构"与"对真实的怀疑"①,但我们并不能说作家是一个悲观主义者、虚无主义者。同样,作者以自己的怀疑与拷问在"寻找","寻找"属于作家自己的神秘园:"我不是在故弄玄虚。我的全部努力都是在追求真实。"②其中的"真实"之一,便是作家所主张的主观的真实与心灵的真实。于是我们在"故事"中体会到了《半岛四日》中的爱情,在《白色沙龙》里领略人生的况味,从《墨子巷》中倾听清脆的铃声,在《重瞳——霸王自叙》里发现人性的光辉,在《断桥》里寻觅隔空的知音……回到精神层面,回到心灵世界,并以此观照人生、历史、自然、宇宙。从某种意义上讲,"先锋精神"其实是一种"精神先锋","先锋的高度"就是"精神的高度",是一种"对人类生活的历史、文化、生命以及自然有着更为深远的认识"。③ 这也是我们审视潘军小说"故事"的意义。

四、风格:古典的诗意

歌德曾说过,"风格,这是艺术所能企及的最高境界,艺术可以向人类崇高的努力相抗衡的境界",应"给予风格这个词以最高的地位"④。雨果也认为,风格是优秀作家的标记。虽然潘军自己曾多次说过他的作品没有风格,"我历来不喜欢所谓'风格'一说。我认为一个作家为风格所束是一件可悲

---

① 吴义勤:《让真实飘在风中》,《潘军小说文本系列·F卷》,北京:中国工人出版社,2000年版,第171页。
② 潘军:《潘军文集》(第二卷),武汉:长江文艺出版社,2002年版,第94页。
③ 洪治纲:《先锋的精神高度》,《小说评论》2000年第1期。
④ 歌德:《自然的单纯模仿·作风·风格》,转引自顾祖钊:《文学原理新释》,北京:人民文学出版社,2000年版,第181页。

的事。如果说我有什么风格,那么就会作这样的回答:我的风格就是没有风格。"[1]但考察潘军的小说,我们发现其在艺术上还是有某些共同的东西,其中一点就是小说中时时散发出一种古典诗意的芬芳。

一是环境描写得清新自然。这点与作家深厚的绘画功底有关。在小说中,一草一木,一物一景,或浓郁或清淡,都流淌着浓厚的情感,即所谓"一切景语皆情语"。短篇小说《溪上桥》就是一幅简约山水画。长篇小说《日晕》描写的景物让人如置身江南的水乡。另外,作家喜欢用"雨"这个意象传情达意,情到深处"雨"便来。这雨,既是倾诉,也是默想,在一种飘飘洒洒中完成了人与自然的心灵之约,弹奏出一曲曲古典的韵律。

二是人物刻画得精妙传神。这一点除了与作家运用绘画中"写意"手法之外,还与他对影视、戏剧等艺术中对人物塑造有关,他既善于勾勒人物,同时又善于节制自己的笔墨去塑造人物。看似寥寥几笔,但人物神韵尽出。中篇小说《秋声赋》中火虽是一个着墨不多的人物,但在作家笔下很有魅力。这个四五岁便被旺从死亡线上救过来的小东西,能叫养母凤为"娘",却从不喊养父旺叫"大",并且在以后二十多年里,"也未称呼过他胜似生父的养父",而代之以"嗯""哎"之类含混不清的语气词或随儿子喊旺为"你爹"(即普通话"你爷爷"),一直到死。一个倔强的火的形象如同他的名字在读者面前熊熊燃烧。短篇小说《上官先生的恋爱生活》中,上官先生那种"把呢大衣的领子竖起,再衬上一条暗红色的格子围巾"便掀起石镇青年一股模仿之风,即使"沮丧不堪"的日子也不失"名流"风范的形象跃然纸上。在人物刻画的群体中,最出色的莫过于女人了。她们可能有的只是一个名字(如《夏

---

[1] 潘军:《潘军中篇小说自选集·上卷》,北京:大众文艺出版社,2000年版,第2页。

季传说》中的蛾子),有的只是一个符号(如《对门·对面》中的C、D),有的干脆以"女人"称之(如《对话》《关系》中的"女人"),但作家把这些外在形象"不甚清晰"的女人写得风姿绰约,盈盈袅袅,可见作家刻画人物的功力。

三是语言的古典雅致。汪曾祺曾说过"研究创作的内部规律,探索作者的思维方式、心理结构,不能不玩味作者的语言。"[①]并认为,"写小说就是写语言"[②]。同样在潘军的小说当中,语言是贮满诗情的。作家自己曾说:"我觉得从对语言的驾驭能力看出一个小说家的功力,这应该是看家的本领。"[③]在他的小说里语言世界里,既有方言,也有俚语,既有平实的叙述,也有多种辞格的套用。无论采用哪种语言,都写得摇曳多姿。试看下面一段话:"苇子长得标致,腰细细的,胸鼓鼓的,眼黑黑的,皮白白的,两条辫子长长的,甩起来叫人醉醉的。"[④]五个叠音形容词将苇子的"标致"表现得淋漓尽致。既有视觉,又有味觉,既有形象,又有色彩,让人见了怎能不动心!

另外,潘军小说的结尾也很有味道,可以说是"潘军式"的,如《海口日记》《抛弃》《重瞳——霸王自叙》《刺秦考》等,这些精妙结尾的处理,是作家对早期一些小说的结尾艺术苦心孤诣追求的必然结果。

追求一种古典的情致,追求一种诗意的表达,使得潘军小说"是诗化的小说,是小说中的诗歌。是雨打芭蕉的唐诗,是折柳送别的宋词,古朴,淡雅,

---

① 汪曾祺:《关于小说的语言(札记)》,《汪曾祺全集》(第4卷),北京:北京师范大学出版社,1998年版,第8页。
② 汪曾祺:《中国文学的语言问题——在耶鲁和哈佛的演讲》,《汪曾祺全集》(第4卷),北京:北京师范大学出版社,1998年版,第217页。
③ 潘军:《坦白——潘军访谈录》,合肥:安徽大学出版社,2000年版,第111页。
④ 潘军:《潘军文集》(第一卷),武汉:长江文艺出版社,2002年版,第10页。

又略带一丝惆怅。"①正因如此,诗人牛汉说潘军的小说洋溢着一种诗性,他骨子里就是一个诗人。

已进入花甲之年的潘军,在经历了许多人世沧桑后,更显现出一份成熟、自信与从容,以更优雅的姿态面对当初对文学的选择。即使将来他不再从事文学创作,我想他都不会忘记对文学曾经有过的飞翔与努力,也不会忘记曾经艰难行走所洒下的汗水,更执着地在人生及艺术的道路上前行——永远"在路上"的前行。

---

① 峻岭:《走近潘军》,《安庆师院报》2000年12月16日。

附 录

附录一

写作是未知不断显现的过程
——潘军先锋小说访谈录

时间:2016 年 4 月 28 日

地点:安庆迎宾馆 1416 房间

访问者:陈宗俊 熊爱华 宋倩(以下简称问)

受访者:潘军(以下简称潘)

问:有人说"怀疑"是您小说中的基本语义,您怎么看?

潘:某种意义上,"怀疑"是先锋作家的共识。可能是我的小说中这种语义表现得更为强烈一些,比如早期的《南方的情绪》。这种"怀疑"基本分为两个方面:一种是对外部世界的质疑;一种是对自己身份的质疑,就是哲学上"我是谁"的问题。我觉得我们那批所谓的先锋作家,别人我不好说,从我个人的角度来看,受存在主义哲学影响比较大,比如说萨特、加缪,包括卡夫卡——我觉得卡夫卡作品中也有存在主义倾向,只是没有人在这方面对其小说进行系统的观照。当我脱离先锋小说的形式框架之后,慢慢倒向带有现实主义倾向的写作,比如《合同婚姻》《纸翼》等。这些小说大家都是能看懂的,却依然能感觉到先锋形式的存在,怀疑的语义并没有消失,甚至更加强烈。《合同婚姻》就是对人类婚姻制度的质疑嘛!所以从这个意义上讲,这种定位还算是准确的。我的一些作品,像《南方的情绪》《流动的沙滩》《爱情岛》,以及后来的《三月一日》,甚至包括《重瞳——霸王自叙》。《重瞳——霸王自叙》既是对历史的怀疑,也是对项羽自身的怀疑。项羽是司马迁笔下的项羽?还是我心目中的项羽?这一切都是怀疑。

"怀疑"不仅仅是作家有,甚至是学者都应有的。我对学者或者学术的基本定义是,一家之言,自圆其说。首先这个观点是你自己的,不是别人的,然后你把这个观点从逻辑上整体地圆起来,这就是学者的定义。如果说这个东西你把它论证得再好,已经有人说过或已经有类似的观点提出来了,那么这个学术观点本身就大打折扣。作家更是这样。《重瞳——霸王自叙》是很鲜明的,那么多人写项羽,为什么《重瞳——霸王自叙》成为一个另类而引人注目?首先是我对以司马迁《史记》为代表的一些典籍的质疑,他们没有打开、拓展的空间我把它拓展了,然后我去寻找了另一种可能性的解读。我丝毫没有改变历史的典籍,但是我去寻求了另一种解释。这种寻求的过程就是怀疑的过程。一个好的作家必须具有怀疑的精神。包括你们读书,也要有一种怀疑的眼光。只有怀疑的眼光,才能发现书中的观点与自己之间的一种对应关系。我不需要你们轻易去认同某个东西,我希望你们去怀疑一些东西。这也是胡适先生所倡导的"大胆质疑,小心假设"。

问:您曾说,知识分子存在的价值首先表现为有勇气站在社会的对立面上,应该拥有一种质疑或批判的立场。那批判之后,我们能做什么?您在作品中是如何处理的?

潘:我觉得知识分子这个概念首先要做个解释。知识分子和拥有知识的人是两个概念。我觉得知识分子应该具备三个条件:第一是有一个自由的灵魂;第二是有一定的文化修养;第三是有一定的社会担当。具备这三种元素的人可以称为知识分子,而不是拥有很多学历、学位、头衔的人。我们拿这个标准去衡量很多人,大多数人都是不称职的。

对于批判之后能做什么,我觉得这个问题严格上说不应该由作家来解决。作家的责任就是发现问题,提出问题,但是作家没有解决问题的能力。他把这个问题通过自己的作品展现出来,呈现出来,引起全社会的关注。比如说《合同婚姻》。它是一个没有政治偏见或带有意识形态色彩的小说,这部小说提出了对人类婚姻制度的质疑,但不足以提出解决问题的办法。再如《死刑报告》。它充满对死刑作为刑罚的最高手段的质疑。因为这里面有一种宗教情怀。死刑犯首先是人。按照基督教的观点,大家都是上帝之子,当你的一个兄弟犯了错误,另外的人以上帝的名义去剥夺他的生存权是否合理?尽管他是十恶不赦的,但是作为个体,他是生命。这种宗教情怀中有一种巨大的宽容。尽管很多人会不理解,甚至很多国家不接受,但从人类文明发展的趋势来看,这个星球上人类肯定会废除死刑,这是我本人对死刑的一个态度,一个立场。

问:您的小说常表现出对权威的质疑与消解,对约定俗成的成法的颠覆,还塑造了很多令人印象深刻的叛逆者形象,如叛逆的机关工作者、漂泊者等,这是否与您自身的反叛性格有关?

潘:是有关系的。我自幼在逆境中成长,这种先天的生活环境可能对自己性格造成一定影响,是一种在逆境中成长的反叛者。这种叛逆可能贯穿我的一生中,直到现在。所以在我的作品中,"叛逆"这个词是一以贯之的。无论是小说中涉及的一些主人公形象,还是第一人称的"我",这个东西是很鲜明的。这种叛逆确实与我个人的经历、性格有关,这是不可否认的。因为叛逆有一定的指向,比如对权威的挑战,对世俗的挑战,个体对群体的挑战,个人对外部世界的挑战等,这种挑战一以贯之地充实在自己的作品中。我曾跟朋友说,我们这些人见面不要谈名利,因为我觉得名利这种东西当下是不好界定的。任何的说法都是站不住脚的,因为这种东西都是人为的,唯一能站住脚的是时间。如果一个作家死后五十年还有人研究他的书,那么这个作家应该是在这个国家存在了。如果五十年以后全世界还在读他的书,那他在世界上站住了。其他的东西,像国内人为的炒作和包装是很幼稚的,也是很可耻的。

问:您的很多小说中,对历史、生活的质疑常表现为宿命和无常,拯救上的虚无。您怎么看?

潘:质疑、宿命、虚无也是早期先锋作家一个比较默契的共识,比如说余华的《难逃劫数》、格非的《迷舟》等,好像都有一点。我们这些人成名于20世纪80年代的中期,文学界有这一批人出现了,前后不到十个人。当时风头比较旺盛的是余华、苏童、格非。这中间有一个时间差。我在1989年后离开了机关,后来去了海南岛,下海了,从1992年到1995年甚至到1996年,前后终止了四年的写作。那个时候恰恰是他们疯狂写作的时候。到1996年底,我以中篇小说《结束的地方》结束了我短暂的经商生活,重新回到写字台上。然后就写了一批作品,包括中篇小说《重瞳——霸王自叙》《合同婚姻》,长篇小说三部曲《独白与手势》《死刑报告》等等。所以我们之间有这样一个错位。方维保说,我不是先锋作家中一个引人注目的人物,却是落幕时的关键人物。这句话还是比较准确的。

我对宿命的主题本身有一种迷恋。这种迷恋最早呈现在我的第二篇小说《风》中。《风》中那种家族式的关系,兄弟之争,有一种历史上的戏弄,历史上的挖苦,历史上的无奈,甚至历史上的虚无。在对《风》的评价中,陈晓明有一篇文章说得很对,他觉得《风》的主题是质疑一部新民主主义革命史。《风》其实也就是这样。不管它千流百回,绕了多少弯,最后是这一家人血脉相连的历史错位。历史对他们确实进行了嘲弄,这种宿命不是某一种力量可以改变的,好像是与生俱来的东西。

问:《风》《南方的情绪》《重瞳——霸王自叙》《秋声赋》《独白与手势》等小说中,您都偏爱第一人称叙事方式,是有意这样做的,还是出于习惯?

潘:一个作家采取什么样的写作方式或叙述方式是根据题材而定的,特别是像我这种比较另类的作家,往往是形式大于内容。我在写一部小说之前,不像有些作家,他们会有一个详细的提纲或初稿,我很大程度上依赖写作的即兴状态。即使是《风》这种长篇小说,在写作之前,我并没有意识到故事将怎么发生、发展,更不知道小说的意味在什么地方,只是知道这有可能会写一部长篇小说。这里插入一个题外话。关于小说的分类,长篇、中篇、短篇,教科书上一般按字数来分类。比方说以前二十万字以上或十五万字以上,现在十万字以上算长篇,甚至有人说十万字是小长篇等,其实我觉得这是不科学的。我觉得它们唯一的分类标准是写作的意识。因此,在我的小说里,当我认定这部小说只能是短篇小说时,我绝不可能把它写成中篇小说。甚至我都有可能觉得用小说表现不是最好的,用话剧表现可能会更好。比如我有一部话剧《地下》。当时别人建议我把它写成小说,我说这个写小说不好。因为我脑子里想的是舞台上话剧的效果。我能想象几个演员在舞台上,在虚拟的黑暗的空间里表演,我当时追求的是这个效果。当然你把它写成小说也没有问题,但是我认为小说这种形式肯定比不上话剧形式强烈。这样的划分只有在比较严密的作家那里才有清晰的意识。举一个例子,鲁迅的《阿Q正传》,前后也就2万字,按照过去的标准划分是短篇小说,但从构架意识上怎么看它都是中篇小说。它的结构方式、事件容量、发展、起伏、跌宕,不折不扣就是中篇小说。因为短篇小说没有能力承担这样一个题材。再比如汪曾祺的《大淖记事》,写得洋洋洒洒,好像也将近2万字,但怎么看都是短篇小说,不能成为中篇小说的构架。长篇小说的意识、范式肯定不一样,不是说一篇小说字数够了,就是长篇小说,字数不够就是中篇小说。

第一人称在叙事上最大的效果是能让你的小说营造出一种氛围,让读者有一种身临其境感、现场感、亲近感、零距离感,甚至有一种替代感。这种替代感好像作者说的不是他的故事,而是你的故事,因为能容易唤起你类似的经历。当然,我可能用第一人称写得比较多点。《风》其实用了三个人称,主要是第一和第三人称,时下的是"我",过去的是"他","我"在搜集过去的故事,然后"我"对过去的东西提出怀疑和评判。《秋声赋》中"我"扮演的是目击者、转述者,"我"听别人转述的故事。只有像《重瞳——霸王自叙》《独白与手势》才是(真正使用第一人称)。《重瞳——霸王自叙》我写了六个开头,最后采用了"我说的是我的故事"。这种开头有一种写作的向往,而且建立了我的自信。《重瞳——霸王自叙》其实就是想把过去的历史拉到你的眼前,让你感到不是历史,而是当下。从学术的视角看,这个"我"是项羽亡灵,漂浮在我们的苍穹之上,俯视今天,感慨万千,他说出了自己的故事,为自己辩护、倾诉。《独白与手势》带有个人履历的底色,因此很想唤起那些与这个时代相关人的记忆。所以,第一人称的选择还是根据题材的选择而定下来的,这里没有完全的个人癖好问题,只是觉得用第一人称的叙事意味会更好一些。

问:《独白与手势》采用的是图文相结合的叙事手法,这种文体上的创新是出于一种自觉的追求吗?绘画为您的叙述带来了什么?

潘:对,这个东西还真是一种自觉的追求。我曾经跟别人讲,我不是中国最好的作家,只能说是好作家之一。但是我同时是在文学、戏剧、影视、书画这几个领域都能做到六十分以上的作家。有些人可能小说比我写得好,但是有些方面远远是不及格的。有些人可能绘画比我好,但是文学影视方面没法跟我比。我对自己的界定是这四个专业我都能做到六十分以上,都是能及格的。所谓及格,在我这里就是能经得起专业的检验。我的画,即使是很知名的画家来看,他不要恭维都能说不俗。我拍的戏,即使是那些很有名的导演来看,他都能说你的镜头运用得很有道理。这是我的优势。所以我当时就想,能不能把小说中文字叙事的一元变成二元?甚至可以变成三元?随着科技的发展,如果是图文并茂的小说,同时有声音、音乐的小说,这也是很有意思的尝试。因为现在还没到时候。到时候,我可能会把《独白与手势》配上一些心理的独白、朗诵,甚至一些背景的音乐,然后呈现出书中想要的画面,这也是可以考虑的。当时我觉得把两种方式集中在一个文本里,这种尝试不管是不是"始作俑者",至少对我来说是能让我内心激动的事情。后来很多搞批评的人也对其作了肯定。尽管这种东西一时构成不了可比性,因为它永远就一个文本在。别人也做不了,不管是不屑于做还是能力有限。我曾在大学里讲课,也有学生提出类似的问题。我当时就说,这种尝试肯定是前无古人,将来要是写文学史,研究小说形式的发展,这应该是一个话题,是一个题目。至于是不是后无来者,不好说,因为现在很多的年轻人很有想象力。目前在国际上也还没有看到这种文本。这部小说还有上升的空间,因为这部小说还没有被翻译出去。毕竟它把一元变成二元,这种尝试我还是感到满意的。书名为什么叫《独白与手势》呢?"独白"是言说的,"手势"是比画,是难以言说的。或者说"独白"是文字的,"手势"是画面的,书名就有一种意味。"说"与"难以言说"就是文字与绘画的相结合。

至于绘画为这部小说带来了什么,我刚才说了,强调的是互文性。比如某些地方文字表现没有画面那么强烈或者有语义。比如小说开头,就是一幅画,是皖南的小巷——"你眼前的这条小巷是故事开始的路",这在戏曲上叫"规定情境",能一下子把你带进故事特定的环境中。所以你不可能想象这个故事发生在北方,更不会在北京,因为它不是胡同,它只能在皖南沿江一代,且与安徽有关,因为它是徽派的建筑,带有一种闭塞、陈旧、潮湿的感觉,正好形成了那个年代记忆的象征符号。这种东西如果用文字来写,你的描写未必有画面的冲击力。它一下子把你带到那个时代那个氛围里,你会感受到所有故事都与这个环境密不可分。还有一些象征的东西,比如说梦幻、一个人在茶杯中淹死等带有很后现代的画面。这就写出了生命的卑微和脆弱。你如果用文字写也没有画面的丰富性。

《独白与手势》如果仔细去研究,应该能独立写出一本书。根据每一部分的文字与图画间的关系去做分析研究,作为评论者肯定有一些东西可写。所以说将来你们做这个课题,可以出一套跟小说配套的书,总比点评更好。

它给批评者提供一个很大的空间,逼着你想为什么这个时候插入这幅画,为什么画里的内容是这个样子?它和小说的文字形成什么关系?是互补?衬托?还是提炼?隐喻?等等。

问:您的很多作品,如《抛弃》《和陌生人喝酒》等都是从婚姻的角度切入,透视人生,《对话》也注重对两性之间沟通的描写,是出于什么考虑?这是否与您自身的婚姻有关?

潘:这个应该也有点关系,就是说一个经历婚姻又离开婚姻的人,他对婚姻的思考与在婚姻中的人是不一样的。因为人都有短板,就像一个人享受了这个体制的待遇,就不好意思去抨击这个体制一样。你自己在婚姻中间,你要说婚姻这不好那不好,那你为什么不离婚呢?所以说,在婚姻中写婚姻题材多多少少还是有一种束缚的,写的时候心里不会很自由。我有些作品是我处在婚姻之中的时候写的,有的是在结束婚姻之后写的,这个从发表日期可以查出来。婚姻是生活的主要部分。我对人生、对婚姻制度有自己的一种思考。有几篇小说,比如说《合同婚姻》《关系》《纸翼》等,就是反映这种主题的。可以说,婚姻或者爱情生活在每一个作家中间都是一种主题,它是永恒的。但是,我自以为自己写得比其他人更高明点。这一点我觉得李洁非比较了解,他就觉得其他人写的城市人不像城市人,而我写的城市人很像城市人,就是说我将城市人那种生活状态、人生的况味写了出来。李洁非写过一篇评论叫《现在的写城市的潘军》,说我总能够敏锐地捕捉到城市人困窘的生存图景和心理状态。我觉得这可能就是我在我的小说中间想要得到的一种东西。我不会把人生的东西人为地戏剧化,但是我可能会在生活中去发现一些东西,比如说《和陌生人喝酒》这种小说,看过以后有一点意犹未尽的感觉,这可能就是人生的一种况味。而且大家面对婚姻都会有自己的一些困惑。很多作家写两性没有深度，比较肤浅，更多是点缀性的、陪衬性的、装饰性的，真正深入婚姻内部去，对它进行细腻的剖析，提出一些见识和发现一些问题的，这种小说不是太多。《合同婚姻》出来之后，许多模仿作品就出来了，看上去似曾相识。

问：2006年之后，您从小说创作转向影视，作家和导演两种角色，在您身上是如何共存的？给您的小说创作带来了什么？一些作品如《对话》《关系》等在形式上的创新是否受此影响？

潘：我前面已经说了，2005年《死刑报告》因为有关部门审查而没有再版，我自己觉得暂时不太可能写小说了，或者相当一段时间里我的写作将陷入一种困境。当然，这并不是唯一的原因。另一个原因是，我有自己的人生规划。我很早就意识到，如果把我的一切理解和爱好集中在一个职业上，那就是导演。因为它需要有文学的、戏剧的、绘画的、表演的，还有导演自身的这些东西，这些我恰恰都具备。因为我跟他们都打过交道，一聊天，只要谈到某个电影，他们的短板就显露出来了。他们这些人，很多人其实是一个匠人，只是完成了文字到影像的转换，至于在电影内部的那种表现和表达，远远不够的。就像我谈张艺谋，我说你们总说，张艺谋成就了一些作家，电影扩大了像莫言、余华、苏童的知名度和影响力，而真相是，当张艺谋还不为人知时，这些作家都已经成名了。如果没有莫言、余华、苏童的小说，哪里会有张艺谋？关系完全给颠倒了嘛。当张艺谋离开这些作家的小说蓝本以后，他最后能做的就是商业电影。第三个原因是从第二个原因分解出来的，影视是可以赚钱的，因为那个时候我处在人生的低谷，母亲重症，女儿上大学，而我刚才说过了,一个人的担当除了对社会的担当,对自己所扮演身份的担当也是不能少的,所以人的责任是与自己的身份有关的——你是儿子要对父母负责,你是丈夫要对妻子负责,你是父母要对子女负责。所以当时就考虑到自己既是父亲又是儿子,那就要为自己的母亲治好病,让父母过得好一些,让自己的孩子过得好些,所以正好这个时候就可以抽身挣些钱,这个就是第二个原因派生出来的。我现在是做减法,就是把其他多余的身份去掉,然后仅保留重要身份,比如说我现在唯一保留的身份就是父亲,所以我对我女儿尽职尽责。其他身份没有了,其他责任对我来说就没有了,人的自由就是这样的,你的身份越多,责任越多。至于你不尽责那就是另外一件事情了。当然,突然改行去做导演,也有几点困惑,最大的遗憾是让一些热爱我小说的读者和研究者普遍感到失望,他们觉得你这么好的小说家要做通俗的影视,岂不是可惜了吗？但是我不能对每个人说我的小说被禁了,所以我只能撇开第一个原因说第二个原因,我说我的人生计划中是有做导演这个选项的。一个作家当他自己不能继续向上写得更好的时候,我不能接受原地踏步或者倒退,这样的话就不是我了,我要写就希望自己有写得更好的可能性。这种可能性暂时建立不了,我就不写了,去做另外一件事情。这是一个。第二个就是自己毕竟脱离了文学界,我对"界"的问题不是很感兴趣,但是你是文学中人还是影视中人,是真的不一样的,日常生活所关心的东西不一样。以前,各种文学杂志寄到我家,全国优秀的文学杂志都寄过来,我总会打开翻一下,其中有熟人的小说我会看一看,好看的我会看完。现在的话,这种可能性没有了,我只是把信封拆开翻一下,没什么可看的就搁一边,这种对当代文坛的关注在我这里就渐行渐远。所以现在你要是问我,当代有哪些小说家写得好,我就回答不了,我已经十年不关心文学了,所以我也不愿意接受文学方面专业的访问,无话可说,你没有读一些东西,就没有发言权。我女儿潘萌有时候会给我推荐一些,我就瞄一眼。但是说句实话,也没有看见让我眼前一亮的作家苗子。对于新时期以来的文学,我觉得目前还是两个概念吧,一个先锋小说,一个朦胧诗,目前还是个制高点,超越这两个的东西还没有。后来的很多东西,这里面不排斥很多作家留有遗韵,但是没有形成很大的气候,我觉得想超越可能还是要有一个过程。

至于影视对于我的小说有没有什么影响,是有的。不仅影视有影响,绘画也有影响,我记得河南作家李佩甫说我的小说中间的绘画性色彩感特别明显。这与我本人画画有关系。影视也是,尽管对于我来说,小说是前置的,影视是后置。我在写小说的时候没有搞影视,但我对影视的研究已经有了,不然我不可能上手就能拍戏。很多影片,它的很多对话,它的那种精准,那种有意味对我的小说语言是有影响的。第二个就是结构。电影里面蒙太奇的转场对我小说的解构是有影响的,甚至有些人说我的小说甚至都不要改剧本,比如说《对门·对面》拿起来就能拍,我有的小说写得像剧本一样,通篇都是台词,你一句我一句,连描写都没有,但是你能感觉到通过这些对话,一些描写都被带了进来,这个对于一般作家来说是有难度的。你不要看着对话就几页纸,一般人干不了,用对话把一个场景的人物关系、人物心情以及故事的脉络交代清楚,不是很容易。所以《关系》也是这样,以对话为主。我记得当时《新华文摘》还转了,他们觉得很特别,一部中篇小说就靠三万多字的对话支撑起来,还写得那么有况味。所以它们之间的影响是存在的。

问:能否谈谈海明威、博尔赫斯对您小说创作的影响?

潘:海明威和博尔赫斯都是我喜爱的作家。大学时代有一年放暑假,我曾经将国内当时有限的海明威的书集中起来都读了,实际上我还是喜欢海明威的中短篇,我不大喜欢他的长篇,包括《丧钟为谁而鸣》这种的小说。他的中短篇,我觉得跟我作为一个作家的书写气质比较默契。我喜欢简洁,不要啰唆,不需要那种很繁杂。那种东西我虽然不排斥,但不是很向往。他的文字我感觉很亲切,因为他的简洁准确,短篇小说因为文字受限制,所以更难。海明威的《白象似的群山》也是用对话体写的,他写得那么准确,包括《印第安人营地》写得都很准确。这种东西对于我的影响还是很大的。

博尔赫斯对于我的影响是在认知和叙述层面上。我们这一代作家,不光我,包括马原、余华、洪峰、孙甘露、格非,我们这几个人最早在文体上是受他影响。当时王央乐先生出了第一个博尔赫斯的中译本,是个短篇小说集,这本书后来成为先锋作家的"圣经",几乎每个人都看,甚至公开模仿。后来我提出一个观点,如果那时候传进来不是王央乐的译本,那么博尔赫斯在中国这些先锋作家的心中就可能会大打折扣。因为我们这些人对于一部作品的迷恋其实是对文字的迷恋,对一部外国作品的迷恋其实是对一个译者译笔的迷恋,这是问题的真相。所以说不是博尔赫斯多么伟大,而是王央乐翻译出来很切合我们的胃口。就是说汉语写作能写出这样一本有味道的书,让我们眼前一亮。他跟马尔克斯不一样,马尔克斯是那种魔幻现实主义的手法,让别人眼前一亮,莫言深受其影响。马尔克斯的影响在于方法,而博尔赫斯的影响在于语言和叙述,叙述本身的一种迷恋。苏州大学季进教授就曾经说过,先锋派这些作家中间,受博尔赫斯影响最大的就是我。他举了我的一部叫作《流动的沙滩》的中篇小说为例,说这部小说是国内受博尔赫斯影响最大的作品。但这部小说并没有引起批评界的关注。因为那个时候先锋小说已经式微了。但是我跟博氏之间,我个人认为区别在于,我虽然迷恋博氏那种叙述,但希望在那种叙述的语境里建构一个比较完整的故事。就是说这个载体上还是有一个故事层面的。如果我换另一种写法,它完全可能写成一个自给自足的起承转合的故事,但这部小说的叙事方式,使故事在戏剧性层面得到了一定的消解,会让人感觉到扑朔迷离。但是这只是故事层面,我的这个特点也是我和其他作家的区别。我理想中的小说文本是一种"有意味的形式",是那种讲究叙事并且还要固执地建立起故事构架的文本,而非不知所云。比如《流动的沙滩》,这里面实际上讲的是人生的轮回,散发出人生的无意义的悲观情绪。年轻作家面对的老作家其实是自己的未来,于是就有了一种恐惧,所以他最后萌生"我"的人生属于"我","我"的人生不能被人拿走的念头,他必须杀掉那个老作家。老作家留给他的遗物就是他梦想中一定要完成的一部作品,这是一种在劫难逃的宿命的悲剧!所以有时候"我"时常有一种妄想,现在的这个"我"不是"我","我"是替某朝某代某一个跟"我"相似的人而活着,那个人可能是个名人,也可能是个凡夫俗子,他的语言、手势、腔调、生活习惯,除了一些物理上的变化,其他东西从心灵上是没有变化的。这就像《流动的沙滩》上写的,老作家说多少年前"我"当时打着个灯笼去见"我"的第一个女朋友,那时候"我"还是一个孩子。"我"就想,"我"曾经也是打着手电跟"我"一个女朋友在那散步,那时候我们都是高中生或者初中生。你会发现,只有灯笼被手电筒替代了,那种孩子的心灵,那种初恋的感觉是在重复,经历都由别人活了一次,这种经历都由别人活了一次。他六十岁的时候在说他三十岁的事情,而此时此刻的"我"恰好三十岁,所以这就是一个故事。这篇小说发表于1993年。第二年,我敬仰的波兰裔法籍导演基耶斯洛夫斯基,拍《蓝》《白》《红》的那个,他完成了最后一部《红》。《红》跟《流动的沙滩》惊人的相似。如果他的《红》拍在前面,那么肯定会有人说我是受他电影的启发,所幸的是我的小说发表在前,电影《红》在后。《红》说的是一个老法官跟一个法学院的女生在诉说自己的往事,而此刻正是女生正面临跟男友即将分手的前夜,两代人的遭遇几乎就是一模一样的,法官的经历就是女生的现在,这不跟《流动的沙滩》是一样的吗?在一个新鲜的、带有一种现代色彩的叙述文本里去企图建构一个属于自己的故事框架,这应该是我所追求的一个方向,我从来不觉得我自己的某一部作品没有表达,完全是虚妄的,没有。我觉得我的作品都有表达,都有诉求,都有故事,甚至用你们的话来说就是都有主题性,很多人认为,先锋作家都是胡说八道,扯七扯八,其实他们是真的没有看懂。

问:少时的记忆对创作有什么影响?

潘:我在以前的访谈录上就说过,一个作家的童年和少年的记忆决定了他的写作方向。为什么要提出一个写作方向的问题?首先我认为写作是有方向的。这个方向,他在形式和内容两个方面都有拓展。就像我开玩笑说,诺奖颁给莫言我很高兴,要是颁给别的作家,我指的是那种传统创作手法的作家,我会发表声明宣布从此不再写作。因为我觉得全世界对于文学的发展方向失去了界定,已经混乱了,颁给莫言至少还是肯定了中国当代文学的方向。我们都是这个方向的。我们认为那些好的小说,追求形而上的精神层面作品没有得到世界上的认可,反而那些复制明清话本的,然后填进一些瓦舍勾栏的东西,加上一些个人井底之蛙的感慨得到肯定,那我觉得这个小说就不要写了,全世界的标准已经混乱了嘛。就像村上春树一样,他如果获得诺奖,我觉得很遗憾,我觉得他的作品脂粉气太重,格局很小,不足以体现一个作家的担当和社会责任。所以奖还是需要颁给米兰·昆德拉这些人,应该颁给这些有社会责任的,能够对这个世界提出问题来的作家。村上春树不提出问题,只是小资的自娱自乐,这种作家获奖有什么意义呢?

家庭环境、社会环境和地域环境——三大环境的约束或者陶冶,使我形成了一套独特的审美观或者审美价值观。如果我换一个家庭,比如我父亲是个军人,或者说我从小是在机关大院里长大的,那么我的价值体系肯定会发生变化。所以站在这个立场上,我提出童年或少年的记忆是自己写作的方向。不管你拒绝或者不拒绝,它都是存在的。当然,有的作家在自己的文本中表现得更好一些,有的就显得不足。阎连科如果不是农民的儿子,他不可能写出这些小说。就像莫言,不是山东高密人他也不可能写出那种小说。余华不是出生在医生家庭,自己做过牙医,他的东西也不可能那么硬冷。我觉得这种影响确实是有。当然现在有些人,与生活本身其实是有隔膜的,但是为了某种诉求,或者为了写一本书,敷衍成篇之后你会感觉到他和现实生活还是有种隔膜。我如果没有对机关的深切感受,我也写不出来机关的东西,只有我对它有了深刻的感受,我才能写出《三月一日》那样的小说。《三月一日》可以说是机关小说中的上品,有的作家写机关都是写实性的,而《三月一日》已经上升到精神层面。

问:先锋文学三十年,很多先锋作家对其进行了回顾和总结,像苏童,他用"裸奔"一词来形容当年的创作姿态,认为几十年的创作一直在尝试解决穿不穿衣服、怎么穿、穿多少的问题。您作为先锋派的代表之一,怎么看待三十年来的先锋文学创作？您认为它有哪些地方值得我们反思？

潘：他这种表态，带有一种调侃。"穿不穿衣"，讲的依然是形式和内容的问题。就是说用一种什么样的形式去表达——是像以前一样用一种比较华丽的、流畅的和富有韵味的文字去写，还是用朴素的文字去写？前面我已经说了，内容和形式永远是互动的，一个小说家的表现手法，就像女孩子穿衣服一样，你根据你今天要见的对象、活动的内容，选择你要穿的衣服，比如见父母，见同学，见老师，要穿不同的衣服，甚至化不化妆，化什么样的妆，都是有选择的，都是不一样的。我自觉在这方面是有文字可塑性的，我不愿意像某些作家写什么都是一个腔调，一种笔墨。我觉得好的作家面对不同题材，还是要有不同的姿态。

回顾先锋文学的创作，有几个肯定几个否定。先锋文学最大的贡献，至少是一部分改变了中国小说的两个源流关系：一个是俄罗斯文学，一个是明清话本。它一下子把这两个传统打乱了，引进的是西方现代派一种新的语系。这是第一个贡献，应该也是最大的贡献。从此中国的小说在形式上别开生面，有了现在一批作家和一批作品。而且这个影响还存在着，甚至包括现在的网络语言，很多东西还是受我们那一代作家的影响。一些网络语言不是写实的、传统的，而是跳跃式的、借代式的、变异式的。第二个贡献，这些作家以及他们的创作实绩成就了中国当代新时期文学的一个高度。我们可以将之前以及之后的小说与这些作品对比，即使是有些作家，像王安忆、韩少功，他们不属于先锋作家阵营，但多少也摆脱不了先锋作家的某种痕迹。由于这样一批作家和作品的出现，当代文学进入最辉煌的历史时期。

哪些地方值得我们反思呢？我觉得先锋作家由于一开始的刻意张扬的

个性——那时候我们写作有一个自觉和不自觉的心理定式:一定要写得和以前的小说样式不一样。我这个小说不会让你感觉到和以前的传统小说一样,我可能写得很跳跃,我可能在句式上变化很多,我可能人称变化很多,这里面带有一种刻意性。包括我的小说,比如说早期的《南方的情绪》,都是有的。这样一种学术上的偏激,导致大家对传统文学和世界文学史上的优秀的现实主义批判文学的冷漠。先锋小说的创作没有得到兼容,或者说有效的兼容。时隔多年以后,我感觉得到这是一种损失。中国本土文学应该有中国传统文学的一种气息和精神。一个中国作家写的文字,一个用汉语言写的作品,应该比用英语写的文字、法语写的文字更具有民族魅力。这也就是为什么至今汪曾祺的文字仍有生命力的原因。汪老的文字层面是传统的,他的思想意识是现代的,你感觉到他小说有诗情,有画意,有尺牍札记般的散文感,这些东西都让你能够联想到唐诗、宋词、元曲,乃至后来的话本小说。而在我们的小说中间有一种明显的缺失,所以说这是先锋小说中值得反思和总结的一个地方。第二个方面的不足是,先锋小说由于强调它的独立意识,因而忽略了读者,没有真正地把读者放在心中,强调曲高和寡,独领风骚,扬言我的小说是留给下一个世纪看的,这种学术上的张狂导致了作家心态的浮躁,所以先锋小说最大的遗憾之一,就是这一批拥有优秀才华的作家没有一个人写出与他才华相匹配的作品,至少是写出一个好长篇。我们这批人应该有可能出现一个会写出一部大书的作家。这是我个人的一点心得,对学问就应该老实,不足就是不足。我们当年的这些人中有聪明绝顶的,应该有人能写出一部在世界文坛上叱咤风云的小说,如《百年孤独》《1984》一般,能成为一种当代经典的小说,可惜没有! 这跟当时那种浮躁心态甚至急功近利有关系。成名太早不见得就是好事啊,如果大家再历练十年,就可能出现最好的作家和大作品。我是一个追求自由散漫的人,我没有一种为文学而献身的姿态,我是要把我的生命拓展到极限的姿态。因为我的爱好比较多,文学只是我的一部曲,导演是我的第二部曲,到了七十岁之后,可能就是书画,就是我的第三部曲。我的人生三部曲可能就是这样。我不可能成为某个领域的顶尖人物,但是作为一个男人,我会尽可能让自己的生活丰富多彩。每个人的人生观是不一样,我就是按照自己的愿望去生活,当然也会遇到胳膊拧不过大腿的时候,那就暂时搁下不做。非常清楚做事讲究一个顺势而为。势不在,着急也没用。这么说有些悲观,我骨子里从来就是一个悲观主义者。

问:与其他先锋作家相比,先锋小说创作带给您什么独特的东西?

潘:首先,打开了我们的视野,就是确立了我们文学的方向,同时确定了一个作家所坚持的立场。其次,我们在自己好年华的时代,毕竟是写出了一批作品,同时也是希望这些作品随着时间的推移还有生命力,这就是我们作为一个作家,曾经的先锋作家之一也是值得缅怀的。再次,先锋小说的实践,某种意义上加强了我本人叛逆的性格,对今后的世界观、人生观也是有影响的。先锋小说对于我的人格有了一种丰富,使我对于人生的信念有了一种坚持。我自己很怀念那一段时间,也从来不觉得自己哪种尝试是错误的,只是现在反思觉得有些美中不足,如果我们更平心静气地坐下来多读点书,然后再发力可能会写得更好。

问:您后来的小说很好读,也很有吸引力,虽然在形式上放弃了早期对技巧的过分迷恋,却仍显示出独特的先锋气质。您也肯定自己前后的追求是一贯的,即形式与内容的和谐统一。您是否把"先锋性"作为自己写作的目标?

您的小说中精神上的支撑是什么？

潘：这个问题实际上也就是我刚才的反思。正因为有了这些东西，我才会问自己为什么要写作，你是写给自己看的吗？那写日记就够了，为什么还要发表、出版？一个作家把他作品发表出来，目的就是希望能赢得一些知己——有人喜欢他的小说，有人受到他作品的启迪，有人通过小说成为他的朋友，于是，就要考虑传统文学中的有些东西，需要去找回来了。要写出一些"好读""好看"的小说。这种调整，不光是我，其他作家也有。比如余华，他的《活着》和《许三观卖血记》，赢得广泛的尊重。那么"先锋性"是什么呢？多少年前我跟别人在一个访谈里讲过，"先锋性"其实就是一种精神价值的追求。文学作品对于形而上的探索就是最大的"先锋性"，反过来说，如果一个作品只是停留在故事的表面，这个作品肯定是没有生命力的。我对小说的理解，简而言之，还是"有意味的形式"——苏珊·朗格的这个定义，应该是一个小说的纲领。

问：您目前的生存现状是怎样的？近些年有无创作计划？

潘：这几年心事都用在影视上，希望能拍出几部自己想拍的电影。如果拍不成，就埋头看书、作画。至于什么时候再写小说，包括计划中想写的小说，暂时还说不好。

（据录音整理，经作家修订）

附录二

谜一样的书写
——潘军长篇小说《风》访谈录

时间:2019年3月16日上午

地点:潘军安庆住所泊心堂

访问者:陈宗俊(以下简称陈)

受访者:潘军(以下简称潘)

陈:潘老师您好!今天我们想就您的第二部长篇小说《风》做一个专访。首先请您谈谈小说当时的写作情况。

潘:《风》写作时间在1991年春末至秋初,差不多小半年时间。1992年《钟山》杂志第三期开始连载,到1993年第一期连载完。对于一些喜欢先锋文学的人来说,《钟山》是很有影响力的刊物。不过那个时候大家已经不怎么谈小说了。写完《风》,我就去了南方,随后就中断了写作,这是第一次中断,差不多有五年的时间。在《风》之前我已经写了一些实验小说,比如中篇《白色沙龙》《南方的情绪》《流动的沙滩》《蓝堡》等,特别是《蓝堡》,这个中篇虽然和《风》的写作没有直接的关系,但是从叙事本身来说是有关联的。

《蓝堡》满足了我叙事上的需要。

陈：《蓝堡》发表于《作家》1991年第四期，从时间上看，应该是这之后您开始了《风》的写作？

潘：对，《蓝堡》写于1990年，先给了《收获》，程永新在给我的信中说，他很喜欢，但那个时候编辑部的意见是要先等等。后来宗仁发约稿，我就把《蓝堡》给了他，很快就当头条发了。这之后我就想写一部长篇了，想把中短篇的一些尝试引进到长篇中去。这个欲望很强烈。某种意义上说，《风》的写作是形式先于内容，我需要先想好该怎么去写。

陈：这样来看，您是出于对当时长篇小说创作的某种不满才进行《风》的写作实验的。的确，文本的试验是这部小说取得成功的重要原因之一（如印刷时的宋体、仿宋体和楷体三种字体），由此形成后来吴义勤所说的三种风格（抒情性、神秘性和理论性）等。这种形式探索的初衷，您在河南人民出版社初版《后记》中有一段话也可以说明："很长一个时期以来，我一直对当代长篇小说的创作持悲观态度。我的悲观也许仅限于形式，或者说营造方式。无论是朋友的还是我的，大都让我悲凉地感到'气数已尽'。青年小说家一旦迈上长篇的台阶，似乎脚就很难提得起来了。我是在'革命'的意义上强调这种忧虑的。"——这里的"悲观""也许""悲凉""气数已尽""革命""忧虑"等措辞对暗含着对当时长篇小说创作的不满。您能否具体谈谈。

潘：当时就是这么想的，一孔之见。正如我在一篇关于《风》的创作谈中谈到，《风》缘起于我的一部未曾面世的中篇小说《罐子窑》，写于1986年，一直就没有拿出来，因为总感觉它不像一个中篇，而应该是一个长篇——我历来认为小说的长、中、短，按照字数划分不是唯一标准，我强调的是小说的意识。简单地说,你觉得怎样才算是长篇、中篇或者短篇?这个很重要。《大淖记事》再长也只是个短篇,《阿Q正传》不过两万来字,怎么看都是个中篇。长篇就更是如此了,所以这才有了后来的《风》。现在很多长篇不像长篇,都像是中篇的拉拽,还是个意识问题。

陈:您曾说过,《风》曾有个副题"历史的暧昧",所以这部长篇中也写到了爱情,写到了现实,我更倾向于它是一部写历史的小说,属于当代"新历史小说"行列,虽然您对这个概念不大认同。从小说故事本身(尤其是"过去的故事")、部分"作家手记"、以及小说三部分开始前分别引用了悉尼·胡克、屈威廉、列维·斯特劳斯等人的话来看,我们强烈地感到《风》与传统(革命)历史小说不同,其特点大致可概括为"大写历史小写化""客观历史主观化""必然历史偶然化"几个方面。历史如风一般不可把握,如陈晓明所说的,这部小说试图怀疑一部巨大的历史神话。请您谈谈小说中试图表现的历史观是什么?为什么?

潘:《风》的写作时期是寂寞的。似乎是一种责任感,促使我写作。所谓"历史的暧昧",显然是指对历史的态度。克罗齐说"一切历史都是当代史",我深以为然。《风》看上去是一个青年人煞有介事地调查、考证一段历史的真伪,企图探寻历史的真相,结果是四处碰壁、一头雾水,毫无真相可言,这就是"历史的暧昧"。一部《风》中,事件与人物,真相与谎言,扑朔迷离和语焉不详,似乎无处不在。究竟是有人事先的安排还是一种命运的巧合?无法说清,更难以证明。面对一段历史,无论是典籍所呈现出来的,用文物鉴定出来的,还是目击者的见证或者当事人的口述,我认为都应该被继续质疑,你无法忽视个人的判断和认知。谁在书写历史?谁在篡改历史?谁在掩盖历史的真相？谁又在推动历史的发展？历史中的人永远只能被历史所裹挟，就像被风裹挟一样，你没有办法捕捉它，但是你无时无刻不感觉到它的存在，它会迫使你在风中做任何的姿态。这大概就是为什么取名叫《风》吧。

跳出这部小说，首先我强调的是我自己在历史中的角色，就是我对这段历史介入了没有？尽管在一定程度上它符合了我的某种倾向性，但并不意味着我对它达到了高度信赖。资料看上去是盖棺定论的，但随着新的研究不断涌现，会出现很多自相矛盾，甚至颠覆性的东西。比如某个文物的出土，一下子颠覆了几千年的历史认知，这就恰恰说明，历史本身充满质疑，除非是转瞬即逝的昨天，我们是有可能把它比较完整地还原的，但是稍微久远一点，它就脱离了你的视线和你的认识，我们不是亲历者。

其次是罗生门层面。即使你介入了历史，因为你过分强调你的角色、你的立场，对于旁观者来说，也不是客观的，因为他有他的认知。历史中的人和人对历史的认识，永远是在这两方面作用力下产生的结果。对于一个创作者来说，用这种历史观来写，会赢得更大的自由。因为不需要为某段历史的结果承担责任，但可以利用自己的认知与想象去建构这段历史，做出有限度的呈现。

陈：事件是构成"历史"的重要组成部分，在传统（革命）历史小说中，这种事件往往是一种政治事件，是构成历史的"硬件"之一。《风》从表面来看，也写到了"我"对"历史英雄郑海"的调查、隐约的国共斗争、叶家父子在民族危亡时的所作所为等，看似也是重大历史事件（如郑海为渡江战役提供的重要军事情报等），但这些所谓的"历史事件"都属于虚构的，重心写的是这些事件中人物的命运与精神状态，即美国当代历史学家海登·怀特所言的"历史学家研究'真实'事件,而小说家研究'思想'事件","历史事件"在这里成了"软件"。另外,在《风》中,您煞有介事地引用了一些所谓的史料、档案、人物访谈与回忆等,来写历史人物郑海,这些复合型文本内容本身当然也是虚构的。由此您怎么看所谓的"历史事件"之于一些"新历史小说"的意义?如莫言《红高粱》中对抗日、乔良《灵旗》中对湘江之战、格非《迷舟》中对北伐战争等的描写。为何作家们"不约而同"地用这种方式写作?

潘:"新历史小说"这个概念具体包含哪些元素,我不清楚。我觉得核心应该还是强调一种个人对历史的态度与认知吧?至于作家在作品中引用一些史料、档案、人物访谈与回忆等,大致有两个原因:一是获得了蓝本,成为素材,如《灵旗》;二是满足于叙事,如《迷舟》;或二者兼有,如《红高粱》。毋庸置疑,《风》是面对一部巨大的历史神话来进行质疑与拷问的,这就建立了个人的历史观。其中那些虚假的史料,某种意义上也是一种叙事的需要和策略,但没有从整个主题的营造中剥离出去,反而增添了文本的悬疑感和神秘感,增加了历史本身扑朔迷离的层面,使读者感觉走入了迷宫。

陈:陈晓明曾说:"这部小说可以看成是对历史进行一次捕风捉影的追怀,对历史之谜实施一次谜一样的书写。"

潘:鲁枢元有篇关于《风》的文字,题目就叫《捕'风'捉影》。

陈:小说的一则"作家手记"中有这样的表述:"这部小说的人物关系为我始料不及。……这给我的创作带来极大的困扰,以致我时常手足无措。"这些可能是您当时的真心话。因为1993年您在接受马原的一次访谈时曾说,对《风》的结构形式,"比较喜欢,但是觉得雕琢了一些。我应该写得自然一些,会更好。其实当时写这部小说,某种意义上是出于对这种叙事的冲动。

我知道了'怎么写'了,却还不怎么知道'写什么'。也就是说,故事是一点一点生长出来的。"出现这种"雕琢"与"混乱",是否与您当时某种"写作中"的状态有关?后来同样写历史的小说,如《结束的地方》《夏季传说》《桃花流水》《重瞳——霸王自叙》等,您要从容得多,也看不出有什么"雕琢"的痕迹,不仅知道"怎么写",也还知道"写什么"。由此,您如何看待作家创作的"写作中"与写作前必要的构思之间的关系?尤其是对长篇小说这一文体?

潘:第一,这部小说确实存在即兴发挥的成分。但是作为长篇,还是要有一个大概的脉络和指向性的判断。第二,人有时会被无形的东西折磨,比如信仰。小说中的人物,比如叶家兄弟,和各自的信仰纠缠一辈子,最后双双濒于崩溃,如同小说中的无字碑和一盘残棋。大戏已经落幕,但是演员还不能下场,需要继续表演下去。这是人类的悲哀。我把这种意识带入了这部小说。第三,作品中的东西是似是而非的,可疑的,暧昧的,甚至是作者也无法解答的。但是作为一部长篇小说,小说家的任务是呈现,而非解释。

陈:因此面对这种信仰和历史,小说中的人物各怀心事,探究真相与掩盖真相这两种力量在小说中体现得很明显。

潘:对。其实文中一直存在着两种力量相互交缠,一种是以"我"和陈士林为代表,历史的发掘者,探求历史的真相,一定要接近真相、发现真相。还有一种是以林重远、陈士旺为代表,享受历史的这种裹挟。当然还存在像秦贞这样,对历史采取盲从的态度,以及田藕这种,没有被历史所裹挟的人。例如关于唐月霜的死,在这两种力量的相互交缠之下,不同的人说出的结果肯定是不一样的。陈士林不是叶千帆的儿子,但他像叶千帆一样,一直在追寻历史的真相,虽然他以一种玩世不恭的态度出现。但是陈士旺恰恰可能是叶千帆和莲子的孩子,正是仰仗了林重远的一种荫庇和呵护,他觉得这件事情会给他带来无限风光,最后换来的是悲剧的下场,他执着地追求自己的事业,想成为一个风云人物,想借着林重远这架梯子向上爬,最后死于愚昧和盲从。你不能说他是个完全无辜的人,他骨子里有自己的算计和农民的精明。这些人在中国社会里是很常见和很普遍的。

陈:由此我们来看小说中的人物塑造。在传统(革命)历史小说中,人物大都是帝王将相或者英雄人物。《风》中也不乏英雄(如郑海、叶氏兄弟),但更多的是小人物(如过去故事中的莲子、六指、唐月霜,现实故事中的陈氏兄弟、田藕、王裁缝等),这些人物身上大都充满了谜团。既然历史的主体都是不可知的,那么历史本身也就值得怀疑了。这与小说的历史观、对历史事件的处理等是一脉相承的。另外,小说中人物(过去的与现实的)大都是一个个"孤独的人",如萨特所说的"我们只是孤零零一个人,无法自解",改写了以往历史小说中特别是"十七年"革命历史小说中人物大都是"大写的人""透明的人"的格局。特别是其中的英雄人物,您曾经说过:"历史不相信历史中的英雄。"能否具体解释一下这句话的含义?

潘:在一次访谈中我曾经说过"历史不相信历史中的英雄"这句话。这句话实际上就是想表达,明明是虚构的东西,却被人们信以为真,我们一直煞有介事地去澄清什么、证明什么,却不敢直面历史的真相。

小说中为了证明故事的真实性,在迷途中不断有指示牌指引着前进。比如林重远的那只眼睛,好像就是他丢失的一个物件,这些提示都是为了让你锁定林重远就是叶之秋,而且在这之前已经有材料证明了林重远伪造了自己的历史,将他人的经历挪为己用,他一直在伪造历史,这就是所说的大戏已经落幕,演员还没有退场,正体现出了小说的魅力和生命力。

陈:正如小说中所说"人实在是个谜"。《风》中的人物刻画,既引人入胜,但又让人充满疑惑。每个人都是一个谜。虽然米兰·昆德拉说"小说家应该描绘世界的本来面目,即谜和悖论",但这里有几个问题请您解惑。

首先郑海是谁? 依我的理解,这一人物至少有两种可能。一是集体化名。由于特殊的斗争环境的需要,郑海是当时中共地下工作者的一个集体化名的代称,所以六指说叶氏兄弟都是郑海。二是叶千帆。表面上看,大少爷叶千帆是国民党少校副官,后来也登报说去了台湾。但种种迹象表明,这只是一个幌子,叶千帆是中共安插在国民党内部的一个地下工作者。如小说最后,一位曾参加渡江战役的中共参谋长说,他们获得的渡江战役中高村至马家圩一带国民党军队布防情况的重要资料就是由郑海提供的,"但直接送过来的是一位姑娘"。从小说来看,这姑娘就是莲子。而小说中最后与莲子在一起的是大少爷叶千帆。所以在我看来,郑海可能就是叶千帆。另外,叶千帆可能并未赴台,而是留在大陆。现实故事中的一樵老人,也可能就是叶千帆。因为他对长水故道无比眷恋、对"我"准确说出唐月霜死时年龄、田藕回忆少时一次奶奶带她在长水故道茅屋留宿前后奶奶的言行、青云山道士说他是这一带的药王等等,都暗示着一樵可能就是叶千帆。但问题是,小说中(无论是所谓的史料记载还是民间传说等)说郑海是"三代行医""游方郎中",而叶千帆却是行伍出身,这是个疑点。请您解惑。

潘:从故事层面来说,郑海是一个英雄,至少是传说中的英雄。叶千帆听命于郑海,甚至叶千帆有可能就是郑海。但从现实层面来说,林重远坚持说自己是郑海的战友,郑海的音容笑貌宛如目下,他成了最权威的发言人,殊不知他说的郑海可能就是他的哥哥,他的哥哥没有去台湾,就隐藏在他的身边,暗中注视着他,一直到新的谎言出现。郑海实际上可以理解为信仰的代名词,代表着某种信仰,小说中的人物都以郑海作为自己追求成功的砝码,他们都离不开这个郑海,又同时被折磨。

陈:林重远是否就是叶之秋?因为,一是从经历来看,二人早年都在一所学校从教(所以秦贞说林重远是她母亲同事,喊他舅舅),现实中都很"儒雅",且侃侃而谈;二是多年后林重远对叶家大院的依恋,尤其是当年叶之秋的书房和那张床的暗示;三是林重远有一只假眼,与青云山道士所言的叶之秋并未死,只是"身上失去了一件东西",这东西可能就是一只眼球。故此推定,林重远可能就是当年的二少爷叶之秋,不过新中国成立后化名在北方工作了40年而已。

潘:我们可以进行这样的猜想。有可能一樵就是叶千帆,林重远就是叶之秋,所有的线索最后指向的是林重远和那块无字碑,仍然有人想要延续这种谎言,我们要做的就是制止这种谎言,但我们唯一能做的就是将无字碑铲掉,不让像田藕这样的人再卷入历史之中。无字碑实际上就是这段历史,就是一种空白。

陈:小说中陈士林是个私生子,生父母是谁成谜,所以他才说"这个幽灵会缠绕我一辈子"。从种种迹象来看,他的生父母可能就是叶之秋与莲子,并非叶之秋与唐月霜。因为,小说中虽然也写到了叶之秋与唐月霜曾生有一子,据说生下三天后就死了。但其实孩子可能并没有死,如唐月霜临死前叶千帆说有重要事情告诉她,可能就指此事。但据王裁缝说:"莲子的孩子比二姨太的孩子早生一年的样子,季节差不多,也是秋天。"而陈士旺也说,母亲莲子结婚后第二年秋天有了他。因此据王裁缝与陈士旺两人的言论可知，莲子在秋天生的孩子可能就是陈士旺，而非陈士林。虽然叶之秋对莲子说他们的儿子"抱给好人家了"，但莲子说"二少爷，你的儿子回来了"应该不假，这是一个母亲对血亲儿子的天然感觉。但问题是，陈士林一再否认生父是叶之秋，且本能上反感叶之秋，没有那种血肉亲情的天然感应，倒是对大少爷叶千帆印象很好。另外陈士林说，母亲莲子临死前曾暗示他是郑海的儿子，而郑海是谁又是一个谜。故陈士林生父到底是谁，也许只有莲子她知道。

潘：莲子和叶之秋是没有孩子的。叶之秋和唐月霜存在乱伦关系，并生下一子，叶千帆赶回来之后，为了不让家丑外扬以及给父亲一个交代，谎称孩子死了，实际上是委托莲子将孩子送到后山隐藏起来。这个孩子在几年以后，制造了落水的假象被船上的人救了起来，他从小就充满了狡诈而且敢于冒险，不惜冒着生命代价，最后果然顺风顺水搭上了这艘船回到了故乡罐子窑。此时这个孩子最大的困惑就是他也不知道自己的父母是谁，但他知道自己的身世与这个家庭有关系。

这个孩子我认为是陈士林而不是陈士旺，虽然在描写年龄时提及了大概多少年岁，约莫几岁的光景，或者外人所道之言，但你会发现并非一一对应的，这是作者一开始有意的安排。因为任何历史都似罗生门一样，每个人都在选择对自己有利的立场。同一段事情为何有不同说法，叙述者通常已经将自己带入，以自身的角度说故事了，由此产生利益关联。陈士林身上反映出底层人的精明和狡诈还有霸道，很有可能和他对自己命运的追溯有关，所以他说幽灵纠缠了他一辈子。因此，他才会在林重远这种大官面前显得从容，肆无忌惮甚至冒犯，比如小说中一个细节，陈士林打了一只山鸡说是最贱的凤凰。他能在官员面前口出狂言,手还能伸到专员外甥女的乡长身上,暗示着某种基因的自负与强大。

陈:不同于陈士林,陈士旺的生母是莲子毫无疑问,但生父是谁成谜。从故事来看,六指是个性无能者,应是陈士旺的养父。据小说中的种种暗示,陈士旺生父可能就是叶千帆。因为在莲子与六指结婚后几天,"一个夜晚,莲子来到军营找到了他"。以后莲子对叶千帆情有独钟,不排除还有肌肤之亲。同时小说中,莲子与叶之秋恋情在先,后才移情于叶千帆,所以先有陈士林,后有陈士旺。这样,陈士林可能就是陈士旺的哥哥而非弟弟。不知这样推断是否可信?

潘:陈士林和陈士旺并不是亲兄弟,而是堂兄弟,这种关系永远不能够被证明,因为这意味着一种家丑被揭露,家丑永远是不能面世的,包括叶家兄弟也没有勇气去直面这段历史,他们能做的就是掩盖。叶家兄弟间的这种互不信赖,也是一种时代变化和政治变化的反映,血缘关系已经不可靠了,叶念慈和六指之间的这种主仆关系反而更加容易信赖,主人死后,仆人会继续按照主人的指令办事,这也是一种对人性的拷问。

陈士旺很有可能是叶千帆和莲子亲生的。陈士旺不完全是一个忠厚之人,他明知当地的土质不行却还是要进行所谓的改革,这是忠厚吗?叶千帆身上没有这种品质,莲子也没有,但这块土地上有。

陈:看来我对陈士林身世的理解有误。再来看看田藕,小说中也就十七八岁,本是一个单纯的年龄,但小说中她因"历史的负累"活得很累,超越了她那个年龄段宝贵的东西。田藕,让我想到了您长篇小说《日晕》中的苇子,可爱又让人心痛。您怎么来看田藕们这类"小人物"的意义?

潘:书中人物田藕是作为新生命的象征而出现的,一樵这种人不想让田藕这种生命的精灵受到莫名其妙、子虚乌有的干扰,所以田藕是不能有信仰的,是不能有任何职务的,最后田藕也确实如此,虽然一场大火之后田藕最后的命运不了了之,但这里面也存在了多种的可能性,她作为一个被保护者在故事中出现,代表了一种新生和纯净。

陈:小说中,六指这一人物往往是被大家忽略的。但实际上,这一人物在小说中至关重要,他是小说故事的一个点睛人物。您当时是怎么考虑这一人物设计的?

潘:小说人物关系中,真正没有血缘关系的是六指,他作为一个监视者的身份而存在,监视着这个院里的男人和女人,监视男人并不是怕他们碰老爷的女人,而是怕男人带回来什么使命。叶念慈可能为多个势力效力,存在着很多种身份,也是文中所有悲剧命运的直接制造者。

六指被赋予的东西是强烈的。首先是忠实的奴才,其次是阴狠的鹰犬,叶念慈通过他控制着两个少爷,控制着整个院子和地盘。即使在叶念慈死后还是有势力在控制六指,导致他对两个少爷动了杀机。他始终未出现在正面,但推动着情节发展。六指的存在这里暗示着宗法社会的复活,超越了血缘关系,置换成了君臣、主仆关系。在一个统治集团内部,这种关系超越了亲属。叶念慈对六指是极其信任的。叶念慈死后,可以看出他在国共两党之间游刃有余的特殊身份,可以和汪精卫、日本人进行交易。这些关系集中在叶家大宅中,杀机四伏、险象环生,形成了某种隐喻。

陈:如此看来叶念慈也不是个等闲之辈。小说中文字部分似乎让人感觉他是个仁厚的长者、一个依恋故土的乡绅,其实不尽然。所以小说中这种人物身份的模糊性,与传统小说中历史人物身份的明晰性形成强烈对比。连历史人物都是谜,更何况这种历史本身的可信度了,这样又与小说主题所要表现的历史观一致。但这种历史事件、历史人物等身上过多的谜团,是否让读者会有一种求而不得的失落感?或者被一些人理解为"历史的虚无主义"呢?"历史的虚无"和"历史的真实"之间存在怎样的界限?

潘:历史的质疑并不等同于历史的虚无。我们应该对任何一段历史保持一种质疑的态度和立场,但质疑不代表这段历史不存在。历史虚无主义认为,什么都是不可信的,但《风》这个文本强调的是个人对历史的态度、感受和认知,尽管很难避免罗生门的认知,但必须强调自己的认知。

陈:在已有的《风》的评论中,有一点似乎被大家忽略了,即小说中"性"也是推动历史的一个重要方面。其实历史上这种例子很多,如古希腊传说上的特洛伊战争故事、成语"千金一笑"的来源、吴三桂冲冠一怒为红颜的故事等的背后,就是这个"性"的力量。但在传统历史小说中,"性"要么是个禁忌(如革命历史小说中是无"性"的),要么是猎奇和性行为的描写(如《金瓶梅》)。在《风》中,"性"也是推动历史事件和故事本身的有力方面,改变着人物的命运,也改变着历史的某些进程,但每个人物似乎又都在"性"面前迷失了自己。小说可以说是充斥着乱伦、通奸等有悖中国传统文化的东西,如叶家两个少爷和院子里的两个女人间就存在这种复杂的关系。请您谈谈小说在这方面的考虑。

潘:叶之秋和唐月霜存在的是一种乱伦的关系,而叶千帆和莲子之间又属于一种偷情的状态,都是不被世俗所认同和允许的。这也导致了每个人的命运发生变化。如莲子被叶念慈许配给六指,等于是作践了莲子,六指反而感恩戴德。唐月霜经历了叶之秋的欺骗,却从内心里敬重起了叶千帆。但叶千帆又用外在的理智、甚至自虐,克制了自己的情欲,她自始至终没有得到叶千帆的爱,最终死于非命。虽然叶千帆和莲子偷情,但这种偷情一点也不龌龊,反倒美好。只不过父命难违,或者某种政治力量让他没办法违抗自己的父亲。

叶家宅子的这两个女人之间地位、文化差距很大,但在男性层面上都有地位,男人对女人的爱都是以欣赏和占有为目的。假设某些东西是肯定的,比如风流倜傥的叶之秋被唐月霜吸引,很像《雷雨》中的繁漪和周萍互相吸引,这是旧时代不罕见的事情。还有像秦贞这种人,表面看上去并没有那么聪明,但其实她一方面迷恋着陈士林身上男人的魅力,另一方面又想改变陈士林的身份,让他俩相匹配,有着自己的算计。

陈:对故事意蕴丰富性或者弹性的追求,是您的一贯写作风格,这也是20世纪80年代后中国当代小说逐渐走向好看、走向世界的一个重要方面,它打破了以往历史小说中线性、大团圆式的格局,具有颠覆性意义。您是中国作家中对"故事"苦心营造的为数不多的坚守者之一。如小说中多视角、空白、悬念、元叙事等手法的运用,是您的拿手好戏。如多视角方面,对叶念慈死前的"两根指头"的含义,不同人物对此做出的不同理解,有一种日本导演黑泽明电影《罗生门》的意味。另外,像"蛇吞其尾"签文、郑海的墓碑之谜等等,都充满着悬念。这些手法,有些是从传统小说中借鉴过来的(如文字的抒情性、一些场面的戏剧性等),更多的是对国外现代小说技法的移植与改造。因为在小说中,您谈到了米兰·昆德拉、约瑟夫·海勒、海明威,以及培根、格林、海德格尔、埃利蒂斯等大批西方的文学家、哲学家、心理学家等。

请谈谈外国文艺思潮对您创作此小说时的影响,以及20世纪80年代你们这批先锋作家眼中的外国文学对你们的"革命性"意义。

潘:我已说过,《风》完成于一个寂寞的时间段,《风》的写作也很寂寞。没有前车之鉴,没有蓝本供我参考,中国没有,外国也没有,只能说我本人在寻找我想要的一种小说叙事。当我找到以后,这本小说在某种意义上就建立起来了,然后随着写作的展开,不断地进行补充和添加。《风》是用钢笔所写,手稿至今仍然保存在。那个年代没有互联网,无法上网查阅很多背景资料,很多背景都是一本本翻阅纸质资料的。我在作品中引用一些外国作家、哲学家的话语,其实更多的是与我以往的阅读经验有关。

陈:读者与批评界对《风》的文本存在多种理解,如有人认为这是一部先锋实验小说,有人认为是一部"新历史小说",有人认为小说形式大于内容,等等。您如何看待这种不同的解读?由此我们如何来看作家的创作初衷与读者实际阅读上的不一致情况?

潘:我认为评论一部作品,首先要有其独到的认知,不能人云亦云。共识的部分是不可避免的,但我们也不能满足于这些共识。你今天来,可以听作者说,但作者说的不一定都是对的,形象大于思维,小说有其自身的价值。读者也可能会读出更高明的东西,这是正常的。多年前我就说过,好的小说,作家只能写出一半,另一半由读者完成。阅读是创作的一部分。我还打过一个比方,好的小说像是一杯茶,作者提供优质的茶叶,读者提供适度的水,由二者合作完成。中外很多经典的作品,其意味都不是作家写作的那个时候就能完成意识到的,他可能有某种预见性和前瞻性,随着时间的推移,逐渐显示出它的生命力。

还是要立足于文本本身。《风》这个文本之所以在今天仍然能够引起大家的重视,固然有其原因。可能很多人乍一看来,认为《风》是形式大于内容,但仔细读下去以后,内容实际上还是大于形式。

陈:《风》从发表到现在近三十年了,至今还在被人研究和谈论。您在《风》中的种种尝试以及可能存在的问题都是当代小说创作的宝贵财富。现在您是如何看待当年自己的这种写作努力——语言的、结构的、内容的、形式的? 以及如何评价当代"新历史小说"创作?

潘:小说是语言的艺术,更是结构的艺术、叙事的艺术。我不过是把对小说,尤其是长篇小说的个人理解,寄托在《风》中。我认为这是一种有价值的探索。经常听到有人说,哪部小说受到了《风》的影响,或许是,也未必是。我现在几乎不读小说,谈不上对当代小说的评价,我也不认为《风》是一部"新历史小说",《风》作为一部带有实验性质的长篇小说文本,是我对长篇小说写作的一次美好冲动和释放,就这些。

陈:问您两个与《风》无关的问题:一、在您这么多年的写作中,有无遗憾的东西? 二、您认为好的小说应该有哪些品质?

潘:最大的遗憾就是,以我的能力应该还能写出更好的小说,原因是多方面的,不想多说。或许将来还会认真去写,眼下只是坚守。一个作家的坚守,或者一个艺术家的坚守,实际上在坚守自己最值得坚守的东西。第二个问题,我觉得优秀的小说都有一种前瞻性,具有文本价值,这大概就是生命力吧。

(原载于《作家》2020 年第 5 期)

附录三

潘军研究资料索引

（截至 2024 年 3 月）

一、国内期刊论文

1. 唐先田:《长篇创作的新尝试——评潘军的〈日晕〉》,《清明》1988 年第 3 期。

2. 陈辽:《给读者留下广阔的思维空间——读〈日晕〉》,《清明》1988 年第 6 期。

3. 李正西:《论情绪流小说兼论潘军创作新时期小说艺术论》,《安徽教育学院学报》1990 年第 2 期。

4. 李美云:《论潘军小说中的人物塑造》,《安庆师范学院学报(社会科学版)》1991 年第 4 期。

5. 吴义勤:《穿行于写实和虚构之间——潘军长篇小说〈风〉解读》,《当代文坛》1994 年第 1 期。

6. 陈晓明:《对文学说话:潘军的〈风〉及其他》,《当代作家评论》1994 年第 2 期。

7. 鲁枢元:《捕〈风〉捉影——兼记潘军与他的伙伴及我的朋友们》,《当代作家评论》1994年第2期。

8. 韩少功:《行动者的归来(代序)》,《潘军实验作品集》,花城出版社,2000年版。

9. 陈晓明:《对文学说话:潘军的写作及其他(代跋)》,《中国当代作家选集丛书·潘军卷》,人民文学出版社,2000年版。

10. 杨匡汉:《现代男性的焦灼》,《潘军小说文本系列·A卷》,中国工人出版社,2000年版。

11. 宗仁发:《永远的创造力》,《潘军小说文本系列·B卷》,中国工人出版社,2000年版。

12. 陈晓明:《解谜的叙述》,《潘军小说文本系列·C卷》,中国工人出版社,2000年版。

13. 李洁非:《现在的写城市的潘军》,《潘军小说文本系列·D卷》,中国工人出版社,2000年版。

14. 唐先田:《抒情的现实主义》,《潘军小说文本系列·E卷》,中国工人出版社,2000年版。

15. 吴义勤:《让真实飘在风中》,《潘军小说文本系列·F卷》,中国工人出版社,2000年版。

16. 吴义勤:《艺术可能性的寻求与展示》,《作家》2000年第5期。

17. 王光东:《复活自己的历史》,《作家》2000年第5期。

18. 施战军:《笔记潘军》,《南方文坛》2000年第5期。

19. 牛志强、潘军:《关于潘军小说叙事艺术的对话》,《小说评论》2000年第 6 期。

20. 林舟:《建构心灵的形式——潘军访谈录》,《花城》2001 年第 1 期。

21. 许春樵:《潘军小说解读的其他几种可能性》,《江淮论坛》2001 年第 1 期。

22. 李正西:《主观真实和心理真实的文本——论潘军的小说艺术》,《江淮论坛》2001 年第 1 期。

23. 唐先田:《彻底颠覆后的诗意重构——评〈重瞳〉》,《安徽大学学报(社会科学版)》2001 年第 1 期。

24. 方维保:《恣情的诗意——论潘军的小说创作》,《安徽大学学报(社会科学版)》2001 年第 1 期。

25. 丁增武:《先锋叙事:漫游与回归——潘军中篇小说论》,《安徽大学学报(社会科学版)》2001 年第 1 期。

26. 丁增武:《论潘军小说的叙事风格》,《合肥联合大学学报》2001 年第 3 期。

27. 王晓岚:《自由展示生活画面——〈独白与手势·白〉阅读体验》,《吕梁高等专科学校学报》2001 年第 4 期。

28. 吴春平、张俊:《穿行于历史与现实之间——〈重瞳〉思想意蕴漫谈》,《安庆师范学院学报(社会科学版)》2002 年第 2 期。

29. 张晓玥:《生前和死后——解读潘军中篇历史小说〈重瞳〉》,《安徽文学》2002 年第 6 期。

30. 方维保:《浪子·硬汉与生存恐惧——潘军小说论之三》,《淮北煤炭师范学院学报(哲学社会科学版)》2003 年第 1 期。

31. 青峰:《云霄上的浪漫主义——潘军访谈录》,《长城》2003 年第 2 期。

32. 陈宗俊:《飞翔与行走:潘军小说论》,《安庆师范学院学报(社会科学版)》2003 年第 4 期。

33. 孙仁歌:《一曲现代城市人的婚姻绝唱——评潘军中篇小说〈合同婚姻〉》,《江淮论坛》2003 年第 6 期。

34. 施战军:《我印象中的潘军》,《山花》2003 年第 7 期。

35. 黄晓东:《城市状态的个性书写——潘军城市叙事解读》,《当代文坛》2004 年第 1 期。

36. 高姿英:《试论〈独白与手势〉的电影化叙事形式》,《安徽广播电视大学学报》2004 年第 1 期。

37. 唐先田:《我所感受到的潘军》,《安徽文学论文集(第 2 集)》2004 年第 5 期。

38. 汪淏:《我所认识的作家潘军》,《时代文学》2004 年第 5 期。

39. 施战军:《一个作家　N 种印象》,《时代文学》2004 年第 5 期。

40. 徐迅:《在传说中生活与写作——潘军或潘军小说印象》,《北京文学》2004 年第 5 期。

41. 吴格非:《萨特与中国——新时期文学中人的存在探询》,中国矿业大学出版社,2004 年版。

42. 宁克华:《尊重生命 呼唤良知——有感于潘军的〈死刑报告〉》,《当代文坛》2005 年第 1 期。

43. 陈宗俊:《论潘军小说创作的故乡情结》,《安庆师范学院学报(社会科学版)》2005 年第 6 期。

44. 南方朔:《潘军的"新表现时代"与〈重瞳〉这本选集》,《安徽文学》2005 年第 7 期。

45. 蔡诗萍:《潘军写活了与一般男人不一样的男人》,《安徽文学》2005 年第 7 期。

46. 吕正惠:《潘军的小说和他这个人》,《安徽文学》2005 年第 7 期。

47. 李云峰:《执着的探索 永远的先锋——潘军小说〈日晕〉和〈风〉比较》,《济宁师范专科学校学报》2006 年第 1 期。

48. 丁增武:《现实与想象的边界——潘军长篇小说〈死刑报告〉解读》,《合肥学院学报(社会科学版)》2006 年第 3 期。

49. 党艺峰:《先锋叙事中的项羽及其他——〈史记·项羽本纪〉和〈重瞳〉的互文性阅读》,《渭南师范学院学报》2007 年第 3 期。

50. 周毅、王蓉:《婚恋尴尬与人性困境——〈合同婚姻〉的文本细读》,《海南大学学报(人文社会科学版)》2007 年第 5 期。

51. 李月云:《潘军小说中的女性人物分析》,《阜阳师范学院学报(社会科学版)》2007 年第 5 期。

52. 朱崇科:《自我叙事话语与意义再生产——以潘军的〈重瞳——霸王自叙〉为中心》,《海南师范大学学报(社会科学版)》2007 年第 6 期。

53. 黄晓东:《心灵苦难的独特表达——潘军回忆性小说研究》,《铜陵学院学报》2008 年第 5 期。

54. 黄晓东、陈宗俊:《论潘军早期的小说创作》,《安庆师范学院学报(社会科学版)》2008 年第 7 期。

55. 周立民:《潘军:男人主宰的世界》,《精神探索与文学叙述——新世纪文学论稿》,广西师范大学出版社 2008 年版。

56. 韩传喜、傅晓燕:《改编伦理、历史重构与先锋性——关于话剧〈霸王歌行〉的几个问题》,《吉林师范大学学报(人文社会科学版)》2009 年第 1 期。

57. 王海燕:《潘军论》,《文学评论丛刊》2009 年第 2 期。

58. 江飞:《先锋背后的现实焦虑:潘军近年小说解读》,《安庆师范学院学报(社会科学版)》2009 年第 5 期。

59. 陈宗俊:《水磬声声:潘军小说中的"水"叙事》,《安庆师范学院学报(社会科学版)》2009 年第 10 期。

60. 潘建华:《人不狷狂枉少年——透视潘军小说〈独白与手势·白〉的文人精神》,《飞天》2009 年第 18 期。

61. 黄晶晶:《潘军小说语言的反讽修辞》,《科技信息》2009 年第 28 期。

62. 方萍:《两极的对抗与消融——论潘军短篇小说》,《铜陵职业技术学院学报》2011 年第 1 期。

63. 唐东霞:《流动的沙滩,流动的感受——对潘军小说〈流动的沙滩〉的解读》,《作家》2011 年第 20 期。

64. 杨萍:《潘军短篇小说〈纸翼〉的语言控制艺术》,《学语文》2012 年第 3 期。

65. 戚慧:《飘在天空中的真实——评潘军〈纸翼〉》,《写作:高级版》2012 年第 6 期。

66. 陈宗俊:《纪念,或者出发:潘军创作 30 年研究述评》,《安徽文学》2013 年第 1 期。

67. 王娟荣:《走出历史时空寻找自我人格——潘军〈重瞳〉文体话语转化》,《剑南文学(经典阅读)》2013年第4期。

68. 蒋天鸿:《对潘军小说中女性人物的分析》,《华夏地理》2015年第10期。

69. 徐莹:《探秘、寻找背后的忧郁与浪漫的重拾——潘军小说论》,《滁州学院学报》2016年第3期。

70. 赵修广:《当代文人心魂漂泊历程的叙事——论潘军小说创作从先锋到现实主义的嬗变》,《淮北师范大学学报(哲学社会科学版)》2017年第2期。

71. 陈宗俊:《一种状态的呈现——读潘军〈电梯里的风景〉》,《安徽文学》2018年第1期。

72. 张陵:《历史像风一样吹过田野大地——重读潘军长篇小说〈风〉札记》,《作家》2020年第5期。

73. 陈宗俊:《心灵的历史——重读潘军长篇小说〈风〉》,《中国当代文学研究》2019年第5期。

74. 陈宗俊、潘军:《谜一般的书写——潘军长篇小说〈风〉访谈录》,《作家》2020年第5期。

75. 徐阳阳:《"空城":一纸婚姻下的现代焦虑》,《鸭绿江》(下半月)2020年第18期。

76. 方维保:《论潘军近期小说中的戏剧原型意象及其审美功能——以〈断桥〉〈知白者说〉〈十一点零八分的火车〉为例》,《安庆师范大学学报(社会科学版)》2022年第2期。

77. 黄晓东:《论潘军小说近作〈知白者说〉的叙事特色》,《安庆师范大学学报(社会科学版)》2022年第2期。

78. 唐先田:《有限之中蕴含着无限——潘军短篇小说的纯文学价值》,《安庆师范大学学报(社会科学版)》2022年第3期。

79. 陈宗俊、宋培璇:《乡土的反观与守望——重读潘军长篇小说〈日晕〉》,《安庆师范大学学报(社会科学版)》2022年第3期。

80. 唐跃:《才情第一——从潘军的画说到文人画》,《书画世界》2022年第9期。

81. 蒋楠楠、潘军:《二十四年 忽如一梦——与潘军谈春秋战国秦汉三部曲》,《新安晚报》2024年1月26日。

82. 陈宗俊:《"人"的话剧——论潘军的话剧创作》,《百家评论》2024年第3期。

二、硕士学位论文

1. 黄晓东:《潘军小说创作论》,南京大学硕士学位论文,2004。

2. 蔡爽:《潘军近年小说解读》,武汉大学硕士学位论文,2004。

3. 李云峰:《论潘军小说的个人化叙事》,安徽师范大学硕士学位论文,2007。

4. 谭墨墨:《论潘军中短篇小说的荒诞意识》,东北师范大学硕士学位论文,2009。

5. 黄晶晶:《潘军小说语言特色研究》,安徽大学硕士学位论文,2009。

6. 陶存堂:《男性个体生命的存在方式》,新疆大学硕士学位论文,2010。

7. 方萍:《在流动的生活中找寻有意味的形式——潘军中短篇小说论》,安徽大学硕士学位论文,2012。

8. 熊爱华:《论潘军小说中的先锋特质》,安庆师范大学硕士学位论文,2016。

9. 张婷:《论潘军小说的欲望书写》,安徽大学硕士学位论文,2020。

10. 张钧钧:《潘军小说叙事话语研究》,浙江师范大学硕士学位论文,2020。

三、专著与资料汇编

1. 唐先田主编:《潘军小说论》,安徽大学出版社 2003 年版。

2. 陈宗俊编选:《潘军小说论》(第二辑),安徽大学出版社 2009 年版。

四、访谈录

1.《坦白——潘军访谈录》,安徽大学出版社,2000 年版。

2.《冷眼·直言——潘军访谈录》,安徽大学出版社,2008 年版。

后　　记

很多时候,你不得不承认缘分这东西的奇妙。我对作家潘军的关注,始于20世纪90年代中后期的大学时代。我本科就读的学校就是我现在供职的单位,不过那时它还叫安庆师范学院。当时中文系的课程不像现在这么多,学生也没有那么多的"证"去考,闲暇的时间比较多。打发业余时间的最好方式之一就是泡图书馆。出于对中国现当代文学的热爱,大学期间在学校图书馆和中文系资料室,我经常翻阅《花城》《收获》《作家》《钟山》以及《小说月报》《小说选刊》等报刊。在此过程中,我时常看到一个叫"潘军"的作家的小说出现在这些期刊上,再看文后的作家介绍,发现他与我竟是怀宁老乡。这种情感上的亲近感让我逐渐留意起这个作家来。除了情感因素,更多的还是潘军小说本身的魅力。现在回想起来,彼时正是潘军结束下海经商生活重回案头写作的人生创作的第二阶段,也是他作品的影响力由"圈内"走向"民间"时期。看他的小说多了,我就有一种想表达的愿望。记得这期间还给潘军老师写过一封信,很快他就回了,说到安庆有机会一见——这无疑是对一个文学青年的莫大鼓励。后来我们就有了一些时断时续的联系与交流,直到近年潘军回安庆定居后我们才逐渐走动多了起来。这一晃,20多年就过去了。

说来惭愧,相较于一两年就出一本著作的同行来说,我不是一个勤奋的研究者。所以工作这么多年来,对潘军的研究成果并不多,大都是就作家创作的某个问题写成单篇论文,也没有什么体系。但积少成多,慢慢地攒下来也就有了十几篇,于是就想将它们结集出版。这些文字,最早的一篇写作于2002年,最近的一篇完稿于2024年初。因此,这部著作是我个人跨越20余年潘军研究心得的一次集中展示。

书稿主体部分分为上、下两篇,上篇为综论,下篇为作品论。上篇除第七章《潘军回乡后的小说创作》为新作外,其他章节的写作时间大都较久远。下篇的写作时间集中于2018年秋到2019年上半年我在北京大学访学期间,此时有一段相对完整的时间来读书与思考。还记得这些作品论大都完成于北大图书馆二楼靠西边的那片自习区。因此,这部书稿由于写作时间长、个人学养与心境等因素的差异,因而在观点、文字风格等方面很不一致。在整理书稿过程中,尽管我对这些文字做了较为系统的修改与润色,也尽量避免个人的情感因素影响到对研究对象的理性判断,但仍不太理想。尤其是在此书"导论"中提出的目前潘军研究中值得思考的几个问题,我也并没有解决。而对于一些问题的论述,比如潘军小说的先锋特质的"怀疑与批判精神""第一人称叙事"这两方面的分析还不是很深入。除这两点之外,潘军创作是否还有其他方面的特质,潘军各种文类创作间的关系,等等,因能力和时间等因素也都未能很好地展开。但敝帚自珍,现在将其出版算是对自己这些年来潘军研究的一个阶段性总结,也是我从青年到中年的生命历程的一次见证。

书中的部分章节曾公开发表过。在此感谢《中国当代文学研究》《作家》《安徽文学》《安庆师范大学学报(社会科学版)》《百家评论》等期刊,以及吴义勤、崔庆蕾、宗仁发、李国彬、余昌谷、陈寿富、孙涛等先生对拙作的垂爱。需要说明的是,书稿第一章是在我与黄晓东教授合作发表的单篇论文基础上修改而成,第二章初稿由我的硕士研究生熊爱华执笔,后我对原文进行了较大的增删,在此不敢掠美,特向两位表示感谢。因书中正文中已有注释,故不再书尾单列参考文献了。

　　在目前国内高校科研评价机制下,一些朋友曾建议将此书稿申报某个级别的课题或者项目什么的。在此,对这些朋友表示感谢。我只想说,并不是所有的研究都是功利化的,总有一些人为着爱好而坚持写作。这也是学术的长久生命力与魅力之所在。人生不长,做不了几件有意义的事。

　　感谢安庆师范大学人文学院对拙作提供的出版资助。在出版过程中,得到了作家潘军老师、安徽出版集团总编辑朱寒冬先生、安徽文艺出版社社长姚巍先生的大力支持,在此表示衷心感谢。责任编辑张妍妍、柯谐两位女士的敬业精神令人感动。感谢马德龙兄对封面和版式的精美设计。

　　特别感谢北京大学陈晓明老师在百忙之中给拙作慷慨赐序。有幸在北大跟随陈老师访学一年,从中获益良多。序中陈老师的诸多赞美之词令我汗颜,这对我既是鼓励更是鞭策。

　　在我人生与学术成长过程中,得到了诸多前辈和师长的关心和帮助,在此表示真诚的感谢。

　　感谢家人的理解和宽容。此书送给即将上高中的女儿陈一苇。

　　尽管此前也出过几本小书,但我更愿意将这部《潘军论》作为我的第一部学术著作。因个人能力和水平有限,请读者不吝赐教。

陈宗俊

2024 年 5 月 10 日于安庆